仙石知子著

明清小説における女性像の研究

——族譜による分析を中心に——

汲古書院

明清小説における女性像の研究／目　次

目次

第三章　女児

明清小説における女性像の研究

——族譜による分析を中心に——

序章　明清小説における女性像と族譜

はじめに

本書は、明清小説に描かれた女性像を主として族譜から抽出した社会通念によって分析することで、明清小説の文学性を考究するとともに、明清社会における女性のあり方の一端を解明するものである。これから提示する方法論に述べるように、明清小説は、必ずしも明清社会の現実をそのまま描いているわけではない。明清小説から、明清社会における女性像をそのまま復元することはできないのである。しかし、明清小説は、まったくの虚構により描かれたものでもない。明清小説は、物語に感動性を与え、虚構に説得力をもたせるために、明清時代における社会通念を反映させている。物語のおもしろさや表現技法の巧みさから受ける感動を小説の文学性と呼び得るのであれば、明清小説は、明清時代における社会通念を背景とすることで、その文学性を高めているのである。

明清時代における社会通念を追究するためには、様々な方法論が存在しよう。本書では、それを族譜の分析に求めた。後述のように、族譜は、系譜の部分に信用性を疑わせる部分があっても、宗族の規範を示す族規や凡例の部分には、当該時代の当該宗族が持っていた社会通念が反映している。また、現存する族譜の多くは、書かれた時期・地域・書き手の階層などに、明清小説との共通性が見られる。

序章では、女性史および明清小説に関する研究動向を整理し、族譜を利用する方法論について述べておきたい。

第一節　女性史研究と明清小説

前近代中国の女性に関する研究は、一九七〇年代までは、節婦や烈女を取り上げることが中心であった。このため、女性は儒教により絶対服従を強いられる弱者であった、という見方が多くの研究者の間でなされてきた。さらには、節婦や烈女のような女性像が、前近代中国の女性像の象徴であるかのように述べられることすらあった。それは、史書に附された列女伝や、女性への教戒を目的として書かれた女訓書の類に収録された自己の生涯を犠牲にしてまで男性に追随する女性の姿や、男性に対して絶対的な服従を強調した文章から女性像を捉えることが多かったためである。

しかし、この点については、一九九〇年代から、理念と実像には、従来考えられてきたよりも大きな開きがあった、と異論が唱えられた。さらに、女性を単なる服従者・弱者・隷属者であったと見るだけではなく、歴史の中に見られる女性たちの行為に、女性の自主性を積極的に見出そうとする研究が盛んに行われてきており、「両性関係の理念自体、単純に女性抑圧とのみ言いきれない」ことも指摘されている[一]。

ところが、そのような新しい視点による前近代に対する見方も、総合的な認識が整理され、呈示されているとは言い難い。そのため、個別の研究に目を向けると、近年でもなお、旧中国において女児は生まれながらに男児よりも劣る存在であるとされ、女児の出生が望まれることなどあり得なかった、という言説や、女性は男性とは違い、成人しても正式な名すら与えられなかった、という主張が見られ、かかる男尊女卑的な視座からの研究も少なくない。明清小説に描かれた女性像は、こうした男尊女卑的な視座からでは理解できない女性像が多く見られる。しかし、これまでの前近代中国の女性研究、とりわけ明清時代についての研究は、女性を儒教社会の隷属者として捉え、女性が弱者であったことを前提とした上で、ジェンダー概念を用いた歴史分析を行う傾向があるため、女性に関する様々な事象は、男尊女卑社会に起因する結果見られるものと結論づける研究も少なくない(二)。明清時代における女性は悲劇的な存在であった、とされることも多く、明清小説に描かれた女性像を十全に把握できていないのである。

たとえば、明清小説の中には、女児であっても出生が喜ばれる場面が描かれており、また、正式な名を持つ女性も数多く登場する。かかる事例を前述のような従来の女性研究による見解から分析すれば、文学作品の持つ性質によって、単に虚構の世界を描いているに過ぎない、という短絡的な理解に陥りかねない。

前近代中国において、女性が厳しい制約下に置かれていたことは疑いない。しかし、その中にあってなお、女性には特有のあり方が存在した。そもそも儒教社会における弱者という女性像を打ち出す要因となった女訓書が示す女性像は、社会の理想的な姿を説いた理念と考えてよい。そこに示された女性像は、あくまで理想であって、その規範に束縛される女性がすべてであったわけではない。問題とすべきことは、当時なぜそれらの女性像が理想とされていたのか、ということである。換言すれば、そうした理想像を描かざるを得なくさせる明清時代における女性像の周囲を取り巻く社会の実態は、どのようなものであったのだろうか、という問題である。かかる問題を明清小説を族譜により分析するとともに、明清時代の女性像の実態に迫ってみたい。このような問題関心に基づき、女性史研究の現状から研究動向を整理していこう。

一　女性史研究の現在

前山加奈子〈二〇〇五〉が総括するように、中国女性史研究は、解放闘争史観からジェンダー史観へと展開を遂げ、現在では、男／女というジェンダー視点ではなく、歴史の中で個として女性を捉える、つまり歴史の主体者であった「男性」との関係性を強調しない方法論へと移行しつつある。本書が第六章で不再娶という男性の問題を取り上げているのは、かかる方法論をさらに一歩進め、「女性史」を「男性史」から照射するための試みである。

中国女性史研究の嚆矢となるものは、陳東原《一九二七》である。〔三〕陳は、中国各王朝における女性の地位の変遷を通史的に論じ、漢代に礼制が重視されるようになると女性への束縛の程度も著しくなったとし、民国以降までの中国社会が、儒教的観念に基づく男尊女卑的な思想を基盤とした社会構造であったことを指摘した。さらに数年後には、陳顧遠《一九三七》が刊行され、中国歴代の婚姻制度が体系的に示された。〔四〕

一九四九年の中華人民共和国の成立とともに、解放闘争史観に基づく女性解放史が多く描かれるようになった。中山義弘〈一九七二〉、小野和子〈一九七三〉は、民国期に興った女性解放史における女性論の研究を代表するもので、それらは専ら女性解放を中国革命との関わりを中心に論じたものである。また、松林陽子〈一九七四〉、末次玲子〈一九七八〉など、女性の労働問題に焦点を当てた個別研究も多く発表された。

一九七〇年代から盛んに行われるようになったジェンダーの視点による女性史研究も、女性解放運動の影響を受け続けた。近年刊行された、末次玲子《二〇〇九》は、ジェンダーの視点を導入することにより、中国の女性史を通史的に把握しようとした試みとして評価し得よう。それでも、かかる試みがなされながらも、近代中国における女性の地位確立に向けて、女性の解放のための闘争が続けられたという解放闘争史観の前近代女性史研究への影響力は低減されない。解放闘争史観は、民国期以降の女性史研究に大きな成果をもたらした。〔五〕その反面、女性解放運動を伴わない中国の前近代社会を対象とした女性研究には、必ずしも積極的な役割を果たさない。革命により自由を手に入れた女性たちに焦点を当てるため、対比的に過去の中国社会における女性が抑圧された過酷な状況に置かれていた、と強調されることが多いからである。

岸辺成雄（編）《一九七七》に収められた「座談・束縛された身のままで―近代化以前の中国の女たち」は、前近代中国における女性の劣位を強調する研究の代表である。そこでは、中国の原始時代は母権時代であり、その後、中国が近代化されるまでの約四千年の封建統治時代は、父権時代となった。言うまでもなく母権時代とは女性が上位の社会であり、父権時代とは男性が上位の社会である。この時代の女性は、家および家庭において極めて高い地位を占めていた。（六）ところが、春秋戦国時代に儒教が出現したことにより、男性上位の父権社会が確立するようになると、（七）男性を上位とする倫理が、女性を抑圧するようになっていく、と述べられている。

その一方で、こうした流れに抗する研究も、一九八〇年代から現れ始めた。過去の中国女性が劣位に置かれていたことを通して、過去の封建制度を批判するだけではなく、過去の史実の中に埋もれた女性の歴史を客観的な視点で探ろうとする研究である。高世瑜《一九八八》・張邦煒《一九八九》は、史料を丹念に読み解き、より鮮明に実像に近づこうとする姿勢が強く現れており、こうした潮流を代表する研究書と言えよう。

それでもなお、対男性という視点から論じられる場合は、女性は家庭内において、如何なる場合でも従属的な地位に置かれ、夫への服従を強要され、家を継承する子を生む道具として精神的肉体的苦痛を耐え忍ばねばならなかった、と述べられる状況は続いていく。

中華全国婦女連合会（編著）《一九九五》では、旧中国社会において「女性は生産手段を所有していないため、経済的に男性に依存しなければならなかった。その結果、政治法律、文化教育、社会的地位、倫理道徳、家庭生活および風俗習慣の上で男尊女卑の現象が生じた。封建礼教による束縛と虐待がこの現象をさらに助長した」と述べられている。さらに、そのような状況はアヘン戦争により半植民地化した社会においても変わることなく、「女性は依然として封建宗法制度にしばられ、男尊女卑、女性抑圧は依然として女性の地位の最も本質的な特徴」であるとし、女性が置かれていた具体的な状態とは、「政治権利の欠如、経済独立性の喪失、婚姻の自由の喪失、教育を受ける権利の欠如、身体の虐待」であった、とも述べている。顧秀蓮《二〇〇八》は、これを増補改訂したものであるが、宗法制度下における女性が抑圧された弱者であった、という基本的スタンスは、そのまま踏襲されている。前近代中国の女性に対するこのような捉え方は、女性を対象とした従来の諸研究の前提となる見方なのであった[八]。

しかし、儒教の国教化後も、男性上位の父権社会の中から生まれた「孟母三遷」という言葉に象徴されるように[九]、女性の役割もまたそれなりに大きかったとの指摘も現れた。白水紀子《二〇〇一》は、家父長制社会における女性について論じる際には、「子の親に対する「孝」の実践が母である女性にも適用され、女性であっても（たとえ男子がなくとも）長生きをすれば上の世代の者として相応の敬意が払われる中国の慣習も考慮しなくてはならない」と述べ、父権社会における「母の権威」に留意している。

二一世紀の日本の研究において、ようやく前近代中国の女性が単に抑圧されるだけの弱者であるという捉え方は偏った見方であり、儒教的観念に見られる理念と実態の間には実は大きな格差があったのではないか、という認識も現れ始めている。こうして女性史研究は、全体としては、父権中心の価値体系に固執した、対男性という図式でのみ捉えてきた偏向的な研究の蓄積を踏まえながらも、過去の女性の歴史の総体的全体像の解明に向かう新しい段階へと踏み入ったのである。

二　明清時代の女性像

明清時代における女性像については、女性の財産権・貞節観念・家訓による教育などに焦点が当てられてきた。第一に、刑法より分析した研究を検討しよう。

明清時代に止まらず、前近代中国における妻の刑法上の地位は、夫の地位よりも劣るものであった（一〇）。そのような刑法上における女性の地位の低さは、女性が社会的弱者であったという見解を裏付ける証拠として取り上げられることが多い。陳青鳳〈一九九〇〉は、清代刑法に顕著に見られる女性差別の処遇について整理し、清代刑法の中の中核である十悪（一一）のうち、告訴罪、傷害殺人罪、姦淫罪において女性差別が著しいとする。清代の刑法での女性差別は、明代の刑法よりも大きく、さらに唐代の刑法と比較すれば一層差別を増したものであるという。また、そうした現象が生じた理由は、清代の「政治体制が宗法社会を基盤としていたため、その刑法に宗法制度・慣習ないし宗族思想を尊重し反映させて、宗族社会を強固に擁護しようとしたからであり、また宗族社会は宗族社会の倫理・秩序を維持するため、宗族内の上下差別と男女差別を擁護しようとした」からであるとしている。このように、刑法から見た女性の地位は、唐代よりも明清時代の方がはるかに低いとされている。それでは、財産権ではどうであろうか。

第二に、女性の社会的地位を具体的に表す財産権を検討しよう。財産権の研究は、南宋後期の女子財産権をめぐる滋賀秀三・仁井田陞の論争（一二）の影響が大きい。滋賀秀三《一九五〇》、滋賀秀三《一九六七》第四章第二節・第三節は、宗法社会における女性の財産権について、次のように述べている。以下は該当する部分の要約である。

宗族内において共有される財産の管理は「父子一体」という概念によって、本宗の族長である男性が持ち、他の男性族員は、その財産に対する持分が配当された。また、祭祀の権利も同様に、その主宰者は家長である男性がなり、その男性亡き後は息子が継承した。しかし、女性は「夫婦一体」の概念のもと夫の宗族の一員となるものの、それは結婚によって実家である出身宗族の一員から夫の宗族の一員へと地位が移転するのではなく、むしろ婚姻によってはじめて夫の宗族の中に地位を獲得し、祖先を祭る義務と祭られる権利を有した。また、未婚の女子は出身宗族において祖先を祭る権利を有してはいなかったため、財産を承継することはなく、未婚の女子が出身宗族から受け取ることのできる財産は嫁ぐ時に親から与えられる持参財だけであった。財産権と祖先祭祀は不可分な問題であり、それは過去の中国全ての時代において不変の原理であった。

滋賀・仁井田論争は、主に、南宋の判例集『名公書判清明集』(一三)（以下、『清明集』）に収録された劉後村による「法には、父母が已に亡く子女が財産を分ける場合には、女は男の半分を得ること、とある」という判例の解釈をめぐって繰り広げられた。滋賀秀三〈一九五三～五五〉は、この判例の解釈を、父を祭る権利のない未婚女子が財産権を有することはあり得ないため、劉後村という一人物の「我流の解釈であった」のではないかとする。これに対して、仁井田陞〈一九五二〉は、法もまた歴史とともに変化するものである、と述べ、先に挙げた『清明集』に見られる事例を、女子もまた男子と同様に「承継人」であるとし、「南宋法の女子分の場合も、祭祀と無関係な財産承継である」ことの例証であると積極的に解釈した。さらに、再婚の際に粧奩（持参財）を持ち去ることが認められていたと主張したのである。

のちに明版『清明集』が発見されると、柳田節子〈一九八九〉が再検討を行い、宋代における女性の財産権に関する新見解を打ち出した(一四)。柳田は、『江蘇金石記』などの土地所有関係を記した史料に女性名義の土地があることに着目し、宋代には女性の財産権が一定の地位を得ていたとする。さらに、寡婦が実家から持参した粧奩を再婚の際に持って出ることが認められていたこと、および男子の跡継ぎがなく戸絶となった場合の財産を娘が何らかの形で承継する権利が認められていたことを明らかにした。そして、明代の戸令には、嫁入りの時に持参した粧奩は、すべて夫の家の所有物とみなすと規定され、戸絶財産についても娘が受け取ろうとすれば非難されるのが慣例であったことを例証として、宋代では女性にも一定の財産権があったが、明清期に至り権利が低下したのではないか、としたのである。こうして明清時代は、女性の継承権が低下した時期と把握された。柳田は、その理由として、明清時代における朱子学の国教化を挙げている。

また、滋賀秀三《一九六七》第四章第一節も、寡婦の財産権について考察する中で、清代の女性の経済権利が低かったことを明らかにしている。清代において寡婦は、「夫に代位し、夫に属していたものを包括的に保持し続ける」権利を持っていたが、それは息子が成人になるまでの期間や、息子がいない場合は、亡夫側の親族を継嗣に立てるまでの期間に、一時的な財産権を預けられるだけであり、それも寡婦が亡夫の家に留まり、亡夫の妻であり続けた場合に限られる、と述べて、女性の経済的権利の低さを描き出したのである。

滋賀の描く清代の寡婦像と、柳田が呈示したある程度の財産権は有していた宋代の女性像とを比較すると、その格差は激しく、清代における女性像の低さが浮かび上がる。財産権から見た場合、明清時代の女性は、宋代の女性のような一定の財産権を有していないとされており、この点もまた、明清時代における女性の地位がそれ以前の時代よりも低かったと捉えられる一つの要因となっている。

第一・第二の研究は、いずれも法律として表現された女性の地位を無媒介に社会の実態としている。しかし、法律はあくまで国家の支配意思を示すものであり、そこに表現された女性の地位は、当該時代の社会における女性の実態と必ずしも等しくない。女性が財産権を強く主張するという実態に対して、国家がそれを抑制するために律や判例を強化するという捉え方も一面の真理を示すものであることに留意しておきたい。

第三に、貞節観念から見た女性像の研究を整理しよう。従来の研究によれば(一五)、女性に対する貞節の要求が強調されるようになったのは宋代以降であるという。その際、一九三〇年代から七〇年代までの研究のほとんどが、（北宋）程頤（号は伊川。一〇三三～一一〇七年）の「餓死は大したことではない。節を失うのは極めて重大なことである（餓死事極小。失節事極大）」という発言を取り上げ[一六]、程頤のこの発言が発端となり、貞節が提唱されるようになったと論じている。

たとえば、春秋時代から清代に至るまでの女性の貞節観念を通史的に論じた劉紀華〈一九三四〉は、宋代以降の貞節観念を次のように理解する。

宋代には、程頤と朱子という儒者が貞節を強く提唱したことと、男性の処女嗜好が現れたことで、女性の再婚が恥であるという以前にはなかった社会通念が生まれ、女性の貞節観念が緩やかなものから厳格なものへと変化した。さらに、明代には女性の節を重んじる文章を掲載した書籍や、節を守った女性を旌表するという律が現れたために一層貞節観念が重視されるようになっていき、清代になると宗教的なものへと変容していった。

また、陳顧遠《一九三七》は、中国歴代の律が、既婚女性の姦通に対し厳重な処罰を設けていた理由は、姦通が「夫婦相互の義務を視るものではなく、乃ち婦人の姦を犯すを以て血統を乱すということを主としたのであ」ったからだとして、貞節とは専ら女性に対して説かれた教えであった、と述べている。山川麗《一九七七》も、貞節観念が女性にだけ強要されるものであったと指摘し、宋代もはじめのころは、女性に対する貞節観念も比較的緩やかなものであったが、朱子学が政治及び社会上の面でも強い影響力を持つようになると、女性の再婚は非礼であるという見方が強まった。宋代こそが歴代の中で最も女性を束縛していた時代であった。また、女性教戒を目的とした書物に掲げられた礼制が、如何に女性を縛ってきたかを指摘し、男が死んだ場合、一生貞節を守らねばならぬなどということは、全く女を奴隷扱いしているといわざるを得ない、と論じている。さらに従来の研究では、女性の貞節観念は宋代以降、時代が下るにつれ民間へと浸透し、明清期には一種の宗教のような過激さを備え、その結果、莫大な数の節婦や烈女が生み出された、とされている。(一七)

しかし、かかる見方については、すでに異論が唱えられている。程頤の発言は、常套句となるほどの影響力を後世まで保持したが、そもそも程頤は女性の再婚だけを禁じていたわけではない。劉立言によれば、再婚が失節であるという考えは、本来男女双方の再婚に対して発せられた言葉であったという。(一八)程頤の発言は、(前漢)劉向(撰)『列女傳』の中に見られる「二夫にまみえず」(一九)や、(後漢)班昭『女誡』の「夫には再娶の義あれども、婦には二適の文なし」(二〇)といった女性の貞節を説いた教訓書と同様に、為政者が女性の貞節観念を推進する上で都合の良い常套語として利用してきたに過ぎなかった。(二一)程頤の言葉が都合よく使われたせいで、程頤自身が女性の再婚を禁じていたかのように認識され、結果として、儒教が女性の再婚を禁止していたと解釈されるようになったのである。(二二)

さらに、南宋になって程頤の貞節観念を継承して推進したのは、朱熹(号は晦庵・晦翁。一一三〇〜一二〇〇年)である、と指摘されることもある。これも程頤の場合と状況は類似しており、溝口雄三などの研究によれば、朱子はもともと女性の再婚をとくに非難しているわけではない。(二三)朱子自身が女性の再婚を非難してはいなかったことから考えれば、明清時代にみられる貞節観念の強化は、朱子学の隆盛が主な要因とは一概に言うことはできまい。

それにもかかわらず、儒教の浸透と明清における貞操の強化を結びつける研究はきわめて多い。たとえば、杜芳琴〈一九九六〉は、元代は理学が民間層へと普及した重要な時代で、当然女性にも大きな影響を与え、女性は理学の孝の強調によって平時には夫に仕え、親に孝を尽くし、家族の親和をはかるという義務を履行させられるようになっていった、と述べ、さらに、明代に入り、殉節した女性の数が急増した事実は、理学が普及したことを裏付けるものと論じている。このように、明代に急増した節婦・烈女の事例は、儒教が民間へと浸透したことと結び付けて論じられることが多い。もちろん、明代の節婦・烈女の数の急増が、儒教の浸透とは全く無関係であったとは言えまい。しかし、儒教の浸透よりも、第一章で述べるように、国家が行った節烈旌表制度による経済的恩典の影響を考えるべきではないか。節婦の場合は、再婚をせずに節を守り、その上に恩典も受けられるという実質的な報いがあれば、以前よりも申請者が増えるのも当然であろう。

　このように、第三として検討した女性の貞節観念についての研究では、明清時代は貞節観念が庶民層にまで浸透したために、膨大な数の節婦烈女が生み出されたとするものが多いが、その論拠はすでに崩壊している。その例証として、第一章では、儒教において「孝」が「貞節」に優先することを論証する。

　第四として、家訓から見た明清時代の女性像の研究を検討しよう。臧健〈二〇〇四〉は、宋元から明清時代に作られた家の規則が収められた「家法《ママ》」を通して、女性の行動に対する規範の形成を論じる。明清の家訓には、宋代の家訓にはない「婦の言を聴く勿れ」という文言が見られ、この加筆こそが、明清時代の女性の家の中における地位の低下を招くことになった。「婦の言を聴く勿れ」という教えが、明清時代の家訓に組み込まれるようになった理由は、一族が住居を共にする大家族の中で、婦人が夫をたきつけ、財産をもらって分家したり、一族から別居することが最も恐れられたことにある。婦人が家の中で独立自主の権利を獲得するようになり、自分の家の利益を維持するため様々なことに積極的に参与すると、一族全体の財産にまで影響が及ぶため、それを危惧して家訓に「婦の言を聴く勿れ」という文言を組み込んだのである、という。さらに、これが家訓に組み込まれ、家庭内で法律的効力を発揮し、妻が口を出し過ぎたり、夫が妻の言葉を聞き入れることが許されなくなり、家の中における女性の地位が低下したのである、と述べるのである。

　「婦の言を聴く勿れ」という文言が、明清時代になって初めて家訓に組み込まれた、という指摘自体は興味深い。

臧健の結論とは逆に、女性の地位の向上をそこに見ることが可能であるからである。たとえば、本書の分析対象である族譜や小説には、女性の多弁が家の衰退に繋がると述べているものがある。[一四] 当時、女性の多弁により問題が生じるケースが、実際に増加していたのであろう。それが背景となって、家訓に文言が付け加えられた。かかる状況は、第一・第二で見た律や判例の問題を考察する際にも参考になろう。家訓に書かれた女性への教えは、第三で検討した儒教の女訓書のそれと同様に、倫理道徳上の理想を述べたものであって、そうした強制力をものともせず、女性は自らの主張を強く述べ立てた、と考えることも可能なのではないか。

以上のように、従来の研究では、明清以前の女性たちには、ある程度の自由や権利が与えられていたが、明清になるとそれらの権利は奪われ、女性の地位が低下したという見方が、多くの分野においてなされていた。女性史研究が全体として持つ、ジェンダー視点の導入により、過去の女性の歴史の総体的全体像の解明に向かう、という方向性が明清女性史研究には見られないのである。とりわけ、中国における明清女性史研究にそれが目立つのは、中国革命により解放された女性は、解放以前には低い地位に抑圧されているべきであるという解放闘争史観の先入観に囚われ続けているからであろう。果たして、明清時代において女性がそれ以前やそれ以降の時代に比べて、とりわけ低い地位に置かれ続けていたという主張は、当時の実態を正しく捉えたものなのであろうか。

三　明清小説に見られる女性像

従来の研究が明清時代の女性を抑圧された姿として描き出すことに対して、明清小説の中に見られる女性たちは、劣位に甘んじ男性に頼り切った生活を営むばかりに描かれるとは限らない。それなりの自主性を持った女性たちの姿は、とくに明末になって盛んに作られるようになった白話小説[一五]の中に顕著に見られる。もちろん、小説は虚構であり、そこに描かれる物語を即座に歴史的な事実と考えることはできない。現実に自由がない中で、虚構の女性像を描き、そこに女性が実現し得ない鬱屈した思いの解消を求めた、という解釈も可能であろう。しかし、当時の小説の読者層の中で、女性は圧倒的に少数である。男性読者が、現実と全く異なる力強い女性像を好んで読んだ、という想定には無理が多い。小説には、その虚構に説得力を持たせる現実世界の反映がある。そうであれば、明清小説の中に見られる、それなりに自主性を持った女性の姿に反映している現実の社会通念を理解し、小説の文学性を味わうとともに、明清時代の女性に対する意識を知ることが必要であろう。

女性を中心人物として描いた作品は、すでに唐代伝奇に見られる。たとえば、（唐）白行簡『李娃傳』、（唐）李公佐『謝小娥傳』、（唐）元稹『鶯鶯傳』などは、その代表である。しかし、これらの作品に描かれる女性像は、明清小説とは異なり、夫の出世のために陰ながら貢献する賢婦や、父や夫のために仇討ちをする孝行者の娘である。儒教的な教えに即した女性とまとめてもよい[二六]。これに対して、明清小説には、一目惚れをした相手を自らの夫に決める自主性を持った娘の姿[二七]や、心変わりした夫に報復をする妻の姿[二八]などが描かれているのである。

それらの中には、不貞を犯す女性が作品の中心人物として描かれていることすらある。かかる淫婦像の代表は、（明）笑笑生『金瓶梅』に登場する潘金蓮であろう。もちろん、小説の中で、淫楽に溺れる人物として描かれた女性には、不幸な結末が用意されていることが多い。潘金蓮の場合も同様で、死後に遺骸は野ざらしにされ、もと下女[二九]であった春梅によってどうにか土の中に埋めてもらえるという無惨な結末を迎えている。しかし、明清小説の中には、不貞を犯した女性が不幸な結末を迎えない作品もある。

明末の天啓年間（一六二一～一六二七年）に、話本の蔵書家としても知られていた馮夢龍（一五七四～一六四五年）が編纂した短編白話小説集「三言」（『喩世明言』〈原名は『古今小説』〉、『警世通言』、『醒世恆言』）には、各四十篇、計百二十篇の作品が収録される。その中には、夫や婚約者の死後に節を守り抜いたり、死によって貞烈の徳目の成就を図る女性の姿が見られる。再婚する女性の姿や、女性の不貞が原因で離婚に至る女性の姿も見られ、不貞を犯した女性には死という制裁が加えられることによって、儒教倫理的な教化の色濃い内容となっていることが多い。

ところが、中には、夫を裏切って不貞を犯し離縁されたにもかかわらず、最終的には元の夫のところへ戻り、夫婦団円を果たすという話が見られる。『喩世明言』巻一「蔣興哥重會珍珠衫」の正話である。大筋は以下のようなものである。(三〇)

明の成化年間（一四六五〜一四八七年）のはじめごろ、湖広襄陽府の棗陽県の商人の蔣興哥は、三巧児という美しい妻を娶っていた。三巧児はもともと貞操観念の強い女性であったが、興哥が遠地へ商売のために出かけ長期不在の折に、周旋屋の薛婆の策略に嵌り、新安の商人である陳大郎と不義を犯してしまう。それを知った興哥は三巧児を離縁する。そして、興哥は平氏という女性を後妻にした。ところが、この平氏というのは、三巧児の不倫相手であった陳大郎のもとの妻であり、陳大郎が病気で死んだために再婚の道を選んだのであった。一方、興哥に離縁された三巧児は、合浦県の県令、呉傑の妾となっていた。ある時、興哥は商売で合浦県へ行った際、ある老人と商売のことで言い争いになった。もみ合っているうち、老人が自ら転んで死に、訴訟事件となってしまう。興哥が訴えられていることを知った三巧児は、夫の呉傑に頼み、興哥は無罪となる。呉傑は三巧児が興哥のもとの妻であることを知ると、三巧児を興哥に返してやる。興哥にはすでに平氏という後妻がいたので、三巧児を妻ではなく妾として迎え、もと夫婦の二人は無事に団円を迎える。

この作品の本事（種本）は、馮夢龍と同時代の文人、宋懋澄の文言筆記小説『九籥別集』に収録されている「珠衫」である。(三一)したがって、三巧児という女性を創作したのは、宋懋澄であって馮夢龍ではない。宋懋澄は、もともと貞淑だった三巧児を淫婦へと変貌させるという設定を虚構から生み出したのか、実在のモデルがあったのかは明らかではない。いずれにせよ、宋懋澄は、夫を裏切って不義を犯した女性に対し、死という制裁を加えていない。それは、宋懋澄の話をもとに白話小説を創作した馮夢龍も同様である。しかも、この話は、「三言」百二十篇の冒頭に収められており、編者にとって特別に重要な作品であったはずである。それが、貞節の教えを破り不貞を犯した女性が、自害することもなく、幸せな結末を迎える、という話になっているのである。

明清時代の白話小説は、知識人層を読者に想定して書かれており、物語を読者の胸に焼き付けるには、読者の共感や支持が得られるような話の内容でなくてはならなかったはずである。たとえ、書かれている内容が、実際にはあり得ない奇行が主題となっている場合であっても、その中から生まれる普遍的な現象は、読者が共感を覚える内容でなければ流通しない。不義という大罪を犯し、夫に離縁させられ、他人の妾となった後に、再び三巧児をもとの夫の妾として二人を団円させる。かかる物語は、女性の再婚が許容されなければ、読者が納得する話としては成立しなかったはずである。しかし、作者は、読者にさしたる違和感を感じさせずに、これを小説として成立させている。

明清小説に現れたこのような女性像を湯浅麗《一九七七》は、『列女伝』が女の正史であるならば、小説は女の裏面史である。そのためにこそ、儒教社会をはみ出して生きた女たちを記録する場でもある」と理解する。湯浅の指摘するように、物語に描かれている女性像は、果たして当時の社会通念から外れた生き方をした、例外的な女性たちの姿を映し出したものなのであろうか[三二]。

明清小説の女性像は、社会通念から外れた虚構の世界や特異な女性の例外的なあり方を描いているのではなく、儒教を基盤とした宗法社会が、実際には女性の自主性をそれなりに許容していたことを表現の背景に置いて描かれているのではないか。かかる仮説を実証するためには、明清時代の小説を創作・受容していた階層において、女性がいかなる社会通念に規制されていたのかを理解する、という方法論を必要とする。明清時代に多くまとめられた族譜は、そうした方法論において格好の資料となる。族譜を資料として当時の女性の実相を明らかにすることにより、宗法制度がある程度、女性の行動や自主性を認めていたために、実際には、これまで言われてきたような社会の劣位に置かれるばかりの隷属度の高い女性ばかりだったわけではないことを証明したい。作品に描かれた儒教の教えからはみ出しているかのように見える女性像は、作者が当時における女性の実相を基盤とし、創り上げた姿であることを解明していこう。

小　結

中国女性史研究は、前近代中国の女性が単に抑圧されるだけの弱者ではなく、儒教的観念に見られる理念と実態の間に大きな格差があることを踏まえ、女性の総体的全体像を解明するという新しい段階へ向かっている。ところが、明清女性史研究に限って言えば、刑法・財産継承権・貞節観念・家訓などの様々な面において、明清時代の女性は、革命後は言うまでもなく、それ以前よりも恵まれてはいなかったと捉えられている。

しかし、明末清初に作られた白話小説の中には、ある程度の自主性を持って生きる女性を描くものもある。それは、当時の宗法制度が、そうした女性像を許容する社会通念を持っていたためではないか。本書は、かかる仮説を実証するために、明清時代の小説を創作・受容していた階層において、女性がいかなる社会通念に規制されていたのかを理解する、という方法論を取り、仮説を実証する手段として族譜を用いる。次節では、族譜の資料的性格を明らかにしながら、本書での分析方法を明示したい。

第二節　族譜と明清小説

族譜は、宗譜ともいい、同一の始祖に連なる男系同一血統の集団である宗族が、長年にわたり蓄積してきた情報を集めて編纂した書物である。中国の族譜は、宗族組織の形成にともなって宋代から本格的に編纂されるようになった。これを近世譜と呼ぶ（本書では、とくに断らない限り族譜とは近世譜を指す）。両晋南北朝から隋唐の貴族や国家が編纂した古譜と区別するための称謂である。[二三]族譜は、明代後半からの里甲制の崩壊に伴って台頭し、地方行政を実質的に担う存在となった郷紳層が、[二四]親族の組織化に有利な方法として族譜の編纂に力を注いだことから流行し、明末清初[二五]に編纂の隆盛期を迎える。その後、中華民国の成立以降も編纂は止むことがなく、地域的には、経済面・文化面において先進地帯であった長江下流域の江南地方で数多く編纂された。[二六]なお、本書では、「三礼」に表現される周制を典拠としながら、明清時代の郷紳層が自らを宗族と位置づけ、その規範を宗法に準えて自己の階層を規定しようとするシステムを宗法制度と称する（清水盛光《一九四二》を参照）。

明末清初は、『三國演義』『西遊記』『水滸傳』など、中国で最も有名な小説が出版された時代であり、また『金瓶梅』『醒世姻縁傳』「三言二拍」などの通俗小説や、『西廂記』『牡丹亭』などの戯曲が大いに流行し、小説や戯曲が大衆化した時期でもある。中でも「三言二拍」などの通俗小説は、男女関係や金銭問題といった日常生活に身近な問題を題材しているものが多い。一方、族譜もまた、親子や夫婦のあり方、宗族の共有地である族産の管理など日常生活の中で必要な生活倫理を記録している。

このように族譜と明清時代の文学作品は、その隆盛した時代的にも地域的にも、題材とする内容的にも共通点が多く見られる。したがって、族譜は、小説や戯曲の虚構の背景となった社会通念を理解するうえで、格好な資料となる。本書は、あくまでも明清小説の理解に族譜を利用するもので、族譜それ自体の研究は目的としない。しかし、分析手段として族譜を利用するためには、族譜の性質や資料としての価値について検討しておく必要があろう。

そこで、本節では、族譜資料の性格と本書における利用手段を先行研究に基づいて整理しておく。

一　族譜の歴史的展開

族譜は、「族譜」という名称の他に、「宗譜」「家譜」「支譜」「家牒」「譜牒」「家乗」「世録」「世家」「世譜」などとも呼称される。[三七] 多賀秋五郎《一九八一》によれば、中国・日本・アメリカの公的機関所蔵の族譜には、「宗譜」という名称のものが圧倒的に多く、「族譜」「家譜」がそれに次ぐという。しかし、現在の中国では、「宗譜」よりも「族譜」を用いることが多く、本書では、「族譜」という名称を用いた。

族譜の起源は、先秦時代に遡るという。しかし、明清時代の族譜に繋がるものは、両晉南北朝から隋唐にかけて編纂された古譜である。古譜は、一族の系譜だけが収録されているのが通例で、傍系親族までもが記録されていることはほとんどない。[三八] これに対して近世譜は、通常、傍系親族も含む一族の系譜が掲載されている。さらに、宗族が団結する上で必要な規範や家訓、或いは宗族内の主要人物の伝、また宗族の墳墓記[三九]や共有地である族産に関する記録などの様々な情報が収録されていることも特徴である。

古譜は、両晉南北朝から隋唐時代の支配階層である貴族と君主権力とのせめぎ合いの中で編纂されたため、士庶区別が国家的貴族制として定められる際に必要とされた。多賀秋五郎《一九八一》によれば、古譜は、名が残るだけで二七七部に及ぶが、それらの中で諸氏族の等級をつけた最も古いものは、西晉の摯虞が編纂した『族姓昭穆記』である。西晉の武帝は、摯虞の編纂を通じて貴族の等級を定めようとした。梁の武帝が王僧孺に編纂させた『十八州譜』もまた、国家的身分制として貴族制を編成しようとする皇帝の支配意思を示す。こうした皇帝権力により国家的身分制として編成された貴族制を表現する氏族譜の完成型が、唐で編纂される『貞觀氏族譜』なのである。[四〇]

宋代になると、国家が系譜の作成に関与することはなくなり、系譜の蒐集も行わなくなった。国家的身分制としての貴族制の時代は終焉を迎えたのである。これに代わって、科挙によって官僚となった士大夫たちは、自らの出自を明確にするために、系譜の作成に力を注ぐようになった。宋代以降の近世譜と古譜との違いは、族譜の編纂の主体が、国家から各宗族へと移ったことにある。

このように、本書で族譜と称する近世譜は、宗族により編纂・管理・保持されたことに古譜との比較において最大の特徴を持つ。したがって、族譜は、宗族ごとに、宗族の持っている理念を表現するものとなった。本書が、女性に対するさまざまな宗族の考え方の違いを分析し得た理由である。

また、書式形態の変化も注目すべき変更点である。近世譜では、収族と呼ばれる、枝葉に至る傍系親族までを集めて掲載することが始まり、同一祖先から連なる族人の全てが一つの系譜上に記録された。[四一]そのモデルとなったものが、（宋）歐陽脩（一〇〇七～一〇七二年）の「歐陽氏譜圖」（四部叢刊本『歐陽文忠公集』巻七十一）と（宋）蘇洵（一〇〇三六～一一〇一年）「蘇氏譜圖」（四部叢刊本『嘉祐集』巻十三）である。とりわけ、歐陽脩が用いた系図は、その明解な書式から、宋代以後の系図の編纂に大きな役割を果たした。[四二]士大夫が系譜の作成に強い関心を抱くようになった理由は、同一祖先を持つ族人を集結させ、その団結力を強化する上で、族譜の作成が非常に有効な手段だと考えたからである。団結力重視の要因は、科挙制度にある。科挙により貴族でなくとも高位高官に就けるようになった反面、官職の地位は一代限りで終わる。その後、子孫から官僚が出なければ、家産均分相続のため、次世代以降の家産は際限なく細分化される。[四三]その結果、科挙試験に向けて学問を志す際に必要な費用さえ捻出できず、子孫の中から官僚が輩出する道はさらに閉ざされ、家系は没落する。そこで、宋代の士大夫は、族人に教育の機会を与え、子孫の中から代々官僚が出るような名門宗族を形成するため、宗族の団結を強固にしようとしたのである。[四四]明代末期に里甲制の解体に伴い郷紳が地域社会における秩序維持に深く関わると、族譜は族人相互の結束を高める上で有効な手段として利用される。こうして、族譜の編纂は隆盛期を迎え、民国に入ってからもなお、各地で族譜はその数を増やしたのである。

二　族譜の有用性

族譜は、国家の関与なしに、個々の宗族により編纂されたため、他の族譜との弁別を目的に、その宗族の姓氏と現在の主な散居地の地名から成る「譜名」が付けられた。『蕭山于氏宗譜』や『日照丁氏家乘』などは、その例である。むろん、なかには、『余氏宗譜』や『仇氏家乘』などのように、宗族の姓氏だけが譜名に用いられたり、『淝水左氏宗譜』のように、貴族制の名残を組む「地望」・「郡望」を宗族の出身地名として譜名に入れられたりするものもある。あるいは、『江陰後底涇呉氏宗譜』のように、最初に族譜編纂時の散居地（この族譜では「江陰」）が記され、次に地望・郡望（この族譜では「後底涇」）が併記される譜名もある。また、『綸恩堂廷芳公下應明公派支譜』や『潁川越蔭堂汪氏家譜』のように、堂号も付けられる長い譜名の族譜もある。堂号とは、もとは始祖を共通とする同宗族であるが、途中で枝分かれした支派一族であることを示す場合に用いられるものである。さらには、『京口陳氏五修家譜』や『瓜州于氏十一修家譜』のように、編修回数を示す字句が付けられている譜名も見られる。

また、族譜に収録されている内容も、譜名と同様に、宗族によって異なる。紙数の多い族譜では、序文（編纂ごとに書かれた序文をすべて掲載している場合もある）、始遷祖に関する説明の文章、目録、凡例、家規や家訓、系譜、同族内の主要人物の伝や墓誌銘などの文章、族産（共有地である義荘・義田に関する記録）、墓図（墓地に関する記録）、祖先の詩文、祖先の像の賛などを網羅して収録する。一方で、始祖に関する文章と系譜だけが収録された簡略な族譜もあり、宗族によって様々である。(四五)

族譜は、国家によって正規に記録された歴史文献とは異なり、民間による記録であるため、明清時代における民間の生活状況を知り得る貴重な資料になる。ただし、古譜とは異なり、族譜は、宗族内の族人の団結意識を高める目的によって編纂された。(四六)このため族譜は、極力、外部の者には公開しないという性質を持つことに留意したい。印刷する場合も必要な部数しか刷らず、外部に売却することも禁じられていたため、(四七)一般に流通することは少なく、入手が困難な資料であった。それが、民国期より外部の者が目にする道が開かれ、日本やアメリカにも流出して、各分野の研究資料として利用されるようになっていった。

日本で最初に族譜研究に着手した牧野巽〈一九三六〉は、明清時代に編纂された族譜を書誌学的観点から分析し、同時に、宗族機構の発展と沿革について考察した。多賀秋五郎《一九六〇》は、中国・日本・アメリカの公的機関に所蔵されている族譜を対象として、族譜の総合的な分析と書誌学的観点からの考察を行った。さらに、多賀は公的機関が所蔵している族譜の目録を作成し、その研究成果が高く評価されている。羅香林《一九七一》は、広東・香港地区の族譜を分析し、中国南方における族譜の特徴を述べ、族譜の学術的な価値を称揚した。

一九八〇年代から始まった中国の改革・開放政策に伴い、地方社会において宗族という伝統的な男系出自の親族集団を再生しようとする動きが広まり始めた。その結果、親族の系譜である族譜の編纂に再び力が注がれるようになり、残存している族譜に新たな情報を加えて刊行する、という事業が盛んに行われるようになった。(四八)二〇〇〇年には上海で中国族譜国際学術研究討論会が開かれるなど、近年では多くの族譜に関する研究が行われている。

それらの中から、分野別に注目すべき研究を整理しておこう。史学では、宗族機構や父系制度に関する研究において、宗族形成の発展を実証するためや、歴史上重要な人物の世系や子供に関する情報を知る手がかりとして、族譜が利用されている。たとえば、井上徹《二〇〇〇》は、宋代以降、士大夫たちによって推進された宗法復活論から展開した宗族形成運動の流れと、族譜の普及状況の関係について克明に論じている。社会人類学の分野では、瀬川昌久《一九九一》《一九九六》により、人口の流動性と分布状況を分析する資料として、族譜が積極的に活用されている。女性史では、蕭江《二〇〇〇》が、四川省の農村地区における婚戚関係の実態を分析するための資料として族譜を利用している。このほか法制史では、前近代中国の家族システムを明らかにするために、統計学では、人口の流動性を調査する資料として用いられている(四九)。

族譜の研究において、しばしば指摘される問題に、その信憑性が挙げられる。族譜の信憑性が問われる理由は、明代に盛行した「通譜」が大きな要因である。通譜とは、いくつかの支派間で共通の祖先を系図中に見出し、系譜を合わせて同宗となることをいう(五〇)。場合によっては、同姓という理由だけで、異宗者同士の系譜を一つにまとめることさえあった。通譜は、宗族の規模を容易に拡大できるため、当時非常に流行したのである。

もちろん、通譜により遺産相続や結婚の際に問題の生じる恐れがある、と懸念を抱く者もいた。そこで、各宗族の系譜を地方史に掲載することで、一般に公開し、系譜の間違えを正そうとする時期もあったという(五一)。そのため、中には、通譜を全く行っていない宗族や間違った箇所をあとから修正して記録し直す宗族もあり、族譜の中には、事実に即した記録のみに努めたものも確かに存在する。現存の族譜に記録されている内容のすべてが事実である、とは断言できないが、資料としての利用価値が皆無であると判断することも適切ではない。重要なことは、通譜が流行していた、という事実を念頭に据え、資料としての利用法を厳密にすることであろう。

このため、本書では、族譜の記録の中から、主に凡例や族規などの規約の部分を用いることにした。これらの部分は、族譜の中でも改竄される可能性の低い箇所と考えられるためである。族譜の改竄は、通譜に代表されるように、系譜に関わる部分がほとんどである。凡例や族規などは、宗族内で発生し得る問題の防止策や記録上の処理方法などが書かれ、宗族内の秩序統制に直接関連する箇所であるため、改竄されている可能性が低い。またそのほかにも、当該時代の宗族が持っていた社会通念を色濃く反映する部分であり、それは明清小説の分析に利用できるのである。

三　族譜に基づく明清小説の分析

「はじめに」にも述べたように、明清小説は、必ずしも明清社会の現実をそのまま描いているわけではない。したがって、明清小説から、明清社会における女性像をそのまま復元することはできない、という立場が、本書の基本である。小川陽一〈一九七三〉も、

資料が小説集であるから、そこから得られるデータをそのまま現実の現象と見なすことには危険があるけれども、現実をかけ離れたメルヘンの世界のものだとしてその現実性を否定し去る必要もない。「三言二拍」内部における社会的経済的諸現象が極めて有機的な世界を構成しており、そしてこれが、正史その他の社会経済史関係の諸資料とも矛盾するものでないという事実によって、小説集という基本的性格を無視しないかぎり、社会経済現象の資料としてのそれなりの価値はあるといえよう。（傍点は仙石の補）

と、明清小説から直接的に現実を復元することはできず、あくまでも小説集の基本的性質、すなわち物語としての虚構が含まれることに留意すべきことを明確に述べている。(五二)

したがって、明清小説の文学性を理解するためには、小説から直接的にではなく、小説以外の資料より、当該時代

の社会通念を探り、それが小説にどのように反映しているのかを探求する必要がある。こうした方法論を用いようとする際に、族譜は大きな有効性を持つ。田仲一成《一九八一》《一九八五》は、宗族と地方戯曲との関わりについて考察し、元末明初及び清初における村落演劇編成に宗族が大きな役割を果たしていたことを、実地調査の成果と族譜資料によって解明している。

明清小説に現れた女性像の研究を分析する際にも、族譜によって当該時代の社会通念を明らかにする方法論は、高い有効性を期待し得る。そこで、本書では、族譜を分析のための資料として用いて、明清小説に現れた女性像を分析することで、明清小説研究における新しい方法論を呈示するものである。

小結

中国の族譜は、唐代までの「古譜」、宋代以降の「近世譜（本書では族譜と呼称）」に大別される。族譜は、宋代になると国家ではなく、科挙に合格して官僚となった士大夫が編纂に力を注いだ。士大夫は、代々子孫の中から官僚を輩出することを目指して、一族の団結力を高める必要から族譜を編纂した。族譜の編纂には、多額の費用と知識が必要であったが、十六世紀以降から民国初期にかけて、族譜は編纂の降盛期を迎えた。

明代後半には、同姓というだけで本来は血縁関係がない間柄であっても族譜を一つにするという「通譜」が盛んに行われた。通譜が流行したことで、族譜の信憑性が疑われることはあったが、それは主に系譜の部分である。本書では、族規や凡例といった改竄されている可能性が低い部分を資料に用いる。族譜の族規や凡例の分析より、明清時代の女性への社会通念を解明し、それを小説がどのように表現しているのかを検討することにより、明清小説の文学性を明らかにすることを目指していく。

おわりに

明清小説は、明清社会の現実をそのまま描いたものではない。明清小説から、明清社会における女性像をそのまま復元することはできない。そのため、本書では、族譜を用いて明清時代の女性に対する社会通念を明らかにした上で、明清小説が、物語に感動性を与え、虚構に説得力をもたせるために、どのように社会通念を反映させているか、また明清時代の女性像はいかなるものであったのか、という問題を、以下の六章により検討していく。

第一章は、従来、女性に求められる第一の徳目とされていた「貞節」と、すべての人にとって最も重要な徳目である「孝」とが、どのような関係を持つのかを考察する。第二章は「継嗣」、第三章は「女児」を扱う。中国近世（本書では、明清時代を指す）において、族譜を持ち得るような階層の宗族の成員にとって、祖先祭祀を絶やす絶嗣は、何としても避けなければならない事態であった。そのために生ずる養子の問題を第二章で、女児に託された役割を第三章で解明していく。第四章は「妻妾」、第五章は「女性の名」を扱う。いずれも、宗族全体の社会的威信を維持するために必要不可欠な家族内の秩序を維持することに関わる。最後の第六章は、妻に先立たれた夫の「不再娶」を扱う。個々の女性の歴史を扱う女性史から、真の意味での女性史に転換するためには、家族の中での女性の位置を理解する必要がある。換言すれば、男性史を明らかにすることにより、女性史の問題の解決の糸口が見えてくることもある。そうした意味で、男性を取り扱う第六章もまた、女性史研究に含まれるのである。

《注》

（一）溝口雄三・丸山松幸・池田知久（編）《二〇〇一》Ⅱ政治・社会「女子」。また、節婦烈女を封建的道徳に縛られた犠牲者とみるのではなく、女性の心理や心情から捉え直した論考として、合山究〈一九九八〉がある。

（二）これに対して、宋代を対象とした女性研究の中には、女性を弱者とする従来の通念から離れ、女性の歴史を客観視し考察した論考がある。柳田節子《二〇〇三》は、その代表的論著である。

（三）陳東原《一九二七》。日本語の抄訳に村田孜郎《一九四一》がある。

（四）陳顧遠《一九三七》。なお、婚姻史に関する論考として、陶希聖、天野元之助（訳）《一九三九》、仁井田陞《一九四二》、滋賀秀三《一九六七》、瞿同祖《一九六七》、李樹桐〈一九七三〉があり、一九八〇年以降の論考として、栗原圭介《一九八二》、方建新〈一九八五〉、彭利芸《一九九〇》、劉士聖《一九九一》、載偉《一九九二》、蘇冰・魏林《一九九四》、董家遵《一九九五》、汪玢玲《二〇〇一》、張邦煒《二〇〇三》がある。

（五）日本における民国期を対象とした女性史の研究状況については、末次玲子・榎本明子〈一九九五〉を参照。

（六）原始時代における母権社会と母系制については、王慶淑《一九九五年》第一章、O・ラング、小川修（訳）《一九五三》第五章を参照。

（七）儒教の興りは春秋時代であるが、儒家の礼制が現実化したのは、後漢時代になってからであることは、渡邉義浩《二〇〇九》を参照。

（八）たとえば、山崎純一《一九八六》、下見隆雄《一九八九》は、前近代中国は男尊女卑を基盤とした社会構造であり、女性の地位が甚だしく低いものであったことを前提として、議論を展開している。また、一九一九年から一九九〇年における中国の女性史研究の総括に、杜芳琴〈一九九一〉がある。

（九）「孟母三遷」は、（前漢）劉向『列女傳』母儀　鄒孟軻母傳に見える、孟子の母が三たび居を変えて孟軻を教育した故事である。また、「孟母断機」（同じく『列女傳』母儀　鄒孟軻母傳に見える）は、孟軻が学問を途中でやめたことを知った孟母が、織っていた機の織物を途中で裁ち切り、学問を途中でやめることは織物を裁ってしまうことと同じだ、と言って孟軻を戒めたという故事である。ともに見識ある母の存在の大きさを表す言葉である。「孟母断機」の故事については、森友幸照《二〇〇二》第一部第一話を参照。

（一〇）刑法上の男女差については、趙鳳喈《一九七三》、王明霞〈一九九二〉、趙世瑜〈一九九五〉、杜学亮《一九九八》第五章、黄宗智《二〇〇一》などを参照。

(一一)「十悪」とは、刑法が所定した十種の大罪を指し、謀反・謀大逆・謀叛・悪逆・不道・大不敬・不孝・不睦・不義・内乱をいう。『唐律疏義』名例一・十惡に「周齊雖具十條之名、而無十惡之目。開皇創制、始備此科」と定められている。なお、本書で引用する「唐律」は、劉俊文（点校）『唐律疏議』（法律出版社、一九九八年）に依拠する。

(一二)滋賀・仁井田論争の経緯と内容については、秦玲子〈一九九〇〉、大沢正昭〈一九九八〉、小川快之〈二〇〇三〉に詳しい。また、柳田節子《二〇〇三》「一　宋代女子の財産権」は、両氏の論争の背景には法の理解に対する基本的な違いがあった、と指摘している。

(一三)『清明集』とその版本については、高橋芳郎《二〇〇二》第一部第八章を参照。

(一四)南宋期の女子財産権については、高橋芳郎《二〇〇二》第一部第九章でも詳しく論じられている。

(一五)貞操観念に関する先行研究には、高邁進〈一九三五〉、山崎純一〈一九六七〉、周婉窈〈一九七九〉、徐秉愉〈一九八〇〉、張敏傑《一九八八》、馮爾康〈一九九〇〉、胡発貴〈一九九〇〉などがある。また、貞節観念に関する近年の研究史については、衣若蘭〈一九九七〉、五味知子〈二〇一〇〉を参照。

(一六)『程氏遺書』巻二十二下（張載〈撰〉・朱熹〈注〉『張子全書　河南程氏遺書』国学基本叢書、台湾商務印書館、一九六八年）。

(一七)湯浅幸孫《一九八一》第二部も、「朱子学の流行にともなって、この種の貞節観念は士大夫の間に広く受け入れられるようになった」と述べ、朱子学の隆盛とともに元代初期頃から次第に女性の再婚を忌諱とする風潮が確立しはじめ、外部の圧力によって、女性の再婚が規制されるようになった、と指摘している。

(一八)劉立言〈一九九一〉。劉は、女性の守節について士大夫の家の婦女と民婦に分けて考察をしており、程頤の再婚は失節だとの考えは、本来男女双方に対するものであった、と指摘している。

(一九)（前漢）劉向（撰）『列女傳』貞順篇にみえる故事。春秋時代中期の斉の大夫、杞梁が従軍して戦死し、妻は夫の遺骸に伏したまま十日も泣き崩れ、その痛哭の激しさは城壁も崩したという話。この故事は、秦の始皇帝による万里の長城建設に動員させられた夫の死を知った妻の孟姜女が、万里の長城をも泣き倒すほどに痛哭したという物語へと発展した。杞梁の妻および孟姜女故事については、寛久美子〈一九九〇〉、森友幸照《二〇〇二》第一部第六話、黄瑞旗《二〇〇三》を参照。また、『列女傳』については、山崎純一〈一九六四〉、下見隆雄《一九八九》がある。

(二〇)（後漢）班昭『女誡』専心第五に、「禮夫有再娶之義、婦無二適之文」とある。『女誡』については、山川麗《一九七七》第二章、筧久美子〈一九八二〉、山崎純一《一九八六》第一章、〈一九九六〉を参照。

(二一)O・ラング《一九五三》は、「二二世紀にもわたって、何百人もの男女の儒学者によって書かれた家および社会における婦人の地位とその役割に関する多数の書は、女の教育と行動を律する実際的な規則をつくりあげた。これら書の説く教は、ごくわずかな差異はあっても、どれもみな同じであった。従順・内気・寡黙・順応性。これらが婦徳の主なものであった。男性に対する服従の三つの規則が婦人の一生を支配した」と述べている。

(二二)なお、小島毅〈一九九三〉は、程頤の発言は祖先祭祀を中心とする家族制度下で、妻の再婚がどのような意味を持っていたかを当時の思想的、社会的文脈の中で考えねばならない、と指摘している。さらに程頤は、男性の再婚にも否定的で、夫婦になるのは男女ともに一生に一度であるべきだと考えていたことを明らかにしている。

(二三)朱子が女性の再婚を特に非難していなかったことは、溝口雄三・伊東貴之・村田雄二郎《一九九五》が、『朱子語類』巻一百二十八、七十一條に見られる息子の相続権に関する発言を例証として明らかにしている。また、溝口雄三・丸山松幸・池田知久（編）《二〇〇一》では、女性の貞節に関する程頤の発言が、実際の習慣とはほど遠い理念であったことが指摘されている。程頤の発言が、女性を教化するための文章や裁判の判決文に引用され、何度も繰り返し使われることによって、女性の貞節が人倫として継承されていったのであるという。

(二四)『晶川許氏族譜』巻之九 禁約に、「一、宗之興廢恆由婦人。古人謂、凡女子之和而寡言者、便是賢德。……」とある。また、（清）李綠園（一七〇七〜一七九〇年）の『岐路燈』第四回には、主人公である譚紹聞の父、譚孝移の「這正是可羨所。今日少有家業人家、婦女便驕惰起來。其實人家興敗、由于男人者少、由于夫人者多」と、家の興廃は男性が原因の場合は少なく、女性が原因の場合が多い、という発言が見られる。なお、本書は、欒星（校注）『岐路燈』（中州書画社、一九八〇年）を底本とし、正字に改めた。

(二五)明代に盛んに作られるようになった白話小説は、「話本」と呼ばれる宋代に民間で行われた講釈の台本が源流である。「話本」は、やがて読み物としての形態に改められ、明代の江南地方を中心として興った出版業の発展に伴い、次々と刊行され、広範囲にわたる読者を得るようになっていった。明代の知識人が、これまで低俗なものとして軽視していた白話小説の執筆を積極的に行うようになったことで、白話小説は明末清初に至り隆盛期を迎えたのである。かかる小説の発展については、藤井省三・大木康《一九九七》第I部、竹田晃《二〇〇二》を参照。

(二六) ただし、(唐) 柳宗元 (七七三～八一九年) の「河間」のように、唐代においても淫婦の姿が描かれた物語が皆無なわけではない。
(二七) たとえば、『醒世恆言』巻十四「鬧樊樓多情周勝仙」正話、『醒世恆言』巻三十二「黃秀才靈玉馬墜」正話、『警世通言』巻二十九「宿香亭張浩逢鶯鶯」正話などである。また、女性の自主性が見られる「三言」の作品については、張軼欧《二〇〇七》を参照。
(二八) たとえば、『喩世明言』巻二十四「楊思溫燕山逢故人」正話、『喩世明言』巻二十七「金玉奴棒打薄情郎」正話である。
(二九) 下女については、(明) 沈徳符 (撰)『萬暦野獲編』巻三 宮人姓名に、「本朝宮女命名、最不典雅。如世宗壬寅宮婢逆案、其名倶蓮菊蘭荷之屬、與外間粗婢命名無異」とあるように、宮仕えをする婢女と一般家庭の婢女では従事する労働の内容に格差があり、下女といってもランクがあった。それを踏まえた上で、本書では労働の軽重にかかわらず、主人の支配下に置かれ家事や雑務といった労働をする女性を総称して「下女」という言葉を用いる。
(三〇) テキストは、国立公文書館内閣文庫蔵、明天許斎刊本と尊経閣文庫本を底本とした許政揚 (校注)『喩世明言』(人民出版社、一九九〇年) を使用した。
(三一) 作品の本事については、小川陽一《一九八一》二三～二五頁、大木康〈一九八五〉を参照。
(三二) このほか、明清小説に描かれた女性像について考察した主な論考として、以下のものがある。林雪光〈一九五六〉、町井陽子〈一九五八〉村松暎〈一九六四〉、植田渥雄〈一九八二〉、呉宗蕙《一九八五》二九二～三二〇頁、虞卓婭〈一九九八〉、曾慶雨・許建平《二〇〇〇》、黄瑞珍〈二〇〇二〉、曹亦冰〈二〇〇二〉、張軼欧《二〇〇七》。
(三三) 多賀秋五郎《一九八一》序章「中国宗譜の基本的概念と問題提起」。このほか、族譜に関する近年の総論として、王鶴鳴《二〇一〇》があり、王鶴鳴《二〇〇八》は族譜の総合的な目録である。
(三四) 郷紳は、紳士・紳衿とも称される。郷紳に関するこれまでの研究については、岸本美緒《一九九九》の第二章を参照。
(三五) 明末清初における族譜編纂の急速な高まりは、明末における印刷事業の発展とも深い関わりがある。明末江南地方における印刷及び出版事業の状況については、大木康《二〇〇四》を参照。
(三六) 江南地方の中でも、江蘇・浙江・安徽で多く編纂されたと指摘されている。多賀秋五郎《一九六〇》五八頁を参照。
(三七) 族譜の名称については、牧野巽〈一九三六〉、徐建華《二〇〇二》を参照。
(三八) 古譜の起源については、多賀秋五郎《一九八一》第一章、ユタ系図協会 (編)《一九八八》、王鉄《二〇〇二》を参照。

(三九) 墳墓記は、墓図とも称される宗族の墓地に関する情報を記録した部分であり、族譜の中ではかなり重要な位置を占めるという。牧野巽〈一九三六〉を参照。族譜に記載された族産の管理方法や用途については、許華安《一九九九》第三章、趙華富《二〇〇四》を参照。また、近世譜全体の特徴については、常建華《一九九八》を参照。

(四〇) 以上、古譜については、渡邉義浩〈二〇一〇〉による。このほか、族譜の性質の歴史的変容と時代別特徴については、牧野巽〈一九三六〉、清水盛光《一九四二》、羅香林《一九七一》、多賀秋五郎《一九八一》、馮爾康〈一九九七〉、井上徹《二〇〇〇》、谷川道雄〈二〇〇一〉を参照。

(四一) 収族については、井上徹〈二〇〇二〉を参照。また、族譜の中には、『澤富王氏宗譜』凡例に、「一、収族之道、必先近而後遠。毋得徇私先遠後近。以乖敬宗之義」とあるように、収族について述べた規約を持つものが多い。

(四二) たとえば、『陳氏宗譜』(別称『陳氏支譜』)巻一 凡例に、「一、作譜之法、本宋儒歐・蘇二式。系以溯其本源、派以明其長幼、直者父子相承、横者兄弟並列、此定式也。世系自高祖至己身爲一圖、又揭己身至元曾爲二圖、義取九族、蓋祀主於五世則遷、服制於五世則斬之義也」とあり、『潤州朱方鎭尤氏族譜』巻之一 凡例に、「一、年表、從歐・蘇合式也。先大書諱、次字、次號、及官職衿名、表成人也。書生卒邱隴志不忘也。書娶某氏重婚姻也。生子書於母下不泯母之劬勞也」とあるように、欧陽脩・蘇洵の二譜を手本として系図を記録したことを明示するものも多い。欧陽脩と蘇洵の族譜については、清水盛光《一九四二》二一五〜二一七頁、森田憲司〈一九七八〉小林義寛〈一九八〇〉、多賀秋五郎《一九八一》第二章〜第四章、井上徹《二〇〇〇》を参照。

(四三) 中国近世の家産均分による相続の方法については、滋賀秀三《一九六七》第一章第二節、第二章第一節・第二節を参照。

(四四) 宗族の組織化を図るためには、族譜の編纂以外に、一族の共有地である義荘の設置と祠堂の建設にも力が注がれた。義荘とは、宗族共同の経済的利益を計る土地をいい、義田とも称される。祠堂とは、宗族共同の祖先を祭る堂をいう。『岐路燈』第一回には、譚孝移が長期にわたり家を空ける際には、必ず出発前と帰宅後に祠堂に報告に行く姿が描かれている。祠堂の役割については、劉黎明《二〇〇三》第一章を参照。

(四五) 族譜の主な内容と構成については、牧野巽〈一九三六〉、多賀秋五郎《一九八一》、ユタ系図協会(編)《一九八八》の解説を参照。なお、明清期に浙江省で編纂された族譜の内容的特徴については、上田信《一九九五》第一章を参照。また、倉橋圭子〈二〇〇〇〉は、民国十九年に江蘇省で刊行された『西河毛氏宗譜』を資料として、族譜が編纂されるまでの過程と社会的背景を論じている。

(四六)『岐路燈』第一回には、主人公である譚紹聞の父譚孝移のもとに、遠方に住む親族の譚紹衣が手紙を寄こす場面がある。その手紙の内容は、族譜を作りたいので記録に必要な祖先の諱や字、子供に関する情報を知らせて欲しいというものであり、族譜を作れば、親族同士であることがすぐに分かるようになり、一族にとって何より幸せなことである、という発言が見える。族譜を作ることを知った譚孝移が、非常に喜ぶ姿も描かれる。ここでは、明代以降、多くの宗族が積極的に族譜を編纂するようになった社会の実態が小説の背景となっている。

(四七)徐揚傑《一九九五》第十三章は、実際には、族譜は売買されることもあったとする。族譜は本来血縁関係の混乱を防止するため作られたが、明清時代になると通譜が行われるようになり、さらに族譜が売買されるようにもなった。これらの現象は、宗族制度が崩壊し始めたことを意味するものである、という。

(四八)一九八〇年以降に広まった親族組織再生の動向については、瀬川昌久《一九九三》、袁逸〈二〇〇〇〉「関於新修宗譜」を参照。

(四九)このほか主な論考に、費成康《一九九八》、許華安《一九九九》、王鶴鳴（主編）《二〇〇二》、徐建華《二〇〇二》、王鉄《二〇〇二》、劉黎明《二〇〇三》、沙其敏・銭正民（編）《二〇〇三》がある。また、徽州地方において編纂された族譜に焦点を当て論ずるものに、趙華富《二〇〇四》、臼井佐知子《二〇〇五》・〈二〇〇五〉がある。

(五〇)「通譜」は、「聯譜」「合譜」などとも称され、明末清初より流行した。清代に入ると、譜を合わせる範囲はさらに拡大し、民国期になると全国レベルにおよぶ広範囲な通譜が行われるようになったという。多賀秋五郎《一九八一》を参照。また、井上徹《二〇〇四》序言によれば、明代後半の蘇州城では、顧客の希望に合わせて族譜を作成する業者が軒を連ねていたという。なお通譜の風潮については、吉原和男・鈴木正崇・末成道男（編）《二〇〇〇》でも取り上げられている。

(五一)顧炎武（一六一三～一六八二年）は、通譜の問題に鑑み、族譜の編纂を正常化するため、機関を設置するよう提言したという。ユタ系図協会（編）《一九八八》の解説「信憑性の問題」を参照。なお、同書は系譜部分の信憑性の低さを指摘しながらも、「階級における結婚年齢や寿命といったいくつかの問題に関しては、依然として有益な資料を提供してくれるであろう」と、族譜の資料的価値を評している。

(五二)勝山稔《二〇〇七》も、小川陽一〈一九七三〉の当該部分を引用して、小川が白話小説の「社会的経済的分野の有効性を顕示している」と総括するが、傍点部分の留保に着目すべきである。小川は、白話小説が社会の現実をそのまま描いているとは、述べていない。

第一章　孝と貞節

はじめに

前近代の中国は、女性の貞節が強く謳われた時代で、死んだ夫や婚約者に貞節を誓い、「二夫にまみえず」[一]生きることが、女性の在るべき姿だとする道徳倫理があった。史書に附された列女伝、女性教戒を目的として書かれた女訓書の類には、自己の生涯を犠牲にして男性に追随する女性の姿や、男性に対する絶対的な服従の重要性を説く文章が多く掲げられ、前近代中国の女性には、貞節を全うする義務が第一に課せられていたかのように見受けられる。

しかし、明清小説の中には、わが身を汚され、貞節の教えを破ったにもかかわらず、孝の実践により不貞が咎められない女性の姿を描くものがある。[二]そうした小説の背景には、列女伝に描かれる女性像とは異なる明清社会の実態の存在が予想される。本章は、族譜と小説を手がかりとして、明清時代における女性の孝と貞節のあり方について論じていく。

貞節は、女性史研究における主要なテーマであり多くの研究に恵まれている。[三]従来は、北宋の程頤の「餓死は大したことではない。節を失うのは極めて重大なことである」[四]という発言を重視し、宋代では貞節が厳しく要求された、との見方が主流であった。[五]しかし、程頤の発言に強調される貞節の教えは、宋代の社会全体には、まだ浸透していな

かったことがすでに明らかにされている。[六]

これに対して、明代は、『明史』列女傳に掲げられる節婦・烈婦の数が急増することもあり、貞節の教えが非常に強調された時代であると指摘される。それは清代も同様であり、明清時代における貞節の厳守は、一種の宗教のような過激さをも備えていたと言われている。[七] 多くの近世譜が著された明清時代は、貞節の厳守が謳われた時代であり、かかる認識は、孝を重視する本章においても、前提となるものである。

一方、女性の孝を扱った研究は、貞節に比べて少なく、また古代に偏っている。しかも、下見隆雄《一九九四》が、儒教倫理の根幹をなす孝という道徳理念の形成の上で、母性が重要な役割を果たした、と述べているように、女性は母であることにより、孝の思想に依拠した「母の権威」を有し、家の中での地位が高かった、と理解されることが多い。女性ではなく、母性として孝との関係が論ぜられているのである。女性の孝を母性との関係の中で取り上げる典型例である下見の研究の中では、唯一、『後漢書』列女傳に記載される「許升の妻」の事例より、妻の貞節には夫を孝へと駆り立てる力がある、という指摘に（下見隆雄《一九九七》）、母性とではなく、貞節との関わりにおいて孝を捉えようとする視座が見られるだけである。しかし、その孝は夫の孝であり、女性としての妻の貞節と孝の両立や優劣を追究したものではない。

このように、貞節は多くの研究に恵まれるものの、女性の孝との関わりを扱った専論はなく、女性の貞節と孝とは個別に研究されてきた。女性にとって貞節と孝はそれぞれ重要である、とされるだけで、両者を比較して、その優先順位を論じたものは存在しない。本章は、第一節により族譜に見られる女性の再婚と不貞の規定の特徴を明らかにし、第二節により明清時代の女性の孝と貞節の重要性を比較することによって、中国近世の家族制度における女性の位置を考究していくものである。

第一節　族譜に見られる宗法制度上の女性の役割

本節では、明代中期から民国期にかけて編纂された族譜を資料として、女性に貞節の教えが強調されていた理由は、宗法制度上の必要性によるものであったことを明らかにするとともに、宗族が女性に対して貞節を必要以上には強要していなかったことを論じたい。

序章で述べたように、族譜には宗族に関する様々な情報が記録される。その中には、「凡例」「家規」「家訓」と称される部分があり、宗族内における女性の実相を知る上で有効である。

「凡例」は、族譜の編修方針が記載されるだけではなく、宗族の一員となり得る範囲の基準を箇条書きにしたものや、宗族内における規範にまで言及したものも多く、宗族の日常生活における様々な判断基準を知ることができる。「凡例」という名称以外に、「譜例」「譜説」「例言」と称する場合もあるが、これらの「凡例」「譜例」「譜説」「例言」は大多数の族譜に掲載されている（以下、凡例と総称する）。凡例の条数は、五、六条の場合もあれば数十条の場合もあって一定しない。旧譜の凡例をそのまま記録しているものもあれば、改めて編纂し直した新譜の凡例と旧譜の凡例の両方を掲載しているものもある。

「家規」は、宗族内における秩序統制を目的として定められた規約である。族譜によっては、「族規」「宗約」「家法」「家約」「宗規」「条規」「条約」などと称する場合がある(八)（以下、家規と総称する）。これも分量は族譜によって異なり、長いものは数十条にもわたる家規を掲載している。

「家訓」も、家規と同様、宗族内における秩序統制を目的として掲げられた宗族の規範を記した文章である。[九] 名称としては「家訓」以外に、「家範」「宗訓」「祖訓」「遺訓」「遺教」「家教」「家戒」などがある（以下、家訓と総称する）。族譜によって、「家規」と「家訓」をともに掲載する場合と、どちらか一方だけを掲載する場合が見られる。双方ともに掲載している場合は、「家規」は具体的規定、「家訓」は抽象的規定という書きわけがなされることも多い（牧野巽《一九八〇》）。

さらに、族譜には、「祠規」と称される部分があり、主に宗族の団結力を高めるために毎年行われる祭祀儀式における規則が記載されている。[一〇] しかし、その中には日常生活における規則が述べられている場合もあり、[一一]「祠規」も前述の「凡例」「家規」「家訓」と同様、宗族の生活を知ることができる。

以上のように、「凡例」「家規」「家訓」「祠規」は、宗族内における秩序統制の上で不可欠だと判断された規則が記されているという点で、類似の要素を持つ。本書は、族譜の中でもとくに、「凡例」「家規」「家訓」「祠規」に注目しながら論を進めることにしたい。

一　族譜に見られる婦女貞節の教え

周知のように、前近代中国では、夫の死亡後に殉死する女性を「烈婦」といい、[一二] 婚約後嫁ぐ前に婚約者である男性が死亡した後を追って殉死する女性を「烈女」という。また、夫の死亡後に再婚せず節を守る女性は「節婦」と呼ばれ、婚約者が死亡したあと、その男性の家へ入り、生涯再婚せずに舅姑に事える女性は「貞女」「貞婦」と称された。これらの女性は制度として国から表彰された。これを節烈旌表制度と言う。[一三]

ただし、かかる規定が、そのまま族譜の中に見られるわけではない。『湘潭劉氏四修族譜』巻之一・譜例には、例では、女子で婚約をし、まだ嫁いでいなくても、夫の死を知り、喪に服し生涯節を守ることを誓った者、これを貞という。若くして寡婦となり、孤（父を亡くした子供）を成人になるまで育て、生涯再婚しないと誓った者、これを節という。人生半ばで夫を亡くし、苦労して、舅姑に事え、一生を終えた者、これを孝という。またあるいは戦乱などに遭い、身が汚されることを避けて、死を選び節を全うした者、これを烈という。……

例凡、女子許字、尚未過門、一聞夫死、奔喪能矢志終身者、謂之貞。青年而寡、撫孤成立、誓死靡他者、謂之節。中道喪夫、茹荼集蓼、能奉舅姑、以終老者、謂之孝。又或旦遭變故、不爲強暴所汚、卒以一死全節者、謂之烈。……

とある。ここでは、「烈」女の説明として、死亡した夫や婚約者のあとを追う殉死を取りあげてはおらず、戦乱などに遭遇し、辱めを受けることを避けて自害する行為だけを挙げている。もちろん、族譜の中には、『譚墅呉氏宗譜』巻一・凡例に、

一、およそ娶られた婦および嫁いだ娘で、夫が死亡したため殉死した者は、烈と書いた。三十歳前に守節を始め、すでに三十年経過した者は、節と書いた。決められている年限に達する前に死亡した者も、また節と書いた。その志を奨励するためである。もし婚約をし、嫁ぐ前に夫が死亡し、その志を全うしようとする者は、貞と書いた。これらはみな模範とすべき風があり、それぞれ伝を立て、宣揚を示した。

一、凡娶婦及嫁女、夫亡身殉者、書烈。年未三十守節、三十年者、書節。未滿年例而亡者、亦書節。獎其志也。若經字聘、未嫁而夫亡、矢志靡他者、書貞。此皆有閫範可風、各立傳、以示表揚。

とあるように、殉死について言及した規約も見られる。[一四] しかし、族譜に記録されている凡例・家規・家訓といった規約を細緻に見ていくと、女性の守節行為について述べたものが圧倒的に多く、殉死行為に言及した規約はそれほど多くはない。かかる現象は、宗族が女性に対して殉死を強要していなかったことの反映であろう。国が定めた旌表制度

の対象には殉死行為が含まれていたが、実態としては殉死する女性の数は、決して多くはなかったと考えてよい。[一五] 宗族により求められたことは、殉死よりも守節が中心であった。

それでは、宗族は女性の守節行為をどのように捉えていたのであろうか。族譜の中に収録された守節に関する規約を具体的に掲げていこう。

第一に、宗族は、嫁いできた女性の守節行為を称賛していた。『陳氏宗譜』巻一・凡例に、

一、婦女で身を苦しめて節を守る者があれば、特筆して旌表の申請を行った。

一、婦女有苦節者、特書以□旌之。

とあり、守節する女性を特書し、旌表の申請を行ったことが述べられる。また、『江氏宗譜』巻一・凡例には、

一、節婦貞女で、すでに旌表を奉じられている者は、もとより伝を記して、栄誉を明らかに表してきた。まだ旌表を受けていない者についても、またその事実を詳らかにして、それを譜牒に伝え、後日の収集を待つべきである。その他の女性の手本となるべき、模範的な行いも、すべて記録をして備え、淑徳を顕彰した。

一、節婦貞女、其已奉旌表者、固當立傳、闡發幽光。其未旌表者、亦宜詳其事實、傳諸譜牒、以待異日採訪。其餘閨型壼範、可爲人法者、皆當備載、以彰淑德。

とあり、旌表を受けた女性には伝を附し、受けていない者でも、事実を族譜に記入しておくべきことを定めている。旌表の時期による申請漏れを防ごうとしたのである。また、『毘陵雙桂里陳氏宗譜』凡例に、

一、およそ婦人で、守節して心変わりをしない者があれば、宗長が自ら役所へ行き、その節を旌表すべきである。あわせて伝を立て、これを家乗に掲載して、家風を励ますべきである。

一、凡婦人、有能守節不渝者、宗長當爲自諸有司、旌表其節。幷爲立傳、載之家乘、以勵家風。

とあり、守節行為を族譜に掲載することが、家風を励ますためであったことが述べられる。『如皐呉氏家乗』巻三十・雑記でも同様に、

第十七条　族中におよそ節孝なる行為をした婦がいる場合は、すでに旌表を受けている者とまだ旌表を受けていない者を区別してこれを記録せよ。守節の年数も併記せよ。旧譜で記載漏れがある場合はそれを補足して記録し、現在守節をしていて守節の年限規則に見合う者がいる場合は、また世表の下に記録して、旌表を受けるのを待つこと。

第十七條　族中凡有節孝之婦、分別已旌未旌以書之。竝載明守節年若干。舊譜有遺漏者則增補之、其現在守節合例者、亦載於表下、以待旌表。

と記述され、旌表を受けるほどの女性の守節行為が、宗族にとって極めて名誉であったことを理解できる。「二夫にまみえない」ことは、女性の道の基本であった。このため明は、三十歳以前に夫を亡くし、五十歳を過ぎるまで節を守った女性を旌表すると定めていた。『夫椒丁氏族譜』巻一・宗訓に、

一、節婦は、三十歳を上限としている。これは国典である。しかしわが譜例はおよそ二十歳から三十一、二歳の者までは、みな夫や壻の名の下に、別にこれを記録せよ。貞節を重んじるためである。

一、節婦、以三十歳爲限。此□國典也。而譜例則凡二十歳以外至三十一二者、皆于夫壻名下、別爲表之。所以重貞節也。

とあるように、守節を始めた年齢が「三十歳以前」から、という国の定めた条件を、「三十一、二歳」に引き上げ、それに該当する者を族譜に記録するよう定めて、女性の守節を励行していた。[二六] 宗族が嫁いできた女性の守節行為を重視していたことが分かる。

第二に、宗族は娘の守節も奨励していた。すでに嫁に出た娘の守節について、『譚墅呉氏宗譜』巻一・凡例に、

一、家礼では、八歳から十一歳までに死亡した場合は下殤と称し、十二歳から十五歳までに死亡した場合は中殤と称し、ともに書かなかった。成人でないからである。しかしすでに某氏と婚約をしている場合、或いはすでに嫁いでいて守節している場合は、年齢に至る前に死亡したとしても書いた。十六歳から十九歳は長殤と称した。まだ嫁いでいなかったり娶らずにいてもまた書いた。

一、按家禮、八歳至十一歳爲下殤、十二歳至十五歳爲中殤、俱不書。未成人也。然業有聘室某氏、或經過門守志者、雖未及上殤而亡亦書。十六歳至十九歳爲長殤。雖未嫁娶亦書。

とある。本来、族譜にその名を書くか否かは、その人物の年齢によって定まる。しかし、娘が嫁ぎ先で守節しているのであれば、娘が族譜に記載する基準年齢に達していない場合であっても書く、と規定されているのである。これは、すでに婚約をしてはいるが、記載の基準年齢には満たない息子と同様の扱いである。

さらに、次も守節の旌表に関する凡例であるが、主たる対象は宗族内に生まれた娘である。『江都卞氏族譜』巻首・例言に、

一、娘が世族に嫁いだ場合は、壻の姓を書いた。そうでない場合は書かなかった。壻に功名があれば、名も並記した。なければ書かなかった。壻が不幸にも早く没し、娘が三十歳前に守節を始め、五十歳を過ぎたならば、すぐにその事績を編集して、衍慶録の中に輯録し、旌表を受けるのに備えた。

一、女適世族、則書壻姓。否則不書。壻有功名、並書名。無則否。礦不幸早歿、女年在三十內守節、女年踰五十、即爲輯事實狀、輯入衍慶錄中、以備請□旌采擇。

とあり、宗族の娘が嫁いだ夫の家が名門な場合には書いた、という規定とともに、嫁ぎ先で守節を行った場合、「衍慶録」に輯録したことが記されている。同様の規定は、『洞庭明月灣吳氏世譜』巻一・例言にも、

……もし嫁に出た娘で苦節して優れた行いをした者があれば、出自が書かれた表の中にさらに表を附し、本宗の節母の後にその伝を記録して附し、それにより節操の励みとし、また家教の手本とした。

……如嫁女有苦節卓卓者、附表於本生表內、復附錄其傳於本宗節母之後、以勵清操、以徵家敎也。

と記録される。これらの凡例は、すでに他の宗族へ嫁いだ娘の守節行為が、娘の出身の宗族にとっても栄誉と認識されていたことを示すものである。

第三に、宗族の中には、守節行為を成し遂げさせるため、経済的な援助をする規定を持つものもあった。『皐廡吳氏家乘』巻十・義莊規條に、

一、寡婦で貧しい者には、毎月三斗の米を支給せよ。もし息子や娘がいれば、息子は幼孤の規則に照らして支給せよ。娘は減らして支給せよ。……

一、寡婦貧乏者、月給米參斗。如有子女、子照幼孤例給發。女減。……

とある。寡婦が守節を貫けるように、宗族として女性に米の給付を行い、守節行為を扶助していたのである。[一七]ただし、かかる援助は、宗族内に生まれた子供たちに限定され、宗族から出た娘が他宗で生んだ子供には及ばなかった。『彭氏宗譜』巻十二・莊規に、

一、およそ宗族内から、嫁に出た娘で、寡婦となり貧しい場合は、祖宗一本の誼を思い、また莊冊に戻し、寡婦の例に照らし合わせ、一律に救済せよ。孤児である息子と娘には支給しないこと。

一、凡族中、嫁出之女、寡居而貧、念祖宗一本之誼、亦歸莊冊、照寡婦例、一體支助。其孤子女不助。

とあるように、すでに他の宗族へ嫁に出た娘が寡婦となり、実家に戻って守節を行う場合には、宗族はその寡婦となった娘には救済を施す。ところが、その子供たちには給付をしないと規定するのである。娘は本来、宗族に属する者

であるが、その娘が生んだ子供は、嫁ぎ先の宗族に属すると意識されていたためであろう。
また、彭氏は、『彭氏宗譜』巻十二・莊規に、

一、およそ寡婦・貞女で貧しい者には、毎月米一斗五升を援助せよ。六十歳以上であれば、前例に照らし合わせ給付せよ。三十歳以前から守節をした者には、毎月二斗の米を援助せよ。七十歳以上であれば前例に照らし合わせて給付せよ。

一、凡寡婦・貞女貧乏者、毎月助米一斗五升。六十以上、照前規遞加。其守節在三十歳以內者、毎月助米二斗。七十以上、照前遞加。

とも規定している。第一で検討した守節を始める年齢の重視に連動して、彭氏は、寡婦や貞女で貧しい者には米を支給するが、三十歳以前から守節をした女性と、それ以降に守節を始めた女性に対する米の支給量に差を付けていたことが分かる。

このように、寡婦や貞女の救済においては、年齢制限を設けた宗族と、設けていない宗族があった。例えば、『平湖朱氏傳錄』収族規條には、

一、宗族内に、守貞の娘や守節の婦がいる場合は、年齢にかかわらず、毎日七合の米を支給せよ。六十歳以上の場合は、前例に照らし合わせて支給額を加えよ。夏冬の衣料についても同様に支給せよ。

一、族中、守貞之女守節之婦、不論年歳、日支米七合。六十歳以上、照前加給。夏帳冬衣同。

とあり、六十歳以上の寡婦を除く、その他の寡婦や貞女については年齢に関係なく一律に七合の米を支給するように定められている。

以上のように、宗族は女性の守節行為を称賛し、宗族に嫁いできた女性の守節を族譜に記録するだけではなく、宗

族から他宗に嫁いだ娘の守節をも奨励していた。女性の守節行為は、族譜に記録されて宗族の手本とすべきものであり、それを成し遂げさせるため、寡婦や貞女に経済的な援助をする規定を持つ宗族があったのである。

二　再婚で宗を出る女性の族譜記載方法から見た女性の実相

一で述べたように、宗族内から節婦や貞女が生まれることは、宗族にとって非常に栄誉なことであった。族譜の中には、『南匯王氏家譜』凡例に、

一、婦人の道は、一に従いて終わる。暖衣豊食している者は、当然再婚してはならないが、貧しい者でも、二心があってはならない。……

一、婦人之道、從一而終。無論豊衣足食者、當之矢靡他、[一八]卽貧乏者、亦不可有二心也。……

とあり、『潤州朱方鎭尤氏族譜』巻一・家訓には、

節操を表す　『禮記』には、「ひとたび妻となれば、終身再婚せず」とある。婦人でもし夫を亡くしたならば、貧しくともその志を変えてはならないし、富貴であろうともその心を動かしてはならない。さらに舅姑に事え（孤児となった）子女を撫養し、水汲み粉挽き台所仕事を行い、純情高潔なる心であることを永遠に誓うべきである。……

表節操、□禮云、一與之齊、終身不齒。[一九]婦人若喪所天、而貧賤不能移其志、富貴不能動其心。且能孝事翁姑、善撫子女、親操井臼、[二〇]永矢氷心。……

とある。これらの凡例・家訓からは、宗族が女性に守節を強要していたかのようにも見受けられる。[二一]しかし、以下に掲げるように、実際には夫の死後、女性が守節したり殉死することは、非常に難しいことであった。族譜の規定はこ

れを認識したうえで書かれており、これらの凡例や家訓のような女性の姿は理想像として描かれたものだったのである。

女性の守節が難しいことは、『雲陽張氏宗譜』巻之一・凡例に、

一、孀婦が節を守り、貞女が操を立てる行為は、女徳ではもっとも難しいことである。（それは）一族の栄誉に止まらず、百世の模範となるに相応しい。そこで旌表の封典を授かった者がいれば、すべて家乗に掲載し、必ず別に伝を立て、その行為を表彰した。

一、孀婦守志、貞女立節、乃閫徳所尤難。非惟一族之光、實爲百世之範。其有旌奬褒題者、備列家乘、必當別爲立傳、以彰其行。

と記されている。守節が難しいことだからこそ、旌表を授かった者は、必ず伝を立てたというのである。

また、『京江王氏宗譜』巻上・家範には、

一、婦女が再婚をしないという普通の行為こそ最も難しいことであるのに、なぜ容易なことだとみるのであろうか。およそ我が宗族の中に守節をし二心を抱かず、頼る者がなく孤独で貧しい者がいれば、これを優遇すべきであり、その時々に尋ねてこれに賑恤を加えなければならない。死後は伝を立て、子孫にその行為のかすかな輝きを伝えよ。もし節を守る娘、および嫁いだが夫が死亡し早くに寡婦となった者がいれば、また同様に扱うこと。

一、婦女不再醮庸行最難、奚容易視。凡族中有守節不二、孤貧無倚者、當優禮之、時加存問贍之。終身卒後當爲立傳、俾闡幽光於奕世。若女子守貞、及適人早寡而能守節者、亦同此例。

とある。女性の守節は「庸行（普通の行為）」だとしながらも、その「幽光（かすかな輝き）」は伝を立てて明らかにしなければならない、という記述に、宗族の守節に対する建前と本音が現れている。これらの規約からは、女性の守節

行為が容易に行えるものではなく、だからこそ国から表彰され、宗族内では伝が立てられ、その行為が手本とされていたことが分かる。

このように、族譜の中には婦女の節烈行為を称賛する規約や家訓の類が掲載されていた。ただし、それは理想であって現実には難しい。したがって、再婚や離縁で宗族を出る女性についての記録方法に言及した規約も掲載されていた。そのような規約はほぼすべての族譜に見られるといっても過言ではない。これは、族譜を所有していたような大きな宗族内においても、女性の再婚が日常的に見られる事象であったことを示すものである(三)。

続いて、再婚女性の記録方法に言及している規約を取り上げ、女性の再婚は普遍的な出来事であったことを明らかにしたい。

第一に、再婚者の女性が宗族内に嫁いできた場合の記録方法に関する規定を検討したい。『江氏宗譜』巻一・凡例に、

一、娶再醮婦、不書姓、以某氏代之。且不明其所自、僅載生年卒葬。……

一、再醮の婦を娶った場合は、姓を書かず、某氏という書き方をした。且つ出自が不明であれば、生卒と埋葬地だけを記録した。……

とあり、再婚者を娶った場合には、姓を記録しなかったことが分かる。『中梅劉氏續修家乘』巻之二・宗規には、

一、所娶係室女、書云配某氏。其婦係再醮者、云娶某氏。繼娶係室女、亦云繼配。再醮者、云繼娶。……

一、初婚の女性を娶った場合は、配某氏と書くこと。その婦が再婚者の場合は、娶某氏と書くこと。後妻は初婚女性であれば、また継配と書くこと。再婚者の場合は、継娶と書くこと。……

とあり、初婚の女性には「配」という字を使い、再婚の女性には「娶」という字を使い、初婚と再婚の女性の記録方

法を変えていたことが分かる。『丹陽吉氏宗譜』巻之一・凡例に、

一、婚配は某姓某公の娘と書き、父母の命を奉じて六礼に基づき娶ったことを明らかにした。[二三] 妻が死亡し後妻を娶る場合も継娶某公の娘と書き、最初の妻と同じ扱いとした。再婚の婦を後妻として迎えた場合は、某公の娘とは書かずに、これを区別した。……

一、婚配書某姓某公女、明其奉父母之命由六禮也。失偶而書繼娶某公女、同首妻也。繼再醮婦、則不書某公女、別之也。……

とある。ここでも、初婚の女性と再婚の女性を区別し記録するように規定されている。初婚の女性と再婚の女性を区別して記録するのは、女性を差別的に扱う規定のようであるが、これらの凡例・家規からは、宗族が再婚女性を全く受け入れないわけではなかったという事実が分かるであろう。[二四]

第二に、再婚によって宗族を出て行く女性の記録方法を検討しよう。『錢塘沈氏家乘』凡例に、

婦人で再婚する者は、出と書いた。

婦人再醮、則書出。

とあるように、再婚者は「出」と記載された。また、『甬上雷公橋呉氏家譜』巻一・凡例に、

一、婦人は、貞節を重視する。若い時から守節を始め老年に至った場合は、これを表彰した。夫が死亡後に再婚する者は、生卒を削除し、改適の二字を書いた。夫がいて離縁された者は、出の文字を書いた。夫が死亡し招夫をする者は、改適と同じように処理した。

一、婦人、以貞節爲重。有青年守節至老者、則表揚之。夫死出嫁者、刪其生卒、書改適二字。夫在而被黜者、書出字。至夫亡而招夫者、例與改適同。

とあるように、再婚した場合には、生卒年が削除され「改適」という二字を記される場合もあった。[二五] さらに、『如皐

呉氏家乗』巻三十・雑記には、

第二十九条　およそ族中の再醮の婦については、旧譜の規則に従って、配□《ママ》氏と記録して区別せよ。……

第二十九條　族中凡有再醮之婦、遵舊譜之例、書配□《ママ》氏以爲識別。……

とあり、再婚した女性は、「配□《ママ》氏」と記録されたという。『慈谿赭山嚴氏宗譜』巻首・凡例に、

一、婦人で、夫が死亡して再婚する者、あるいは舅姑に事え残された子供を養育するため、招夫する者は、みな義として廟と断絶しているので、その姓を削除し、配△《ママ》氏出姓と書いた。品行が正しくないために離縁させられたり、あるいは出戻りの場合も同様にした。

一、婦人、夫死再醮者、或托於仰事俯畜（二六）、坐産招夫者、皆義與廟絶、削其姓、曰配△《ママ》氏出姓。其因不良而出、或大歸者同。

とあるように、姓を削除されたり、「配△《ママ》氏出姓」と記録される理由は、「義として廟と断絶している」ためであるという。

第三に、他宗族へ嫁いだ宗族出身の娘の再婚について検討しよう。『陳氏宗譜』巻一・凡例に、

一、娘ですでに嫁いでいる場合は適と書き、まだ嫁いでいない場合は許と書き、再婚した者は書かなかった。

一、女已嫁書適、未嫁書許、再嫁者不書。

とあり、再婚した娘を書かないとの凡例があったことが分かる（二七）。また、『懷寧李氏宗譜』巻之末・凡例には、

一、婦で貞節なる行いをした者は、夫の伝の中にあわせて書いた。娘で貞烈なる行いをした者は、父の伝の中にあわせて書いた。娘で再婚した者は、子の有無にかかわりなく、前壻を書くに止めた。

一、媍《ママ》有貞節者、祔書於夫傳內。女有貞烈者、祔書於父傳內。……女有改適者、無論有子無子、止書前壻。

とあり（二八）、再婚した娘の二度目の夫は書かないとする凡例もあった（二九）。『許氏家乗』巻之一・世譜擬例十二則にも、

　離縁させられた婦、および再婚した女性は、書かないこと。娘で再婚した者は、ただ最初の嫁ぎ先だけを書き、節を守れなかった戒めとせよ。

　……婦之被出、及再醮者、不書。女之再適者、但書初適之家、戒二節也。

とあり、娘の二度目の相手を書かないことは、守節をしなかったことへの戒めの意味があったことが分かる。さらに、『中湘陞廷山劉氏三修族譜』巻三・修譜書法に、

　……娘が再婚した場合は、前の婚姻を書き、一に従いて終わることを示す。再婚は、母家に主婚の権限があるわけではないからである。

　……女再嫁、書前婚、従一而終。再嫁、非母家所得主也。

とある。(三〇) いったん嫁いだ娘が再婚することについては、すでに娘を嫁がせた宗族には権限がない。そのため、もとの宗族では、一度目の婚姻相手しか記録しないのである。

以上のような記録から、族譜を所有していたような大きな宗族内においても女性の再婚は、決して珍しいことではなかったことが分かる。『四明慈水孔氏三修宗譜』巻一・祠規に、

　一、夫を亡くした婦が、守節をすることはもっとも称賛に値する。もしも守節ができないのであれば、再婚させることも当然のことである。もし幼い男児や女児がいれば、親房の者が扶養すべきである。面倒をみる者がいなければ、母について宗を出て、成長してから帰宗することを許す。……

　一、夫死之婦、守節爲上。儻不能守、嫁之最當。如有稚子幼女、須於親房撫養。再無所依、聽其攜育、長大歸宗。……

とあるように、守節ができない女性が再婚するのもまた仕方がない、と記されていた。

女性の再婚は、女性が所属する宗族が貞節に対してどのような考えを持っていたのかという宗族の意識、また守節

する女性に対して生活の援助ができるのかといった経済状況など、女性を取り巻く環境によって左右されるものであった。[三一] ただし、おしなべてそれが、宗族からの追放という方向性を有しているのは、再婚することにより、廟と義として断絶している、すなわち宗族との親族関係が無くなったと認識されていたからであった。

『太原王氏族譜』巻首・凡例には、

一、婦人は再婚すれば、義として廟と断絶する。ただ夫の伝の中に、某氏とだけ記録し、生年死亡した月と日付は註記せずに、微詞とした。……

一、婦人再醮、義與廟絶。只於夫傳、內書某氏、不註生故年月、以示□詞。……

とあり、[三二] 再婚した女性が、義として廟と断絶することが明記されている。[三三] 夫婦の関係は義によって結び付いた関係であると認識されていたために、不貞や犯罪行為などを犯し、正規の離婚原因がある場合は、義絶となり離婚が成立するとされていたからである。[三四]

このため、『山陰縣州山吳氏族譜』家訓・家禮十二則には、

一、婦の中に再婚した者がいる場合、往来することを許さない。違反した者は子および舅姑伯叔を罰せよ。

一、諸婦或有改嫁者、不許往來。違者、罰其子及舅姑伯叔。

とあり、再婚した女性との日常的往来を認めないという規定を持つ宗族もあった。[三五] さらに、『吳氏世譜』巻首・凡例には、

一、離縁した婦と再婚した婦及び奴隷に身を貶めるような品行が正しくない者は、ともに譜から削除した。

一、出婦再醮婦以及習下流陷奴隸品行不端者、俱從削例。

と記されており、離縁や再婚をする女性を、品行不正（身分を貶め他人の奴隷となる）者と同様に扱い、記録を削除す

ると定めていた宗族もあった(三六)。

逆に、再婚の事実が分かるような記録方法を取っていた宗族もあったが、『錫山平氏宗譜』巻首・條例に、

……宗族内に夫が死亡し再婚する者は、夫のところに、配某氏と註記した。某の字を以てこれを貶めた。もし子があれば、子の名も註記した。

……其有夫死而再醮者、於其夫註、以配某氏。以某字貶之。若有子者、仍註以子名。

とあるように(三七)、それは再婚という称賛に値しない行為を明らかにすることで、子孫への訓戒にするためであった。以上のように、宗族は女性の再婚は仕方がないと容認はしていたが、義として廟とは断絶したことを記し、女性の記録を削除することも多かった。

しかし、その女性が子供を生んでいる場合には、条件付きで族譜に記録がされることが多かった(三八)。再婚した女性は、義絶していても、その子供の母の記録がなくなるのは、宗族にとって重要な問題であったためであろう。

第一に、子供の生母の存在が分かるように、母の姓を「某氏」に換えて記録するように規定している事例を検討しよう。『湘潭劉氏四修族譜』巻之一・譜例に、

もし婦人で夫の死亡後に他姓へ嫁いだり、或いは離縁されたりした場合は、義として宗廟と断絶する。譜には書いてはならない。ただ子女のいる者は、降格させて某氏と註記すべきである。……

例如婦人夫死而他適、或因故彼出者、義與宗絕。例不得書。惟有子女者、當降格低註某氏。……

とあり、本来、譜には書かない再婚した女性を、子女（男児と女児）のいる場合にのみ、某氏と注記すべきであると規定されている。『毘陵雙桂里陳氏宗譜』凡例には、

一、婦人で再婚した者は、子がいても廟とは断絶している。生卒は記録せず、某氏と書くに止めた。また再婚し

ておらず、生没年が分からない者は、必ず埋葬場所を書き、廟に入れられるようにした。

一、婦人再醮、雖有子與廟絕矣。不載生歿、止書某氏。亦有非再醮、而先生歿者、必書葬處、以便入廟。

とあり、ここでは、姓を記さず某氏とする以外に「生卒は記録」しないことが降格に当たる。(三九)『白石劉氏四修族譜』巻一・例言には、

一、再婚で宗を出る婦は義として廟と断絶している。本来は我が宗族の婦とみなしてはならない。しかし子を母のいない人間にすることは忍びないので、その姓と生年は残し、没年埋葬地は書かなかった。……

一、出醮婦義與廟絕。原不得視爲吾家婦也。然亦不忍視其子爲無母之人、故仍存其姓書生年、不書沒葬。……

とあり(四〇)、再婚した女性は、姓と生年だけを書き、卒年と埋葬場所は書かないよう規定している。

第二に、子供のために書き方を変える事例を検討しよう。『渭寧劉氏族譜』巻二・凡例に、

一、夫の死亡後に再婚する者は、義として宗廟と断絶する。表内に夫の記録と併記せず、ただ姓氏と生庚だけを書いた。子女がいる場合は、その下に註記した。再醮と書かないのは、親のために忌諱するからである。

一、夫死改嫁者、義與廟絕。表不與夫並提、祇註姓氏生庚。有子女者、於下註明。不書再醮、爲親諱也。……

とあり、再婚する女性に子供がいる場合は、子供が親のために諱むという理由で「再醮」という文字を記録しなかった。これは「春秋は尊者の爲に諱み、親の爲に諱む」(『春秋公羊傳』閔公元年)とある、春秋の筆法に基づく。

また、『三舍劉氏六續族譜』巻首・凡例にも、

……及び夫が死亡し再婚する者で、子がいる場合は改適某氏と書いた。子がいない場合はただ改適と書いた。没年埋葬地はともに書かなかった。我が宗族とはすでに断絶していることを示したのである。或いは子が親のために諱むことを望めば、改適と書かず、その文を改め、某氏没す、某氏に埋葬すと書いた。或いは再婚して再び寡

婦となり、貧しいために子が迎えて母を養う場合は、某氏より再び戻り、某所に埋葬すと書いた。

……及夫死改適者、有子書改適某氏。無子但書改適。沒葬均不得書。示於吾宗已絕也。或有子欲爲親諱者、不書改適、則易其文曰、沒於某氏、葬於某氏。或再嫁復寡、而貧子迎而養之、則曰復歸自某氏、葬於某所。

とある。通常、再婚した女性は「改適某氏」と書いたが、子供が親のために諱めば「改適」の文字を省略したとするのである。このように、多くの宗族が、子供がいる女性が再婚する場合には、子供の生母が特定できるように、何らかの記録方法により母の存在が分かるようにしていた。『春秋公羊傳』隱公元年の義例に、「子は母を以て貴し」とあり、たとえ再婚しても、子供にとって母が誰であったのかという問題は重要だったのである。(四一)

第三は、子供のために母の姓を書いた事例である。『中梅劉氏續修家乘』巻之一・宗規に、

一、再婚して継嗣のない者は、某氏に嫁ぐが不詳と書くこと。しかしもし子孫が顕達することがあり、遠い祖母の姓氏を知ることができなければ、情として安からぬであろうから、今しばらく其の姓を載せよ。

一、再醮無嗣者、云妣某氏不詳。若有子孫或顯達、而竟罔識遠祖母之姓氏、情或未安、今姑載其姓。

とあるように、子供がなければ再婚した女性は「妣某氏」と書かれるだけであるが、子孫があれば、もしかれらが高い地位についた際に、母や祖母の姓を知りたいと思うであろうから、姓は載せておく、と規定している。同じく、『春秋公羊傳』の義例に、「母は子を以て貴し」とあり、子供が出世した場合には、母の地位も向上する。この宗族でも、その場合に備えて、しばらくの間、その姓を記録しておくべきだというのである。

以上のように、再婚した女性は宗廟と断絶しているため、子供がなければ、記録は抹消される。ところが、子供がある場合には、姓を書いておくことを定めている族譜まで存在し、女性にとって子供があるということ、および子供にとって母の存在がいかに重視されていたかを理解できる。かりに離婚しようとも、女性が子供を残したことは宗族

内で高く評価されるものだったのである。

ただし、離縁の理由が姦通などの不貞である場合は、宗族は容赦をしない。『雲陽張氏宗譜』巻之一・書法に、

一、妻で再婚する者は、恩義がすでに断絶しているので、例としては族譜に記録しない。ただし離縁した場合でも、子に母がなしという義はないため、某氏及び生年だけは書いた。しかし卒年と埋葬地を書かないことで、区別を示した。ただし淫乱の罪を犯し離縁させられた婦は、子がいようとも書かない。もしすでに嫁いでいる娘で、再婚した者がいれば、例としては嫁ぎ先に関する詳細は書かない。

一、室人再醮、恩義已絶、例不應書。但以有出者、子無無母之義、止書某氏及生庚。而不錄其卒葬、以示別也。惟以淫亂被出之婦、雖有子不書。若已出嫁之女、而再醮者、例不詳其所適。

とあるように、離婚の理由が不貞であれば、たとえ子供があっても一切記録をしないと規定している。これは、陳顧遠《一九三七》が、女性の姦通は血統を乱すため、歴代の律が女性の姦通を重罪と判断していた、と指摘するように、女性の不貞行為が再婚よりも指弾される事象であったことを表すものである。[四二] 姦通が重罪とされた理由は、女性が不義を犯し、妊娠などの事態が生じれば、知らぬ間に宗族の中に他姓の血が紛れ込む恐れがあり、宗族が何よりも重視していた男系同一の血統維持に支障を来す可能性があるためで、女性の不貞は、決して容認できない行為だったのである。

三　族譜から見た宗法社会における男女の役割

二で述べたように、宗族は、再婚した女性の記録を削除したり、再婚の事実が分かるような書き方により、再婚した女性に対して、記録方法による処罰を加えている。いわゆる「春秋の筆法」である。実は、かかる記録方法による

処罰は、男性に対しても向けられていた。ただし、その理由は、女性とは異なる。この理由の違いにこそ、宗族内における男女のそれぞれの役割の相違が表現されている。

男性の記録が削除される要因の第一は、卑しい地位に身を落としたり、犯罪者となって祖宗を辱める場合である。

『江都卞氏族譜』巻首・凡例に、

一、或いは夫が死亡し、婦が再婚したが、すでに譜に掲載されている場合は、譜に書かれている、婦の姓を墨塗りにした。まだ記載されていない場合は、続修の際に、配氏の二字だけを列記し、姓は書かないこととする。男子で自ら進んで卑しい地位に身を落とし、祖宗を辱めたり、或いは刑法の(四三)十悪・大逆を犯した場合は、その罪を族員会議で公正に審議した。またその名を塗り潰し、削除して宗族との関係を絶った。……

一、或有夫死、而婦改適、已載入譜者、則於譜中、墨塗其姓。其未載入者、續修之時、止列配氏二字、中闕其姓。有男子甘爲下流、玷辱祖宗、或犯十悪大逆者、通族公正其罪。亦塗其名字、削而絶之。……

とあるように、男性が他人の奴僕となったり、十悪や大逆を犯した場合には、族譜から記録を削除された。また、

『雲歩李氏宗譜』序例に、

(巳)宗族内の族人などに、本分を守らず、犯罪を犯す者があれば、削除して書かなかった。……

(巳)族内人等、如有不守本分、干犯刑辟者、削不書。……

とあり、女性は再婚をした場合に姓が削除されたが、男性は罪を犯した場合に記録が削除されたことが分かる。『丹陽吉氏宗譜』巻之一・凡例には、

一、宗族内に重大な罪を犯す者がいれば、必ずその名を削除した。族譜への記録を禁ずることで、子孫に罪を犯してはならないことを示したのである。……

一、族有干惡罪大者、必削其名。令不得載譜、示子孫不可爲惡之意。……

とあり、罪を犯した男性の名を族譜から削除することは、子孫の戒めのためであると理解されていた。これは、二で検討した、再婚女性への扱いと同様である。さらに、『雲陽張氏宗譜』巻之一・書法には、

一、不肖の子孫で、祠規を犯し、すでに削除された者は、譜牒の中に、その子孫は載るが、本人を記載することができないので、嗣子にこれを続かせた。……ただすでに譜に書かれている者は、名を墨で塗りつぶし、まだ記録されていない者は、ただ「一名」と書き、不肖の二字を注記した。排行や字は列記せず、生卒埋葬地も列記しなかった。……

一、不肖子孫、干犯祠規、已經削逐者、譜牒中、載其子孫、因不得不載本人、以嗣續之。……惟將已入譜者、名字塗之以墨、未入譜者、止書一名、註不肖二字。不列行字、不列生卒葬地。……

と規定され、宗族の規範を破った男性の名が墨で塗りつぶされたり、悪事を働いたことを示すために「不肖」の二字が記録されたことが分かる。こうした処理方法も、二で検討した女性の再婚の記録方法と同じである。

また、『夫椒丁氏族譜』巻一・祠規に、

一、盗みを犯し、訴訟された者は、族員会議で厳重に非難せよ。その本名を削除し、祠堂への出入りと祭祀への参加を禁止せよ。……

一、犯盗竊有案者、通族嚴行責戒。削其本名、不許入祠與祭。……

とある。女性は再婚すると廟絶となり、祭られる権利を失ったが、男性の場合も訴訟となるような重大な罪を犯したならば同様の扱いを受けたことが分かる。

男性の記録が削除される第二の要因に出家がある。『陳氏宗譜』巻一・凡例に、

一、素行が修まらず、悪をなしていることが明らかな者、および賤役に従事する者・僧侶道士となる者、風紀を傷つけ先祖を辱める者は、その名を削除した。もし罪悪が未だ彰らかでなければ、しばらくはこれを諱み、伝の中では一二字を用いて貶義を示し、あとの者たちがそれを知って恐懼するようにし、それぞれ行いを磨かせるようにした。

一、行検不修、素有顯惡、及爲隷卒・僧道、有傷風化、貽辱先世者、去其名。如過惡未彰、姑諱之、於傳内用一二字示貶、使後人知所省懼、砥礪各行也。

と記されている。「僧侶道士となる者」は、「素行が修まらず、悪をなしていることが明らかな者・賤役に従事する者・風紀を傷つけ先祖を辱める者」と並んで、女性の再婚と同様、名を削除するか、不名誉な記録を残して子孫への戒めとすべきである、と述べられている。

僧侶道士となる者が、第一の事例として検討した「卑しい地位に身を落とし、祖宗を辱める者」と同等に扱われるのは、『丹陽吉氏宗譜』巻之一・凡例に、

一、およそ出家して、僧侶道士となる者は、譜に掲載することはできない。祭祀の義務を絶ち、宗族を忘れることを恨むからである。

一、凡出家、爲僧道者、不得載譜。恨其斬祀、忘根本也。

とあるように、祭祀の義務を絶ち、宗族を忘れるからであった。したがって、『江都卞氏族譜』巻首・例言に、

……宗族内に、僧侶や道士となる者があれば、これを削除した。書かないのは、人の道を破り、宗親を滅ぼすためである。父がその子に僧侶や道士となることを許すのであれば、族人たちが罪をはっきりと指摘してその罪を言明し、強制的に還俗させるべきである。

……族中、有爲僧爲道者、削之。不書、爲其傷敗彝倫、滅絶宗親也。父縱其子爲僧道者、族衆宜鳴鼓共聲其罪、勒令還俗。

とあるように、宗族の人々は、僧侶や道士となることの罪を指摘し、強制的に還俗させるべきとされた。男性の出家が非難された理由は、宗族の重視していた血統の維持という重大な義務を放棄する行為とみなされたからである。ただし、『潤州朱方鎭尤氏族譜』巻之一・凡例には、

一、出家して僧侶道士となるのには二通りあり、一つは幼くして貧苦のため出家する場合であり、その場合は名を記録しておき、将来還俗して帰宗するのを待つべきである。祖先の血筋の一つを失ってはならないからである。もう一つは自らの意志で僧侶道士となった場合であり、その場合は必ずしも名を書かなかった。それにより子孫に非道であることを示した。

一、出家釋道有二、其一或幼而貧苦者、當存其名字、以俟還俗歸宗。不失祖宗一脉。其或有自流爲僧道、則不必書名。以見非子孫也。

と記され、幼く貧しい者が出家した場合には記録を残すことを認めている。食べていくためにはやむを得ぬことだと認めるのである。しかし、正当な理由もなく出家した場合は、名の記録を残すことは認めないと述べられている。ここに、第一の要因と第二の要因の差異がある。

男性の記録が削除される要因の第一で検討した罪を犯した男性については、なかには、『慈谿赭山嚴氏宗譜』巻首・凡例に、

一、悪事を犯し祖宗を侮辱した者は、退けて族譜には記録しないようにした。ただ心を改め生まれ変わるならば免じて寛大に許すが、もし悪事を続け悔い改めようとしないならば、行第生卒の記録自体をすべて削除した。しかし妻と嗣子の記録は残すことを許した。それは嗣子には罪は及ばないといわれるからである。しかしともに悪

事を働くのであれば妻や子の記録であっても必ず削除した。

一、不良玷辱祖宗者、例黜不書。但能改過自新則亦從寛宥免、若怙惡不悛、則於本身削其行第生卒。而免其配氏子嗣。所謂罰弗及嗣也。然同惡相濟雖妻子亦所必黜。

とあるように、悪事を働いても改心すれば記録の削除などの処罰を与えない、とする寛大な文言も見られる。しかし、大多数の族譜は、犯罪を犯した者には厳しい処分を下していた。これに対して、記録が削除される第二の要因である出家をする男性については、ある程度の記録は残すように規定していた宗族が比較的多い。(四四) 例えば、『山陰縣州山吳氏族譜』譜例には、

一、吾が宗族に出家して僧侶道士となる者や異姓に出継する者があれば、生父の下に小さく註記した。それ以上は書かなかった。異端を退け族人ではない者を外した。

一、吾族有出家爲僧道幷出繼異姓者、止于本生父下小註。而不特書。斥異端外非族也。

とあり、小さく注にではあるが、族譜に名は記載される。また、『京口李氏宗譜』巻首・例言には、

一、子孫の中に僧侶道士となる者がいれば、名の記録のところに出家の二字を註記した。

一、子姓有爲僧道者、仍記原名註出家二字。

とあり、「出家」の二字を注記することで、名を記録することを認めている。出家をする男性については、一般とは書式を違えるものの、ある程度の記録を残すことを容認していたのである。中には、『武進羊氏宗譜』巻二・世表凡例に、

……或いは僧侶道士となる者は、またどこの教徒となったのかを書いた。みな吾が宗族の子孫だからである。

……或爲僧道者、亦書其從某教。以皆吾族子孫也。

とあるように、出家についての詳しい情報をも記録するように規定していた宗族もあった[四五]。

また、族譜の中には、娘の出家について言及している規約も見られる。娘の出家の場合も男性と同様に、削除していた宗族と[四六]、ある程度の記録を残していた宗族があった[四七]。

出家した男性の記録をある程度残していた理由は、『呉氏世譜』巻首上・凡例に、

……もし我が宗族の中に、他姓に出継した者、或いは母の再婚についていき宗を出た者、および僧侶道士となる者がいれば、必ず父の名の下に明記して、将来の帰宗の際に、考えるべき拠り所とした。

……若吾族中、有出繼他姓、或隨母改嫁、及爲僧道者、必於父名下註明、以憑異日歸宗、有所稽考。

とあるように、男性が将来帰宗する可能性があったためである[四八]。

したがって、出家した男性が将来帰宗することは容認されていた。『新安休寧甌山金氏族譜』編譜凡例に、

……僧侶道士となる者は、本人の名の下に、僧侶道士になったと書いた。或いは母の再婚について宗を出た者、或いは出継して他姓の子となった者は、ただ本人の名の下に詳細を記録するだけで、他には記載しなかった。(もし)自ら姓を戻し帰宗を望む者がいれば、詳しく調査して明らかにしてから譜に書いた。

……爲釋道者、本名下、書爲釋道。或隨母改嫁、或出繼他姓爲子、止詳註本名下、後俱不載。有自願復姓歸宗者、查據明白收入譜系。

とあり、表向きは出家して宗族を出ることを認めないという姿勢を取りながらも、母の再婚により宗族を出た者や出継して他姓の子供となった者と同様に、出家した男性が、将来帰宗することを容認していたのである。記録が削除される要因の第一に挙げた犯罪と第二の出家との記載方法の違いは、宗族が血統の維持に必要な男性族人の存在を重視していたことの現れなのである。

それは、出家した男性に子供がいた場合の記録方法からも、確認することができる。『四明慈水孔氏三修宗譜』巻首・新例に、

一、子孫で、もし出家して、僧侶道士となる者がいれば、書かなかった。異端を斥けるためである。すでに子がいて、出家した者は、その名を世系に附記した。子である者が、父を蔑ろにするという嫌疑を受ける恐れがあるためである。

一、子孫、如有出家、爲僧道者、不書。斥異端也。其先有子、而出家者、亦附其名於世系。懼爲子者、有無父之嫌也。

とあるように、本来は記録しない出家した男性であっても、子供がいれば記録を残すようにしていた宗族があった。こうした記録方法は、再婚する女性に子供がいる場合だけ記録を残す、という記録方法と同質である。

かかる同質性は、『潤東朱氏族譜』巻之三・凡例に、

一、およそ僧侶道士となった者は、書かなかった。身分を失い奴隷となった者は、書かなかった。（嫁いだ娘が）再婚した場合は、書かなかった。（娶った女性が）再婚の場合は、書かなかった。節を失ったことを戒めるためである。

一、凡爲僧道者、不書。失身奴隸者、不書。改適者、不書。再醮者、不書。懲失節也。

とある、族譜に記録しない男女の具体像として、男性の出家者と女性の再婚者が挙げられていることにも現れている。男性は出家や他人の奴隷となる場合は、記録されないことが多かった。(四九) 同様に、女性は再婚の場合に記録されないことが多かった。男性の出家や身売りは、宗族が何よりも重視する血統の維持、すなわち「孝」に貢献しなくなることを意味した。それは、女性の再婚も同様であった。そのため同じような記録方法が取られていたのである。(五〇)

族譜に掲載されている出家に関する規約の多くは、男性の出家に対して述べられている。男性の方が出家する割合

が高かったとも考えられるが、男性の出家は、宗族の重視していた血統の維持という重大な義務を放棄して宗族を出ることを意味したため非難された、という理由が本質であろう。血統を直接的に受け継ぐ継嗣となる資格を有していない女性の出家は、男性の出家ほどは非難されなかったはずである。

これに対して、女性の不貞は、他姓の血を引き込む恐れがあり、男系同一血統の維持に直接的な損害を与える可能性がある。そのため不貞は、男性が出家や身売りをして継嗣となる義務を放棄する行為以上の悪事とみなされ、子供を生んでいようとも記録は削除され、強く非難された。宗法制度の維持の必要性により男性にも制限が求められていた。男子であれば出家、女子であれば再婚が、宗族の血統維持に重大な障害を与える行為として批判されたのである。(五一)

それでは、これらとは逆に、宗族により称賛される行為は何であろうか。女性は、祖先を祭り血統を永続させることが義務であり、(五二)そのために守節が称賛されたことはすでに述べた。宗族内において男性に求められていたことは、仕官し学問を修め名声を得ることであった。『陳氏宗譜』巻一・凡例には、

一、譜とは、一族の善行を記すための書である。男子は、仕官であれ隠遁であれ、およそ学業で名を挙げた者は記録して、子孫のために誇りとした。女子は、貞や烈にかかわらず、貞潔で立派な行いを修めた者は記録して、閨房のために模範とした。……

一、譜、所以紀一族善行之書也。男子、無論仕隱、凢屬學行名偉者書、爲子孫矜式。女子、不拘節烈、凢有貞潔懿行者書、爲閨闈楷範。……

とあるように、男女それぞれに求められていた理想像が具体的に示されている。『太原王氏族譜』巻首・凡例にも、

一、譜とは、一族の善行を記すための書である。男子は仕官であれ隠遁であれ、徳を積み学業を習得したなら

ば、婦人は妻妾にかかわらず、貞節で立派な行いを修めたならば、ともに事実に基づいて記録して称賛し、それによって宗族の誇りとした。……

一、譜者、所以紀一族善行之書也。男子無論仕隠、而有道徳文學、婦人無論妻妾、而有貞節懿行、倶據實表揚、以爲矜式。……

とあり、男性に対しては、仕官や徳を積むこと、また学問で名を馳せることなどが期待され、女性に対しては、節を守る立派な行いを修めることが期待されていた。(五三) それが達成されれば、『江都卞氏族譜』巻首・例言に、

一、本宗族中の孝子・順孫・貞女・節婦で、旌表に該当する者がいれば、族人は公に呈して申請せよ。そして特別に世表中に表彰し、事績を特別に記し、これを記念した。貞女・節婦は、清芬録に伝状を掲載し、孝子・順孫は、世徳録に伝状を掲載した。

一、本宗有孝子・順孫・貞女・節婦、例應□旌表者、族人宜公呈請□旌。表揚於世表中、特書事實、以紀之。貞女・節婦、載傳狀於清芬錄。孝子順孫、載傳狀於世德錄。

とあるように、称賛に値する行いをした男女それぞれに、特別に伝記を収録する箇所が用意された。(五四) 称賛される内容は異なっていても、称賛される権利を男女は平等に有していたのである。(五五)

従来の研究では、宗法制度が男尊女卑的な儒教システムを基盤としていたために、女性は男性よりも劣位に置かれた、と述べられることがあった。しかし、単に女性が男性よりも軽視されて劣位に置かれていたわけではないことが、これまで検討してきた族譜によって分かる。男性に要求された継嗣となって血統を存続させたり、官職に就き名声を得るなどの事象は、女性には要求されなかった。反対に、男系同一血統で構成された宗族の中に、他姓の血を紛れ込ませる恐れがある女性の不貞は許されず、貞節は女性だけに要求される事象であった。しかし、これは男女差別

ではなく、宗法制度上の男女の役割からそれぞれの義務が発生したことで、そこに男女差が現れ、あたかも男尊女卑的な観念から女性が劣位に置かれているかのように見えているだけである。

また、従来の研究では、明清時代には儒教が民間層にまで浸透したことが原因となり、女性の貞節観念が過激なものへと変化し、膨大な数の節婦烈女が生まれることになった、と論じられることもある。しかし、儒教の影響もあろうが、明末以降江南地域一帯を中心に宗族組織が拡大・強化され、宗族形成が急速に発展したことによる影響をも増加の原因として重視すべきではないであろうか。たしかに女性の貞節は宗族が血統を維持していく上で不可欠なものであった。宗族が結束を強め、勢力を拡大するためには、女性の貞節が強調される必要があったからである。そのような宗族発展の動向と国が施行した旌表制度による実質的な褒賞の相乗効果によって、明代以降、節婦烈女が増加したと考えられる。

小結

中国近世の族譜には、女性は夫の死後に再婚せず節を守り抜くことが理想であると記録されていた。しかし、その一方で、女性の再婚に備えた記録方法に関する規約も掲載されていた。これは、族譜を保有していたような大きな宗族においても、女性の再婚が決して珍しい事象でなかったことを示す。

女性は再婚することで、族譜から姓が削除されたり、再婚の事実が書かれたりという記録方法により、処罰を受けたり、子孫への訓戒とされたりすることがあった。また、亡夫側から米の支給が受けらず、生活上の実質的恩典を失うこともあった。しかし、逆に言えば、再婚に関しては、この程度の罰則が設けられていただけで、宗族が再婚する女性を必要以上に非難することはなかった。宗族が、何よりも重視していた血統の維持を阻害することがないためである。これに対して、再婚とは異なり、不貞行為は強く非難される行為であった。それは、女性の不貞が宗族の血統の存続を危機的状況に陥らせる可能性があったためである。かかる事態を回避するために、女性の貞節の教えが強調されていたのである。

女性の貞節の重視は、宗族の血統を維持するために求められたのであり、男性に対しても、同様の理由で僧侶や道士になることが厳しく批判されていた。したがって、貞節の重視を儒教理念と結びつけ、女性差別であると主張することは片務的な理解となろう。中国近世においては、宗族という拡大した家族制度を維持するために、男女ともその行動に制約が課されていたのである。

第二節　孝の優越性と明清小説

明清小説において、女性の貞節の重要性を描くものは多い。例えば、明の馮夢龍が編纂した短篇白話小説集、「三言」の一つである『警世通言』巻二「荘子休鼓盆大道」の正話は、荘子が妻の田氏の貞節を試すため、方術を使って死んだふりをする。そうとは知らない田氏は、美青年と不貞を犯し、のちに荘子が自分を試していたことを知り、恥じて自害する、という女性の貞節を奨励した物語である。(五六)

一方でまた、女性の孝の重要性を説く小説も多く見られる。明の凌濛初（一五八〇年～不明）が編纂した短篇白話小説集『初刻拍案驚奇』巻三十八「占家財狠婿妒侄　延親脈孝女藏兒」の正話は、六十を過ぎて息子のいなかった劉員外が、一人娘の招姐に張郎という婿を迎える。のちに下女が劉員外の子供を妊娠すると、財産の取り分が減ることを恐れた張郎は、下女を殺害しようとする。しかし、父の後継ぎがいなくなることを案じた招姐は、下女をよそへ匿い、無事に出産させ、父のために劉家の絶嗣の回避に協力する、という娘の孝を称えた物語である。

これら貞節のみ、孝のみをそれぞれ描く小説では、女性にとっての貞節と孝の重要性は、その先後を問われることはない。しかし、『醒世恆言』巻三十六「蔡瑞虹忍辱報仇」の正話は、両親と弟を殺害された武官の娘の蔡瑞虹が、賊に犯され、そののち騙されて二度も他人の妾となるものの、生き延びて、のちに瑞虹を妾として買い取った朱源の力を借りて両親の仇を討つ、という話である。ここでは、貞節と孝の問題が共に描かれるため、両者の関係を窺い得る興味深い物語となっている。

この物語は、明の祝允明（一四六〇～一五二六年）が巷説を集めて編纂した『祝枝山九朝野記』（以下『九朝野記』と略称）巻四に収められている話をもとに作られたものである。[五七]『九朝野記』と「蔡瑞虹忍辱報仇」を比べると、いくつかの異なる点がある。中でも、両親の仇を討ち終えた娘の行く末は、大きく異なる。『九朝野記』には、両親を殺害された蔡の娘は、仇討ちに力を貸してくれた男性に一生添い遂げた、と書かれている。一方、「蔡瑞虹忍辱報仇」には、仇を討ち終えた瑞虹は、朱源の子供を生み、亡父の遺児を探し出すという二つの孝を実践し、そののち守節できなかったことを恥じて自害した、と書かれている。そして、自害をした瑞虹に対して「人々は涙を流し、その節と孝を褒め嘆じた（人人墮泪、俱贊嘆其節孝）」という、称賛の言葉が添えられている。明清小説では、このように貞節を破った行為がまったく非難されていないにもかかわらず、最終的に自害をするという作品はあまり見られない。[五八]「蔡瑞虹忍辱報仇」の中の瑞虹は、孝の実践のために貞節を犠牲にしたのであるから、『九朝野記』の蔡の娘と同じように、自害の必要などなかったはずである。作者はなぜ瑞虹の自害という場面を書き加えたであろうか。

本節は、第一節で検討した族譜より見られる明清時代の女性の貞節に関する社会通念に加えて、孝に関する社会通念を明らかにすることにより、巷説には見られない二つの孝の実践に加え、節を守れなかったための自害という事象を書き加えた「蔡瑞虹忍辱報仇」の物語世界に、いかなる感動性が生まれたのかを追求するものである。

一　「蔡瑞虹忍辱報仇」における孝と貞節の加筆

「蔡瑞虹忍辱報仇」の小説としての感動性を考えるため、そのもとになっている『九朝野記』巻四に収められる話との比較から始めたい。まず『醒世恆言』巻三十六に収められる「蔡瑞虹忍辱報仇」の概要から掲げよう(五九)。

明の宣徳年間（一四二六〜三四年）、南直隷淮安府に蔡武という指揮使（武官）がいた。蔡夫婦には瑞虹という十五になる娘と、まだ幼い二人の息子がいた。瑞虹は生まれつき聡明で、また非常に美しい娘であった。両親が酒ばかり飲んでいるので、家の中のことはすべてこの瑞虹が取り仕切っていた。ある時、蔡武は湖広・荊襄に赴任することになり、舟を雇い、家族を伴い任地に向かった。蔡武の家財道具を狙った舟頭と水夫は、蔡夫婦と二人の息子を海に投げ込み殺害した(六〇)。瑞虹だけが生き残ったが、その美しさに目をつけた船頭の陳小四によって、瑞虹は身を汚されてしまう。悪事の露呈を恐れ水夫たちが逃げてしまうと、陳小四も身を案じて瑞虹を亡き者にしようと、縄で首を絞める。陳小四は、気を失った瑞虹を死んだものと勘違いして、その場を立ち去った。

その後、通りがかった舟に、瑞虹は助けを求めた。乗っていた卞福という商人は、瑞虹が美しいのを見て、妾にしようと企む。瑞虹は卞福にこれまでの経緯を話し、両親の仇討ちへの協力を頼む。卞福はしばらく待ってくれれば仇討ちの手伝いをする、と瑞虹を騙し、家へ連れて帰り、瑞虹を妾にする。しかし、卞福にはすでに妻がおり、嫉妬深い妻は、卞福が酒に酔って寝ている隙に、瑞虹を妓楼に売り飛ばしてしまった。

瑞虹を買い取った妓楼のおかみは、瑞虹が客を取ろうとしないので、瑞虹を他の男に妾として売ろうと考える。瑞虹を妾にするため買ったのは、胡悦という男だった。胡悦もまた瑞虹の両親の話を聞き、仇討ちの手伝いを約束するが、やはり嘘であった。その後、胡悦は金で官職を買うため都へ行くことになる。そこで胡悦は、瑞虹の両親を殺害した賊を探してやると瑞虹を騙し、一緒に都へ行く。ところが胡悦が頼ろうとしていた役人はすでに亡くなっており、故郷へ帰るにも元手がなく、胡悦は瑞虹を妹と偽って美人局をしようと企む。瑞虹は拒んだが、断りきれず仕方なく承諾した。

瑞虹を妾にするため金を出したのは、朱源という秀才であった。朱源は、すでに四十を過ぎていたが、妻との間に子供がいなかった。朱源は、妻に何度も妾を娶るよう勧められていたが、断り続けていた。しかし、瑞虹を気に入り、妾にすることを決めた。瑞虹は、朱源が学問をし、非常に立派な人物のようなので、これまでの経緯をすべて話した。朱源は、瑞虹から真相を聞かされたので、胡悦の美人局の罠に嵌ることはなかった。朱源の妾となった瑞虹は、半年後、男の子を生む。その後、瑞虹は朱源の力を借り、両親の仇を討ち、さらに、父の蔡武が、むかし下女に生ませていた子供を朱源に探し出してもらい、蔡家の祭祀が絶えないようにした。

瑞虹は、こうして身を汚してまで父への孝を尽くした。そののち朱源に感謝の手紙をしたため、朱源の妻に礼を述べると、鋏で喉を刺し命を絶った。瑞虹は手厚く葬られ、人々はみな瑞虹の節と孝を褒め讃えた。瑞虹の生んだ息子、朱懋は進士の試験に合格すると、生母蔡瑞虹の苦難の一生を記して旌表を賜るよう奏上した。(六二) 申し立ては受理され、節孝坊が建てられた。

最初にも述べたが、「蔡瑞虹忍辱報仇」の特徴は、瑞虹が朱源の子供を生み、父蔡武の遺児を探して祭祀を絶やさないという二つの孝を実践したうえで、節のために自害した点にある。

かかる特徴が意図的に加筆されたことは、「蔡瑞虹忍辱報仇」のもととなった『九朝野記』巻四の話と比較することにより、一層明らかになる。

明の宣徳年間のこと。呉県に住む朱生は、商売で湖湘へ向かう途中、官河に舟を泊めた。ある時、新王二という名妓がやって来るという噂が流れ、みな我先にと舟の外へ出て、彼女を一目見ようとした。朱生が外へ出てみると、男に付き添われて舟に乗ろうとしている妓女が見えた。とても艶やかな美しい女性だった。ある日、朱生が岸に上がっていると、一人の下僕が妓女の乗る舟から降りて来た。そして、朱生に生まれや暮らしぶり、妻は嫉妬深いか、子供は何人いるのか、などを尋ねてきたので、朱生は下僕の質問にすべて答えてやった。明くる日の晩、朱生は妓女に一緒に酒を飲まないかと誘われ、承諾すると妓女は朱生の舟へとやって来た。妓女は丁寧に朱生に酒を勧めるものの、その様子はまったく楽しそうではなかった。すると突然、妓女は寝台にあった朱生の新しい上着を手に取り、それを引き裂いた。朱生は妓女を咎めなかった。そんな朱生を見て妓女は、自分には官に訴えて恨みを晴らしたい男がいるが、長年その願いはかなわず、朱生が心ある人物に見えたので力を借りたいと思ったが、朱生の家族のことや、暮らしぶりについては下僕を介して知ることができたものの、肝心な気質が分からなかったので、上着を引き裂いて朱生を試したのだ、と言った。朱生が、わけを詳しく尋ねると、妓女は言った。自分は、もと淮安の蔡指揮の娘で、父の赴任に伴って舟で湖広に向かう途中、王という賊に襲われ、酒に酔っていた父は河に投げ込まれ、母と下僕たちも殺され、自分だけが生き残り、賊に身を汚され、妻にされ、今では賊が買い入れた小舟に移され娼妓になっているのだ、と。さらに、もし自分のために官に訴えて両親の仇を討ってくれたなら、朱生の妾になって、一生そばに仕える、と言った。翌朝、賊が妓女を探しにやって来たので、朱生は大声で、これまでのことはすべて妓女から聞いた、と賊を罵倒した。賊は悪事が露呈することを恐れ、入水し自殺した。朱生は妓女を故郷へ連れ帰り、一生添い遂げた。もとの話となっている『九朝野記』巻四は、賊が入水して自殺したのち、蔡の娘と一生添い遂げたとするだけで、二人の間に子供ができたか否かも伝えない。それに比べて「蔡瑞虹忍辱報仇」は、二つの孝の実践と節のための自害のほか、二度も騙されて妾にされるという苦難を加筆することにより、瑞虹の孝と節をさらに際立たせ、物語世界にふくらみをもたせようとしていることが理解できる。

二 明清社会における孝と貞節

「蔡瑞虹忍辱報仇」に登場する瑞虹は、両親を殺害した陳小四に襲われた時には、未婚であった。第一節で述べたように、前近代中国では、夫の死亡後に殉死する女性を「烈婦」といい、婚約後嫁ぐ前に婚約者である男性が死亡し、その後を追って殉死する女性を「烈女」という。また、夫の死亡後に再婚せず節を守る女性を「節婦」と呼び、婚約者が死亡したあと、その男性の家へ入り、生涯再婚せずに舅姑に事える女性を「貞女」や「貞婦」と称した。これらの女性は、節烈旌表制度により国から表彰される対象であった。節烈行為を成したこれらの女性たちは、夫または婚約者がいることが普通で、死を選ぶ際にも夫や婚約者に殉じたことで表彰対象者となり得る。とすれば、未婚の瑞虹は、貞節の対象外である。

しかし、夫や婚約者がいない場合であっても、かりに身を汚されそうになった時に自害すれば、やはり烈女として称賛された。瑞虹が、陳小四に身を汚される前に自害していれば、烈女として称賛されたであろう。最後には身を汚されたことを恥じて自害するのであるから、陳小四に襲われそうになった時に守節のために自害するという選択肢も存在した。ところが、瑞虹は親の仇を討つという孝を実践することを目指し、自害という道を選ばなかった。貞節よりも孝を優先したのである。それは、もとの話である『九朝野記』も同様である。これは明清時代において、貞節は身分の差により、かけられていた期待の大きさに違いがあったが、(六三)孝はいかなる身分であっても重視すべき徳目であったことを示している。

むろん、明清時代において、貞節は女性にとって重要な徳目であり、明では、三十歳以前に夫を亡くし、五十歳を過ぎるまで節を守った女性を旌表すると定めていた。かかる規定上の重視にも拘らず、守節はあくまでも理想であった。族譜の中には、守節を表彰することを述べた凡例の直後に、再婚の際の記載方法を記すものもあり、再婚がいかに多かったかを窺い得る。ただし、再婚により異なった血が宗族に混入することを嫌い、再婚した女性は前夫の家の宗廟と義絶していることを強調して、その姓を削除すると定めている宗族もあった。再婚は、日常的なことであるとともに、宗族の結びつきを破壊していく危険な行為であった。故に、族譜は再婚した女性の書き方を厳格に定めるとともに、守節を宣揚していたのである（以上、本章第一節を参照）。

これに対して、孝は理想であると共に、必ず実践すべきものであった。「蔡瑞虹忍辱報仇」において、貞節よりも孝が重んじられている背景には、こうした明清時代の社会通念がある。

『懐寧坨埂方氏宗譜』巻首上・家規に、

節孝を奨励する　婦女が全うすべきものは、節である。尽くすべきものは、孝である。よって自身の身を慎み、舅姑や夫や息子によく事えることが、当然なことなのである。……

奬節孝　婦女所當全者、節。所當盡者、孝也。故淑愼其身、善事舅姑與其夫子、其本然也。……

とある。族譜を保有するような大きな宗族に属していた女性たちにとって、貞節も孝も、ともに実践すべき重要な徳目であったことが分かる。

しかし、貞節と孝を比較した場合、どちらが第一に実践すべき徳目として重視されていたのであろうか。『四明慈水孔氏三修宗譜』巻一・祠規には、

一、孝はあらゆる行いのはじめである。もし身を慎んで、父母に事え、貧苦にめげず孝を尽くすことはまた喜びである。もし引きずられて悪い行いをしたとしても、ひたすらに親を養いそれを喜びとしなければならない。『孝經』に、「五刑には三千の罪への刑があるが、最も罪が重いのは不孝である」とある。子孫たる者は、これを必ず戒めとすること。

一、孝爲百行之先。苟能敬身、以事父母、雖菽水亦歡。若爲非而遺累、即甘旨徒養。經云、五刑之屬三千、而罪莫大於不孝、爲子孫者、可不戒哉。

と書かれている。「孝はあらゆる行いのはじめである（孝爲百行之先）」という言葉は、『孝經注疏』三才章の刑昺の疏の「孝はあらゆる行いのもとであり、人の永久に変わらない徳である（孝爲百行之首、人之常德）」という経義がもとになっている。また、『孝經注疏』の序の注に、「五孝の用いられ方は（身分により）違いがあるが、それでも（孝が）あらゆる行いの源であることに変わりはない（雖五孝之用則別、而百行之源不殊）」とあり、さらに、その疏には、

正義に曰く、五孝というのは、天子・諸侯・卿大夫・士・庶人の五等が行う孝をいう。ここでいう五孝の用いられ方は、尊卑が同じでないとしても、やはり孝はあらゆる行いの源であるので、それぞれが第一に実行すべきことなのである。

正義曰、五孝者、天子・諸侯・卿大夫・士・庶人五等所行之孝也。言此五孝之用、雖尊卑不同、而孝爲百行之源、則其致一也。

とある。『孝經』およびその注疏において、身分に関係なく人が第一に行うべき徳目が孝であると述べられているこ

とから、貞節よりも孝の方が、第一に優先すべき徳目として重視されていたことが分かるのである。このように『孝經』を典拠に孝の重要性を述べた族譜は数多く見られる（仙石知子〈二〇〇八〉を参照）。

また、『大明律』巻第一・名例律に載せられている「十惡」には、「一曰謀反、二曰謀大逆、三曰謀叛、四曰惡逆、五曰不道、六曰大不敬、七曰不孝、八曰不睦、九曰不義、十曰內亂」と十の悪事が書かれており、七つめに「不孝」が挙げられているが（『大清律例』も同じ）、不貞は挙げられていない。これについては、明の謝肇淛が『五雜組』巻八・人部四において、[六四]

むかしは、妻の節はそれほど重視されていなかった。よって「父は一人きりであるが、夫には誰でもなれる」という言葉があるのである。聖人が礼を定めたのは人の情に基づくもので、妻が夫に事えるのは、子が父に事え、臣が君に事えるのとは、もともと隔たりがあるのである。そのため現在国家の律令は不孝不忠に厳しいが、妻の再婚については、禁令がないのである。

古者、婦節以不甚重。故其言曰、父一而已、人盡夫也。……聖人制禮本乎人情、婦之事夫視之、子之事父、臣之事君、原自有間。卽今□國家律令嚴於不孝不忠、而婦再適者、無禁焉。……

と述べている。謝肇淛は、妻が夫に事える「節」と、子が父に事える「孝」・臣が君に事える「忠」とを同列視しない。前掲のように、明律では不孝・不忠を「十悪」に含め、再婚を含めない。それは女性の貞節が、人が生きる価値規準として忠・孝の下に位置づけられていたからである。

『九朝野記』における蔡の娘が、節を破っていながら、自害せずに、朱生の故郷へ行くことができたのは、貞節よりも孝の実践こそが優先される徳目として重視されていたという明清時代における社会通念の反映なのである。したがって、「蔡瑞虹忍辱報仇」で、節を破った瑞虹が孝を優先したことは、孝の貞節への優越という明清社会の実態に基づき描かれていると考えてよいであろう。そして、瑞虹は、最も重視されていた孝の実践のために節を破り、それを恥じて自殺したからこそ、人々は涙を流し、その孝と節を褒め嘆じた、とされているのである。(六五)

三　孝と貞節の両立

「蔡瑞虹忍辱報仇」の中で瑞虹は、船頭の陳小四に襲われそうになった時、

もし私が死んでしまったら、一家の仇は、どうやって晴らせばよいのか。恥ずかしくても恥を堪え忍んで生き、仇を討つのを待ってから、死んでも遅くはない。

我若死了、一家之仇、那個去報。且含羞忍辱、待報仇之後、死亦未遲。

と考える。仇討ちにより父への孝を尽くすこと、その孝を優先するために、瑞虹は節を奪われた恥辱に耐えた。卞福に騙されたことに気がついた時にも、

両親の仇を討つことは大事だが、身を辱めることは小事である。ましてこの身はもう賊に汚されてしまったのだから、たとえ今死んでも貞節だとは言えない。仇を討ってから自害して、汚名を晴らせばよい。

父母寃仇事大、辱身事小。況此身已被賊人玷汚、總如今就死也算不得貞節了。且到報仇之後尋個自盡、以洗汚名可也。

と心の中でつぶやき、死を先延ばしにして孝の実践を目指すことを誓っている。孝は守節よりもはるかに重いのである。胡悦の妻によって人買いに売られた時にも、

自害したくても、まだ仇を討っていないのでそうはいかない。死ななければ、淫らな女になってしまう。

欲待自盡、怎奈大仇未報。將爲不死、便爲淫蕩之人。

と考え、死の先延ばしを誓うが、ここで、自殺しなければ淫乱な女になってしまう、という認識を捨ててはいないこ

とに留意したい。この瑞虹の言葉から、孝と貞節を同時に実践しようとすると矛盾が生じる場合のあることが分かるためである。小説はそれに苦悩する女性の心理を描写しようとしている。孝は、第一に尊重すべき徳目であったが、女性が孝を実践しようとした場合、男性とは違い、しばしば貞節が孝の実践の妨げとなる、という社会の実態を背景としながら小説が表現されているのである。

瑞虹が死に臨んで書いた手紙には、

わたくしは武官の家に生まれ、女としての心得を習い覚えました。男の徳は義であり、女の徳は貞節でございます。女でありながら貞節でなければ、禽獣と同じです。それなのにわたくしが堪え忍んで死ななかったのは、一人の恥は小さく、一門の仇は大きいと思ったからです。むかし李将軍（漢の李陵）は恥を忍んで虜になりましたが、生き延びて漢の恩に報いようとしました。わたくしは女ではありますが、密かにそれに習おうとしたのです。わたくしは節を失って生きながらえ、由緒ある家名を汚しました。わたくしは今から死んで、蔡氏の宗族にあの世で詫びようと思います。

虹身出武家、心嫻閨訓。男德在義、女德在節。女而不節、與禽何異。……然而隱忍不死者、以爲一人之廉恥小、闔門之仇怨大。昔李將軍忍恥降虜、欲得當以報漢。妾雖女流、志竊類此。……失節貪生、貽玷閥閱。妾且就死、以謝蔡氏之宗于地下。

とあり、一身の貞節よりも、宗族のための仇討ちにより、父への孝を優先させた思いが綴られている。その中で、匈奴に捕らえられた李陵の漢への忠に、自らの行為を準えていることには注目したい。謝肇淛が述べていた、節と孝・忠とは同列視し得ないという考え方が、そこに明確に表現されているからである。

瑞虹は、由緒ある家名を汚したことをあの世で詫びるために死を選んだ。しかし、前述したように、孝の実践のために貞節を犠牲にしたのであれば、節を失ったことは咎められず、むしろ我が身を犠牲にして行われる孝の実践は、高い称賛を受けるものであった。瑞虹は栄えある行いをした女性として称賛されるに充分であったため、自害の場面が書き加えられる必要はなかったようにも思われる。事実、明清小説の中には、節を犠牲にして孝を実践し、のちに自害せずとも、その行いが賛美されている話が見られる。

明の余象斗『廉明公案』旌表類「謝知府旌奨孝子」には、二十二歳で寡婦となった房瑞鸞が、苦労して息子の周可立を育て上げたものの、嫁を迎える支度金が用意できず、村の富豪であった衛思賢に嫁ぐことで得た結納金三十両で、息子に嫁を迎える、という場面が見られる。子孫を絶やさぬために息子に嫁を娶ろうとした母の行動は、先祖の血統を絶やさないという孝の実践であると言えよう。(六六) しかし、息子の可立は、呂氏を妻に迎えたものの、結婚して一年経っても妻と床を共にしようとはしなかった。それは、母が身売りをした銀子で自分に嫁を迎えてくれたからであった。可立の思いを知った妻の呂氏は実家から金を借り、姑を取り戻す手助けをする。のち可立が、母を取り戻そうとした時、母はすでに妊娠三ヵ月であった。すると衛思賢は、「お腹の子供が成人したら返してくれればいい」と房氏に言った。さらに衛思賢は、「すべておまえは前世の二つの縁を現世でつないだだけなんだよ、節を守り抜くことができなかったことにはならないさ（皆你前世結此二縁、非干你志不守節也）」と言い、亡夫の血統を存続させていく孝を実践するために、再婚という道を選んだ房氏の行動は、節を失ったことには当たらないと述べている。のち、房氏は自害することなく、息子のもとに戻り、幸せに暮らす。再婚をした房氏が自害していないことや、先に挙げた衛思賢の発言によって、瑞虹の自害は、自害せねば読者が納得しないからという理由で書き加えられたものではないことが分かる。では、なぜ作者は加筆したのだろうか。

加筆の意図を解明するうえで、重要な手がかりとなる場面が、四大奇書の一つである『西遊記』第九回に描かれている。

『西遊記』第九回は、玄奘の出生に関する話である。(六七) 玄奘の父、陳光蕊は江州(現在の江西省)の長官に任命され、美しい妻、殷温嬌を伴って任地へ向かった。洪江に着くと、光蕊は舟を雇い、妻の温嬌とともに舟に乗った。船頭の劉洪と李彪は温嬌の美しさに目がくらみ、夜になると光蕊を殺し、河に遺体を投げ捨てた。夫を殺されたのを見た温嬌は、すぐさま自分も命を絶つため河に飛び込もうとしたが、お腹には光蕊の子供(玄奘)がいたので、思い止まった。温嬌は、劉洪の言いなりになるほかなかった。やがて温嬌は玄奘を産み落とすが、劉洪に見つかれば殺されるに違いないと考え、玄奘を木の板に乗せ、血書をつけて河に流した。玄奘は金山寺の和尚に救われ、育てられる。十八歳になった玄奘は、自分の出生の秘密を知り、母、温嬌を探し出す。父、光蕊が劉洪に殺害されたことを温嬌から聞いた玄奘は、父の仇を討つことを誓う。のち、玄奘は温嬌の父である祖父の力を借り、劉洪を捕らえ、父の仇討ちを果たす。玄奘の祖父が、娘の温嬌に会いにやって来るが、温嬌は、父に会わす顔がないと言い、首を括って死のうとした。玄奘が必死にそれを止めると、温嬌は父に向かって、

わたくしは、婦人は一人の夫に従い一生を終えるものと聞いております。夫が賊に殺されたというのに、賊の言いなりになって恥をさらして生きながらえてよいはずがありません。ただお腹の中には夫の子供を宿していましたので、恥を忍んで生きながらえてきたのです。今幸いにも息子も成長し、またお父様が兵を率いて夫の仇を討って下さいましたが、娘として、お父様に会わせる顔などございません。わたくしはただ死を選び夫に報いるまでです。

吾聞、婦人従一而終。痛夫已被賊人所殺、豈可靦顔從賊。止因遺腹在身、只得忍恥偸生。今幸兒已長大、又見老父提兵報仇、爲女兒者、有何面目相見。惟有一死以報丈夫耳。

と言って、顔を見せようとしなかった。すると父は、「おまえは利に目がくらんで自ら節を曲げたわけではない。す

べてやむを得ず行ったことなのだから、恥じる必要はない（此非我兒以盛衰改節。皆因出乎不得已、何得爲恥）」と言った。のち光蕊は竜王の霊験により生き返り、親子と夫婦はめでたく再会することができた。しかし、夫も生き返り、父からも恥じる必要はない、と言われた温嬌であったが、のちに結局、自ら命を絶ってしまった。

夫婦再会を果たし、そのうえ、節を破った行為をまったく咎められなかった温嬌が、最終的に命を絶った、という場面は、玄奘の母を、女性に課せられていた徳目を我が身を犠牲にしてまで実践する崇高な女性として描くために取り入れられている。それにより、玄奘は高貴な出自として表現されることになるのである。

族譜の中には、守節が、最も難しい行為であることを特筆した規約が見られる。難しい守節を成し遂げる女性が現れることは、宗族にとって子孫のために家名をあげる偉業と認識されていた。守節を女性の義とし、その成し遂げることの難しさは、扁額を立てその生年を直接書くほどのことだとされているのである（本章第一節）。

玄奘の母、温嬌は、これほど難しいとされていた貞節を全うすることになる自害を、孝を実践したうえでさらに行ったのである。貞節という徳目は、この場合、死ぬことにより実現される。しかし、死ぬことにより孝は行い得なくなってしまう。このため、孝を実践した後で自害をすることにより、貞節の実現を表現しているのである。(六八) 最後に死を選ぶけれども、貞節が孝に優先するのではない。優先すべき孝を完成することにより、はじめて貞節を行い得る。こうして温嬌は、女性に課せられていた重要な二つの徳目を実践したことから、最も理想的な女性像として描かれる結果となったのである。

そして「蔡瑞虹忍辱報仇」の瑞虹は、二つの孝の実現に加えて、死により貞節を実現することで、理想的な女性像として描かれ、人々の涙を誘うことになるのである。

四　孝の実践に対する評価における男女差

「蔡瑞虹忍辱報仇」の最後には、「仇を討つのは男の役目、それを女が成そうとは。融通の利かない者には分からぬが、このことならねばむなしくため息つくばかり（報仇雪恥是男兒、誰造裙釵有執持。堪笑硜硜眞小諒、不成一事枉嗟咨）」という詩が書かれ、瑞虹の仇討ちが男のなすべき行為に準えられ、男に匹敵する行為を女が行ったことに対して、より高い称賛が与えられている。(六九)

かかる男性に匹敵するがごとき女性の孝を、女性が成したが故に称賛する事例は、清の黃宗羲の「王孝女碑」にも見られる。清の錢儀吉（纂）『碑傳集』巻一百五十・列女二・孝淑に収められる「王孝女碑」(七〇)に、

王孝女は、慈谿（現在の浙江省）王孜の女である。城内の東側に住んでいた。丁巳の年の七月十八日の夜に失火した時、孝女の母はすでに亡くなっており、その柩は中堂に安置されていた。孝女は上の部屋から、すぐに中堂へ降りて来て、柩を運び出してくれる者をしきりに呼んだが、返事をする者はいなかった。すでに中堂にまで火が回って来たが、孝女は柩の上に身を伏せて逃げようとはしなかった。父が孝女の姿を見付け、抱きかかえて助け出したが、孝女はすでに死んでいた。孝女に水をかけるとしばらくして生き返り、孝女は喉の奥からふりしぼるような声で、母の柩は運び出せたかどうかを聞いた。家の者たちがそれに答えずにいると、ついに孝女はむせび泣き息絶えてしまった。歳は十五だった。先の四月の終わりに、城内の菊が満開になり、見物する者が後を絶たなかったが、この時は何の瑞祥であるか分からなかった。それは七月に起きる孝女のためのものだったのである。孝女の行いは世の中では取るに足らないちっぽけな事と見なされてしまうが、天地は孝女の行いを些細なことと見なさず、自然が孝女の行いに感応したのである。よって今日天地を動かそうとする者たちは、都の光り輝くさかんな貴人などではないことは明らかである。古来親の柩を火から守ろうとして逃げなかった者は、東漢

の蔡順・古初・晉の何琦・斉の傅琰・梁の徐普済・元の余丙・祝公栄・郭通・陳汝揖・明の楊敬・祝大昌・鄧翰・陳倫がいる。しかし彼らはみな幸い命は落としていない。命を落としたのは、宋の賈恩・隋の李孝子・明の唐治の三人だけである。さらにみな男子ばかりである。か弱い女の身でありながら殉じたのは、この孝女ただ一人だけなのである。……

王孝女が命をかけて母の柩を守ろうとした行為を黄宗羲は激賞している。とりわけ、それまでこうした行為を成し得たものが、後漢の蔡順以下すべて男性であったのに対して、か弱い女の身で孝に殉じた王孝女に黄宗羲は称賛を惜しまない。女性にとって最も重要な徳は、貞節よりも孝を尽くすことにあったのである。

「蔡瑞虹忍辱報仇」の瑞虹は、女性の身でありながら、幾多の困難を乗り越えて、二つの孝を実践するばかりでなく、自殺により女性に固有の貞節という徳目も実現したのである。「蔡瑞虹忍辱報仇」という小説が幾多の困難を設定することにより、物語性を高めるばかりでなく、さらに自殺の場面を加筆することによって、孝と貞節を二つながらに全うした瑞虹への感動を表現しようとしていることが分かるであろう。

小結

明清社会において、貞節という徳目は、孝という徳目の下に位置づけられていた。貞節を犠牲にして孝を尽くす女性を賛美する小説の背景には、明清社会における女性の貞節を超えた孝への義務が存在したのである。

「蔡瑞虹忍辱報仇」に見られる「人々は涙を流し、その節と孝を褒め嘆じた（人人墮泪、倶賛嘆其節孝）」という瑞虹を称賛する言葉は、女性に課せられていた第一の徳目であった孝と、孝よりは下位に置かれながらも、やはり非常に重要な徳目であり、かつ実践することが難しいと捉えられていた貞節を、我が身を犠牲にして実践したことに対して与えられたものなのである。

小説は単なる虚構の世界ではない。その時代の社会通念を背景とすることにより、物語に深い感動性と思想性をもたらしているのである。族譜に見られる明清社会の実態では、女性の再婚をまったく許容しないほど、貞節に対して厳格であったわけではなかった。しかし、「蔡瑞虹忍辱報仇」では、あえて貞節のために死ぬ蔡瑞虹の姿が描き足されている。それは、作者が、そのような虚構の世界を構築することにより、物語世界における感動性を創り出そうとして加筆したものなのである。

おわりに

中国近世に生きる女性にとって、夫の死後、節を守る行為は、容易に成し遂げられることではなかった。また、だからこそ守節は、称賛に価する行為として崇められていた。族譜を編纂した宗族は、守節を推奨していたが、それは理念の上だけの理想という側面が強く、実際には再婚するものが多かったのである。これに対して、孝は、女性にとっても、理想であるだけではなく、必ず実践しなければならないことであった。

中国近世の族譜には、『孝經』の「孝は、あらゆる行いのもとであり、人の永久に変わらない徳である」という経義に基づいた規約が見られ、男女を問わず、孝の実践こそが、第一に優先すべき徳目であると規定されていた。族譜だけではない。『明史』列女傳にも、貞節よりも孝を優先させた明代の実態が、記録されている。王妙鳳は、姑の不倫相手に身を汚されそうになったにもかかわらず、姑を訴えようとした自身の父母に、「嫁が姑を訴えるなどという道理はありません」と言ったという（『明史』巻三百一・列傳第一百八十九・列女 王妙鳳傳）。自分の身を汚させようとした姑を訴えなかった王妙鳳の行動は、貞節よりも孝、ここでは義理の母への孝の実践を優先したものと言えよう。ここに見られる王妙鳳の言葉は、女性にとっても、孝が貞節よりも優先して実践されるべき徳目として重視されていたことを示す。

小説「蔡瑞虹忍辱報仇」に描かれた蔡瑞虹は貞節を守れなかった。それにもかかわらず、人々が彼女の死を悲しんだとされる理由は、仇討ちという父への孝を自らの貞節以上の価値を持つものとして実践したためである。

従来、女性に求められる徳目と言えば、第一に貞節と捉えられてきた。しかし、明清社会において貞節という徳目は、孝の下に位置づけられていたのである。貞節を犠牲にして孝を尽くす女性を賛美する小説世界の背景には、明清社会における女性の貞節を超えた孝への義務が存在した。そこには、孝こそが家族制度を守る根本的な理念であるため、男性と同様、女性にも孝を求める中国近世の家族制度があったのである。

《注》

(一) 前漢の劉向（撰）『列女傳』貞順篇にみえる故事が有名。序章注（一九）参照。

(二) 毛宗崗本『三國志演義』において、王允への孝のために「連環の計」を行い、董卓と呂布の二人と関係を持った貂蟬が、不貞とみなされなかったことについては、仙石知子〈二〇〇八〉、渡邉義浩・仙石知子《二〇一〇》を参照。

(三) 貞節に関する主な先行研究としては、高邁〈一九三五〉、董家遵〈一九三七〉、山崎純一〈一九六七〉、周婉窈〈一九七九〉、徐秉愉〈一九八〇〉、張敏傑《一九八八》、馮爾康〈一九九〇〉、胡発貴〈一九九〇〉。また、貞節の研究史としては、衣若蘭〈一九九七〉、五味知子〈二〇一〇〉がある。

(四)『程氏遺書』巻二十二下に、「餓死事極小。失節事極大」とある。『程氏遺書』は、張載（撰）朱熹（注）『張子全書 河南程氏遺書』（台湾商務印書館、一九六八年）に拠る。

（五）陳東原《一九二七》、劉紀華〈一九三四〉、陳顧遠《一九三七》、山川麗《一九七七》などの諸研究において、強調されている。

（六）劉立言〈一九九一〉、小島毅〈一九九三〉、佐々木愛〈二〇〇〇〉などの諸研究において、明らかにされている。

（七）明代において貞節の教えが強調されたことについては、劉紀華〈一九三四〉、湯浅幸孫《一九八一》、杜芳琴〈一九九六〉などを参照。

（八）多賀秋五郎《一九八一》、ことに序章の一八〜一九頁を参照。

（九）なお、「家規」と「家訓」の違いについて多賀秋五郎《一九八一》第一章は、「家規」は宗族全体の議決によって成立した場合が多く現実的・法制的なのに対して、「家訓」は個人によって成立した場合が多く理想的・教育的な傾向が強い、と指摘している。

（一〇）族譜において、祭祀に関する記録は「祠規」以外に、「祠記、祠産記」と称される部分にも記されている。「祠記」には、宗祠の創立再建などの宗祠の歴史が記されており、「祠産記」には、祭祀の維持のための宗族共同財産に関する記録が残されており、「祠記、祠産記」に祭祀以外の規則が書かれることはない。牧野巽《一九八〇》を参照。

（一一）例えば、『許氏家乘』（別称『蒲里許氏家乘』）巻之二・祠規には、二十四条にわたる祠規が掲載されており、その最後の箇所に、「以上二十四條、皆祖宗之遺訓。詞雖簡質、義實兼談日用倫常之際、長幼內外倶宜恪遵、我族子孫宜凜之重之、不可視爲具文也」と、祠規が祖宗の遺訓で生活倫理を示すものだと書かれている。

（一二）殉死に至るまでの烈婦の心情と行動については、小林徹行《二〇〇三》を参照。

（一三）朝廷が施行した節烈旌表制度は、清代では孝子旌表と一括され、「旌表節孝」または「旌表孝義貞節」と称された。女性に対する旌表は節烈行為に対するもの以外に、孝女や長寿などに対するものがあった。清代に施行された節烈旌表は、明代洪武元年に太祖が詔令を下した「凡民間寡婦、三十以前夫亡守志、五十以後不改節者旌表門閭、除免本家差役」（『大明會典』巻七十八）を踏襲している。節烈旌表における申請方法は女性の階層によって異なり、民間の女性であれば督撫から中央官庁である礼部へと申請書が送付され、地方役人によって銀三十両の給付と節烈坊の建設の許可が恩典として与えられた。なお、明清時代における節烈旌表制度については、山崎純一〈一九六七〉、陳青鳳〈一九八八〉、伊原弘〈一九九三〉を参照。

（一四）烈女に言及している規約の例として他に、『東陽滕氏宗譜』巻五・流芳集に、「一、凡忠孝節義、及三十歳內守節之婦、貞烈之女、有事實可據例應請□旌。無力申報者、其費莊內量給惟有分莊裔、並許送位入祠、守節者入節婦祠」とあり、『中梅劉氏續修家乘』巻之二・宗規に、「……節婦須三十內守孀及烈女俱宜沒後追錄。今姑從縣誌例、亦錄生存、然非六十外勿錄也」とある事例などが見られる。

(一五) 例えば、李漁(一六一一～一六八〇年)の『千古奇聞』土集・巻六・副室類「妾不食言」に、燕山の護衛指揮使であった費愚の妾の朱氏が、費愚が病気で死ぬとすぐに首を吊り自害した、という記述がある。そこには、陳百峰による評が、「夫婦之于平居時、靡不相然諾、輕死生、然而未必踐其言也。朱氏一臨大故、不以存亡奪情、乃自縊死。吁、死生亦大矣、豈不通哉。卒之、上命賜誥視正妻降等、朱于是乎得食報矣」と附され、朱氏の殉死を讃えるとともに、妻は夫の生前には殉死を軽々しく約束するが、実践することは少ない、と述べられている。『千古奇聞』は、『李漁全集』(浙江古籍出版社、一九九二年)第九冊に所収本を用いた。

(一六) 旌表申請の年齢制限について言及した規約の例としては他に、『壽昌李氏宗譜』巻之一・凡例「一、各省通志大例、男子非已故不列人物。若女子在三十以內夫亡守節過五十者、合例題□旌、卽爲入志。……」がある。また、旌表申請の年齢制限を遵守するよう規定した例としては、『孫氏族譜』譜例「一、婦人守節事關風化宜敍之以表貞操。但必遵例三十以□(印字不鮮明なため不明)守節、現存限以年逾五十、果其閫範可欽方得表揚。其已故者、必曾經守節十年、乃得敍述」がある。

(一七) 寡婦の救恤について言及した族譜の例としては他に、『丹陽吉氏宗譜』(別称『丹陽吉氏八修宗譜』)巻之一・凡例に、「一、孀婦守節貞烈足嘉者、無論有子無子或貧苦無依俱宜優恤。且詳書表揚以傳後世其、或有子而改醮者、但書娶某氏、生子某畧其生年、以示不得入廟之意」とあり、『剡西章氏宗譜』巻之一・家訓に「一、謂全節操婦人能有志守節、祖宗之幸、門第之光。錢粮戶役族男當代爲料理。必使其較常便宜疾病薪水。……」とあるなど、多数挙げられる。

(一八) なお、「靡他」は、「靡它」「靡佗」とも言い、二心のないことを言う。『詩經』鄘風・柏舟に、「之死矢靡它(死に之《いた》るまで矢《ちか》って它《た》靡《な》し)」と見える。

(一九)『禮記』郊特牲第十一に、「一與之齊、終身不改。故夫死不嫁」とある。

(二〇) 劉向『列女傳』巻二 賢明傳「周南之妻」に、「家貧親老、不擇官而仕、親操井臼、不擇妻而娶」とある。

(二一) これに対して、『晶川許氏族譜』巻之九・禁約は、「一、易稱苦節不可貞、婦人不幸隕所天、律不禁其轉醮。若坐產贅、夫喪艮已極在所必禁」とあるように、女性の再婚を律は禁じていないが、贅壻は禁ずる、と規定している。

(二二) ただし、服喪中の女性及び命婦の再婚は、法により禁止されていた。『大明律』巻之四・戸律・婚姻「居喪嫁娶」に、

「凡居父母及夫喪、而身自嫁娶者、杖一百。若男子居喪、娶妾・妻、女嫁人爲妾者、各減二等。若命婦夫亡、再嫁者、罪亦如之。追奪、幷離異。……」とある。また、族譜の中で、服喪中の婚姻を禁止している例としては、以下の規約がある。『江都卞氏族譜』巻三・宗規に、「……婚則禁同姓、禁服婦改嫁、恐犯離異之律。……」とあり、『湘潭橋頭劉氏三修族譜』巻名不明・戸律に、「……若命婦夫亡再嫁者、罪亦如之。追奪並離異」とある。

(二三) 六礼とは、前近代中国の婚姻の成立過程における以下の六つの要件を言う。「納采」、男性側の家から媒酌人を通して結婚を申し込むこと、「問名」、男性側の家から人を介して女性の名を問うこと、「納吉」、女性の名を占って吉兆ならば女性側の家に報告すること、「納徴」、結納金を女性側の家に届けること、「請期」、男性側の家から婚礼の期日を問い合わせること、「親迎」、新郎自身が新婦の家に出向いて迎えの挨拶をすること。以上の六礼は、地域や身分の貴賤に応じて、ある程度簡略化され、形式的に行われる傾向もあったが、婚姻の承認という重要な役割を持っていたため重視される事象であった。滋賀秀三《一九五〇》第四章第三節を参照。また、六礼は、時代とともに簡略化される傾向にあったが、「納徴」が省略されることはなかったとされる。「納徴」の際に贈られるものは本来金銭に特定されているわけではなかった。勝山稔〈一九九九〉は、宋元以降になると結納の表現として「聘」の文字が一般的に使われるようになり、同時に金銭授受を目的とした弊害が発生し、結納金高額化の流れは様々な問題を噴出させた、と指摘する。また、小川陽一〈一九七三〉は、「三言二拍」に見られる婚姻事例について考察し、宋元明時代は聘金が実質的に身価と化し、聘娶婚は売買婚という商品取引という形態へと変化したことを明らかにしている。なお、六礼と旧中国における民間の婚礼については、諸橋轍次《一九四三》、王貴民《一九四七》第四章、陳鵬《一九九〇》も参照。

(二四) また、『洞庭明月灣吳氏世譜』巻一・例言にも、「一、名分不可紊。原娶書配某氏、續娶書繼配某氏、妾書側室某氏、舊例也。其中有改醮入者、不得書配、但書娶某氏、續娶某氏、以別之」とあり、初婚の女性と再婚の女性を区別するように規定している。さらに、『晶川許氏族譜』巻之首・條約に、「一、孀婦轉醮義與廟絕。例不載譜。但子不可以無母、只許於本夫表內載娶氏二字、絕其姓所以示懲也。……」とあり、再婚した女性に子がいる場合は「娶氏」とだけ記録し、姓は記録しない、と規定されている。そして、巻之首・凡例に、「一、生娶卒葬無可稽考者、俱載餘缺二字。至娶氏有失考其姓者、於氏上空白一格。一則以俟異日之參考、一則不混同孀婦之轉醮」とあるように、再婚しない女性の姓が不明である場合は、姓を省略するのではなく、姓の字数分の空白を残すことが規定されている。こうして再婚女性と非再婚女性を区別していたのである。

(二五)『江氏宗譜』巻一・凡例に、「婦人因夫早死不能守節者、表内僅書配某氏、而削其生年卒葬。上世表内多有僅書配某氏者、下當註明生卒葬處」とあるように、注記という形で、その生卒年と埋葬地が記載されることもあった。なお、族譜の中には、世系図と世表図が記録されており、通常、世系図には宗族内の男性の名や字《あざな》などが、また世表図には生卒や埋葬場所、配偶者や子供たちに関する情報などが記録されている。

(二六)「仰事俯畜」については、『孟子』梁惠王上に、「是故明君制民之產、必使仰足以事父母、俯足以畜妻子」とある。

(二七)娘が再婚した場合には記録をしないと規定した凡例として他に、『會稽日鑄宋氏宗譜』巻首・凡例「一、婦或夫亡而移者、不書。轉醮棄之也。女或既嫁而更人者、不詳適所惡失節也」がある。

(二八)また、『湘潭劉氏四修族譜』巻之一・譜例にも、「……倘夫死再醮祇書前壻、以示婦二適之義」とある。

(二九)『石池王氏譜』行傳の第九世の段には、文熙（字は子緝）という人物の伝が掲載されており、その中に、「配閻氏、生一子、遐齡。一女歸孫李穀。繼配李氏、生四子、延齡・道齡・迪齡・遠齡。二女長適宋、改適諶欽若。次歸陳容則」と、後妻から生まれた長女の再婚の経歴が記録されており、最初の夫が宋という姓で、次の夫の姓が諶であることが分かる。これは、娘の再婚の事実を隠蔽せず、記録を残した宗族があったことを示す事例である。なお、この族譜には婦女の守節に関する記述は見られず、凡例の中に、「一、婦人有年遠而失其姓者、則存其氏而闕其姓。倘有淫行穢德、則存其姓而去其氏字」という女性の淫行に関する記載方法に言及した規約が見られるだけである。

(三〇)また、前夫の記録をせずに「再醮」とだけ記録するように規定しているものとして、『中梅劉氏續修家乘』巻之二・宗規「本族出嫁女再醮者、凡譜多削前夫而載再醮。……」がある。

(三一)清代における寡婦の再婚と社会環境については、王躍生《二〇〇〇》第三章を参照。また、夫馬進〈一九九三〉は、明清期における寡婦の再婚状況について考察し、寡婦に守節を求める風潮はこれまで宋代から始まったとされてきたが、このような風潮が社会に広まったのは明清期になってからのことだと指摘している。さらに明清期には寡婦を強制的に再婚させる「逼嫁」が広く行われ、寡婦自身が再婚するかどうかを自分の意志で選択することは困難であったとも述べ、明清期の寡婦の地位は極めて不安定なものであったと論じた。明清期の寡婦の地位について、滋賀秀三《一九五〇》第四章第一節は、寡婦の再婚とは必ず寡婦自身の意志で行われるもので、それが古来の法であり慣習であったとして、比較的安定した寡婦像を示していた。これに対して、夫馬進〈一九九三〉は、滋賀秀三《一九五〇》の学説は、宋代の事例をもとに打ち出されたものであるため、少なくとも明末以降の寡婦には該当しないと指摘し、寡婦の地位は明清時代に大きく低下したのだと強調したのである。このように、両氏の研究により示された寡婦像には、大きな違いが見られる。なお、夫馬進〈一九九三〉を再検討し、新たな問題提起を呈示した喜多三佳〈二〇〇二〉は、清代には、寡婦の守節が尊ばれていたが、少なくとも清代の前半くらいまでは、庶民の女性は必ずしも守節の規範に縛られてはいなかった、と述べ、さらに、特に、独り身を通すことが経済的に困難であるような場合、寡婦はそれほどこだわらずに改嫁を選択していたと、女性の再婚が経済状況によって左右されるものであったとしている。さらに、清代後期には貧しくとも守節を希望する女性が増え、それが社会問題ともなっていたことが、夫馬進《一九九七》に明らかにされており、女性を収養して救済を施す清節堂は十八世紀末以降盛んに設立されていたことが指摘されている。なお、宋代以前の寡婦の再婚については、董家遵〈一九三四〉も参照。

(三二) また、『譚墅呉氏宗譜』巻一・凡例にも、「……夫死改嫁者、書曾配某氏。不書生卒、示與廟絶也」とあり、『陳氏宗譜』巻一・凡例にも、「婦有不能安室者、義於廟絶、例不應書」とあり、『山陰縣州山呉氏族譜』譜例二十六則にも、「一、婦人被出及改嫁者不書。與廟絶也」とあり、再婚した女性が廟と断絶することが述べられている。

(三三)『壽昌李氏宗譜』巻之一・凡例に、「一、母出與廟絶、禮有明文。本族間、有失節之婦、不許入祠。配享回葬、□祖山第人。子必有從出、若削之不書、又將沒其由來、今於某氏下、書一出字以別之」とあり、母が再婚によって廟の関係を失うことは明文化されている、と述べている。

(三四) 前近代中国では、父子兄弟は先天的・自然的な結合関係にある「天合」とされ、夫婦は後天的・社会的結合の関係にある「人合」「義合」であるとされていた。夫婦の義の関係が断絶することを「義絶」といった。『唐律疏議』巻十四 戸婚に引く疏に、「夫妻義合、義絶則離」と規定され、離婚の申し立てによる裁判において、正当な離婚原因がある場合は役人から「義絶」が申し渡された。柳田節子〈一九九七〉によれば、唐律に規定されていた「義絶」は宋代でも現行法として通用していたというが、滋賀秀三《一九五〇》によれば、明清律には「義絶」の規定は、実質的には存在しないという。瞿同祖《一九六七》第二章・第六節も参照。なお、本書で引用する「唐律」は、劉俊文（点校本）『唐律疏議』（法律出版社、一九九八年）を使用した。

(三五) 同文の規約は、『山陰白洋朱氏宗譜』巻五・家訓にも見られる。

(三六) 離縁や再婚で宗族を出る女性は記録せず、未婚で死亡した者や冥婚する者は記録すると規定したものに、『雲歩李氏宗譜』序例、「(丁) 譜例嫡室書配、繼室書繼、庶妾書妾。其未婚而請祔歸葬與冥婚者、亦書。惟母出與廟絶凡出嫁者、不書」がある。なお、多賀秋五郎《一九八一》序章が、「もしも、宗譜から削除されて、宗人としての資格を失うようなことがあれば、その人とは、その地域社会よりほうむられるのであって、その打撃は深刻なものがあった」と論ずるように、族譜から削除されることは宗族の族人にとって重い懲罰であった。

(三七) なお、同様な事例は、『譚墅呉氏宗譜』巻一・凡例に、「至出嫁之女、賢孝貞節、亦附註於其父名下、以示褒。若以罪致出、與夫死改嫁者、則但存適字、不書其夫之姓字、此以示貶也」とある。

(三八) 子を生んでいない場合に「娶某氏」と記録する理由は、夫の結婚歴を示すためだと述べている規約がある。『績北旺川曹氏族譜』不分巻に、「一、譜内有少年早故、其妻因無子而改適者、則僅書娶某氏、所以明其人之已娶也」とある。

(三九) 同様の事例は、『陳氏宗譜』巻一・凡例に、「出婦不書。夫死改醮有子女者、僅書某氏、不詳生卒示有別也」とある。なお、同譜同凡例中には「一、婦有不能安室者、義於廟絶、例不應書。有子者止、於夫傳下、書娶某氏、不詳生卒。蓋《ママ》天下無無母之人也。不得例書」という規約も見られる。また、『山陰陡亹朱氏宗譜』巻一・凡例では、「一、妻書配常例也。夫亡有子而再醮者則不書。義絶也。但於子下書曰嫁母某氏。生出母同」と、子がいる妻の再婚も記録しないが、子の記録の下にだけ記録を残すように規定されている。

(四〇) また同様に、『中湘陞廷山劉氏三修族譜』巻一・凡例にも、「妻有子改醮者、録姓氏生年、不録沒葬。若無子改醮者、止録姓氏、註改醮二字。義與廟絶也」とある。

(四一) 『春秋公羊傳』の「春秋の義」と中国近世の族譜との関係については、本書第三章および仙石知子〈二〇一〇〉を参照。

(四二) 南宋の判例集『清明集』巻之十・人倫門「夫欲棄其妻誣以曖昧之事」には、「在法、妻有七出之狀、而罪莫大於淫佚」とあり、妻を離縁できる「七出」の中でも、最も重大な罪は淫佚である、との記述が見える。

(四三) 「十悪」とは、刑法が所定した十種の大罪を指し、謀反・謀大逆・謀叛・悪逆・不道・大不敬・不孝・不睦・不義・内乱をいう。『唐律疏議』巻一 名例の疏に、「周齊雖具十條之名、而無十惡之目。開皇創制、始備此科」と定められている。また、『懷寧李氏宗譜』巻之一・家規「家戒第十二」の「禁姦淫」には、「禮始于謹夫婦別男女。若有不肖子孫、不守禮法、荒淫穢亂、敗壞倫常、此係十惡。首誅家門大不幸也」と、「姦淫」を「十悪」に含める説明が見られる。

(四四) 『慈谿赭山嚴氏宗譜』巻首・凡例にも、「一、出姓爲他人養子或僧道者、譜例於系圖書其名而不列行傳。……」とある。

(四五) 『雲陽仁濟匡氏家乘』巻之一・凡例にも、「一、子孫有入娼優隸卒及失身爲奴婢者、必削去不録。若僧道止於其父所生下載、第幾子某、於某寺爲僧道、世紀世系不録」とある。なお、「世紀」は世表のことである。世表は他に「小伝、歯録」などとも言われる。多賀秋五郎《一九八一》序章を参照。

(四六)『剡西章氏宗譜』巻之一・家訓に、「一、男子爲釋道者、不立傳止於父傳下書曰、某匕爲釋道。女爲尼者不書」とあり、削除するよう規定されていた。

(四七)『雲陽張氏宗譜』巻之一・書法に、「……倘或不肖而有鬻身者、例書出姓不錄。至於女爲尼者、載於父之下。婦爲尼者、載於夫之下」とあり、女性の出家の記録を残すように規定している。また、『中梅劉氏續修家乘』巻之二・宗規にも、「……男出家者、云爲僧、爲道士、爲道人、女云爲女冠。世表中亦俱注明」とあり、記録するよう規定している。

(四八)『甬上雷公橋吳氏家譜』巻一・凡例にも、「族人有遷居異地、或隨母別宗、出家爲僧、幷入贅出養異姓者、必於本人名下標明之、庶他日歸宗時得所考據」とあり、将来帰宗の際の拠り所とするため、記録を残しておくべきことを規定している。

(四九)『李氏家譜』(別称『李氏宗譜』)巻一・凡例には、「一、違條・犯法・奸佞・忤逆、及優伶・奴隸・賣女作妾、盜賣祠墓・祭產・祭器・墳樹等、項均黜族、子孫不列」と、記録の削除に該当する者が列挙されている。

(五〇)『中梅劉氏續修家乘』巻之二・宗規には、「一、爲賊盜、亂倫及娼優、隸卒、爲奴婢及賊竊者、生不得入祠、死不得入主。……」とあり、彼らに対して、記録上の処罰ではなく、祠堂への立ち入り、死後に祭られることなどを禁止する、といった処罰を与えることが明記されている。なお、「娼優」は、(清)吳敬梓『儒林外史』第二十三回に、「他又不是娼優隸卒、爲甚那紗帽飛到他頭上還有人搵了去」と見えるように、藝を売る女性を指す場合に使われることが多い。ここでは娼妓と訳した。中国歴代の娼妓については、蕭国亮《一九九六》を参照。

(五一)『東陽滕氏宗譜』巻五・規條の中には、光緒三年に記録された三十七条にわたる宗族の重要な財源である義田の運用についての記述が見られる。三十七条の項目の中には、族人への救恤に関する記録もあり、どのような族人にどれ位の金銭や米を支給するかが具体的に書かれている。その中に「……出繼外姓、壞人家產、歸宗者、不給。作奸犯科者、不給。身爲賤役者、不給。賣女作妾者、不給。出爲僧道者、不給」と規定されており、悪事を行った者と同様、僧侶・道士になった者は、救恤を施されないとされている。女性は、再婚することで支給を受ける権利を失ったが、男性は、悪事を犯したり、僧侶・道士になった場合に、義田からの経済的援助が受けられなくなった。援助される権利が剝奪される理由は男女で違いがあるけれども、援助が受けられなくなるという点では差はなかったのである。

(五二)『雲陽張氏宗譜』巻之三・遺敎に、「婚嫁□娶婦之道、上以承先下以嗣後。綿祚之慶實基於此、不可不愼」とある。

(五三)『懷寧李氏宗譜』巻之末・凡例にも、「一、譜傳爲家之信史敍事尙實不用浮詞。男子有德有行可爲子孫矜式、女子有善有節可爲閨閫模範者、據實備書。……」とある。

(五四) 宗族にとって称賛に値する人物の伝だけを特別な場所に収集し、掲載している宗族は多い。『慈谿赭山嚴氏宗譜』巻首・凡例にも、「……登仕籍者、列仕宦錄。婦女之守節者、列節孝錄」とあり、収録する場所が指定されている。

(五五) 以下の族譜も、男女を平等に扱っていたことを示す。『山陰白洋朱氏宗譜』巻一・凡例には、「一、凡男女遭難而殉節烈者並錄」とあり、男女の節烈行為をともに記録するように規定される。『重修鱸橋方氏家譜』巻首・舊譜家規十七條には、「一、正家之始莫先於男女内外之辨。男無禮女無義、遂至淫縱破檢者、家教之未講也。蓋男子有常業不令遊手、婦女有常工不令與男子相見。……」とあり、男女双方に対する不貞に注意を促した規約が掲載されている。

(五六) 貞節の教えを破った女性が自害する場面は、このほか『喩世明言』巻二「陳御史巧勘金釵鈿」の正話、『醒世恆言』巻十六「陸五漢硬留合色鞋」の正話、『警世通言』巻三十五「况太守斷死孩兒」の正話などにも見られる。

(五七) 小川陽一《一九八一》二一六頁～二一七頁を参照。

(五八) 孝の実践を優先したことによって、不貞が咎められないという場面は、明の余象斗『廉明公案』拐帯類「黄通府夢西瓜開花」にも見られる。三人の僧に父母と下僕の招宝を殺された娘の費四美が、両親の仇を討つため恥を忍んで生きながらえ、浙江省温州府の判事に訴えて僧たちを処罰してもらう。両親の仇を討ち終えた四美は、妻を亡くした富豪の賀三徳の後添えとなり、一子をもうけ、その後、父母と招宝の亡骸を探し出して埋葬する。この小説では、四美が自害することはない。また、毛宗崗本『三國志演義』において、王允への孝のために「連環の計」を行い、董卓と呂布の二人と関係を持った貂蟬が不貞とみなされなかったことについては、仙石知子〈二〇〇八〉を参照。

(五九) 顧學頡（校注）『醒世恆言』（人民文学出版社、一九五六年）を使用した。

(六〇) 明の凌濛初が、明の李昌祺『剪燈餘話』巻四「芙蓉屏記」をもとに敷衍した「顧阿秀喜捨檀那物　崔俊臣巧會芙蓉屏」（『初刻拍案驚奇』巻二十七「顧阿秀喜舍檀那物　崔俊臣巧會芙蓉屏」）にも見られるように、明清小説の中には舟で襲われる場面が少なくない。それは、商人の心得を書いた明の程春宇（撰）『士商類要』巻二「買賣機關」の「客商愼勿裝束、童稚戒飾金銀」という項目に、「出外爲商、務宜素樸、若到口岸肆店、服飾整齊、小人必生窺覬、潛謀鏟盜、不可不愼」と、裕福そうに見える服装で舟に乗ることを戒める文言が書かれており、同様の記述は、清の吳中孚（纂輯）『商賈便覽』巻一「江湖必讀原書」にも見られることから、舟で襲われる事件が実際に多発していたという実態があったからであろう。

(六一) 「蔡瑞虹忍辱報仇」には、瑞虹が公的に旌表される様子が描かれているが、合山究氏は、明清社会において、仇討ちを果たした後に、節を失ったことを羞じて自害したならば、失節と見なされないばかりか、「節孝」を以て称賛されることもあったけれども、公的に旌表を受けたり、「牌坊」が建てられたりすることは、実際には、あり得なかったであろう、と述べている。合山究《二〇〇六》二五五頁～二五六頁を参照。

(六二) 愛知大学、簡斉文庫所蔵の宣統三年、時中書局の排印本の祝枝山先生（纂）『祝枝山九朝野記』を使用した。

(六三) 貞節は身分の差により、かけられていた期待の大きさに違いがあったことは、仙石知子〈二〇〇八〉を参照。

(六四) 謝肇淛『五雜組』（国学珍本文庫、上海中央書店、一〇〇〇年）を使用した。

(六五) むろん、孝の実践のために貞節を破ることが、常に称賛されるわけではない。孝よりは優越しないとはいえ、女性にとって重視すべき貞節を破っている以上、それを貞烈と評価することは難しいためである。（清）紀昀『閲微草堂筆記』「灤陽消夏録」巻三には、大飢饉に遭い夫が乞食となって家を出たため、残された妻が、舅姑を養うために体を売り、三年後に夫が戻って来ると、自分は身を汚したのでもう夫に仕えることはできない、と言い、夫のために買い入れていた娘を夫に引き合わせて自害をした、という話がある。この出来事に対して、村の人々の評価は様々であった、と記されており、我が身を犠牲にして行われる孝の実践は、確かに高い称賛を受けたが、中には、そのような女性を失節の女性と見なす者もいたことが分かる。また、この話には、節も孝もどちらも重いものだが、その両方を同時に行うことはできず、身を汚して舅姑を養った妻をどう評価するかは、聖人や賢者でなければ無理である、という紀昀の祖父の意見も添えられている。

(六六) 明の無名氏（撰）『輪廻醒世』巻七「陰隲易相」にも、母が身売りをして他人の乳母となり、息子の嫁を迎える費用を工面し、嫁が姑を取り戻そうとする場面が見られる。また、明の顏光衷（編）『迪吉録』平集・女鑑・孝逆報「開封長婦幼婦生死巧換」には、父が息子の嫁を迎える費用を工面するため身売りをし、嫁が舅を取り戻す様子が書かれており、身を犠牲にして孝を実践する話は、女性だけに限ったものではない。

(六七) 明の万暦二十年、陳元之（序）、金陵世徳堂本を底本とした影印本『西遊記』（上海古籍出版社、一九九三年）を使用した。

(六八) 孝を実践したあとで貞節の実現を果たす様子が描かれている例として、凌濛初によって編纂された『二刻拍案驚奇』巻三十一「行孝子到底不簡屍　殉節婦留待雙出柩」がある。甥に殺害された王良の息子、王世名は、父の遺体を傷つけることは不孝に当たるとして、検屍を拒否し、自分が殺したことにして処理することを求め、自害をする。王世名の妻、俞氏はすぐに殉死しようとはせず、子供が三歳になり、哺乳の必要がなくなったあとで自害し、王世名とともに旌表される。また、類話として明の陸人龍『型世言』第二回「千金不易父仇　一死曲伸國法」があるが、この作品に登場する王世名の妻は自害をしない。それは王世名から子供の養育のみならず、姑の扶養をも頼まれたためである。なお、王世名については、『明史』巻二百九十七・列傳一百八十五・孝義二に列傳がある。小川陽一《一九八一》三二一頁を参照。

(六九) 仇討ちという私刑は、本来、公法のもとでは禁止されるものである。しかし、中には『春秋公羊傳』隱公十一年の「子不復讐、非子也」を典拠に、仇討ちは称賛の対象とされることもあった。「蔡瑞虹忍辱報仇」の瑞虹は、仇討ちという本来、称賛の対象とされる内容により孝を尽くしている所にも感動性の根拠を置いている。

(七〇) (清) 錢儀吉 (纂)『碑傳集』(中華書局、一九九三年) を使用した。原文は以下の通りである。「王孝女者、慈谿王孜之女也。居城之東偏。歲丁巳七月十八日夜二鼓失火、孝女母卒、停柩於中堂。孝女處樓上、趨至中堂、疾呼舁柩、無應者。已而火至、孝女伏棺上不肯去。其父從火光中遙見之、抱之而出、則已死、灌以礬水稍甦、聲出喉間僅絲髮問母棺出否。家人不答、遂哽咽氣絶。時年十五也。先是四月之蓋、城中菊花盛開、觀者絡驛、不知其爲何祥也。至是而有孝女之事。孝女顧委巷中紅女纖兒耳、天地不以其渺末而氣候爲之密移。則夫今日之撐駕天地者、其不在通都大邑之赫奕貴人亦明矣。古來火逼親棺守死勿去者、東漢之蔡順・古初・晉之何琦・齊之傅琰・梁之徐普濟・元之余丙・祝公榮・郭通・陳汝揖・明之楊敬・祝大昌・鄧翰・陳倫。然皆幸而得免。其不免者、則宋賈恩・隋李孝子・明唐治、始三人耳、然皆男子。以女弱而殉身者、僅一孝女而已」

第二章　継　嗣

はじめに

明清の通俗小説では、男女関係や金銭問題といった日常みられる普遍的な出来事を題材とすることが多い。そのうち金銭問題は、後継ぎをめぐる財産継承の話題と関わる場合が少なくない。そこで、本章では、第一節において、族譜に収録された後継ぎに関する規定を中心に、後継ぎに対する宗族の考えと当時の社会通念を明らかにし、第二節では、それを踏まえた上で「三言二拍」[一]に見られる後継ぎ問題を題材とする作品が、中国近世の社会通念の影響を強く受けていることを明らかにしたい。

なお、前近代中国における後継ぎとは、人を継ぐ「継嗣」、祭祀を承ける「承祀」、財産を承ける「承業」という三つの役目を負う者のことを言った[二]。これらの役目を担う後継ぎを表す総称としても「継嗣」が使われることが多く、それは「嗣子」「継子」とも表現されたが、本章では、以下「継嗣」という言葉を用いることにする。

第一節　族譜に見られる継嗣に関する社会通念

本節では、族譜に掲載されている継嗣に関する規定を取り上げたい。家を嗣ぐ際に、正妻が生んだ嫡子がいれば、長子が最優先され、問題が生ずることは少ない。嫡子がない場合には、妾の生んだ庶子が嗣ぐ。継嗣の問題は、嫡子・庶子を問わず男子に恵まれなかった時に起こる。たとえ娘がいたとしても、娘は血統を存続させることのできる存在と見なされることがあったが、同宗同姓の昭穆相当者を養子に迎えられるのであれば、その養子が優先される。娘の生んだ子を一時的に継嗣にしようとしても、娘の子は異姓だからである。問題は、同宗同姓の昭穆相当者が不在の場合に発生する。

このように中国近世における養子は、同宗同姓から選ばれ、継嗣として迎え入れられる場合と、必ずしも「承継」（祭祀義務の裏付けとして、財産権を総括的に引き継ぐ中国固有の相続観念のこと。滋賀秀三《一九六七》による）を目的とせず、恩養的に迎え入れられる場合とがあった。前者の養子は、「嗣子」「継子」と称され、擬制による父母は、「嗣父母」「継父母」と呼ばれた。後を継がせるために養子を立てることは、「立嗣」「立継」と表現され、養子を迎え入れる行為は、「過継」「過房」と称された。後者の恩養的に迎え入れられる養子は、宋元以降、一般的に「義子」と称された。「義子」を迎え入れる行為は、「乞養」と呼ばれる。「義子」は、宗族への所属関係が変動することはなく、日常生活の面において、血縁関係のない他人の子を自分の子に準ずるものとして家に引き取るものであり、異姓不養の原則は適応されなかった。(三)「義子」はまた、血縁関係のないことから「螟蛉」(四)とも称された。

一　継嗣に関する法令

中国近世における法令の中には、妾を娶る場合の条件として、継嗣となる男子が出生していないことが挙げられている。(五)実子の有無は、「孝」を尊重する中国において、最も重要な問題であった。それは、「死」が人間の終着点ではなく、肉体が滅びた後でも精神だけは残り、継嗣の存在によって己の魂が永存していく、という認識が、古来より中国人の中にあったからである、という（滋賀秀三《一九六七》）。そこで、継嗣となる実子が存在しない場合は、養子を迎える、という慣習が古来行われてきた。

養子の第一適任者は「同宗同姓」の男子である。継嗣となる実子がいない場合は、同宗内より昭穆相当者を選んで継嗣としたことは、歴代の律にも規定されている。『唐律疏議』巻十二 戸婚の疏に引く戸令に、「子の無い者は、同宗の昭穆相当者を養うことを許す（無子者、聽養同宗於昭穆相當者）」と規定され、『元典章』巻十七 戸部三 承繼 禁乞養異姓子にも、「旧例では、およそ子の無い者は、同宗の昭穆相当なる者を養うことを許す（舊例、諸人無子、聽養同宗昭穆相當者爲子）」と定められていた。さらに、『大清律例』戸役 立嫡子違法 條例一にも、「子の無い者は、同宗の昭穆相当なる姪を承継とすることを許す。まず同父・同親より探し、大功・小功・緦麻の親族に及べ」（無子者、許令同宗昭穆相當之姪承繼。先儘同父・同親、次及大功・小功・緦麻）」と規定され、同宗の昭穆相当なる男子が継嗣の第一適任者であるとされていた。

これに対して、異姓の者は養子とするには、適していない。『春秋左氏傳』僖公 傳十年の「祖先は非類の祭祀をうけず、子孫は非族を祀らない（神不歆非類、民不祀非族）」という思想から、姓の異なる男子を養子に迎えても、存続してきた同一血統はすでに断絶しており、純系ではない異姓の養子による祭祀は、正当な祖先祭祀となり得ないと考えられていたからである（滋賀秀三《一九六七》第一章第一節を参照）。したがって、歴代の律は異姓の養子を迎えることを禁じていた。『唐律疏義』巻十二 戸婚、およびそれを受けた『宋刑統』巻十二 戸婚律 養子立嫡には、「異姓の男を養子とする者は、徒一年、与える者は、笞五十（即養異姓男者、徒一年、與者、笞五十）」とあり、異姓の者を迎えた場合には、養父と実父の双方が処罰の対象とされている。『大明律』巻四 戸律 立嫡子違法には、「異姓の義子を乞養して、宗族を乱す者は、杖六十。および子を異姓の人に与えて嗣子にさせた者は、罪は同じとし、その子は宗族に帰す（其乞養異姓義子、以亂宗族者、杖六十。若以子與異姓人爲嗣者、罪同、其子歸宗）」と記され、(六) 唐律のように、異姓の男子を養子に迎えること自体は禁じてはいない。しかし、異姓の養子を迎えて宗族を乱した場合は処罰を与え、その養子縁組も無効とし、その養子をもとの宗族へ帰すように規定されていた。これら歴代の律の条文が示すように、異姓の子供を養子に迎えることは違法行為に近かった。

しかし、滋賀秀三《一九六七》が指摘するように、「異姓不養」の原則は実際には、「民衆の実生活においてかなり弛緩の現象が見られ」、異姓養子は必ずしも峻拒されるものではなかった、という。(七) 実際にも異姓の養子縁組が行われていたことは、後に掲げる族譜の規約からも明らかである。(八)

また、歴代の律は、同宗に該当者がない場合に備えて、「異姓不養」の原則に関する例外的な条文も附していた。『唐律疏議』巻十二 戸婚律に、「遺棄された子供で三歳以下の者は、異姓であっても、収養することを許し、その姓に従わせよ（其遺棄小兒年三歳以下、雖異姓、聽收養、卽從其姓）」と、三歳以下の捨て子を収養する場合は、異姓でも許し、養父の姓に改めさせると規定されている。(九) これは、『大明律』にも継承されている。(一〇)

このように、三歳以下の捨て子の場合は、実子に準ずる扱いで養子にすることができた。なお、この収養を許可する三歳という年齢制限は、ある程度の目安であったようである。『清明集』立繼 父在立異姓父亡無遺還之條に、異姓と雖も、三歳以下であれば、その姓を養父の姓に改め、実の子や孫の規定を適用することは、また法令で認められている。鄭文宝が元振を養子に迎えた時、戸籍を遷していなかったため、当時の年齢は正確には分からないが、文宝の生前に、鄭逢吉が彼に渡した手紙の中では、すでに姪《おい》と呼んでいる。このことから察すれば、偽りではないことは明らかである。

雖曰異姓、三歳已下、卽從其姓、依親子孫法、亦法令之所許。鄭文寶之養元振、不經除附、當時年歲固不可考、然當文寶生前、鄭逢吉折簡與之、已呼之爲姪。以此勘驗、昭然不誣。

という記述があり、元振という者が鄭文宝の養子となった時に三歳以下か不明で、厳密には法の規定と合致しない場合にも、元振を継嗣として認める判決が出されたことを確認できるからである[一一]。

以上のように、唐以降明清に至るまで、子がない場合には、同宗内より昭穆相当者を選んで養子に迎えることが許され、三歳以下の捨て子であれば、異姓であっても、養子とすることが認められていたのである。

二　同姓養子の重視

中国近世の族譜では、法令と同様に「継嗣となる実子がいない場合は、昭穆相当者を同宗内より選ぶ」という規定を持つものが多い。『山陰陡亹朱氏宗譜』巻一・譜例[一二]に、

一、子がいない場合は、兄弟の子を後継ぎとすべきである。尊卑に序を失うのは良くないので、兄弟にも子がない場合には、また近支の中より、昭穆相当の者を立てても良い。(その場合は)継子某と書き、もとの名の下には、某公の子、出でて某公を継ぎ嗣となると書いた。もし異姓を乞養する者がいれば、(宗族内に)同族ではない者が混じるので、削ってこれを除いた。

一、無子、當以兄弟子爲後。不宜尊卑失序、即無兄弟子、亦宜於近支中、昭穆相當者立之。書曰繼子某、本名下、書曰某公子、出繼某公爲嗣。若乞養異姓、致淆氏族、削而屏之。

とあり、実子のない場合に、兄弟にも継ぎ得る子がなければ、昭穆相当者を同宗内より選ぶ、と規定されていた。その際、『洞庭明月湾呉氏世譜』巻一・例言に、

……長房に子がなければ、次房の長子を嗣とし、次房にも子がなければ、長房の次子を嗣とする。実の兄弟に嗣

となる者がいない場合も、また必ず従兄弟の子や、同宗昭穆相当の者を選んで立て後継ぎとする。その際には、その下に某を嗣とすると書き、もともと名が記録されているところの名の下にも、注記してこれを明らかにした。くれぐれも異姓の子に継がせて、宗支を乱す弊害を招かぬようにすべきである。

……長房無子、次房長子承嗣、次房無子、長房次子承嗣。卽親兄弟之子無可立、亦必掄立堂從兄弟之子、及同宗昭穆相當者爲後。仍於其下註以某爲嗣、其於本生名下、亦註明之。切不可繼異姓之子、致啟紊亂宗支之弊焉。

とあるように、継嗣がいない場合は、近親より遠縁へと継嗣となるのに適切な男子を同宗内より選立するよう規定し、異姓の子を継嗣としないよう定めている。昭穆相当者を継嗣に当てるという規定は、多くの族譜に共通し（一三）、唐律より明清の律へと踏襲された継嗣に関する条文に即して、族譜の規定を設けていたことが分かる。

異姓の者を継嗣にすることを強く禁じている規定は、『吳氏世譜』巻首上・凡例にも、

一、嗣子・祧子は、実父の名の下に、祧嗣某某と注記して明らかにし、後になっても出自が分かるようにした。螟蛉・贅壻は、嗣子とすることはできない。また他人を祧嗣とすることはできない。

一、嗣子・祧子、須於本生父名下註明祧嗣某某、後以明所自。螟蛉・贅壻、不能作爲嗣子。亦不得祧嗣他人。

とある。贅壻とは娘婿をいう（一四）。同姓不婚の原則により、宗族とは異なる姓となる。したがって、螟蛉と同様、宗族とは血縁関係のない異姓の人間であるため、この宗族では継嗣となる資格を一切与えていないのである。しかし、中には、『雲陽仁濟匡氏家乘』巻之一・凡例に、

一、贅壻を継嗣とした場合には、必ず書いた。……

一、以贅壻爲嗣者、必書。……

とあるような規定を持ち、贅壻を継嗣とすることを容認していた宗族もあった。継嗣を絶やさないことは、何よりも

重要であったため、やむを得ぬ場合に備えていたのであろう。

このように、異姓者が養子や継嗣になった場合、族譜への記録を禁じた宗族があった。同様に、壻を息子にし、妻側の甥を継嗣にする行為も、族譜への記録を禁止されていた。[一五] しかし、これらの規定は、逆に異姓の子を継嗣としていた実態があったことを示していると考えられる。

したがって、異姓の子を養子とすることを容認していた宗族もあった。『張氏族譜』巻之一・族規に、[一六]

一、乞養　凡そ三十歳以上で子がいない場合は、族内の近親より遠縁へと探すが、それでも相応者がいない場合にはじめて素姓のはっきりした異姓を収養して子として承継させることを許す。(その場合は)五歳未満を条件に、ようやく入継できる。もしも五歳以上であれば、収養できない。もし子孫に承継できる者がいるのであれば、妄りに多くの異姓を収養してはならない。

一、乞養　凡三十歳外無子者、族内自親至疎、亦無可承繼、方許收養異姓清白之後爲子。限至五歳、方得入繼。如過五歳、不得收養。倘有子孫可以承嗣者、不得貪多濫收異姓。

とあり、五歳以下という年齢制限を設けて、異姓の子を養子として継嗣にすることを容認していた。唐律を継承する明清の律では、「捨て子で三歳以下」という条件であったが、この宗族は「五歳以下」という、少し緩い年齢制限により、異姓の子を養子とすることを認めている。建前としては、異姓養子は避けるべきとしながらも、実際には異姓の子を養子とし、さらには継嗣にして後を継がせていた宗族もあったのである。

実態として、異姓の継嗣が存在していたことは、『銅山江氏宗譜』巻一・凡例に、

……異姓から来て継嗣となった者は、書かなかった。本宗を出て異姓を継いだ者は、ただ某氏の後庶となると書き、世系を乱さないようにした。……

……異姓來繼嗣者、不書。出繼異姓者、直書爲某氏後庶、不紊亂世系。……

とあり、異姓の継嗣について記録をしないようにした、という規定が、かえって異姓の継嗣の存在を裏付けている。(一七)

また、『雲陽張氏宗譜』巻之一・書法には、

一、およそ異姓から入継した子は、必ずそのもとの姓を記し、本宗族の人ではないことを示した。もしもとの姓を忘れていれば、「本姓無考」と書いた。……

とあり、異姓で継嗣となった者のもとの姓を記録するように規定している。

さらに、『錫山李氏世譜』巻首之二・原序に、

一、凡異姓入繼之子、必詳著其原姓、以別本宗。若代遺忘其姓氏、則云本姓無考。……

一、本宗の者を後継ぎとした場合は、嗣と書き、異姓の者を後継ぎとした場合は、継と書いた。

一、嗣本宗爲後者、書嗣、嗣異姓爲後者、書繼。

とあるように、もともと同族で継嗣となった者と本来、血縁関係がない異姓から継嗣となった者とを識別できる記録方法を取っていた宗族も多かった。(一八)

以上のように、異姓の子を養子とすることを禁じる宗族があった一方で、異姓の養子を収養し、場合によっては継嗣とすることを容認していた宗族があったのである。

さらに、族譜の中には「異宗」であるが「同姓」の養子について言及している規約が見られる。『張氏族譜』巻之一・凡例に、

……或いは異姓の子に後を継がせる場合は、「育子某」と書き、同姓だが、同族ではない子に後を継がせる場合は、「育同姓子某」と書いた。

……或取異姓之子入繼者、則書育子某、其有取同姓、而不同族之子入繼者、則書育同姓子某。

とあり、「異宗異姓」と「異宗同姓」の書き分けが見られるのである。[一九]その場合には、『溪川呉氏統宗族譜』凡例に、

……同姓者は「抱養」と書いた。異姓者は「螟蛉」と書いた。……

……同姓書抱養。異姓書螟蛉。……

とあり、「異宗異姓」の養子を「抱養」、「異宗同姓」の養子を「螟蛉」と書き分けることを定めていた宗族もある。同姓の養子も異宗であれば、血縁関係がないという点において異姓の養子と同じである。それにもかかわらず、異姓の養子とは区別されていたことが分かる。同姓であることは、それほどまでに重視すべきことなのである。

こうした「異宗同姓」の養子と、「同宗同姓」の養子は、国家の律でも区別されていた。『元典章』十七・戸部三・承繼　禁乞養異姓子に、

旧例では、およそ子の無い者は、同宗の昭穆相当なる者を子とすることを許す。もし無ければ、同姓を養うことを許す。

舊例、諸人無子、聽養同宗昭穆相當者爲子。如無、聽養同姓。

と規定され、同宗昭穆相当者を養子とできなければ、異宗であっても同姓の者を養子の適格者としている。また、『大清律例』戸役　立嫡子違法條　條例一にも、

子の無い者は、同宗の昭穆相当なる姪を承継とすることを許す。先に同父・同親より探し、次に大功・小功・緦麻の親族に及べ。もしともに無ければ、遠房及び同姓の者を選び立てて嗣とすることを許すが、もし立嗣の後に子が生まれたならば、その家産はもと立てた者と子で均分せよ。

無子者、許令同宗昭穆相當之姪承繼、先儘同父・同親、次及大功・小功・緦麻。如倶無、方許擇立遠房及同姓爲嗣、若立嗣之

後却生子、其家産與原立子均分。

と規定されている。

養子として最も優先される者は、「同宗同姓」の同宗昭穆相当者である。それがいない場合、優先すべきものは、異姓の者ではなく、異宗であっても同姓の者であった。(二〇) そうした「異宗同姓」者は、やむを得ない場合に、選択されるものであったが、これに対して、「異宗異姓」の者を継嗣とすることは、可能な限り避けなければならない、最悪の事態とされていた。

三　絶嗣の回避

それでは、「異宗異姓」の者を継嗣とすることなど、はじめから放棄すればよいのではないか。しかしそうしたならば、血統の存続を「孝」と考える前近代中国ではあってはならない絶嗣をもたらす。そこで、最悪の選択肢である「異宗異姓」養子を回避するため、他姓の継嗣となった男子ですら、その帰宗に備えていた。

他姓の者を継嗣にする「異宗異姓」養子の存在は、宗族内に生まれた男子が他宗の継嗣となる可能性を持つことを意味する。族譜の中には、宗族内に他姓の継嗣となるために、宗族を出た男子がいる場合は、必ず記録を残しておくとの規定を持つものが見られる。それは、将来、その男子が帰宗することを想定している規約と考えられる。

例えば、『陳氏宗譜』巻一・凡例には、

一、他姓の子を後継ぎとした場合は記載しなかった。宗族を乱す恐れがあるからである。子を他姓の後継ぎとした者は、「某姓へ出継」と記載し、将来の帰宗の手がかりとするようにした。

一、以他姓爲後者不書。恐亂宗也。以子爲他姓後、則書出繼某姓、以爲日後歸宗之地。

と、他姓から来た継嗣については記載しないが、自己の宗族から養子に出た男子については、記録するように規定している。また、『毘陵西郊呉氏宗譜』巻一・條例には、

……もし子を外姓に出継させているならば、本名の下に「第何番目の子某姓某人の嗣として出継」と明記した。将来帰宗の際の手がかりとし、そうすることによって将来近親結婚が生じないようにした。

……如以子出繼外姓者、務於本名下註明將第幾子出繼某姓某人爲嗣。爲後日歸宗根本、以杜遠年聯姻之漸。

とあり、『懐寧李氏宗譜』巻之末・凡例にも、

……或いは外姓からの入継者も記さないのは簒奪を防ぐためである。外姓に出継した者も必ず記すのは帰宗の時のためである。

……或有外姓入繼者亦不書杜簒也。出繼外姓者亦必書收宗也。

とある。

このように、宗族内の男子が他姓の継嗣となった場合の記録方法に言及した規定は、族譜を保持するような大きな宗族に生まれた男子であっても、他姓の継嗣として宗族を離れることがあったことを示している。

宗族内に生まれた男子が、他姓へ行くことの大きな原因の一つには、母の再婚があった。(二二)『如皐呉氏家乘』巻三十・雜記に、

二十二条　族内に母の再婚について宗族を出て、すでに改姓している者がいる場合は、本支の絶嗣の際には帰宗させせよ。もともとは呉の宗族の者だからである。その中に改姓しているがまだ帰宗していない者がいれば、これもまたその旨を明記しておき、帰宗の手がかりを残しておくようにせよ。

二十二條　族中凡有子隨母嫁、已改他姓者、因其本支嗣絕得復令歸宗。以其本出自吳也。其有改姓而未歸宗者、亦詳書之存其

歸宗之路也。

とある。母について他の宗族に行って、たとえ改姓したとしても、その子は帰宗できるのである。それは、『四明慈水孔氏三修宗譜』巻首・重修宗譜凡例に、

宗枝は存続させていくのが良い。もし母の再婚で宗を出た子が、生父が絶嗣したので帰宗して祭祀を継ぐことを願うならば、詳しく調査したあとに前例に倣い族譜に登記することを許す。……

宗枝宜續。如子從母嫁、生父宗嗣已絶其子願歸承祀者、許査明支派照舊登譜。……

とあるように、生父が絶嗣した際、祭祀を継ぐためである。そのため、母の再婚について宗族を出た男子の帰宗を容認していた宗族は非常に多かった。〔二二〕

しかし、その男子の母が、もとの夫の宗へ戻ることは、容認されないのが通例であった。『甬上雷公橋吳氏家譜』巻一・祠規に、〔二三〕

一、族人の中に貧しいために再婚の婦を妻として、もしその婦が前夫の子を連れて来たのであれば、代わりに養育し、将来その子を出身宗族へ返すこと。もし族内に夫に先立たれ貧しく子を連れて他姓に嫁ぐ婦がいれば、その子が成長したのち帰宗させ、継嗣とせよ。婦は宗族へ戻ることを認めない。婦は再婚によって廟絶となっているからである。

一、族人如因貧納再醮婦爲室、倘有攜來前夫之子、代爲寄養、日後仍還本家。若族中貧婦因夫逝難守攜子他適、其子長成準其歸宗、以承先祧。婦則不得歸宗。以婦出與廟絶也。

とある。再婚して他の宗族に嫁いだ婦は、「廟絶」となっているため、もとの宗族に帰ることは許されない。子が許され、母が許されないのは、絶嗣した際、祭祀を継ぐという重要な使命を子が持っていたからである。

かかる事象を逆側から見るとどのようになるのか。次の規約は、母の再婚について宗族へやって来た異姓の子に関するものである。『山陰陡亹朱氏宗譜』巻一・譜例[二四]に、

一、母の再婚について宗族へやってきた異姓の子供は、改姓していると雖も入譜は認めない。贅壻義子も同様にした。

一、異姓隨母改嫁而來者、雖冒本姓不得入譜。贅壻義子並同。

とある。宗族へやって来た異姓の子は、養育は許可されるが、族譜へは記載されない。本来的に他宗の子だからである。記載されないために、ここを離れて帰宗することができたのである。この宗族は、仮に改姓していても入譜は認めないと規定していた。また、次の宗族は本人に帰る宗族がなく、姓も改めるのであれば、族譜に記録しても良いと規定していた。『何氏族譜』例言に、

一、再婚の婦を娶り、連れ子がいる場合は、帰る宗族があるならば、族譜には記載しなかった。帰宗先がない者で本族の姓に改めることを望む場合は、その子供が（母親に）孝養を尽くしたことを評価して、こちらの族譜からその子供を排除せず、「養子某は本姓某」と明記して、異姓が宗族を乱すことがないようにした。

一、娶再醮之婦、有帶來之子、其有宗可歸者、則譜中不載。其無宗可歸而欲隨姓者、念其有孝養之勞、未便擯出譜外、則必註明養子某本姓某、以杜異姓亂宗之嫌。

とある。ただし、姓を改め、族譜に記録する際にも、養子であるという経歴を明記された。他の宗族の血縁が竄入することを防ぐためである。

以上のように、実子がなく、同宗内にも継嗣となるのに適任な昭穆相応者がなく、さらには「異宗同姓」の者がいない場合は、異姓の養子をもらって永続を計るという方法が取られた。さらには、他姓へ行った男子を将来、帰宗さ

せることにより絶嗣を回避しようとしていたことが分かるのである。(二五)

小 結

異姓の子を継嗣にした場合の族譜の記載方法は、宗族によって異なる。それは、異姓の継嗣に対する考え方が、宗族によって様々であったことに依ろう。しかし、どの宗族にも共通していたことは、仮に血縁関係のある男子が存在するのであれば、必ずその男子を継嗣とするよう規定していたことである。異姓の子を継嗣とするのは、絶嗣を回避するための最終手段であり、血縁関係のある男子こそが、継嗣となる第一適任者と見なしたのである。

第二節 「三言二拍」に見られる継嗣問題

「三言二拍」の中には、継嗣問題を描いた二つの注目すべき作品が収められている。同姓養子への書き換えが見られる『初刻拍案驚奇』巻二十一「袁尚寶相術動名卿 鄭舍人陰功叨世爵」の正話と、娘婿への財産継承を描いた『醒世恆言』巻十七「張孝基陳留認舅」の正話である。

これら二つの小説は、養子の財産継承について、当時どのような社会通念があったのか、という問題を追究することで、表現を書き換えた意図、およびそれによって生ずる読者の共感に迫ることができる。前近代中国における宗族の継嗣観を法令および族譜を資料として検討した第一節を踏まえた上で、これらの問題を考察していきたい。

一 同姓養子への書き換え

『初刻拍案驚奇』巻二十一「袁尚寶相術動名卿 鄭舍人陰功叨世爵」の正話の中には、血縁関係のない「螟蛉」ではあるが、もともと養父とは同じ姓であった、という事例がある。以下、この作品の検討により、作者の凌濛初の「同姓養子」に対する意識と作品に取り入れた意図を明らかにしたい。具体的な考察を進める前に、小川陽一《一九八一》により、作品の要約を掲げておこう。

明の永楽年間のこと。王部郎の小童鄭興児は主人の家に災難をもたらす相があると、高名な相士袁忠徹に言われたため解雇された。のち鄭興児は二十両余りの銀が入った包みを拾った。職がなく、その日の暮らしにも困っていたが、それを持ち主に返した。その正直さに感動した持ち主の鄭指揮は、子がなかったこともあって鄭興児を養子にした。興児はやがて応襲指揮の職を得た。のち興児が王部郎・袁忠徹に再会したとき忠徹は言った。「この子には満面陰徳の紋がある。人命を救助したのでなければ遺失物を返してやったに違いない」。のち鄭興児は父のあとを継いで遊撃将軍を授けられた。

王部郎に雇われていた鄭興児は、ある日突然、王部郎に解雇される。その理由は、高名な相士の袁忠徹[二六]が、鄭興児は災いをもたらす相がある、と主人の王部郎に告げたためであった。解雇された鄭興児は、行くあてもなく、廟の内で休んでいた。廟の厠に行った折、たまたま財布を拾い、それを正直に持ち主に返したところから運が開けていく。典型的な因果応報物語である。作品の中にも、

さてここではお話するのは、一人の者が小さな善念を抱いたことで、すぐさま貧窮から脱し、富貴になる幸運に恵まれた話です。みなさんはこれを聞いて、私が善行をお勧めすることが、決していわれのないわけではないことがお分かりになるでしょう。

而今再說、一個一點善念、直到得脫了窮胎、變成貴骨。說與看官們一聽、方知小子勸人做好事的說話、不是沒來歷的。

という記述が見える。さらに、この話は、勧善書の一つである『太上感應篇圖說』などにも収録されており[二七]、教戒的

な内容を持つ作品と言える。

ところで、この作品は、（明）陸粲『庚巳編』巻三「還金童子」が本事（種本）となっている（小川陽一《一九八一》）。この二篇を比較すると、いくつかの相違点が認められる。

第一に、「還金童子」では、金の落とし主が婦人になっており、童子はこの婦人の夫によって養子に迎え入れられるという設定になっているが、『初刻拍案驚奇』では、財布の落とし主が男性に書き換えられており、鄭興児はこの男性から直接養子に迎え入れられている。第二に、「還金童子」では、財物を拾った場所が廟内とされるのが、『初刻拍案驚奇』では、廟内にある厠の中に書き換えられている。（一八）

第三に、そして最も重要な書き換えは養子に迎え入れた理由である。「還金童子」では、

指揮はこれを聞いて驚き、人をやってこちらに訪ねさせ、家で面倒をみることにした。年老いても後継ぎがいないことを思い、その子が器量も良く賢いのをよみして、ついに息子としたのである。

指揮着聞而異焉、令人訪致之、育於家。念老無子、悦其美慧、遂子之。

と、器量が良く賢いことに養子とする理由を求めていることに対し、『初刻拍案驚奇』では、

同姓とは全く不思議なご縁です。私はもうすぐ六十になろうというのに後継ぎが生まれていません。このたび大変なご恩を受けましたが、お返しできることがありません。自分の都合の良いようにするわけではありませんが、私の養子になるということでご恩をお返ししたいと思います。

忝爲同姓一發妙了。老夫年已望六尚無子嗣。今遇大恩、無可相報。不是老夫要討便宜、情願認義足下做個養子。

と、「同姓」であることが養子とした重要な動機と書き換えられているのである。

このように『初刻拍案驚奇』には、財布の持ち主と拾った人物が偶然にも同姓であったという、「還金童子」には

なかった事象が加筆されている。凌濛初は「還金童子」を下敷きに作品を描く際に、どのような意図によって二人を同姓としたのであろうか。

二　小説における「同姓養子」の役割

作品内で、財布を拾った鄭興児が、財布の持ち主の鄭指揮と同姓と設定されたのには、必然性がある。族譜から分かるように、血縁関係のない者を養子として迎え入れる場合、異姓よりも同姓の方が養子にするのに相応しいという社会通念があったのである。このため、財布の持ち主と鄭興児をたまたま同姓とすることによって、作品中で違和感なく養子縁組が成立する場面を描写することができる。鄭興児が財布を拾い、それを正直に持ち主に返したことで、最終的には幸運を手に入れたという因果応報の物語の中で、鄭興児が善行によって得た幸運は、財布の持ち主と同姓であったことに基づくのである。

このような「異宗同姓なる養子」の事例は他の作品にも見られる。

『初刻拍案驚奇』巻三十八「占家財狠壻妒侄　延親脈孝女藏兒」の入話で、李総管の子供を妊娠していた下女が正妻に売り飛ばされたが、その下女を買い取ったのが李千戸という同姓者だった。下女は李千戸の家で無事に男児を生む。その後、偶然にも占い師の店で李総管は李千戸と出会ったことにより、李総管は下女が生んだ自分の息子と再会を果たすことになる。作品の中で改姓についての記述は見られないが、収養された子供は養父母の姓に改めるのが一般的だったという前掲の条文や族譜の規約から推定すると、下女の生んだ男児も李千戸の姓になったと考えられる。この買い養父の李千戸がもともと李総管と同姓であったため、結果的に李総管の息子は改姓されることはなかった。この買い主と同姓であったという事象は、最終的に父子大団円となる話の中の幸運の中心に設定されているのである。

また、『太上感應篇圖説』「敬老懷幼」にも類例が見える。姚という長者の一人息子であった姚崑郎は、行方不明となり、その後誘拐され市場で売られてしまった。そこへ姚という同姓の者がやって来て姚崑郎を買い取った。養父も姚という姓のため、崑郎は改姓させられずに済み、もとの姓のまま崑郎は最終的に実父のもとに戻る。これも、先に挙げた『初刻拍案驚奇』巻三十八の入話と同じように、最終的に父子が団円を果たすという話の中の幸運な出来事の起点として、たまたま買い主が同姓であったという事象が挿入されている。また、作品中には明記されていないが、子供を買った人物と買われた子供が同姓なのは、異姓の子よりも同姓の子を求める社会通念が背景に存在したためであろう。

さらに、『醒世恆言』巻十「劉小官雄雌兄弟」正話には、居酒屋を営む劉徳夫婦が、身寄りのない方申児を養子とし劉方と改姓させ、さらに遭難した劉奇をも養子とする話が見える。先に養子になり、劉方と改名した方申児は、実は女であった。劉徳夫婦の死後、劉方と劉奇は二人で力を合わせて商売をし、後にようやく、劉方が女であることを知った劉奇は劉方と結婚する。作品の中には、二人目の養子となる劉奇は養父となる劉徳と偶然にも同姓であった、という描写がなされているが、この描写もまた作者が当時の社会通念を利用したものだと思われる。劉徳は劉奇を養子にする前に、すでに劉方を養子としていた。そのため、二人目に養子とする子が劉徳ともともと同姓であったという設定にした方が、決して裕福ではない老夫婦が二人もの子を養うという不自然さを払拭するからである。養子を迎える場合に、異姓よりも同姓の子供が格上にみられ、養子として迎え入れやすかったという社会通念が作品に取り入れられていると言える。

また、(明) 陸人龍『型世言』巻一・第一回「烈士不背君　貞女不辱父」では、(二九) 家族と離ればなれになった鉄寿安が、身の置き所を確保するために他人の養子になろうと考え、金賢という者の養子になるために、金安と偽称するという場面が見られる。これもまた、鄭興児の場合と同様の「同姓者は異姓者よりも養子に迎え入れられやすい」という社会通念の一端が描き出されている。

このように、明清時代の小説は、同宗昭穆相当者がいない場合、同姓養子を迎えることを優先するという社会通念を利用して、物語の展開を円滑にし、物語世界に現実味を与えると同時に、感動性を高めようとしているのである。

三　娘婿の財産継承

同姓養子への書き換えは、中国近世の宗族が、異宗同姓なる者を養子の適任者とみなしていたという社会通念を背景としていた。しかし、「三言二拍」の中には、直接的な血縁関係を持たない娘婿が財産を継承する話がある。『醒世恆言』巻十七「張孝基陳留認舅」の正話は、舅から莫大な財産を譲り受けた娘婿が、舅の長男に財産をすべて返還するという話である。同様に、小川陽一《一九八一》により、要約を掲げておこう。

漢末のこと。許昌の富人過善の子過遷は、放蕩に明け暮れ、財産を浪費し、傷害事件を起こして逃亡した。のち過善は、全財産を娘婿の張孝基に与えて死んだ。張孝基は、過遷を捜し出して与えるべきだと言って辞退するが、息子に絶望した過善の聴き容れるところとはならなかった。その後、張孝基は陳留都で、おちぶれて乞食となった過遷に再会し、許昌に連れ戻す。過遷が、今は過去を後悔し、心も改まっていることを確かめた上で、過善から与えられた財産と、そこから得られた収益を合わせて、すべて過遷に引き渡した。

「三言二拍」には、娘婿や長子、義父などが財産を独り占めしようと謀略をめぐらす話が少なくない。それらの作品では、財産継承をめぐって生じる財欲や、妻の嫉妬心が起因となって、後から生まれた庶子を認知することに抵抗し、財産を一人占めしようとする婿や長子の姿が描かれる。娘婿が継承した財産を自ら辞退するという美談は、この

「張孝基陳留認舅」の一篇のみであり、「三言二拍」の中では例外的な作品とも言える。[三〇]

「張孝基陳留認舅」の本事は、（宋）李元綱の『厚德錄』巻一「張孝基還財」である。[三一]張孝基が本来の財産継承者である長子の過遷に財産をすべて返還するという行為は、他の善書や類書にも美談として引かれており、[三二]善書の編纂者は、張孝基の話を民衆の教戒には格好の故事であると見なしていたようである。それでは、「三言」の編纂者である馮夢龍もまた、娘婿が本来の財産継承者である長子に家産を返還した美談を高く評価し、「張孝基還財」を基として小説を作り上げたのであろうか。

過遷は過善の実子であり、過善の財産をすべて継承する権利を有していたのは過遷であった。そのため、婿の張孝基が過遷に家産を返上するのは理想などではなく、いわば必須な行為であったのである。換言すれば、張孝基が家産を過遷に返上しない方が、当時の倫理観から外れる行為であった。「張孝基還財」の故事は、善書や類書などにも掲載され、孝基は過度なる称賛が与えられているが、社会通念から見れば、当然の行いに過ぎない。「張孝基陳留認舅」の物語は、継嗣に関する当時の社会通念に即した描写がなされていると言えよう。

しかし、小説に描かれている娘婿の家産返上という行為が、倫理上は当然であったとしても、それが実態として守られていたか、という問題はまた別である。かかる行為が、善書に掲載されていることは、それが必ずしも遵守されていなかったことを意味するためである。「三言二拍」に収録された家産継承を題材としている作品のほとんどが、継嗣に関する社会通念に反して描かれている。それは、継嗣を巡る財産争いが、実際に発生する割合が高かったため、当時の人々の関心を集めていたためであろう。

『初刻拍案驚奇』巻三十八「占家財狠壻妒侄　延親脈孝女藏兒」の正話には、財産独占を謀る婿が描かれる。劉員外は引姐という娘が一人いるだけで後継ぎとなる息子がいないため、甥の引孫を継嗣とすることに決める。

しかし、甥が家産を継承すると知った引姐は、引孫が継嗣となることに反対し、以前家にいた下女が父の子を生んでいることを告白する。下女が生んだ子供は男児であった。その男児は、下女の妊娠を知った引姐の夫の張郎が、下女が男児を生めば劉家の財産を独占できなくなるからと、子供の殺害を計画したため、劉家の絶嗣を恐れた引姐が下女をよそへ匿ったことで、無事に生まれたのだった。自分の実子の存在を知った劉員外は喜び、家産を三分割すると、娘の引姐と甥の引孫、さらにようやく生まれた実子にそれぞれ与えた。

本来ならば、下女の生んだ子が劉員外の継嗣となり、家産のすべてを継承するのであるが、劉員外は引姐が父のために継嗣を守った孝に感謝し、娘にも家産を与えた。また、甥である引孫が財産を受け取れたのは、劉員外と同族であるということの他に、下女の生んだ男児の存在が明らかになる前に、すでに劉員外の継嗣として認められていたからである。

それは、族譜の中にも、『何氏族譜』例言に、

一、子がなく嗣子を立て承継させた後で、あるいは血統の存続のために妾を納れて子を生んだ場合は、先ず「嗣子某」と記し、次に「生子某」と記し、詳細を明らかにするようにした。

一、無子者以嗣子承繼以後、或因續絃納妾更有生子者、則先書嗣子某、後書生子某、以昭詳明。

とあり、『雲陽仁濟匡氏家乘』巻之一・凡例に、

一、承継させた後で、もしまた子が生まれたならば、また継立者の弟と書いた。

一、承繼後、儻又生子、亦書爲繼立者之弟。

とあるように、実子以外の者を継嗣とした後で実子が生まれても、先に立てた継嗣を優先するのが慣例であった。そのため、継嗣となる実子がいながら、甥の引孫が財産の三分の一を受け取るという描写もまた、当時の社会通念に基

づくものなのである。

また、この物語の中では、娘の引孫が財産の一部を受け取ったことで、必然的に婿の張郎もその恩恵を受けることになった。これに対して、『醒世恒言』巻二十「張廷秀逃生救父」は、婿の趙昻が妻の実家の財産を奪うために、妻の妹夫婦を陥れようとする。ところが、失敗して処罰され、趙昻の妻も自害するという話である。あるいは、『初刻拍案驚奇』巻三十三「張員外義撫螟蛉子　包龍圖智賺合同文」の入話は、張という富豪が七十過ぎに後妻を娶り、やっと念願の男児、張一飛を得るが、張の死亡後に遺書を根拠に娘婿が財産を実子に渡すまいと企んで訴訟をおこし、知県が遺書に隠された真実を明らかにしたことによって、張一飛が財産を継承するという話である。継嗣があるにも拘らず、娘婿が財産継承に介入することも多かったことが、これらの小説には反映しているのであろう。

さらに、異母兄弟による財産継承の争いが題材となっている作品として、『喩世明言』巻十「滕大尹鬼斷家私」の正話がある。嫡子で長子の善継が、庶子で次子の善述に財産を渡そうとせず、善述と前述の生母は辛い目に遭わされるが、肖像画に隠されていた亡父の遺書が発見され、善述も正当な財産分与を受けるという話である。また、娘が財産を独占しようと企む、（明）陳玉秀『律條公案』六巻・謀産總類「呉按院斷産還孤弟」という話もある。淮安府清河県に住む富豪の銭善には、後妻の艾氏がいた。艾氏は銭善の死亡後に男児を出産する。銭善には生前、息子はいなかったが、先妻が生んだ愛姐という娘が一人いた。愛姐は艾氏が生んだ腹違いの弟に財産を渡すまいとして、後妻が生んだ子供は父の実の子供ではなく、後妻が不義を犯して生まれた子供だと役所へ申し出て、訴訟を起こすのである。[三三]

これらの作品は、すべて晩年に後妻や妾が生んだ子供の存在によって、財産継承問題が発生するという話である。多くの作品の題材に、継嗣をめぐる財産問題が扱われているのは、当時、継嗣をめぐる財産継承争いが実際に頻発し

ていたためである。それは、当時の善書からも知ることができる。『太微仙君善過格』[三四]倫常第一・宗親に、

本族が断絶しそうな時、嗣を立て、その財産を当てにしないのは、百善。本族が絶嗣しそうな時、その財産を目当てに、嗣を立てないようにするのは、百過。

本族絶支、立一嗣、不利其産。百善。本族絶支、利其産、不爲立嗣。百過。

とあり、同書倫常第一・兄弟に、

一に幼弟庶弟を欺凌するのは、百過。個人的に財産物品を独占するのは、百銭ごとに百過。

欺凌一幼弟庶弟、百過。私占産物、百錢一過。

とある。善書に掲載された継嗣に関わり財産継承を争うべきではないとの教えは、それが日常的に行われていたことの裏返しである。小説は、こうした現実を背景に、継嗣をめぐる財産継承問題を描いた。

それらの中で、家産を独占しようと目論む姿が描かれている小説では、財産継承の相応者である実子が生まれていない場合が多い。継嗣となることは、父の家産をそのまま承継することを意味し、兄弟でその家産を均分して承継することになっていたために、晩年になって生まれる子の存在は、承継する家産の減少を意味した。家産トラブルが起こる主な要因は、当時の家産分割のシステムであったともいえる。共同財産を一族で保有する同居共財[三五]という財産保有のあり方によって、家産をめぐる金銭欲が発生し、それが作品の題材となっているのであろう。

同居共財は、共有財産によって一族の者たちを養い得る反面、子供の数が増えればそれぞれの子の取り分は減少する。そうした中で子供の少ない者は、不平等さを感じることもあったはずである。そのような心情が、家産トラブルを題材とした作品を生み出している。

『醒世恒言』巻三十五「徐老僕義憤成家」の正話には、先に死んだ弟が残した子供たちのために共有財産が使われ

ることを阻止しようとする兄たちの姿が描かれる。長子の徐言と次子の徐召には、それぞれ息子が一人いるだけだったが、先に死んだ弟の徐哲には二男三女がいたために、徐哲が死んだ後も同居共財によって、共同財産でその子供たちを養い、娘たちが嫁ぐ場合の結納金をも支出しなければならなかった。そのため兄たち二人は、それらの支出を拒んで不当な家産分割を早急に行おうとする、という物語である。こうした小説の背景もまた、善書より窺うことができる。「功過格」巻之二には、[二六]

　家産を公平に分折するのは五十功。多く譲り少なく手にするのは百功。争いになっても争わないのは二倍の功として論じる。不公平な家産分折をするのは五十過。個人的に家産を独占しようとするのは百過。

　分折家産公平爲五十功。讓多取少爲百功。遇當爭而不爭者倍論。分析不公平者爲五十過。私自侵占者爲百過。

という勧戒がみえる。これは、同居共財から発生する問題を回避するために掲げられていた。同居共財によって、晩年に生まれる息子の存在は、財産継承権を有していた者たちに複雑な心理を生じさせた。作品はこうした人間の欲望の局面を題材としたのだと言えよう。

　先に掲げた『醒世恆言』巻十七「張孝基陳留認舅」に登場する張孝基は、婿となった時点ですでに長子である過遷がいた。そのため、妻の実家の財産を独占しようという思いが生ずることは不自然である。それでも、張孝基の行為が称賛に値するのは、過遷を探し出し改心したのを確認した上で家へ連れ戻し、過家の祭祀を血縁のある過遷に継承させ、過家の血統を存続させたためである。ただし、家産返上の行為は、当時の社会通念から見れば、それほどまでに称賛に値する行為ではなかったと言える。

四 「応継」と「愛継」

最後に、長子がありながら娘婿の張孝基に家産をすべて譲り渡してしまった舅の過善について考えてみたい。前述のように血縁関係のある者がいるならば、その者を継嗣として立て、祭祀を祀る権利および家産を継承する権利を継がせるのが当然であった。そう考えると過善の行為は、社会通念から見ると矛盾している。しかし、この場合の過善の行為も当時の社会通念から決して外れた行為ではなかった。

継嗣となる第一適任者は、実子である。実子が出生していない場合は、昭穆相当なる男子を同宗内より選立するのが最も妥当な継嗣の立て方であった。

ところが、実際には、昭穆の順位に従うことなく、継嗣となるべき人格者だと思われる者を撰び継嗣とすることも認められていた。このような行為は「択賢択愛」と呼ばれ、前者の実子または昭穆相当なる者から撰ばれた継嗣を「応継」と言い、後者は「愛継」と称された。(三七) これは、『大清律例』戸律戸役 立嫡子違法條 條例五にも、

子がなく嗣を立てる際に、もし応継の人と、常日頃から争いごとが生じている場合には、昭穆相当の親族の中から、賢を択び愛を択び、そのよい方法に従うことを許す。

無子立嗣、若應繼之人、平日先有嫌隙、則於昭穆相當親族內、擇賢擇愛、聽從其便。……

との条文があり、応継の者と争い事が生じている場合は、親族の中から昭穆の順位は問題外として、人格的に適切な者を自由に選択し、継嗣とすることが認められていたのである。

また、族譜の中には、『丹陽吉氏宗譜』巻之一・凡例に、(三八)

一、継嗣には応立と愛立があり、長子に子がなく次子にも子が望めず、次子の長子がこれを継ぐものである。もしも次子にも息子がいない場合に初めて愛継なる嗣子を立てることを許した。

一、繼嗣有應立愛立、長子無子、次子不得有子應將次子之長子繼之、若次子亦無子、方許立所愛以爲嗣。

とあり、条文と同様に「愛継」という継嗣の存在を認めてはいるけれども、まずは昭穆による順序を重視し、その上で該当者がいない場合に、ようやく愛継を継嗣にすることを認める、と規定している。かかる規定を持つ宗族は少なく、条文では愛継が容認されていたものの、宗族はやはり昭穆による順位を重視する傾向が強かったことを示している。しかし、族譜の中には、『毘陵薛墅呉氏族譜』巻二・新増規條に、

……異姓のまだ抱かれているような乳飲み子を愛継として、自分の子になりすまさせる者は、各房の分長と族中の公正な人が、連名で（官に）報告すべきである。……

……其有愛繼外姓抱養血嬰、冒充己子者、須各房分長及族中公正之人、合辭呈明。……

のような規約も見られる。これは実際には血縁関係のない者を愛継とする場合があったことを表すものである。愛継という継嗣の立て方が、条例でも認められ、さらにここに挙げたような血縁関係のない者を愛継としていた可能性を示唆する族譜によって、人格的に優れている娘婿に財産を継承させるという舅の行為は、当該時代の社会通念に反するものではなかったことが分かる。娘婿の張孝基の行為が当時の社会通念と合致していたのと同様に、舅の過善の行為もまた社会通念に即した自然なことだったのである。

『醒世恆言』巻十七「張孝基陳留認舅」の正話は、こうして当該時代の社会通念と物語の叙述を一致させることを通じて、読者が共感を覚える内容となっていると言えるであろう。

小　結

前近代中国においては、男系同一血統による子孫の存続が、きわめて重視されていた。継嗣となる男子をもうける

ことに執着する姿は、小説の中にも多く表現されている（小川陽一《一九八一》を参照）。それが叶わなかったとき、継嗣問題は発生する。『初刻拍案驚奇』巻二十一「袁尚寳相術動名卿　鄭舎人陰功叨世爵」の正話で表現された同姓養子の重視と、『醒世恆言』巻十七「張孝基陳留認舅」の正話に描かれた娘婿への財産継承は、それぞれの形で継嗣問題を解決していく姿を社会通念を背景に描くことで、読者の共感を換気するような物語世界を構築するという表現技法を用いているのである。

おわりに

中国近世において、族譜を持つような宗族は、異姓の者を継嗣とすることを忌諱としていた。すでに母と共に宗族から出た男子を帰宗させてでも、実子や血縁のある者を継嗣に立てようと勉めていたのである。しかしそのような者もおらず、同宗内にも昭穆相当なる者が不在ならば、異姓の男子を継嗣に立てて絶嗣を回避し、祭祀の存続を計ることがあった。血縁関係のない「螟蛉」と呼ばれる養子は、「同姓」か「異姓」かで区別され、異宗同姓である男子は、補足的にせよ養子の適任者足り得るという社会通念が、異姓の場合に比べて強く存在していた。『初刻拍案驚奇』巻二十一「袁尚寳相術動名卿　鄭舎人陰功叨世爵」の正話には、「同姓の養子縁組」が見られ、これは作者の凌濛初が「還金童子」を下敷きとして、作品を著す際に書き改めたものであった。財布を拾った鄭興児が、落とし主と同姓という設定がされたのは、作品内で違和感のない養子縁組を成立させるためである。異宗同姓の者が異宗異姓の者よりも養子として相応しいとする社会通念があったことから、物語の中で、鄭興児が遺失物返還という陰徳によって得た幸運は、持ち主と同姓であったという事象が起点となっているのである。

また、『醒世恆言』巻十七「張孝基陳留認舅」の正話には、娘婿の張孝基が、舅から譲り受けた家産をすべて長子に返還する姿が描かれている。家産を返還した張孝基の行為は、美談として多くの善書や類書にも掲載されており、これは民衆への教戒を目的に著された作品に見える。しかし、娘婿が長子に家産を返上することは、当時の社会通念から見れば当然であることが族譜の規約により分かる。さらに、実子がいるにもかかわらず、家産をすべて他人である娘婿に渡した舅の行為も、一見すると常識に反しているようであるが、これも「応継」「愛継」という継嗣選立の方法の存在から、やはり社会通念に則した行為であったことが分かる。すなわち、娘婿の張孝基の行為も、舅の過善の行為も、ともに当時の社会通念の枠組みの中で表現されているのである。

養子が同姓であることの重要性を示す前者も、娘婿と舅の美談を描いた後者も、ともに中国近世における継嗣に対する社会通念を踏まえることにより、読者にその主張を説得的に伝え得る表現技法を用いている。虚構に満ちた物語世界は、現実の社会通念を背景とすることで、その虚妄性を免れ、読者に取って有り得る世界として受容されているのである。

≪注≫

（一）「三言二拍」とは、明代天啓年間（一六二一～一六二七年）に、馮夢龍により編纂された短篇白話小説集『喩世明言（古今小説）』、『警世通言』、『醒世恆言』を併せた「三言」と、明代崇禎年間（一六二八～一六四四年）に、凌濛初によって編纂された短篇白話小説集『初刻拍案驚奇』、『二刻拍案驚奇』を併せた「二拍」を併せ慣用的に使われる総称である。「三言」のこれまでの研究史については、勝山稔〈一九九八〉参照。馮夢龍の『三言』編纂意図については、大木康〈一九八五〉a・〈一九八六〉参照。

（二）継嗣の意義と役割については、滋賀秀三《一九六七》第一章第三節を参照。

（三）異姓不養の原則については、滋賀秀三《一九六七》第一章第一節を参照。滋賀は、同族から選ばれ息子に擬制される養子を「嗣子」「継子」、承継を目的とせず恩養的に迎え入れられる養子を「義子」と区別し、「過継」「過房」という語彙は、承継を目的に迎え入れられた養子「嗣子」「継子」に対して用い、「乞養」とは異姓の者である「義子」の収養行為に対して使うのが常識である、とする。ただし、異姓の養子引き取り行為に「過継」が絶対に使われることがなかったというわけではない、としている。滋賀秀三《一九六七》第三章第一節、および第六章第二節を参照。また、「過継」が異姓の養子引き取り行為に使われる場合があったことは、仁井田陞《一九四二》第六章第四節にも、指摘されている。小説の中にも、『醒世恒言』巻二十「張廷秀逃生救父」に、「張權見王員外認眞要過繼他兒子。……陳氏接着、張權把王員外過繼他兒子一事、與渾家説知」とあり、『初刻拍案驚奇』巻三十三「張員外義撫螟蛉子　包龍圖智賺合同文」に、「與渾家商議、要過繼個螟蛉之子、郭氏心理也正要如此」とあり、（明）西湖漁隱主人『歡喜冤家』第二回「吳千里兩世諧佳麗」に、「你肯過繼與我爲子麼」とあるなど、血縁関係のない異姓の子を収養する場合に対しても、「過継」という言葉が使われている事例が見られる。

（四）螟蛉とは本来、青虫などの幼虫をいう。『詩經』小雅・節南山之什・小宛に「螟蛉有子、蜾蠃負之」とあるように、蜾蠃という蜂が螟蛉の体に産卵し孵化すると、螟蛉の体を餌にして成長することから、蜂が螟蛉を自分の子にすると誤解していた。これにより「義子」が螟蛉と称される。「三言二拍」の中にも螟蛉に関する記述が見られる。『醒世恒言』巻一「兩縣令競義婚孤女」に、「只爲看上月香生得清秀乖巧、自己無男無女、有心要收他個螟蛉女兒」とあり、『警世通言』巻五「呂大郎還金完骨肉」に、「如今回去、意欲尋個螟蛉之子、出去帮扶生理、只是難得這般湊巧的」とあり、『初刻拍案驚奇』巻二十「李克讓竟達空函　劉元普雙生貴子」に、「小姐若不棄嫌、欲待螟蛉爲女、意下何如」とある。

（五）『明律』戸律・婚姻・妻妾失序條に、「民年四十以上無子者、方聽娶妾。違者笞四十」とある。

（六）荻生徂徠（著）・内田智雄・日原利国（校訂）『律例対照底本明律国字解』（創文社、一九六六年）を使用した。明代に発布された各律例については、佐藤邦憲〈一九九三〉、童光政〈一九九九〉を参照。また、『大清律例』巻八 戸律も同文。

（七）滋賀秀三《一九六七》第一章第一節。なお、氏は「異姓不養」は「同姓不婚」と比較すると厳重に守られていた原則ではない、と指摘している。

（八）『明史』巻三百十四に、「比索林襲、遂失事姑禮。瞿氏大恚、乃收異姓兒繼祖入鳳氏宗」とあるように、正史の中にも異姓の子を養子とする記録が確認できる。

(九)『宋刑統』巻十二・戸婚律・養子立嫡にも同条文が収められている。

(一〇)『大明律』巻四・立嫡子違法に、「其遺棄小兒、年三歳以下、雖異姓仍聽收養、卽從其姓」とある。

(一一)梅原郁《一九八六》四～六頁、参照。また、「遺棄小児」を「捨て子」と訳すと、「親の存在が分からない捨て子」だけを指すように思われるが、実際には、「親が特定できる捨て子」に対しても適用される条文であったようである。『清明集』立繼「生前乞養」には、捨て子を引き取ることを認める判決が下されているが、その中に捨て子の実父の姓が記されている。捨て子の本来の姓が分かっている場合でも、条文が呈示していた「三歳以下の捨て子」という基準に合致するとして養子縁組を成立させる場合があったことが窺われる。

(一二)なお、これより本節で引用する族譜は、すべて継嗣について言及しているものであり、そこに書かれている「子」という文字は、息子を示す文字として使われているものである。そのため、訳文においては「息子」という言葉に置き換えず、「子」という文字をそのまま用いているが、すべて息子を指す。

(一三)同様の規定は、『歸德方山葛橋南李氏宗譜』巻之一・詞規に、「繼立爲嗣續之大事、在長房尤不可缺、但必先立親分、次及旁支、世系不可紊亂。異姓不可援立。倘有立異姓者、務擯斥之」とある。

(一四)「贅壻」とは女家側に入る婿を言う。その婚姻形態は「招壻」と称される。贅壻については、仁井田陞《一九四二》第五章第十節、滋賀秀三《一九六七》第六章第三節、大島立子〈一九九〇〉、越智重明〈一九九一〉、川村康〈一九九三〉、勝山稔〈一九九四〉を参照。

(一五)婿や母方の甥などの異姓者が継嗣となった場合に記録はせず、改めて他に継嗣を立てるように規定した規約がある。『如皐吳氏家乘』巻三十・雜記に、「第二十三條　族中凡有異姓繼嗣者、如外甥、妻姪、女婿等均不得入譜、以瀆宗、當別行立嗣、以承宗祧。但其異姓承繼已久者、得照例酌分遺產。其自置產物、均與嗣子無涉」とあり、『錢塘沈氏家乘』凡例には、「螟蛉子於圖中則加□《ママ》號以識別之。表中則書某姓子入承、以婿爲子者倣此」とあって、婿を息子とした場合は螟蛉の子と同様の記録方法を用いるように規定している。

(一六)中には異姓の子を収養し養子とすることは許可しても、継嗣にすることは認めないとする宗族もあった。『如皐吳氏家乘』巻三十・雜記に、「第二十四條　族中、凡有收養三歳以下遺棄小兒、依律卽從其姓、並酌給財產。但不得以無子、遂立爲嗣、混入譜內以瀆宗。當別行立嗣、以承宗祧。其抱養育嬰堂三歳以下之小兒同」とあり、継嗣は別に立てるように規定している。

(一七)『毘陵余氏族譜』巻一・祠規に、「一、無子之人抱養異姓爲子、雖例准從姓、而不得遂以爲嗣。……」とあるように、異姓者を継嗣とすることを明確に禁じていた宗族もあった。しかし、『毘陵呂氏族譜』巻二十一・列女小傳「第十二世 大分劉氏、玉韜公錞配也。玉韜公歿、食貧守節終其身、生卒葬無可考。撫異姓子爲夫後」とあるように、死亡した夫の継嗣として異姓の子を立てている節婦の伝により、異姓者を継嗣にすることを認めていた宗族もあったことが分かる。

(一八)『澤富王氏宗譜』凡例には、「一、他姓來繼者、書曰入紹、出繼他姓者、書曰出紹。若從其姓者、書曰從某姓。本枝繼他枝者、書曰往紹。他枝繼本枝者、書曰來紹。……」とあり、『孫氏族譜』譜例には、「……或取異姓之子入嗣者、則書入嗣子某。有子出繼者、則於名下、直書出繼某人」とあり、異姓の養子を書き分ける規定が見られる。

(一九)また、『澀溪法華李氏族譜』巻一・新增凡例には、「……惟以異姓爲子、而不立同姓者、皆爲律所不容、卽爲例所不許」とある。

(二〇)ただし、滋賀秀三《一九六七》によれば、金元明清の各立法が「同姓」なる者を嗣子適任者として補充的に挙げているものの、『刑案滙覧』などの裁判事例から見ると、その地位は不安定なものであった、という。

(二一)(明)佚名『劉圖公案』巻之四「二陰筶」では、息子のいる寡婦が再婚し、さらにその夫とも離婚した後に最初の婚姻先に戻り二度目の夫の男児を生み、十年育てた後、二度目の夫に男児を返している。再婚による連れ子の財産分与については、滋賀秀三《一九六七》第六章第二節、参照。また、父母が死亡し生活ができないために、他姓で養われている子供を宗族へ戻すことを容認している族譜がある。『京口李氏宗譜』巻首・例言「……其或隨母別嫁、或父母早喪資養他人者、若未改姓仍令歸宗、稍有疑似不得輕入。倘易姓更名甘心棄厥祖考斷斷弗錄」。この族譜は、母の再婚以外にも宗族内の子供が他姓へ行くことがあったことを示すものであるが、この場合、改姓しているかによって族譜に記録するかどうかが決められていたようである。(本書第一章、参照)。

(二二)以下の族譜は、類例である。『譚墅吳氏宗譜』巻一・凡例に、「……或隨改適之母、雖乳名亦書。備日後歸宗。……」とあり、『李氏家譜』巻之一・凡例に、「隨母他適及出繼他姓者、必注明某姓。便歸宗也」とあり、『東陽滕氏宗譜』凡例に、「一、吾宗出嗣異姓與隨母他姓者、概收入譜。但明註以爲後日歸宗之本」とある。

(二三)類例として以下の族譜がある。『山陰白洋朱氏宗譜』に、「一、凡父亡母嫁其子從母出外、如後願歸宗者亦書。惟其母仍不書姓氏絕之也」とある。

(二四) また、この他、母の再婚について宗へやって来た異姓の子の記録方法に言及している例として以下の族譜がある。『雲陽張氏宗譜』巻之一・書法に、「一、凡隨母來嫁之子與本家抱養者不同、悉宜削之。永不許入繼。惟前代傳世久遠不能歸宗、而本家支派已絶或先世有功於族、已繼載在譜牒者、則姑留之。……」とあり、『洞庭明月灣吳氏世譜』巻一・例言に、「一、凡養子及異姓子隨母而來、或久依不去不得混入圖表、以杜亂宗之弊」とあり、『湘譚劉氏四修族譜』に、「例凡撫他姓子及隨母帶養之子、均屬異種、例不准其入譜。……」とある。

(二五) 継嗣を立てる方法として他に「兼祧」があった。これは、一人の男子が二人の男性の継嗣となり一時的に断絶を回避する方法を言う。族譜の中にも兼祧に関する記述がある。『建陽朱氏崑羅合譜』例言に、「……至一子雙承、則譜必兩書之以清其源」とあり、『如皐吳氏家乘』巻三十・雜記に、「第十九條　若有兩祧一門者、應遵共子分孫之例。如以一人承兩祧、後生二子者、則分一子載入承祧支、下書隨入祧。若僅生一子、仍無可分、則書隨入兼祧本生支下、仍互書之」とあり、同族譜同巻同雜記に、「第二十七條　族中凡有已故未婚配者、不得立嗣、但其親屬中有因感情、而願爲兼祀子者、則書兼祀子某」とあり、『譚墅吳氏宗譜』巻一・凡例に、「……或衰敗無後、則仍許兼嗣以無與本宗故也」とある。また、次の族譜は兼祧を禁じている例である。『慈谿楮山嚴氏宗譜』巻首・凡例に、「一、承祧者祇准祧一人、不得兼祧數人」とあり、同族譜巻首・凡例に、「……倘祧子祗有一子、則待其孫或曾孫撥入」とある。また、二ヵ所の継嗣となるからといって二つの家庭を持つことは禁じられていた。妻を二人娶れば重婚として罰せられ、二人目は妾とするように規定されていた。兼祧の娶妻について言及した族譜として以下のものがある。『白石劉氏四修族譜』巻一・例言に、「一、一子兩祧或小宗承大宗、大宗承小宗、小宗承小宗、其服原有定制、今不知其義者、服制既已乖違昏禮。亦因舛謬每以兩祧可娶兩妻、不知有妻無再娶之例、唯有納妾之條。嗣後有類此者、當依妻妾例書之」とあり、『湘譚橋頭劉氏三修族譜』巻名不明・戸律に、「……兩祧婚娶仍分妻妾、不許兩房均稱正妻」とある。

(二六) 『明史』巻二百九十九・方伎傳に、袁忠徹の父、袁珙の伝が収録されており、その中に「子忠徹、字靜思。幼傳父術」と忠徹に関する記録がある。

(二七) 『太上感應篇圖說』康熙三十三年甲戌王繼文序、嘉慶九年甲子重刊、東北大学狩野文庫蔵本。「還金童子」の故事を収めたその他の勧善書については、小川陽一《一九八一》二五七～二五八頁を参照。

(二八) 「還金童子」では、「一夕宿古廟中、久不寐、見牆角一破衲中裹黃白約數百兩、欲取之、忽自嘆曰、我以命薄不得主意、横被遣逐。今更掩有此物、則是不義、天益不容矣。當守之以待失主。至旦、遂住廟中不去。已而聞哭聲、見一婦人掩涕而

來、四顧彷徨、問之、答曰、吾夫、軍也。以事繫獄應死、指揮某者當治之。妾賣家産及假貸、通得金銀若干、將以獻彼、因裏着破衲中、挈之過廟少憩、不覺遺下、今追尋無得、吾夫分死矣」となっているが、『初刻拍案驚奇』では、「一日走到坑厠上屙屎、只見壁上掛着一個包裏」と書き換えられている。

(二九)(明)陸人龍『型世言』巻一・第一回「烈士不背君　貞女不辱父」に、「高秀才道、且喜小人也姓金、叫做金寧。這兄弟叫做金安。你老人家年紀高大。既沒了令郎、也過房一個伏侍老景才是」とある。ここでも、血縁関係のない養子を迎えるのに対して「過房」を用いている。なお、テキストは『型世言』(中華書局、一九九三年)を使用した。

(三〇)娘婿が家産を返上する話は他に見られないが、『二刻拍案驚奇』巻十「趙五虎合計挑家釁　莫大郎立地散神姦」の正話には、庶子を認知することで悪人から家の財産を守る長子の姿が描かれている。

(三一)(宋)李元綱『厚德錄』巻一「張孝基還財」では、「不數年孝基卒。其友數輩遊崇山忽見旌旛騶御滿野、如守土大臣窺視乘車」とあり、張孝基は死んでから冥界で出世をする、という結末が描かれる。

(三二)「張孝基還財」が引かれた善書や類書については、小川陽一《一九八一》一八九頁を参照。善書については、酒井忠夫《一九六〇》を参照。また、善書と小説の関わりについては、小川陽一〈一九七八〉・〈一九八〇〉がある。なお、小川陽一《一九九五年》第四篇第一章には、三言二拍と善書の題材の共通箇所が挙げられており、前掲の『初刻拍案驚奇』巻二十一「袁尚寶相術動名卿　鄭舍人陰功叨世爵」、『醒世恆言』巻十七「張孝基陳留認舅」も扱われている。

(三三)(明)余象斗『皇明諸司廉明奇判公案』巻五・爭占類「邴廷尉辨老翁子」にも財産を独占しようとする女性が描かれている。また、裁判記録にも、例えば、『明英宗實錄』巻三十一・正統二年六月に、息子のいない周允文が甥を継嗣とした後に妾が男子を出産し、家産を均分しようとする周允文の考えに反して死後、甥が家産を独占しようとしたという記述がある。また、(明)竹林浪叟『蕭曹遺筆』巻二・繼立類「告承繼」(万暦二十三年序金陵刊本、東京大学東洋文化研究所蔵本)には、家産をめぐり寡婦と叔父たちが訴訟を起こした際の案件が掲載されている。

(三四)『太上感應篇圖說』(前掲注(二七)同書)に収録されている「太微仙君善過格」を使用した。

(三五)同居共財については、滋賀秀三《一九六七》第一章第二節、および同章第三節、参照。

(三六)(明)陳智錫(編)『勸戒全書』国立公文書館内閣文庫本(修省亭版)巻二に収録されている「功過格」を使用した。『太上感應篇』と功過格の基本的性格については、鄭志明《一九八八》第三章および第四章を参照。

(三七)「応継」「愛継」については、滋賀秀三《一九六七》第三章第三節を参照。

（三八） 愛継については、『雲陽仁濟匡氏家乘』巻之一・凡例に、「一、繼嗣有應立亦有愛立、苟應立者不如愛立之賢、則權愛立之義。而兩立之若其親分不欲以子承繼、則亦聽其於本族中擇子繼之」とあり、同族譜同巻凡例に、「一、長房無子次房固不得有子、然長房有愛立、次房亦不得爭立」とある。

第三章　女　児

はじめに

前近代中国では、生まれたばかりの子供を水に沈めて殺すといった間引きが行われることがあった[一]。犠牲となるのは女児ばかりではなく、実際には男児が間引かれることもあった。しかし、男児が家の後継ぎとして重視され、労働力としての価値も高かったことから、殺害されるのはやはり女児の方が多かったという。女児の間引き行為は「溺女」と呼ばれた[二]。溺女は貧困家庭のみならず、裕福な家庭でも行われることがあり、清代では嬰児を救済するための育嬰堂が数多く建設されるなど、一種の社会問題ともなっていた[三]。

「溺女」の風習については、すでに社会史や風俗史の分野において検討されており、女性史の分野でも、前近代中国社会が男尊女卑構造であったことの例証として取り上げられている。例えば、関西女性史研究会《二〇〇五》Ⅰ婚姻・生育七　女児より男児の中にも、

> 中国では「子」といえば男児を指す。それは、男児のみが宗族の継承者と見なされているからで、「女」（女児）は「子」ではない。古代の詩に「男児　地に堕《お》つるや姝《しゅ》と称され、女は弱くして存すと雖《いえど》も無きが若《ごと》し（男の子は生まれたときから家の宝として貴ばれるが、卑弱な女は居ないも同然の扱い）」と歌われるように、古くから重男軽女

の意識は強い。老後の扶養や死後の祭りなど、家の安泰と繁栄のためには、まずは男児を授かる必要があったのである。……女児はそもそも望まれて生まれてくるということがなかったと言ってよい。「息子が生まれればベットに寝かせ、美しい衣裳を着せて、玉（出世を意味する）をおもちゃに与えるが、娘ならば土間に寝かせ、粗末な服と素焼きの糸巻き（女の仕事を意味する）をあてがう」（『詩經』）という詩があるように、生まれた後の扱いも男児とは完全に区別された。

とある。このように、「溺女」は過去の中国において、女児が男児よりも劣る存在とされていた具体的な事例の一つとして呈示される場合がある。(四)

しかし、明清小説には、女児が男児に劣らぬ優れた人物として描かれていることも少なくない。例えば、（清）文康『兒女英雄傳』に登場する女主人公は、武勇に優れた凄腕の娘として描かれている。また、（明）凌濛初『二刻拍案驚奇』巻十七「女秀才移花接木」に登場する娘は、男性並みの教養を備えた女性として描かれ、優れた才能のために父から多大なる信頼を寄せられ、家の内外すべての判断を委ねられている。このような才ある娘が活躍する様子は、才子佳人小説には広く用いられる趣向である。(五)

このように、従来の女児に対する見解と、小説に見られる娘の姿に大きな違いが見られるのは、非現実的な設定が読者に愛好されると作者が考え、意識的に娘の実態の逆を描いた結果によるものなのだろうか。

前近代中国において「重男軽女」の風潮があったことに疑いの余地はない。しかし、「溺女」という一つの風習に、当時の女児のあり方の全体像を表象させることも極論であろう。女性の属する社会階層により、女児の地位も異なるのではないか。そこで、本章では族譜を資料として、族譜を持つような宗族において、女児は男児よりも劣る存在とみなされ、その結果、女児の出生自体も疎まれるものであったのか、という問題を考察することによって、宗法社会における女児の位置を解明する。族譜から窺い得る女児の実態と、明清時代における女児の全体像もまた完全に合致するものではない。しかし、宗族の女児に対する考え方を介して、当時の女児に対する社会的認識の一端を明らかにすることは可能である。かかる検討により、明清小説に描かれている女児の姿が当時の実相とかけ離れたものであったのか否かを判断する材料を提供することにもなるであろう。

『金瓶梅詞話』第三十七回[六]に、宰相、蔡京の執事である翟謙から、妾にするのに手頃な娘を探して欲しいと頼まれていた西門慶が、周旋屋の馮ばあさんを介してようやく器量の良い若い娘を見付けるという場面がある。馮ばあさんが探してきた娘は、西門慶の営む糸屋の番頭をしている韓道国の娘の愛姐であった。韓道国夫婦は、娘の縁談話を非常に喜んだものの、十分な嫁入り支度をしてやる経済的な余裕がないと馮ばあさんに話す。馮ばあさんがそれを西門慶に伝えたところ、西門慶は次のように答える。

西門慶は言いました。「あんた、あいつに言っておいてくれ。何一つ出さなくて良いんだと。衣服から髪飾り衣装箱などすべてうちで用意してやるし、お礼に二十両も渡すからと。あいつのところでは娘の靴でも用意してくれればそれで良いのさ。その時になったら、あいつには娘のことを送りに東京まで行ってもらう。家の小間使いとは比べものにならない。翟執事は娘を女房にしようと考えているんだ。あいつの娘が男でも女でも生みさえしたら、何の心配も要らない富貴なご身分になれるのさ」。　(傍線は筆者、以下同じ)

西門慶道、你對他說、不費他一絲兒東西。凡一應衣服首飾粧奩廂櫃等件都是我這里替他辦備、還與他二十兩財禮。教他家止備女孩兒的鞋腳就是了。臨期、還叫他老子送他往東京去。比不的與他做房里人。翟管家要圖他生長做娘子。難得他女兒生下一男半女、也不愁個大富貴。

韓道国の娘の愛姐が、翟謙の妾となった後、子供さえ生んでしまえば、その後の生活は安泰なのだ、と西門慶は述べている。ここで注目したいのは、愛姐が、翟謙の家で生むであろう子供の性別を男児に限定していない点である。すなわち、男児・女児にかかわらず子供を生みさえすれば、愛姐の嫁ぎ先での立場も安泰、実家の韓道国の家も安泰となる、と西門慶は認識しているのである。前掲のように、前近代中国では女児が後継ぎとはなり得ない存在であったため、望まれて生まれてくる女児などいなかった、と指摘されることすらあった。

しかし、一九九〇年以降は女性を単に儒教的道徳観念に縛られた被害者とみるのではなく、過去の中国女性の実態を客観的な視点から捉えようとした研究が主流となってきており(七)、女児は全くの無権利状態に置かれていたわけではなかったことが明らかにされている。特に宋代においては男児と全く平等とまではいかなかったが、財産を承継するそれなりの権利を女児も有していたことが指摘されている。

例えば、柳田節子〈一九八九〉は、南宋期江南においてあらわれた「父母すでに亡く、児女産を分かつに、女はまさに男の半ばを得べし」という滋賀秀三・仁井田陞の論争ともなった(八)女子分法の解釈について再検討を行い、宋代における女性の財産権に関する新しい見解を打ち出した。柳田は『江蘇金石記』などの土地所有関係を記した史料に女性名義の土地があることに着目し、宋代には女性の財産権が一定の地位を得ていたという結論を導き出した。さらに、男子の後継ぎがなく戸絶となった場合の財産を娘が何らかの形で承継する権利が認められていたことも明らかにした。柳田の研究は、過去の研究によって示されていた女児の姿とは異なる姿を浮き彫りにしたと言える。

明清時代における女児の承継問題については、滋賀秀三《一九六七》が、後継ぎが全く存在せず戸絶となった場合、女児が戸絶財産の取得者となることは法的にも認められており、またかりに財産の承継人が存在している場合であっても、承継人の権利を著しくは害しない範囲内において、女児が将来結婚する際には家産から持参財産が支出される場合があったことを明らかにしている(九)。ただし、女児が受け取る財産の量は男児とは比べものにならないほど少なく、また、財産の一部を受け取れるのは、結婚によって家を出る時か、または後継ぎとなる男児がおらず、家が戸絶になった場合に限られていた。

このような承継における男女の不平等さは、女児が正規の後継ぎとなる権利を有していなかったことに基づくものとされ、滋賀秀三《一九六七》が「第一次的に承継資格を有するのはむすこであ」り、「むすこがない場合には承継のために養子が立てられなければなら」なかったが、「第二次的潜在的に承継資格を有」していたのは、「同宗昭穆相当者であ」り、「その他の者、たとえばむすめは父を承継する者ではない」（一二三頁）と指摘しているように、承継問題において女児は男児とはひどく差別されていたと捉えられてきている。

しかし、『金瓶梅詞話』では、家の中における妾の立場を高めるという点では、男児を生んでも女児を生んでも同じ価値があると書かれていた。父の後継ぎとなることができない女児の出生が、男児の出生と同じように生母の立場を高めると描かれているのはなぜだろうか。また、この『金瓶梅詞話』の一場面のように、女児の出生が男児の出生と同等に扱われている様子は、明清時代に作られたその他の小説や戯曲の中にも見られるものである。作品に描かれた女児の出生に関する場面は、当時の女児のあり方と深い関わりがあるのではないだろうか。

そこで、明清時代に描かれた小説や戯曲の中に見られる女児に関する描写への理解を深めるために、族譜を資料として明清時代における宗族の女児観について検証し、作品の中に見られる女児に関する場面が、当時実際にあった女児に関する社会通念の影響を強く受けて描かれていることを明らかにしたい。なお、本章では「子」の字と「女」の字に必要に応じて、それぞれ「むすこ」「むすめ」とルビを附す。

第一節　族譜における宗族の女児観

一　妾の記録と子供を生むこと

中国近世の族譜では、妾について記録をする場合は、子を生んでいるか否かによって記載方法を変えるよう規定しているものが多かった。以下に挙げた規約は、妾が子を生んでいる場合の記載方法について言及したものである。

『毘陵承氏宗譜』巻首・凡例(一〇)に、

一、側室は、子がいなければ書かなかった。子がいれば（側室の名を）書いた。……

一、側室、無子不書、有子則書。……

とあり、妾の名は子がある場合にだけ記録された。もちろん、『中梅劉氏續修家乘』巻之二・宗規に、

一、嫡妻と妾にともに子がいる場合、嫡妻が生んだ子は、嫡某氏出と註記し、妾が生んだ子は、側某氏出と註記せよ。

一、嫡妾並有子、嫡出者、注嫡某氏出、妾出者、注側某氏出。

とあるように、嫡出子と妾の子とは書き分けられた。それは、『毘陵薛墅呉氏族譜』巻一・續修宗譜規條に、

一、妻とは（夫婦という夫と）匹敵する立場なので、子がなくてもまた書くこと。妾は（夫と対）偶ではないので、子があれば書くこと。或いは節を守って孤児を育てたり(一一)、子を生んだが育たなかった場合も、書くこと。……

一、妻爲敵體、無子亦書。妾非匹偶、有子則書。或能立節撫孤、及生而不育者、亦書。……

とあるように、妻に比べて妾の地位が低いからである(一二)。それでも、『石池王氏譜』凡例に、

一、およそ再婚の妻、再々婚の妻で子を生んでいる場合は、その子の出自を必ず書いた。妾から生まれた子につ

いては、妾でもまた並記した。出自を重んじるからである。

一、凡再娶、三娶而有子者、必著其子之所自出。出於妾者、妾亦併書。重所自也。

とあるように、子の出自は重要であるため、誰から生まれたのかを示すために、妾の名を明記したのである。

このように、妾が子を生んでいるか否かで記載方法を変えるように規定していた宗族は多い[一三]。しかし、留意すべきは、族譜の中に記されている「子」が、男児だけを指しているのか否かという問題である。前掲した族譜中の「子」が男児だけを指し、すべて「子《むすこ》」の意味で使われていれば、妾が女児を生んでも、生んでいないのと同じに扱われ、その出産は評価されなかったことになる。まさに、「前近代中国において女性は男児を生んでこそ認知されるものであり、女児の存在は男児よりも疎まれるものであった」という見解と一致するものとなろう。しかし、前掲した族譜だけでは、すべてを「子《むすこ》」と解釈すべきなのか判別できない[一四]。「子」と書く事例は、三で再度扱うことにして、二では、「子《むすこ》」と「女《むすめ》」を並記する族譜を取り上げていこう。

二 「子」と「女」を並記

族譜の中には、子供を表現する際に、「子」と「女」を並記するものがある。『汾陽韓氏支譜』巻之一・凡例には、

一、我が宗譜は、すべて子女のいない妾と、螟蛉異姓の嗣は、ともに記載しなかった。

一、此譜、凡妾之無子女、與夫螟蛉異姓嗣者、概不列入。

とあり、「子《むすこ》」と「女《むすめ》」がない妾は記録をしない、と「子」と「女」を併記する。さらに、『周氏族譜』修譜例に、

一、側室で子女のある者は、その姓氏を子女の父の伝の下に書いた。子女のない者は書かなかった。

一、側室有子女者、得書其姓氏於子女之父表傳下。無子女不書傳者。

とあるように、妾が男児か女児の、どちらか一方でも生んでいれば記録をすると規定する族譜は多い。（一五）これらの規定は、宗族が女児しか生んでいない妾でも生母として認知し、族譜に記録することを容認していたことを示す。（一六）
ただし、その記録には、序列があった。『太原王氏族譜』巻首・凡例には、（一七）

……元配、続娶および妾の子女は、ともに母のところに書いた。嫡子は、歳が若くても必ず前に書き、庶子は、歳が上であっても必ず後に書いた。一つに出自を示し、一つには嫡庶を明らかにするためである。

……元配、續娶及妾子女、倶附母書。嫡子、雖少必書於前、庶子、雖長必書於後。一示所生、一明嫡庶。

とあるように、妻の生んだ嫡子と妾の生んだ庶子とは、区別するよう規定されており、嫡子を先に、庶子を後に記録すべきことが明記されている。しかも、『潤東朱氏族譜』巻之三・凡例に、

一、嫡庶の記録する場合は先に嫡、後に庶、先に長、後に幼という順序にするのが適切であり、これは宗族の規則である。嫡母の下に嫡母から生まれた子女を記録した。庶子で年齢が上であっても前に記録することは認めない。

一、書嫡庶宜以先嫡、後庶、先長、後幼、此宗法也。嫡母之下卽書所生子女。庶子雖長不得越居其前。

とあるように、嫡庶の順は、男児だけではなく女児にも適応された。
むろん、男児と女児とが同じ扱いを受けるとは限らなかった。『雲陽張氏宗譜』巻之一・書法に、

一、書法では子《むすこ》を先に、女《むすめ》を後に書くのは、後継ぎを重視するからである。女《むすめ》は年齢が上であっても子《むすこ》より先に書かない。成人に達する前に死亡した場合は、殤と書いた。夭折した場合は、無嗣と書いた。

一、書法先子、後女、蓋以承祧爲重。女雖長不先於子。其未冠而卒者、則以殤書。未育而歿者、以無嗣書。

とあり、女《むすめ》が子《むすこ》より年上であっても、子《むすこ》より先に記録してはならないと規定している。（一八）さらに、『寶應成氏族譜』

凡例に、

一、譜の中に列記されているのは、祖先の詳細が不明なために保留にしてあること以外は、男子は、必ず生卒が記録され、出生と死亡が明らかされている。男を詳しく記し、女を簡略に記すのは、すべては書けないからである。……

一、譜中列載、除先世闕疑外、男子、生卒必書、著始末也。詳於男、略於女、不勝書也。……

とあるように、族譜には男の方が女よりも詳しく記録される傾向があった。族譜において、女児よりも男児に関する記録が重視されていたことは確かである。しかし、族譜に記録が残されるという点においては、男児と女児には差がなかったと言えるであろう。

三　男児と女児を示す「子」

ここでは、族譜の中に記されている「子」という文字が、男児を指す言葉としてのみ使われているのか、という一で保留していた問題を考えていきたい。

二で扱った族譜の中では、男児を表す「子《むすこ》」と、女児を表す「女《むすめ》」という言葉が見え、「子女」と並記されている場合は、男児と女児について述べられていた。これに対して、「女《むすめ》」という言葉がなく、「子」という字が単独で使われている場合、「子《むすこ》」と解釈すべきなのか、それとも男児・女児を共に含む「子供」と解釈すべきなのか、分かりにくい場合がある。『新安休寧甌山金氏族譜』編譜凡例の中には、次のような一文が掲載されている。

①一、妻に子があれば、妻の名の下に書いた。妾に子があれば、妾の名の下に書いた。出自の記録を残すためである。

一、妻有子、書妻名下。妾有子、書妾名下。識所従出也。

①を見る限り、この宗族では、妻や妾が男児を生んだ場合だけ記録をしていたかのように見受けられる。[二九]しかし、同族譜の同凡例中には、以下のような二つの文章も掲載されている。

②一、嫡妻は子女がなくても書き、継室も同様にした。夫婦を重んじるからである。嫡妻に子女があっても改嫁した者は姓を書き、生卒を書かなかった。姓を書いたのは子女の出自を明らかにするためである。生卒を書かないのは廟と断絶したからである。子女がなくて改嫁した者も姓を書き、生卒を書かなかった。姓を書くのは夫に妻がいたことを記録として残しておくためである。継室の記録方法は嫡妻とほぼ同じであるが、ただ子女がなくて改嫁するのであれば、姓も書かなかった。妾が子《むすこ》を生んでいれば書き、女《むすめ》を生んでいる場合もまた書いた。出自を記すためである。子女を生んでいないのであれば書かなかった。孤児を扶養したりその家の労働に努めた者については、書いた。

一、嫡妻雖無子女亦書、繼室如之。重伉儷也。嫡妻有子女而改志者書姓、不書生卒。書姓明子女所從出也。不書生卒蓋與廟絶也。無子女而改志者亦書姓、不書生卒。姓存夫地也。繼室書法大要與嫡妻同、惟無子女而改志者、並姓亦不書。妾有子則書、有女亦書。以識所出。無子女則不書。有撫養勞勩于其家者、仍書之。

③一、妻が家にいながら、よそで婦を娶った場合は、これを継室と書くことはできない。その場合にはただ妾と書いた。子女がいれば書いた。子女がなければまた書かなかった。

一、妻在家、又娶婦在外者、不得以繼室書之。則直以妾書之。有子女則書。無子女亦不書。

このように、②③のような凡例も見られることから、この宗族では妻や妾が女児しか生んでいない場合でも族譜に記録をしていたことが分かる。

それは、同族譜・巻三に収録されている第九世から第十三世までの世表の記録によっても分かる。そこには、第十一世の萬珠という人物の記録があり、その中には萬珠の正妻の黄氏、妾の朱氏と傅氏の記録もある。そして、子供についての記録が、「息子が三人。仲秋は、黄が生んだ。仲穆は、傅が生んだ。仲穉は、黄が生んだ。娘が二人。美秀は、黄が生んだ。十四都約山の黄元燿に嫁ぐ。美意は、朱が生んだ。同都高梯山の汪文場に嫁ぐ。(子三人。仲秋、黄出。仲穆、傅出。仲穉、黄出。女二人。美秀、黄出。適十四都約山黄元燿。美意、朱出。適同都高梯山汪文場)」と書かれており、妾の朱氏は美意という女児しか生んでいないが、記録されていることから、この宗族では女児しか生んでいない場合であっても、記録をしていたことが確認できる。

以上のことから、先に挙げた①の凡例中の「妻有子書妻名下。妾有子書妾名下」の「子」の字は、男児だけを指す言葉として使われているのではなく、女児も含む子供を指す言葉として使われていることが分かるのである。

また、『山陰縣州山吳氏族譜』譜例にも、

一、妾媵は、子を生んでいなければ書かなかった。子女を生んでこそ、入譜することができる。嫡庶の別を厳格にし宗嗣を永続するためである。書かなければならないのは、節義を重んじるからである。

一、妾媵、無子者不書。有子女、方得入譜。嚴嫡庶衍宗嗣也。有不得不書者、重節義也。

とある。[二〇]「子女を生んでいてこそ」族譜に記録することを許した、と書かれていることから、最初の「妾媵無子者不書」の一文の「子」の字は男児を指す言葉なのではなく、女児も含む子供を指す言葉として使われていることが分かる。

さらに、次の凡例も同じ凡例の中に、男児を指す言葉として使われている「子」の字と、女児も含む子供を意味する言葉として使われている「子」の字が混在している例である。『懷寧李氏宗譜』巻之末・凡例に、……宗族を出た婦に、子がいなければ削除した。子女がいる場合は、娶某氏と書いた。世の中に母のいない者はないからである。そこで氏出の二字だけを書いた。副室は、ただ子《むすこ》がいる場合だけ書くことができる。或いは女《むすめ》だけがいる場合も、また生卒を詳しく書いた。継娶と混同して、名実を乱してはならない。もし後妻として娶った者が、初婚であれば継配と書き、再婚の者であれば継娶と書いた。

……出婦、無子則削。有子有女、則書娶某氏。蓋世無無母之人也。而仍以氏出二字終焉。副室、惟有子者得書。或止有女者、亦必詳其生卒。不得混書繼娶、以亂名實。若續娶者、女則書繼配、媍《ママ》則書繼娶。

文頭の「出婦、無子則削」の「子」の字は、次に「有子有女則書娶某氏」という一文が続いていることから、女児も含む子供を指す言葉として使用されていることが分かる。さらに、二行目の「副室、惟有子者得書」の「子」の字は、次に続く一文に「或止有女者、亦必詳其生卒」と、改めて女児がいる場合について言及されていることから、男児を指す言葉として使われていることが分かる。

以上のように、族譜の中に記されている「子」の字は、男児だけを指す言葉として使われる場合と、男児と女児を含む子供を指す言葉として使われる場合があった。しかも、これは族譜に限って見られる「子」の字の特別な用法なのではない。例えば、（明）何喬新（撰）『椒邱文集』巻三十・墓誌銘「従兄本盛墓誌銘」（二二）に、「掲氏を娶り、子供が、男三人、（それぞれの名は）顒、頎、顆といい、女は四人、（それぞれの名は）錫、鎰、鈺、錠という。（娶掲氏、子、男三、曰顒、曰頎、曰顆、女四、曰錫、鎰、鈺、錠）」と見られるように、男児と女児を含む子供を指す言葉として「子」の字が使われることは珍しいことではなかった。ただし、族譜の中に書かれている「子」の字と「女」の字を比較すると、その数の割合は「女」の字が圧倒的に少ない。ここで分かることは、実際には書かれている「子」の字の中に、女児も含む子供を意味する言葉として使われている「子」の字が含まれている可能性があるということである。

第二節　宗族における女児の役割

一　母の立場を変える女児――「母以子貴」

明清小説の中には、「母は子によって貴し」という文言がしばしば見られる。(二二) 族譜の中にも、『雲陽張氏宗譜』巻之一・凡例に、

一、庶出の子孫が、黌宮に入り、或いは光栄にも辟雍に入った場合は、庶母は継娶の扱いに改めた。思うに母は子によって貴いからである。

一、庶出子孫、身列黌宮、或栄入辟雍、庶母更爲繼娶。蓋母以子貴故也。

とあるように、「母は子によって貴し」を踏まえた凡例が見られる。ここでは、妾の生んだ子孫が、黌宮(郷学)や辟雍(太学)に入学できるような出世をした場合に、その妾を継妻扱いとして書いた、と記されている。女児は郷学や太学に入ることはないため、ここで述べている子孫の中に女児は含まれていない。したがって、この凡例の中の「母以子貴」の「子」は、男子だけを指している。

これに対して、『橋南李氏宗譜』巻之一・例言に、

……すでに死亡していて子女がない者でも、側・副と書き、生卒は載せなかった。子女がいる者は、庶妣と改め、生卒を詳しく書いた。母は子によって尊いからである。……

……已故無子女者、仍書側・副、不載生卒。有子女者、改稱庶妣、詳書生卒。母以子貴也。……

とあり、妾が子供を生んでいれば、その子供の性別にかかわらず、庶妣と改め生卒を詳しく書いた、と記されてい

る。ここでの「母以子貴」の「子」は、男児と女児の両方を含んだ子供を意味する言葉として使われていたのである。さらに、『甬上雷公橋呉氏家譜』巻一・凡例にも、

……生まれた子女は、みな分けてこれを書いた。あるいはだれから生まれたのか分からないものは、その末行にまめて書いた。一つに母というものは、子を生んだことによって貴く、一つに生まれた子は、母のおさとがどこかを知るためである。

……所生子女、皆分敘之。或未詳所出、則在末行總敘。一以見母、以出子爲貴、一以所生之子、知母鄬之所在也。

とある。「生まれた子女は」と記されていることから、「以出子爲貴」の「子」は、男児だけではなく女児も含まれていることが分かる。

本来、「母以子貴」という言葉は、『春秋公羊傳』を典拠とする。『春秋公羊傳』隱公元年の傳に、

適（嫡室の子）を（世継ぎとして）立てる場合には長幼により、賢愚によらない。子（庶出の子）を立てる場合には貴賤により、長幼によらない。桓公はなぜ貴いのか、母が貴いからである。母が貴いとその子はなぜ貴いのか。子は母によって貴く、母は子によって貴い。

立適以長、不以賢。立子以貴、不以長。桓何以貴、母貴也。母貴則子何以貴。子以母貴、母以子貴。

とある「母以子貴」という「春秋の義」は、魯の隠公が桓公に国を譲ろうとした理由として、妾であった生母の身分が貴かったことを挙げるもので、公羊傳が世に現れた前漢の景帝期以降、この義例は「母以子貴」を中心に生母・生祖母が妾媵の皇帝により、生母などの追尊の正統性の論拠として使用されてきた。(二二) すなわち、「母以子貴」の「子」は、もっぱら「男児」を指していたのである。ところが、中国近世の族譜においては、『春秋』を典拠としながらも、本来的には含まない女児を「子」の中に含んで使用している事例がある。これは、当該時代において、宗族にお

ける女児の役割が大きくなったことの反映と考えられよう。宗族内において女児は、いかなる役割を果たしていたのであろうか。

二　婚戚関係を作り出す女児

宗族内において女児が果たした役割の一つに、婚姻関係の形成がある。『如皐西郷李氏族譜』巻之一に、

一、男子ですでに婚姻していれば、配と書き、まだ婚姻していなければ、聘と書いた。女子ですでに嫁いでいれば、適と書き、まだ嫁いでいなければ、字と書いた。

一、男子已婚則、書配、未婚則、書聘。女子已嫁則、書適、未嫁則、書字。

とあり、この宗族は、男児だけではなく、女児の婚姻関係をも記録していた。また、『陳氏宗譜』巻一・凡例に、

一、女ですでに嫁いでいれば、適と書いた。まだ嫁いでいなければ、許と書いた。婦ですでに娶られていれば、娶と書いた。まだ嫁いできていなければ、聘と書いた。それにより夫婦であるか否かを明らかにするためである。

一、女之已嫁者、書適。未嫁者、書許。婦之已婚者、書娶。未婚者、書聘。所以明夫婦之成與未成也。

とあるように、婚姻を完了しているのか婚約中なのかを明記したとの凡例もある。女児の婚姻は、宗族にとって記録すべき重要な情報だったのである。当然、『桂陽羅氏族譜』凡例に、

一、世録中には、それぞれの子《むすこ》の人数を、必ず明らかに書いた。生まれた女《むすめ》の人数とその嫁ぎ先として某姓の某男その行第も、また明らかに書いた。……

一、世錄中、各生幾子、固須載明。而生女幾與所適某姓某男某行、亦應詳書。……

とあるように、嫁ぎ先の夫の情報も詳細に記録した。それは、『陳氏宗譜』巻一・凡例に、

一、女の生年月日は、書かなかった。某姓某人に嫁いだと書き、娶った場合もまた某姓と書いた。婚姻を重んじるためである。

一、女之生年月日、不書。書適某姓某人、娶氏亦書某姓。所以重婚姻也。

とあるように、婚姻を重んじるためである。『四明慈水孔氏三修宗譜』新例に、

一、婚姻は、すなわち人倫の尊ぶところで、宗法が最も重んじることである。ゆえに婦を娶れば必ず某氏を娶ると書いた。女《むすめ》は必ず某氏に嫁ぐと書いた。……

一、婚姻、乃人倫之大、尤爲宗法所重。故娶婦必書娶某氏。女必書適某氏。……

とあり、『山陰縣州山呉氏族譜』譜例に、

夫婦を記録し、生育を記録するのは宗祧を重んじるからである。女《むすめ》が某に嫁ぐと記録するのは婚姻を重んじるからである。卒年を記録し、埋葬地を記録するのは追遠のためである。

……書匹配、書生育重宗祧也。女書適某重婚姻也。書卒、書葬追遠也。

とある。[一四] そして、『毘陵承氏宗譜』巻首・凡例に、

……子女を記録するのは、母子の義である。子女が何人で某某といい、後に某が生んだと記録するのは生まれたところを明らかにするためである。まず子《むすこ》を後に女《むすめ》を記録しすべて生まれた順序とすること。また兄弟の子《むすこ》を嗣とする者は、兄某弟某の第何番目の子《むすこ》を嗣とすると記録すること。また一字空けて女《むすめ》が何人であるかを記録した後に、女《むすめ》が婚約をしていれば某と婚約と記すこと。すでに嫁いでいるならば某に適ぐと記録すること。壻は宗祧ではないとは雖も祖父及び本人の出身地や爵位を詳しく記録すること。後の世輩の者が婚姻を考慮する

際の資と為すことができるからである。

……然後書子女、母子之義也。子女若干某某、後書某出明所自也。先子後女皆以齒爲序閒。……而以兄弟之子爲嗣者則書、以兄某弟某第幾子爲嗣。亦空一字書於女若干後、女受聘曰字某、既嫁曰適某。壻雖不係宗祧而其祖父及本身里居名爵必詳。後人可以考昏姻也。

とあるように、女児の婚姻によって生まれた婚姻関係を、後世の子孫に分かるようにするためであった。(二五) 多くの宗族が女児の婚姻の記録を残すよう定めていたのは、このためである。その相手は、『米氏宗譜』巻之一・凡例に、

一、生まれた女《むすめ》は宗祧を承ける者ではないけれども、人と婚約をしたのであればまた必ず書いた。その婿の氏族に爵位がある場合は、子孫が婚姻を決める際の参考にできるようにした。

一、所生女雖不系宗祧、而許字於人亦必書。其婿之氏族各爵者、俾後人得以考婚姻也。

とあるように、爵位を持つなど社会的な名位を有する者が好まれたことは言うまでもない。他宗族との婚戚関係により、宗族全体の社会的名位の上昇の契機とも成り得る女児の婚姻は、宗族にとって極めて重要だったのである。(二六)

むろん、滋賀秀三《一九六七》第四章第二節に、宗族内に生まれた未婚女子について「女性であるかぎり父子一体の関係に結ばれることなく、未婚であるかぎり未だ夫婦一体の関係を生じておらず、未だ何者とも一体関係に結ばれていない存在である。したがって未婚女子は、生家において家庭生活を享受しながら、その家産に対して、如何なる形にもせよ必然的・包括的な権利を有することなく、やがて他家に嫁するまでの間、いわば仮りの住いとして養われているに過ぎない。その意味でこれを、家の附従的な成員と呼ぶことができる」と述べられているように、女児は男児と違い、宗族の正規の一員とみなされない存在であった。将来、他姓に嫁ぐことでその嫁ぎ先の宗族組織に組み込まれる存在であったからである。女児は出身宗族内における男性親族で構成された一元的序列化の中に組み込まれな

い存在であったとも言える。

しかし、女児の将来の婚姻が、自己の出身宗族と嫁ぎ先とを婚戚関係で結ぶ重要な役割を持っていたために重視されていたという事実は、出身宗族内において女児の存在が全く無価値とは見なされていなかったことを証明する。女児には後継ぎとなる権限はなかったが、その代わりに女児には、子孫にとって栄誉となる立派な家に嫁ぐことで、宗族にとって利のある婚戚関係をもたらすという期待がかけられていたと言える。(一七)

三　血統を絶やさない女児

周知のように、中国近世は、宗族を基礎として構成された宗法社会であった。宗族は、女系を排除した共同祖先から連なる男系血統のすべてを含んだ親族集団であり、(一八)女児は後継ぎとなる権利を有していなかった。(一九)しかし、後継ぎとなる男児が生まれていない場合、女児は正規の後継ぎとはなれないが、間接的に宗祧を承ける者とみなされていたことが、以下の規約によって分かる。『懐寧垞埂方氏五修宗譜』巻首上・凡例に、

一、およそ子《むすこ》がない者は、止と書いた。なお女《むすめ》がいる者は、無嗣と書いた。……

一、凡無子者、書止。倘有女者、書無嗣。……

とあり、子女がともに生まれていない場合は、断絶を表す「止」と記録するが、男児が生まれていなくても、女児がいれば、「無嗣」と書くよう規定されている。『柳蕩劉氏宗譜』巻首・例言にも、

一、およそ子《むすこ》がなく女《むすめ》がいる場合は、無嗣と書いた。子女がともにいない場合は、無後と書いた。……

一、凡無子而有女者、書曰無嗣。子女皆無則書無後。……

とあり、この宗族では、子女がともにいない場合は「無後」と書くよう規定されていた。

男児が生まれておらず、女児だけ生まれている場合、断絶を示す表記ではなく、後継ぎがいないことを示す「無嗣」という表記を使っていた理由は、女児がいるならば血統は途絶えていないと認識されていたためである。『太原王氏族譜』巻首・凡例に、

一、すでに死亡し子女がともにいない者は、絶と書かずに止と書く。断絶と明言するのは忍びないからである。子《むすこ》がなく女《むすめ》があれば、無嗣の二字を書き、気類が未だなお絶えていないことを示す。……

一、已故子女倶無者、不書絶而書止。不忍斥言之也。無子有女、書無嗣二字、以見氣類猶未止也。……

とあり、男児がいない場合でも女児がいれば、血統は絶えていないと認識していた。

これらの宗族では、男児がいなくても女児がいるならば、断絶を示す「止」や「無後」という表記ではなく、後継ぎがいないことを示す「無嗣」という表記をしていたことが分かる。滋賀秀三《一九六七》は、前掲の族譜と類例の資料を引用し、男児が不在で女児だけがいる場合に「無嗣」と表記することこそ、女児が「嗣」と見なされていなかったことの例証としている（一四二頁）。さらに、滋賀秀三《一九六七》は南宋の裁判記録『名公書判清明集』立繼「立繼營葬嫁女並行」の中に見られる「涂子恭死無嗣」（涂子恭死して嗣なし）という一文も挙げ、「前後の関係を見ると、涂子恭には一人のむすめがあったのであるが、それにもかかわらず「無嗣」といわれていることは、むすめは嗣（承継人）であり得なかったことの明証である」と述べている（一二二～一二三頁）。このように、滋賀は、女児が「嗣」となり得なかったことを証明するための資料として、前掲の族譜と類例の資料を挙げているが、それらの中に書かれている、女児だけでもいれば断絶を示す表記はしない、という点については、特に言及していない。しかし私は、むしろこの一文こそ注目に値するもので、この一文を女児が父の血統を受け継ぐ存在と捉えられていたことを示す資料である、と解釈したい。女児がいれば断絶を示す表記をしていないという事実は、後継ぎとなる男児が生まれ

ていなくても、女児がいれば父の血統は絶えていない、と捉えていた宗族があったことを表すと言えるからである。

また、族譜の中には、『如皐西郷李氏族譜』巻之一に、

……子女が何人か記録するのは嗣息を明らかにするためである。……

……書男女幾人昭嗣息也。……

とあり、『蜀西崇陽王氏族譜』巻一・凡例に、

一、子女を記録するのは後継ぎを重視するからである。……

一、書子女重後嗣也。……

のような凡例も見られる。(三〇) 女児は男児と同じ跡を継ぐ者だと述べられている。当然、これは女児も財産継承権を有した正規の継嗣であると述べられているわけではない。しかし、宗族と同じ血統を継ぐ者として認識されていたことを示唆するものと言える。(三一)

先に挙げた族譜によって分かるように、男児が不在であれば、たとえ女児がいようとも後継ぎがいないことを示す「無嗣」という表記をしていた宗族があった。その一方で、右に挙げた族譜のように、女児も男児と同じ「嗣息」「後嗣」だと捉えていた宗族があったのである。ここに明清時代における女児に対する宗族の考え方の一端が窺われる。宗法制度上の規則によって、父の後継ぎとなって財産を承継し、祭祀を守り、父の世輩の次に属す者として、族譜の世系の父の下の段に記録されるのは男児でなくてはならなかった。そのため男児が不在であれば、たとえ女児がいようとも族譜には「無嗣」と表記される場合が多かったのであろう。しかし、父の正規の後継ぎとなることと、父の血統を実質的に存続することは別の問題と考えられていたのではないだろうか。女児は父の後継ぎとして財産を承継し、祭祀を守っていく後継ぎとみなされることはなかったが、(三二) 父の血統を存続させることのできる者とみなされて

いたと思われる。それは、次に挙げる族譜からも窺われる。『周氏族譜』修譜例に、

一、子女は、他姓を娶り嫁ぐ必要がある。また祖父の体の一部だからである。……

一、子女、須聘適他姓。亦是祖父一體之分。……

とあり、『甬上雷公橋呉氏家譜』巻一・凡例に、

一、女《むすめ》は嫁いだとはいえ、父母の体の一部である。壻は他姓とはいえ、また情誼のつながりがある。ひとしく父の伝の下に附記してよい。記録しても良い。

一、女雖適人、爲父母一體之分。壻雖他姓、亦情聯瓜葛之誼。均得附書於父傳下。

とあり、(三二)女児を祖父や父母の体の一部ともいうべき存在であると捉えていた宗族があったことが分かる。

女児は、後継ぎとなる男児が不在ならば、将来婿を迎え、父の血統の断絶を回避するための最終手段として、生まれた子供に一時的に父の跡を継がせることで、父の血統の存続に貢献することができた。二で検討した婚姻関係とともに、宗族において女児が尊重された理由であり、一で掲げた「母以子貴」という本来『春秋』では男児のみに適用されるべき事例が、女児にも広げられていたのは、かかる理由によると言えよう。

第三節　明清小説に見られる女児

一　財産承継問題

ここで、冒頭で取り上げた『金瓶梅詞話』の場面について考えてみたい。『金瓶梅詞話』第三十七回には、韓道国

の娘、愛姐が翟謙の妾となってから、男でも女でも生みさえしたら、何の心配も要らない富貴な身分になれる、という西門慶の発言がみられる。かかる発言の背景には、二で検討したように、たとえ妾が女児しか生んでいなかったとしても、男児を生んだ場合と同様、その出産の事実は評価され、子供を全く生んでいない妾よりも格上に見なされた、という社会通念があったのである。

また、『紅楼夢』第四十六回には、[三四]賈宝玉の伯父の賈赦が賈母の可愛がっている下女の鴛鴦を妾にしようと考え、賈赦の妻である邢氏が、夫の妾になるように鴛鴦を説得するという場面がある。邢氏は鴛鴦に向かって、

> 一年もして、男か女を生めば、おまえは私と肩を並べることができるんだよ。家の者を好きに使うこともできるし、おまえのいうことに誰が動かないなんてことがあるかね。主人側の立場になることを望まず、こんな機会を逃して、後で後悔しても遅いんだよ。
>
> 過一年半載、生下個一男半女、你就和我並肩了。家裏的人你要使喚誰、誰還不動。現成主子不做去、錯過這個機會、後悔就遲了。

と言っている。この邢氏の発言も妾は子供を生みさえすれば、その子供がたとえ女児であろうとも出産の事実を評価され、家の中での立場が良くなる、という社会通念に基づき描かれているのであろう。

また、明清小説の中には、女児を財産承継の問題と深く関わる存在として描いている作品が見られる。例えば、（清）西周生『醒世姻縁傳』第二十回には、[三五]息子がいなくても娘がいれば家の財産が他人の手に渡ることはない、と書かれている。寡婦晁夫人には娘と息子がいた。息子の晁源が死亡し、晁家の財産を狙って親族を名乗る男たちが屋敷に乗り込んで来ると、晁家の荘園の管理をしていた季春江は、その男たちをなだめようとする。すると、男たちの中にいた晁無晏というならず者は、「馬鹿なことを言うな。今じゃそのおまえのとこの奥さんには財産を守ってくれ

る男の子も女の子もいないじゃないか。だからこの家の財産はどうせ俺たちのものになるのさ。（放你的狗屁。如今你奶奶還是有兒有女要守得家事。這産業脫不過是我們的）」と言う。そこで、季春江は晁夫人の夫、晁思孝が生前に春鶯を妾にしていて、この時妊娠五ヵ月であったことを踏まえて、晁無晏に向かって次のように言う。「奥さまには娘さんがいらっしゃるし、家には亡くなったご主人さまのお子を身籠もっている人間だっているのさ（別說他有閨女、也別說他房裏還有人懷着肚子）」。ここで季春江は、晁家が絶えることはなく、また財産が他人の手に渡ることもない理由として、春鶯がこれから男児を生むかもしれない、ということ以外に、晁夫人にすでに娘がいることを挙げている。この場面は、娘が財産を受け継ぐことのできる存在として描かれている一例である。

また、『金瓶梅詞話』第二十回には、西門慶が娘婿の陳経済に向かって、

経済くん、きみはうちでこんなに商売を上手くやってくれているが、きみのお父上が東京でそれを知ったら、父上もさぞご安心なさることだろう。俺もそうさ。ことわざにもあるように、息子がいれば息子に頼り、息子がなければ婿に頼れってね。婿って誰だい。うちの娘ってのは誰だい。もし俺にこの先ずっと子供が生まれなかったら、この家の財産はみんな君たち二人のもんになるのさ。

姐夫、你在我家這等會做賣買、就是你父親在東京知道、他也心安。我也得托了。常言道、有兒靠兒、無兒靠婿。姐夫是何人。我家姐姐是何人。我若久後沒出、這分兒家當都是你兩口兒的。

と話す場面が見られる。西門慶には妻以外に複数の妾がいたが、先妻が生んだ娘の西門大姐がいるだけであった。そこで西門慶は、この先自分に子供が生まれることがなければ財産はすべて西門大姐とその夫、陳経済に渡す、と言っているのである。

ただ、『金瓶梅詞話』には、最終的に娘夫婦が財産を承継する様子は描かれていない。実際に娘が財産を承継した

場面が描かれている例として、『初刻拍案驚奇』巻三十八「占家財狠婿妒侄　延親脈孝女藏兒」の正話がある。劉員外には息子がおらず、引姐という娘がいた。引姐はすでに嫁いでおり、娘婿の名は張郎といった。劉員外は張郎をあまり気に入っていなかったので、甥の引孫を後継ぎにして財産を承継させようとする。その後、下女が劉員外の子供を身籠もり、自分たちの取り分が減ることを恐れた張郎は下女を殺害しようとする。夫から下女と子供を殺害する謀略を聞かされた引姐は、劉員外が絶嗣となることを恐れ、下女を匿い無事に子供を生ませてやる。劉員外は引姐の行いに感謝し、財産を三分割すると、引孫と引姐、下女の生んだ男児それぞれに渡す。

周知のように、中国近世は宗族を基礎として構成された宗法社会であった。宗族が女系を排除した父系出自による親族集団であったことから、娘は後継ぎとなる権利を有してはいなかったとされている。滋賀秀三《一九六七》第一章第三節および第四章第二節によれば、息子や息子が生まれていない場合に立てられる後継ぎは、父と同居共財の関係で結ばれた正規の後継ぎとなり得たが、娘にはそのような権利は与えられていなかった、という。にもかかわらず明清小説の中に娘が財産を受け継ぐ場面が描かれているのは、娘は正規の後継ぎになることはできなかったものの、先に述べたように、財産の一部を受け取る権利は有していたからだと思われる。前近代中国における娘の財産権を時代別にみると、明清時代の娘の財産権は前の時代よりも低下したと言われているが(三六)、地方官の判断によって実際には宋代同様に女児に持参財産が渡されていたという指摘もある(三七)。宋代ほどには優遇されていなかったものの、やはり明清時代においても女児が財産の一部を受け継ぐことがあったと見て良いと思われる。前掲の『醒世姻緣傳』や『金瓶梅詞話』に見られる父の財産を受け継ぐ娘の姿は、当時の娘の財産承継の実態をもとに作り上げられた虚構であると言えよう。

二　父の血統の断絶を回避

さらに、明清小説の中には、男児がいなくても女児がいれば、その家の血統は絶えることはない、という発言が見られる。これは、族譜によって明らかとなった父の血統の存続に女児が深く関与していたという実態を踏まえて描かれたものである。

例えば、『初刻拍案驚奇』巻二十「李克讓竟達空函　劉元普雙生貴子」の正話には、男児でも女児でも生まれれば家に後継ぎができたことになる、という発言が見られる。劉元普は青州の長官を勤めていたが、六十になると退官して故郷の洛陽県に戻り、財を惜しまず、恵まれない人々を数多く救済して広く善行に努めた。劉元普には後継ぎがいなかった。しかし、後妻の王氏が妾を娶るように勧めても、劉元普は王氏がまだ若いことを理由に妾を娶ろうとはしなかった。そこで、王氏は劉元普に気付かれないように周旋屋の薛婆を呼び、妾になる手頃な娘を探して欲しいと頼む。薛婆が連れてきたのは、もと襄陽の長官の娘、蘭孫であった。王氏は蘭孫がとても器量の良い娘だったので喜び、蘭孫を劉元普の妾にしようと考える。そして、王氏は妾を娶ることに消極的であった劉元普を説得しようと次のように言う。「今汴京の裴氏の娘を迎えることができて、年頃もちょうど良く、才色を兼ね備えた良い娘ですから、あなたのお側に置いてやって欲しいのです。それでもし男でも女でも生まれれば、劉家の後継ぎになるんですから（今娶得汴京裴氏之女、正在妙齡、抑且才色兩絶、願相公立他做個偏房。或者生得一男半女、也是劉門後代）」。

また、『警世通言』巻十六「小夫人金錢贈年少」の正話にも、男児か女児のどちらかいれば家は絶えずに済む、という発言が見られる。東京開封府で糸屋を営む張員外は、十分な財産はあったが六十を過ぎても子供がなく、また妻も亡くしていた。ある日、店の運営を手伝わせていた男から、「旦那はどうしてお妾さんを取らないんです。男か女か生まれれば、家も絶えずにすむってもんですよ（員外何不取房娘子。生得一男半女、也不絶了香火）」と妾を娶るように勧められる。これらの作品は、男児はもとより女児も父の血統の断絶を回避する存在として描かれている例であるが、このような場面が作品の中に見られる理由は、実際に娘がいれば父の血統は絶えない、と捉えられていたからである。

（明）楊文奎の『翠紅鄉兒女兩團圓』（略称『兒女團圓』）[三八]もまた、作品の中に描かれた継嗣問題をめぐる親の切実な思いが、子供の性別に対する社会通念を利用することにより、現実味を帯びた描写となっている。『兒女團圓』は、二組の夫婦とその子供たちをめぐる親子再会の物語である。作品の随所に当時の子供の性別に対する社会通念が取り入れられ、登場人物の心理が鮮明に描かれている。ここでは族譜から窺われる当時の子供の性別に対する考え方が利用されている一場面を取り上げ、明代に作られた戯曲の中に、当時の女児に関する社会通念の影響を強く受け、物語世界が作り上げられている作品があることを指摘したい。

新荘店に住む兪循礼は、巨額の財産を持っていたが子供がいなかった。最近になってようやく妻の王氏が身籠もった。兪循礼の妻、王氏には弟がおり、家畜の世話をしていることから王獣医と呼ばれていた。ある日、兪循礼は城内まで貸していた金の取り立てに行かねばならず、出発の前に妻に向かって次のように言う。

私が行ってから、おまえが子供を生み、もしも息子だったならば、廐から風のように速い馬を選んで、小者に城内まで知らせに来させるんだぞ。そして私が家に帰ったならば、羊を殺し酒を造って祝いの会を盛大に行うとしよう。もしも娘が生まれたならば殺して口に出すな。

則怕我一頭的去後、你分娩呵、若得一個小廝兒、就槽頭上選那風也似的快馬、着小的每到城中來報我。我若到的家中、殺羊造酒做個慶喜的大筵席。若得一個女兒便打滅休題着。

兪循礼の不在中に無事に子供は生まれる。しかし、生まれたのは女児であった。それを知った王獣医は次のように語る。

私の姉は兪循礼に嫁ぎ、莫大な財産がありながら、子供に恵まれず男児も女児もいなかった。その姉がようやく妊娠したが、生まれたのは女の赤ん坊だった。私の義兄は金を取り立てに城内に行くため、家を離れる時、姉に向かって、もしも娘が生まれたならば殺して口に出すな。もしも息子が生まれたならば廐から風のように速い馬を選んで義兄に知らせに小者を城内まで来させるようにいったらしい。私の義兄は自分の腹を痛めていないから分からないのだろうが、母というのは同じ腹から生まれたものを男だ女だと区別などしないのさ。

我有個姐姐嫁與這兪循禮、潑天也似家私、寸男尺女也都沒有。俺那姐姐懷着身孕、卻養下一個女兒。俺那姐夫索錢去了、臨出門時、對俺姐姐說、若得個女兒便打滅了休題。若得個小廝兒便着人飛馬報他去。你看我那姐夫隔着肚皮那裏知道、做娘的都是一樣懷胎分甚麽男女。

ある日、王獣医が家畜の診察に行く途中、小屋の横を通ると中から声がした。小屋に近づいてみると、中には今まさに出産の時を迎えている女性がいた。その女性が生んだのは男児だった。そこで王獣医はこの子供をもらい、姉の王氏に渡すことにした。王氏は非常に喜び、自分の生んだ女児は河にでも捨ててくれ、と王獣医に言った。しかし、王獣医は自分の実の姪を殺すことなどできないと考え、桂花と名付け育てることにした。数年後、ようやく家へ戻って来た兪循礼は、男児が生まれたと知ってとても喜ぶ。またその子が物覚えが良く賢いので、義学堂を建て先生を招いて学問をさせ非常に可愛がった。息子の名は添添といった。ところが、添添が十三歳になった時、兪循礼は添添が自分の子供ではないことを知る。そして、添添を実父のもとへ返すことにするが、添添を失った兪循礼は妻に対し、

妻よ、遠い将来私たちが死んだなら、ああ天よ、その時は一体誰が喪に服してくれるのだ。

大嫂也、俺有日百年身死後、天那、知他誰是拖麻拽布人。

と嘆く。そこで、王獣医は自分が育ててきた娘の桂花こそが、姉の子供であることを兪循礼に告げる。すると兪循礼は自分に娘がいて、今も生きていることを知り非常に喜ぶ。

兪循礼は最初、妻に向かって、「もしも娘が生まれたならば殺して口に出すな」と言っていた。しかし、あとには娘が生きていることを知ってとても喜んでいる。ここに描かれている兪循礼の一連の言動は、一見矛盾しているように見受けられる。しかし、これは当時実際にあった子供の性差に対する二つの考え方に基づき描かれているために見られる言動と言えよう。

前に述べたように、男児が生まれていなくても女児さえ生まれていれば、血統は断絶しない、と捉えていた宗族があった。娘がいることを知って喜ぶ兪循礼の姿は、族譜によって窺われる女児が血統の断絶を回避させることのできる存在として重視されていた、という実態に基づき描かれているものと言えるであろう。

しかし、すでに族譜により検討したように、女児は男児が持っていた後継ぎとなって財産を承継する権利と全く同じ権利を有していたわけではなかった。女児は、父の血統の断絶を回避させることのできる存在として重視されてはいたが、継嗣問題においては、あくまでも男児に次ぐ権利を有する者でしかなかったのである。宗法制度上、男女の役割がそれぞれ決められており、継嗣となる正規の権利を有していたのは男児だけであった。そのため先ずは男児を得ようとする風潮が必然的に生まれたのだと言える。兪循礼が妻に向かって言った「もしも娘が生まれたならば殺して口に出すな」という冷酷な言葉は、宗法制度上の必要性から自然に生まれた男児の誕生に執着する風潮に基づき描かれたものだと考えてよい。

以上のように、『兒女團圓』では、当時実際にあった子供の性別に関する二つの考え方が利用され、登場人物の心理が描かれている。そして、作者が実際にあった子供の性別に関する二つの考え方を利用して登場人物の心理を描くことによって、当時の観衆が共感を覚える心理描写となり、観衆の支持を得る作品となっていたと言えよう。

おわりに

従来、前近代中国は重男軽女の風潮が強く、女児は男児と比較した場合、如何なる場面・社会階層においても軽んじられる存在であったとの見方がされ、そのような男女のあり方を象徴する事象の一つとして「溺女」の風習が挙げられてきた。

しかし、族譜の規約の中には、子《むすこ》と女《むすめ》が並記されていることも少なくなかった。妾は子供の有無によって記載方法を区別する傾向が強かったが、子《むすこ》を生んでおらず、女《むすめ》だけを生んでいる場合でも子供を生んだ事実が評価され、生母として族譜に記録される場合もあった。

また、族譜の中には『春秋公羊傳』に基づく「母以子貴」が記され、子を生んでいる妾や再婚で宗族を出た女性が生母として記録されることがあった。この「母以子貴」の「子」は、必ずしも「子《むすこ》」と限定されていたわけではない。男児と女児の双方を含んだ「子供」という意味で使われていることもあり、妾や再婚で宗族を出た女性が女児しか生んでいない場合であっても記録を残すように規定している宗族があった。これは、女児が男児と同じように宗族内に生まれた子供として認知されていたことを示すものだといえる。

さらに、後継ぎとなる男児が生まれていないという状況下で、「女《むすめ》だけは生まれている場合」と「女《むすめ》すら生まれていない場合」とでは、記載方法を区別するように規定している宗族があった。それは、子女がともにいなければ、断絶を示す「止」と記録し、女《むすめ》だけでもいるのであれば、後継ぎがいないことを示す「無嗣」と記録するような規定である。それらの規約は、女児は正規の後継ぎとはなり得ないけれども、一時的な後継ぎの代役ともいえる役割を担うことがあり、血統の断絶を回避することのできる存在と認識されていたことを示すものである。

また、多くの族譜が、婚戚関係を明らかにしておくために、女《むすめ》の嫁ぎ先を明記するように規定していた。これらの規約は、宗族が婚戚関係を重視していたことを示すものであるが、宗族が重視する婚戚関係を生み出す者は、言うまでもない、将来、他姓に嫁ぐ女児であった。女児は出身宗族にとって有益な婚戚関係を築くという役割を負わされていたのである。これに対して、男児は、正規の後継ぎとなり財産を受け継ぐという宗祧の役割を負わされるという性差が存在していたのである。

明清時代に作られた小説や戯曲の中に見られる男児と女児が同等に扱われている場面は、当時実際にあった女児のあり方を作者が作品の中に取り入れることで、当時の読者の共感を得る現実味を帯びた描写となっていると言えよう。

中国近世において、男児の出生が女児よりも望まれる場合が多かったのは、男性は「宗祧」、女性は「婚姻」という宗法制度上の役割が性差に基づきそれぞれ定められていたために、正規の宗祧を承ける子供を得るためには、男児をもうけるしかなかったからである。逆に言えば、婚戚関係を拡大していくためには、女児をもうけるしかなかった。宗族において、女児もまた男児同様、子供として必要な存在であったのである。

《注》

（一）嬰児を間引く行為は、過去の中国のみならず世界各地域においてみられた陋習である。日本の江戸時代における間引きの状況については、高橋梵仙《一九八一》に詳しい。また、夫馬進〈一九九三〉は、明清時代における強制再婚について考察した論考において、強制再婚が風習化した社会的な原因として、男女の比率が極端に異なり、妻を持てない男性が社会に溢れかえっていたことを挙げ、女性不足になった理由として、「明清時代には、出生の段階でとくに女の子を殺す溺女という慣行が各地で行われたため、結婚年齢に達した女性も極端に少なかった」と述べている。

（二）中国における溺女の風習について論じた主な論考として、曾我部静雄〈一九四三〉、西山栄久《一九四四》、梁景時・梁景和《一九九九》巻二「溺嬰」、劉静貞〈二〇〇一〉がある。

（三）夫馬進《一九九七》第四章は、当時、福祉政策に力を注いでいた善会・善堂という民間団体が取り組んでいた数多くの事業の中で、最も膨大なエネルギーと多額の資金が投じられたのが、この育嬰事業であった、と指摘している。なお、族譜の中にも、『山陰州縣山呉氏族譜』家訓・家法二十五則に、「一、淹死子女、法禁固嚴。情尤可惡。今後有犯者、重罰」とあり、『江都卞氏族譜』（『規範錄』）巻三・宗規に、「……又或賦性不良、凶悍妒忌、傲僻長舌、私溺子女、皆爲家之索、罪坐其夫。……」とあり、『四明慈水孔氏三修宗譜』巻一・祠規に、「一、凡各家生子、具其年月日時、告於宗長、聽令序名。生女必須收養、毋得淹溺。……若淹溺男女、尤干天地之和犯者、依律重處、其房長不擧、罪亦如之」とあり、『中湘陞廷山劉氏三修族譜』巻一・家禁に、「禁溺女□孟子有云、赤子入井、乍見惻然、中心耿耿、況屬自生理、宜恩永狠毒婦人、生女悉屛投入圊中、命終俄傾已、亦女流胡不自省鳥戀巢雛人、常引領斯禁。如違懲責是警」とあるような、溺女を禁じた規約が掲載されている。また、清代の溺女に焦点をあて論じたものに、喜多三佳〈二〇〇四〉があり、喜多は、清代で溺女が広く行われるようになった要因の一つとして、嫁入りの際に必要な多額の結婚費用を挙げ、貧困家庭では結婚費用が算出できないだけでなく、裕福な家庭であっても家柄に見合うだけ多額の持参金を持って嫁がなければ、嫁ぎ先で肩身の狭い思いをし、離婚の原因にもなるので、それを避けるために溺女が行われたことを具体例を挙げて論じている。確かに族譜の中にも、『懷寧李氏宗譜』巻之一・家規に、「重婚姻□婚姻者、上承宗祀、下啟後人、禮莫大焉。擇德爲上、論年次之。今之爲婚者、論財而已、或厚貨以耀、聘或竭財、以侈粧名、爲争門面、不知其實破家也。……」とあるような訓告を載せることが多く、嫁の持参金目当ての結婚が悪習ともなっていたことが窺われる。

（四）前近代中国における重男軽女の風潮については、永尾龍造《一九四二》第一篇第一章、O・ラング《一九五三》を参照。また、二十世紀中国における男児偏重の風潮については、潘允康《一九九四》第六章を参照。ただし、従来の研究のすべてが「重男軽女」の視点による研究だったわけではない。仁井田陞氏は、娘であっても親の老後の面倒をみたり、娘に婿が迎えられ、娘が生んだ男児に跡を継がせる場合があったことを立証している。仁井田陞《一九四二》第五章第十節を参照。

（五）女児が中心人物として描かれている戯曲の例として、（元）關漢卿（撰）『溫太眞玉鏡臺雜劇』、（元）喬吉（撰）『李太白匹配金錢記』、（元）撰人不詳『王清庵錯送鴛鴦雜劇』、（元）無名氏（撰）『薩眞人夜斷碧桃花雜劇』、（元）鄭光祖（撰）『迷青瑣倩女離魂』、（元）楊顯之（撰）『臨江驛瀟湘夜雨』などがある。

（六）使用したテキストは、日光山輪王寺慈眼堂蔵本、徳山毛利氏棲息堂本、北京図書館蔵本を校合し、刊行された影印本『金瓶梅詞話』（大安書店、一九六三年）である。

（七）中国女性史研究の動向については、秦玲子〈一九九〇〉、溝口雄三・丸山松幸・池田知久《二〇〇一》Ⅱ政治・社会「女子」を参照。

（八）女子分法の解釈をめぐる両氏の論争の過程とその内容については、序章注（一二）参照。

（九）滋賀秀三《一九六七》第三章第三節、および第四章第三節を参照。

（一〇）このほか、『京口李氏宗譜』巻首・例言に、「一、婚配義嚴。初娶曰、配某氏。再娶曰、繼配某氏。妾之有子者曰、側室某氏。無子者、不書」とあり、『鎭江李氏支譜』凡例・舊譜凡例に、「一、元配曰娶、再配曰繼、三娶曰又、示有別也。至於側室之有子者、書之曰妾、其無子者、不書。蓋古人無子、不稱妾故也。……」とある。また、『山陰白洋朱氏宗譜』巻一・凡例に、「一、凡舊譜中、已故之側室、概書庶室某氏。在生、仍書側室。已出者、書出。惟媵妾無子、本毋庸書」とある。なお、媵妾とは、妾のことであるが、もともとは媵と妾は区別され、媵は、王侯官人のみが娶ることのできる妾を指す用語であった。媵妾については、仁井田陞《一九四二》七二〇頁を参照。また、仁井田は、妻より身分が低いが妾よりも若干身分が高かったとされる女性「次妻」「小妻」についても論じており、「次妻」は、「妾と異なり正妻と近似の性質であった」と指摘する。しかし、歴代の律は複数の妻を娶ることを重婚罪と規定していたため、「次妻」「小妻」は、やはり正規の妻ではなく、妾の範疇に属するものであろう。なお、「次妻」「小妻」については、（清）趙翼『陔餘叢考』巻三十六「如夫人・小妻・傍妻・下妻・少妻・庶妻」にも記述がある。

（一一）妾が子を生んでいない場合でも守節や孤児を扶養するといった称賛に値する行為があれば記録をするように規定した宗族は多い。『皐廡吳氏家乘』巻二・增訂凡例八則に、「一、無子女之妾不錄、係指本人現在者而言、如本身已故、其妾青年能守矢志不移者、節操可嘉、卽無所出、應一體准其列入」とあり、子女がいない妾であっても守節をした場合は、その妾の死後記録することを許すと規定されている。また、『李氏家譜』巻一・凡例に、「一、夫婦人倫之本。元配繼配所、必書也。

至庶氏、有子則書。如無子而能字正室之子、勤於家業、多歴年所者、亦書之。昭其功也。夫亡能守節者、亦書之。敬其貞也。但書側室副室不與配同。敵庶之辨也」とある。

(一二)『鎮江李氏支譜』凡例・重修支譜例言に、「一、正室曰配、再則曰繼配、三則曰又配。妾有子者曰、副室。降一格以書、示不敢匹嫡之義。……」とあり、『京江王氏宗譜』巻上・凡例に、「婚配義嚴、初娶曰元配、再娶曰繼配。……妾有子曰副室、無子曰側室、俾嫡與庶之名義昭然有別」とあるように、子がある妾の記録を残しながらも、妻との差を明確に規定している族譜は多く見られる。

(一三)族譜の中には例外的ではあるが、『錢塘沈氏家乘』凡例「納妾者、其妾死後方准載入」のように、妾の子の有無に言及せず、妾が死亡後、族譜に記録することを容認した族譜も見られる。

(一四)例えば『如皐西郷李氏族譜』巻之一・凡例に、「一、娶妻必書配某地某人女、尊元配也。若繼娶再醮之婦則書繼娶某氏。若繼娶之女則書繼配某人之女。娶妾者書側室、副室某氏。如生子者、各書母下以辨其出也」とあり、先妻や後妻、妾が生んだ子について、それぞれの生母が分かるように記録を残したと記されているが、この凡例の中の「如生子者……」の「子」が、男児だけを指しているのかは不明である。また『懷寧坨埂方氏五修宗譜』巻首上・凡例にも、「一、妻有元配與續娶。元配雖無子女亦書者、重始婚存厚道也。妻死續娶爲内助也。至於娶妾以其因妻不育是以娶妾、以禮娶則曰娶。重宗祧也。有子而娶是不以禮娶則曰納。杜綠衣之漸也。且有子則書、無子則否。若無子而亦書者、從養母之例服且應三年」と、最初に娶った妻が子女を生まなくても記録するように明記されているが、妾の場合は男児を生んでいる場合だけ記録するのか、或いは男児女児にかかわらず子供を生んでいる事実があれば記録するのか、この部分だけでは判断できない。

(一五)『石池王氏譜』に、「……妾媵而有子及女者、得以附書。無則不書謹分也。書葬地者、恐迷失也」とあるのも類例である。また、『孔氏家譜』(別称『番禺詵敦家譜』)巻首上・修譜凡例に、「一、抄本舊譜書某人之妻、統稱娶某氏。某氏今則於原配、書配室某氏、續娶書繼室某氏。妾有子女者書側室某氏。……」とあり、子女のいる妾について「側室某氏」と書いていたことが分かる。さらに、『毘陵庵頭吳氏宗譜』巻一・凡例には、「一、書妾媵有子女者、註明妾某氏。使子不泯其所自出、而亦無以妾並嫡之疵。無子女者不書」とあり、子女のいる妾について「妾某氏」と書いていた宗族もあった。さらに、『京江開沙王氏族譜』巻一・凡例に、「宗法、重嫡長、先嫡後庶、此宗法也。故先書娶某氏、重嫡母也。嫡子雖幼、必列於前、示宗子也。妾有子者書。無子者不書。母以子貴也。妾有女者、亦書明女所自出也。有功於撫育者、亦書」とあり、女《むすめ》の生母を明らかにするために、女《むすめ》を生んだ妾の記録を残すと規定している。

（一六）『柳蕩劉氏宗譜』巻首・新増例言に、「一、側室書於原配・繼配之後。所生子女、亦書於側室之下」とあり、この宗族では、生母である妾の記録の下に、「子女」の記録を残していた。

（一七）なお、類似のものとして、『湘譚劉氏四修族譜』巻之一・譜例に、「……倘妻與繼與妾、俱有子女、應各於所生之母名下屬之。以分別其各有所出也」とあり、『剡西章氏宗譜』巻之一・譜例に、「……元配書娶某氏、繼娶書續娶某氏、妾書側室、婢書媵妾。生母名下各書子幾女幾適某處某。其生卒則書年月日時幷享年若干葬某處」とある。

（一八）『餘姚開原劉氏宗譜五編』巻首・三修凡例に、「……生育子女、必書子先女後。陽先陰後之義也。……」も子《むすこ》を先に記録するよう規定している。

（一九）例えば「子」を「子《むすこ》」と解釈しても問題がないのは、『山陰白洋朱氏宗譜』巻首・凡例に、「一、凡生子必詳所自出、譜中有正室、繼室、並有庶室者、則於其子名下書某出。生女如之」とある事例などである。ここでは先に「子」についての説明がなされ、次に「女」に対する説明が付せられている。このように「子」と「女」が区別され明記されている場合は、「子」が「子《むすこ》」を指していると捉えるのが適切である。

（二〇）同文の凡例は、『山陰州山呉氏支譜』にも掲載されている。

（二一）四庫明人文集叢刊『椒邱文集・石田詩選・東園文集』（上海古籍出版社、一九九一年）。

（二二）例えば、（清）呉敬梓『儒林外史』第五十三回にも、「自古婦人無貴賤、任憑他是青樓婢妾、到得收他做了側室、後來生出兒子做了官、就可算的母以子貴」とある。

（二三）『春秋』における「母以子貴」の義例については、田中麻紗巳〈一九八五〉、渡邉義浩〈二〇〇七〉を参照。

（二四）『山陰州山呉氏支譜』譜例二十六則にも同文の凡例があるほか、『京江王氏宗譜』巻上・凡例に「一、女不特書止、見於所生父名之下而於所適某氏。或異地者則書某地名、其有爵者亦書。蓋欲致詳焉。俾後之子孫知其人以續其好也」とある。

（二五）同様の規定は、『南昌方氏支譜』巻四・凡例に、「……妻之所自出、書其三代名諱・官爵・封贈、俾子孫無忘姻好也」とあり、『潤州朱方鎭尤氏族譜』巻之一・凡例に、「一、婚配當書某人之女或第幾女。生女已嫁書適某人、未嫁書許某人、幷書其地名。或有衿名亦詳、俾子孫相傳知其姓氏有瓜葛也」とある。

（二六）宗族にとっていかに婚姻が重要なことであったかは、以下のような規約からも分かる。『重修鑪橋方氏宗譜』首上・家規に、「重婚姻□婚姻人道之始也。男子生而願爲之有室。女子生而願爲之有家。女嫁男婚天下古今之所不容已者也。……」とある。また、『四明慈水孔氏三修宗譜』巻首・新例には、「一、族中如有未曾娶妻、其齒雖尊不得議爲宗長或房長、所以懲不孝也」とあり、結婚経験がない者は、宗長や房長になる権利がない、とさえ書かれている。なお、慎重に妻を娶るように述べた規約も族譜には見られるが、『丹陽吉氏宗譜』巻之一・家規には、「一擇婚姻□家道之衰毎生於婦人爲其異姓之相聚也。故於娶婦之道不可不愼。……」と、家道の衰退が異姓者である妻から生じることが多いので、娶妻は慎重にするように、と書かれている。

(二七) 族譜の中には、『江氏宗譜』巻一・凡例に、「一、娶妻宜明其所自某邑、某郷、某人第幾女。如祖父兄弟有官職者、表内亦宜註明。出嫁之女亦然」とあるように、妻の出自についても記録するように規定した凡例が多い。妻の出身宗族と婚戚関係になったことを子孫に知らせるために記録されていたと考えられる。

(二八) 滋賀秀三《一九六七》第一章第一節、参照。

(二九) 女児が祭祀および財産の継承権を有さないことは、女児がいても養子縁組が許可されていたことから分かる。養女を取る場合も、たとえすでに女児がいても、それ以外にさらに何人でも養女を取ることができた。このような養子縁組のあり方は、女児が継嗣問題において無関係であったことを示す。前近代中国における養子縁組については、仁井田陞《一九五二》第十三章第九節、参照。

(三〇) 『甬上雷公橋吳氏家譜』巻一・凡例に、「一、世系傳先書譜名提其綱也。次書某子明所出也。或繼子並書生父存其實也。次字號名有同字以別之、待查訪也。次讀書學級表其貴也。次生卒年壽誌始終也。次配偶成人之道也。次子女重嗣續也。次墓地使後人知所祭掃也」とある事例も類例である。

(三一) また族譜の中には、男児も女児も夭死した場合は記録をしない、と規定しているものがある。それらの規定は、男児と女児が同等に扱われている一面を示すものである。以下の凡例はその例である。『石池王氏譜』に、「一、男子未冠未娶而卒者不書。以未成人且無後也。女子未適人與夭歿者皆不書」とあり、『潤州朱方鎮尤氏族譜』巻之一・凡例に、「一、宗法以嫡故世表中書配某氏者首嫡母也。嫡母之下卽書其所生之子、庶出之兄不得越居、其前尊嫡母也。嫡母之後書側室某氏、次庶母也。庶母之下書其所生之子重其所出也。先嫡後庶此爲家法。若妾生過子女或未有生者、素行端方亦載入譜。其所生殤夭之子不載。未成丁故也」とあり、『宛平王氏族譜』凡例に、「一、本身傳中、書子之長次者、以明中間有無。幼殤之子、是以有長行二、次行三者、以兄弟有同祖排行、有兄妹排行。又有次無長者、以所生子女、有幼殤、不載故也」とある。

(三二) 祖先祭祀の義務と娘との問題については、仁井田陞《一九六二》四二一～四二八頁を参照。

(三三) 『周氏族譜』修譜例に、「一、子女須聘適他姓。亦是祖父一體之分。……」とあるのも類例である。

(三四) 本書は、『脂硯齋重評石頭記』(庚辰本) を使用した。
(三五)『醒世姻縁傳』の作者とされる西周生は、『聊齋志異』の作者、蒲松齢である、とする説がある。かかる問題については、池田麻希子〈一九九八〉を参照。なお、本書は、痩吟山石 (校点本)『醒世姻縁傳』(春風文芸出版社、一九九四年) を使用した。
(三六) 柳田節子〈一九八九〉は、戸絶における女承分法は宋代では法的に一定の地位を得ていたが、明清時代に向けて下降したと推測している。また大島立子〈二〇〇六〉によれば、元代では娘と娘婿が、娘の実家の家産を承継する者として認められていたという。
(三七) 明清時代において、宋代同様に女児に持参財産が渡されていたことについては、高橋芳郎《二〇〇一》一二二頁を参照。
(三八) 本書は、(明) 臧晉叔 (編)『元曲選』(中華書局、一九五八年) を使用した。

第四章　妻　妾

はじめに

一九五〇年に発布された婚姻法に(一)、蓄妾制度の廃止が明文化されるまで、前近代中国は、一夫一妻多妾制社会であった。(明)龐尚鵬『龐氏家訓』(二)に、「一、妾を立てるのは、嗣子の継続を計るためであり、必ずやむを得ない状況下で、その後に娶ること」と述べているように、前近代中国では、後継ぎとなる男児を得るための手段として妾が娶られた(三)。したがって、妾を娶ることは法律でも容認されていた。『大明律』(四)には、「それ民で四十歳以上で息子がない者は、妾を娶ることを許す。違反した者は笞四十に処す」と定められているが、「四十歳以上で息子がない」という条件も、実際には建前に過ぎなかったことは、すでによく知られている。裕福な家庭の男性が、後継ぎとなる男児をもうけていながらも、複数の妾を家に入れることは珍しくなかった。

明清小説の中でも、世情小説に分類される作品の中には、妾の描かれることが多い。妾という存在があることで、作品内の人間関係をより豊かに表現できている小説も多い。そのため、明清小説をより深く理解するためには、妾についての広範な知識が不可欠である。しかし、妾については、これまで様々な視点からの分析が試みられているものの、その全体像は明らかになっているとは言い難い。

法制史の分野では、財産継承の権利から妻と妾の比較がなされ、妻は、夫の死亡後に寡婦として夫の家に留まることで、夫の財産を一時的に承継するという形態で財産を持つことがあるが、妾にはない。また、妻は夫の祖先を祭る義務を負うが、妾は負わなかった、とされている（滋賀秀三《一九六七》）。

宗法社会において、妻は、夫婦一体という概念により、宗族における親族間の序列の中で、夫の位置に付随する形で組み込まれることにより、宗族の正規の一員として認知される存在であったと言えよう。これに対して、妾は、宗族内で正当な地位を有することはなかった。こうした妾のあり方を踏まえ、滋賀秀三《一九六七》は、妾とは「閨房の伴侶として娶られ、日常生活の上では家族の一員たる地位を認められながら、宗という理念的な秩序のうちには地位を与えられていない女性をいう」と定義している[五]。家族の一員と、宗という理念的な秩序のうちには地位を持たないという、日常生活と理念的秩序との乖離は、小説ではどのように表現されているのであろうか。

また、史学の分野では、身分制の視座から妾に焦点が当てられてきた[六]。妾は、実体的には身売りという形態で娶られる場合がほとんどであった。このほか妾には、もとは妻の腰元（陪嫁丫頭）や家の婢女（下女）であった者もいた[七]。婢女を妾にすることは、決して歓迎される事例ではないが、実態としては多かった[八]。このため、低い階層の貧困家庭出身の女子が妾となるケースも多く、娶られた後の家の中における階級的性格は[九]、その家の主人と主従関係が結ばれるため、実態としては奴隷的隷属度が高かった、と指摘されている[一〇]。

さらに、文学の分野では、作品の中における妻妾の描かれ方を通して、妻と妾のあり方について論じられる。例えば、白水紀子《二〇〇一》では、民国期（一九一二～一九四九年）における妻と妾についての考察がなされている。その中に次のような一節がある。

民国期になり、かつてのような厳格な上下関係が徐々に崩れ、正妻と妾（たち）の関係が姉妹の関係に譬えられるほど実質的に身分差が縮まってくると、正妻に与えられていた法的経済的身分―「妻の権威」は形骸化し、正妻は形ばかりの妻の座におかれ、妾が実質上の権力を握るケースがこれまで以上に頻繁に起きただろうと推測される。

白水の「妻の権威」の形骸化が起因となって実権を握る妾が徐々に数を増していった、という見解は、決して的外れなものではあるまい。また、氏の主たる対象は民国期であるが、明清時代における妻妾のあり方についても、参考にすべき推測ではあろう。

しかし、氏の研究は、

本書第Ⅱ部では文学作品を社会学的調査資料の不足を補う「資料」として使用したために、作品全体に関する言及は少なく、引用も断片的である。いうまでもなく、文学に描かれる心的現実と、外的客観的現実とは別のものであり、文学という本来は解釈されるべきものを実証の材料にすることに不安を覚えないわけではない。

と、自らの方法論の限界を自覚的に表現するように、実態を示す資料として文学作品を利用しているという点で、説得力に欠ける。

これまでの法制史や史学・文学などの各分野における妾に関する研究を踏まえた上で、異なる時代の各階層間における妾の実態を全体像として明確にするためには、各家庭の階層差、倫理観の違いによって、実際には様々な妾の実態があったことを明らかにしていくべきではないか。

そもそも前近代中国において、妾はなぜ妻と区別されなくてはならなかったのだろうか。それは、継嗣を得るという宗法制度上の必要性からは、妾を娶らねばならないが、家庭内で複数の女性が生活すれば、当然嫉妬心や、いざこざの起こる可能性が高い。そのような弊害を回避するためには、女性の身分に差を付け、区別をする必要性があったからであろう。このため、法律上においても、妻と妾の区別は、明確にすべきことが強調されてきたのである。

しかし、妻と妾の区別の程度は、それぞれの夫により相違があったであろう。妻と妾の法律上の区別と、夫の愛情の上での区別は、全く別の次元の問題なためである。法律で愛情を抑制することはできず、日常生活の中で、夫が妻よりも妾を大切に扱うことで、実権を握る妾が現れる可能性は十分に考えられる。

また、宗法制度も、妻妾の嫡庶の差を厳重に区別することを第一条件に挙げていながら、妾が妻のように扱われるという状況を作り出す可能性をシステムとして内包していた。日常生活において実権を握る妾は、後述のように、宗法制度上のシステムにも原因がある。となれば、実権を握る妾の出現は、明清時代について言えば、妻の権威の形骸化が第一の要因ではなかったと考えてよい。そのような宗法制度上の妾のあり方は、多くの小説に影響を与えている。

そこで、本章では、妾の実質的な地位の変動を許容する宗法制度の一端を探ることで、明清小説の中に見られる妾の表現が、当時の妾の実相をもとに描かれていることを明らかにしたい。

第一節　法令と族譜に見られる妻妾の序列化

歴代の律では、妻と妾を厳格に区別することが明記されてきた。例えば、唐の『唐律疏議』巻十三　戶婚には、およそ妻を妾にし、婢を妻とする者は、徒二年。妾および客女を妻とし、婢を妾とする者は、徒一年半。それぞれ元に戻しこれを正せ。

諸以妻爲妾、以婢爲妻者、徒二年。以妾及客女爲妻、以婢爲妾者、徒一年半。各還正之。

と規定され、妻を妾にすることは犯罪であった。それは、『宋刑統』巻十三 戸婚律 婚嫁妄冒にも、

およそ妻を妾にし、婢を妻とする者は、徒二年。妾および客女を妻とし、婢を妾とする者は、徒一年半。それぞれ元に戻しこれを正せ。もし婢で、子がある者および解放されて良人となっている者は、妾にすることを許す。

諸以妻爲妾、以婢爲妻者、徒二年。以妾及客女爲妻、以婢爲妾者、徒一年半。各還正之。若婢、有子及經放爲良者、聽爲妾。

と継承され、妻と妾の区別は、厳格にすべきものと定められていた。

「明律」および「清律」に見られる妻妾に関する条文もまた、唐律を範として制定されていた。『大明律』第十 戸律三 婚姻「妻妾失序」に、

およそ妻を妾にする者は、杖一百。妻がいながら、妾を妻にする者は、杖九十。それぞれ元に戻せ。もし妻がいるのにさらに妻を娶る者は、また杖九十とし、離縁させよ。

凡以妻爲妾者、杖一百。妻在、以妾爲妻者、杖九十。並改正。若有妻更娶妻者、亦杖九十、離異。

とあり、妻を妾にすることが犯罪とされることが継承されているほか、重婚も犯罪とされている。『大清律例』[一一]巻十戸律 婚姻 妻妾失序にも、

およそ妻を妾にする者は、杖一百。妻がいながら、妾を妻にする者は、杖九十。それぞれ元に戻せ。もし妻がいるのにさらに妻を娶る者は、また杖九十とし、（後から娶った妻を）離縁させ（帰宗させ）ること。

凡以妻爲妾者、杖一百。妻在、以妾爲妻者、杖九十。並改正。若有妻更娶妻者、亦杖九十、（後娶之妻）離異（歸宗）。

とあるように、妻を妾にしたり、妾を妻にする行為は処罰の対象とすると歴代の律に規定されている。注目すべきは、「妾を妻とする」行為よりも、「妻を妾の地位に落とす」行為の方が重罪だと定められていたことである。[一二]妻妾の尊卑を明確化し、妻の地位を守ろうとしていることが分かる。

かかる律令の規定を受けて、族譜の中でも、妻妾の嫡庶の順を乱すことを禁じ、両者を厳格に区別するよう規定した規約が見られる。例えば、『湘潭橋頭劉氏三修族譜』巻首・戸律には、

一、およそ妻を妾にした者は、杖一百に処す。妻がいながら、妾を妻にした者は、杖九十に処す。それぞれ元に戻せ。もし妻がいるのにさらに妻を娶った者は、杖九十に処し、離縁させること。

一、凡以妻爲妾者、杖一百。妻在、以妾爲妻者、杖九十。並改正。若有妻更娶妻者、杖九十、離異。

と記されている。『大明律』および『大清律例』に定められていた刑罰内容を掲載して、妻妾の序列を乱すことに忠告を促していた宗族があったことが分かる。また、『米氏宗譜』巻之一・凡例（凡例二十則）に、

一、嫡庶の区別は厳格にするのが良い。およそ我が宗族では、妾を妻としてはならない。

一、嫡庶之分宜嚴。凡我宗族、不得以妾爲妻。

とあるように、妾を妻にすることを禁ずる凡例を掲げる宗族もあった。(一三)

さらに、先妻・後妻・妾について、それぞれの身分を区別して明記するように規定する族譜もある。『五華大田張氏族譜』譜例に、

一、最初に娶った者は元配と書いた。再娶した者は続配と書いた。妾は副室と書くことで名分を区別し、嫡庶を厳格にした。もし正妻・後妻・副室が不明な場合は、一律にすべて某氏某氏と書き、疑問な箇所は保留にしておいた。

一、初娶書元配。再娶書續配。妾書副室、所以辨名分、嚴嫡庶也。間有未知正・續・副室、概以某氏某氏書之、故闕疑也。

とあるように、妻妾の身分差を明確に区別して記録していた宗族は少なくなかった。それは、妻妾の身分差をはっきりと区別することが、家の中での秩序を保つ上で重要であったことによる。次の族譜には、妻妾の嫡庶の差を区別し

なければ、家の中で争い事が生じ、結果的に家の繁栄も望めなくなると記されている。『雲陽仁濟匡氏家乘』巻之一・家訓に、

妻妾を正す　妻という言葉は斉である。（そこには）夫と徳を斉《ひとし》くするという義がある。妾という言葉は接である。（そこには）夫の後継ぎを接《つな》ぐという義がある。このため妻を先にし妾を後にし、妻は尊く妾は卑しいのである。房幃の中で、その大小を区別すべきである。世の中のぼんくらや愚かな人は、妾を寵愛し妻を虐待するが、これは家法を乱すことである。家法が乱れれば、内に変がきざす。（そのようなことでは）どうして家を盛んにすることなどできようか。

正妻妾　妻之爲言齊也。取其與夫齊德之義。妾之爲言接也。取其代夫接後之義。故妻先而妾後、妻尊而妾卑。房幃之內、大小分焉。世之庸人・鄙夫、寵愛其妾而凌虐其妻、是亂家法也。家法亂、則內變作矣。家安得以昌盛。

とあり、妻と妾の字義から、その役割を明らかにして、両者の別を正す必要性を説く。その上で、妾を寵愛して、妻を虐待することを厳しく批判している。また、『京江開沙王氏族譜』巻一・家訓には、

……妻は尊《たか》いが妾は卑《ひく》い。房幃のもとでは、必ず大小の区別を明らかにすることが、家を長きにわたり正しく治める道である。もしも妾を寵愛し妻を欺いたり、或いは妻が嫉妬して妾を虐待することがあれば、倫理に背くことになり、家庭内の異変をきたし、どうして妻妾同士が嫉妬をしない婦徳など望めようか。……

……妻尊而妾卑。房幃之下、必大小分明、方是正家久遠之道。苟或寵妾而欺侮其妻、或妻妒而凌虐其妾、則倫理乖、而內變作、又安望螽斯之衍慶也。……

と記されている。このように、族譜では、男性に対して、妻妾の尊卑を明確にし、嫡庶をはっきりと区別することを求め、妾を寵愛し妻を貶めることを禁じて、妻妾の衝突を防ごうとしていた。

さらに、夫が妾を娶ることを認めない妻を戒める族譜も見られる。『廬州李氏宗譜』巻二・家規に、

夫婦を正す　……後継ぎがないにも拘わらず妾を置くのを許さないことはやめよ。長口舌で夫を尻に敷くのはやめよ。それらを戒めても、正そうとしない者は、離縁しても良い。もし妾を寵愛し妻を侮る者は、宗長が処罰せよ。

正夫婦　……勿以無嗣而不容置妾。勿以長舌而牝鶏鳴晨。並宜戒之、不改者、黜焉。若寵妾凌妻者、宗長懲治。

とあるように、妾を娶ろうとする夫の意志に背く妻を戒める規約も見られる。継嗣を得るという目的のためには、むしろ妾は置くべき必要性があった。妻の嫉妬により妾を持てず継嗣が途絶えることを防ぐ必要性は強く認められていたのである。

妾を妻が認めるべきとする文言は、女性教戒を目的とした女訓書の教義にも見られる。これらの規定は、一見すると、男性の身勝手な娶妾行為に隷属を要求するかのような男性本位な文言にも受け取られる。しかし、継嗣を得ることが重大事とされていた社会にあっては、妾は必要な存在であった。

その一方で、これまでの族譜に繰り返し説かれていたように、妻妾の区別を明確にして、妻妾の衝突をなくし家庭内の均衡を保つことも、血筋を存続させていく上では、また重要なことであった。そこで、妻には、嫉妬心から妾を娶ることに反対したり、妾を虐待したりすることを禁ずる規定を定め、一方、夫側には、妾だけの寵愛を禁ずる規定を設けていたのである。そこには、宗族を維持していく必要性における男女差が表れているのであり、女性一方にだけ不合理な教義を押しつけていたわけではない。

第二節　『醒世姻縁傳』に見られる妻妾

次に、族譜を資料として、妻妾の序列化の実態について述べたい。前述のように、妻妾の嫡庶の差を明確にするよう規定した規約を掲載していた宗族はとても多い。そのような掲載の割合の多さは、建前上は妻と妾の間には嫡庶の差が明確にあるとされながらも、現実には夫の愛情の度合いによって、嫡庶の差が曖昧になることで、妻の嫉妬心を煽ったり、妻が蔑ろにされたりすることが少なくなかったことに起因するのではないか。

例えば、以下に挙げる規約は、夫の愛情の度合いにより妻妾の立場が逆転することが実際にあったことを示すものである。『起霞劉氏宗譜』巻之首・家規には、

尊卑を分ける　大家というものは、尊卑によって区別がある。近頃では兄弟叔姪の礼を越え分を犯したり、夫と妻妾の間でも、愛情や寵愛に左右され、名位を逆転させてしまう者が多いのである。……

辨尊卑　所稱大家者、以尊卑之有辨也。近見兄弟叔姪越禮犯分、與夫妻妾之間、恃愛挾寵、名位倒置者多矣。……

とあり、妻と妾の名位が夫の寵愛により倒置することを戒めている。また、『餘姚朱氏宗譜』巻首・宗規にも、（一四）

一、嫡庶を分け名分を正しくすること　（これは）三綱五常、天経地義であり、変えることはできない。（ところが）世の気風は日々に道理がなおざりとなり、ひそかに親密になることが増え、妻妾の間で、尊卑が倒置されることがある。……（母となった妾を尊重する『春秋公羊傳』の義により）母は子によって尊いとはいっても、決して妾を妻にしてよいという道理はない。そのような正しくない行いをする者があれば、当然直ちにこれを正し、名分を定かにすべきである。

一、辨嫡庶以正名分　三綱五常、天經地義、不可易也。世風日偸、燕昵日甚、妻妾之間、尊卑倒置。……雖母因子貴、必無以

妾爲妻之理。其有不正者、當卽正之、以定名分。

とあるように、妾が妻以上に尊重される場合があり、宗族としてこれを禁じている。これら規約より、妾を寵愛し、妻の地位を下げる夫が実在していたことが分かるのである。

明清小説には、かかる社会風潮を背景として、妻妾の立場が逆転した様子が描かれている作品がある。それらの場面は、妻妾の嫡庶の差を明確にすべきことが族譜などに掲げられる理念上の規則では常識とされてはいたものの、実際には、夫の愛情の度合いによって妾が寵愛されて妻が虐げられることがあった。そのような理念と現実の違いが作品に現実味を持たせているのである。

例えば、明末清初に西周生によって書かれた長編白話小説『醒世姻緣傳』(一五)の中には、夫の寵愛を笠に着て、実生活において実権を握る妾の姿が描かれている。作品の主要人物である晁源は、八百両もの大金をはたき、もと女芝居の娘役をやっていた珍哥を妾として家に入れる。しかし、妾となった珍哥は、妻の計氏にかしずいたりなどせず、晁源から寵愛を受けていることを良いことに、我が物顔に振る舞い、まるで自分こそが正妻であるかのようにやりたい放題をする。このような珍哥の姿は、前掲の族譜に見られたような、夫が妾を寵愛することで、妻妾の立場が逆転することがあった、という実態に即して描かれたものと言える。

また、『醒世姻緣傳』には、妻と妾の間には歴然たる序列の差があることを認識しているかのような珍哥の発言も見られる。第二回の中には、晁源が珍哥を連れて猟に出た先で、狐精を殺したことから病気になり、今にも死にそうな晁源を見て慌てた珍哥が、正妻の計氏を呼びに人をやるという場面がある。結果的に計氏は、珍哥たちが何か企んで自分を呼び出しているのではないかと疑い、晁源のところへは行かない。後になって晁源は珍哥が計氏を呼ぼうとしていたことを知り、計氏を呼ぶ必要などなかったのだ、と珍哥に向かって言う。すると珍哥は激怒して次のように言うのである。

あんた口ばっかりだね。考えてもごらんよ。夫婦は結局は夫婦。あたしは結局は「内門を守る門神（お妾さん）」なんだよ。

你且慢說嘴。問問你的心來。夫妻到底是夫妻。我到底是二門上門神。

晁源が危篤になったことを計氏に伝えようとした珍哥の行動は、一家の一大事は妻に報告しなければならない、という考えに基づくものである。普段は晁源の寵愛を笠に着て、計氏を軽蔑しながらも、内心では妻と妾は理念上、厳格に区別される者同士で、自分は劣位に置かれた身であると意識していることを表すものである。この場面には、実生活でいくら妾が実権を握っていたとしても、妻はやはり地位が高い立場の者である、という社会通念が描き出されていると言える。

また、同じく『醒世姻緣傳』第三回には、正妻、計氏が夫の寵愛を失ったばかりに食材もろくにもらえず、正月だというのに饅頭の皮、餃子の皮さえないという状況に追い込まれていたところ、晁源が気を回して下男に計氏のところへ重詰めと酒を届けさせ、この届け物は珍哥からだと伝えるように、と命じる場面がある。自分に届けさせたのが珍哥だと聞いた計氏は、耳まで真っ赤にして怒り出し、

恥知らずの淫婦。おまえは私の天を仰ぎ、私の地を踏んで、私の旦那まで独占しておきながら、私にこんな物を届けて灯節のお祝いでもしろと言うのかい。これじゃあ鼻水が下から上に流れるってもんじゃないか。

沒廉耻的淫婦。頂着我的天、躧着我的地、占着我的漢子、倒賞我東西過節。這不是鼻涕往上流的事麼。

と罵る。この計氏の発言も、妾は所詮、卑しい存在で、妻とは立場が異なる者であるという社会通念に基づき描かれているといえよう。（一六）

このように、『醒世姻縁傳』の妻と妾の争う描写には、妻妾の嫡庶の差を明確にすることが常識とされながら、実際には夫の愛情の度合いによって、妻が蔑ろにされることがあったという実態が利用されているのである。

第三節　妻の子供の有無により変わる妾の立場

妾が実権を握るという現象は、夫の愛情の偏りにより現れる場合があった。しかし、宗法制度上の妾のあり方自体も、実権を握る妾を生み出す大きな要因となっていた。それは、族譜の中に見られる子供を生んでいる妾の記載方法について述べた文章によって窺われる。『米氏宗譜』巻之一・凡例には、

一、正室は「娶某氏」と書き、継室は「継娶某氏」と書いて、元配を重んじた。妾は「側室某氏」と書き、嫡庶を明確にした。もし正妻がすでに死亡し、妾がまた子を生んでいれば、扶正を許し、また継室と同じように書いた。

一、正室書娶某氏、繼室書繼娶某氏、重元配也。妾書側室某氏、分嫡庶也。如正妻已故、妾又生子、方可扶正、書之亦如繼室。

とあり、妻がすでに死亡し、妾が子供を生んでいれば妻になおすことを許す、と書かれている。これは、妻の死亡後に妾を妻にする「扶正」である。(一七)

妾は通常、後継ぎとなる男児を得るために娶られるものだったが、妾が生んだ子供の親権は嫡母が有した。妾は子供の生母として族譜に記録されるのが通例であったが、その記録は、子供の出自を明確にするために行われるものに過ぎなかった。(一八)しかし、妻がすでに死亡し不在であるならば、子供を生んでいるという功績によって、

妾を妻にする「扶正」を容認していた宗族があったのである。

また、族譜の中には、『東莞派吉厦戴氏族譜』戴氏族譜規則に、

……もし先妻に子がなく娶られた妾は、副配と書いた。もし先妻に子がいながら娶られた妾は、側室と書いた。

……如元配無子娶妾、則書副配。若元配有子而娶者、書側室。

とあるように、妻に子供がなく娶られた妾は、妻に準ずる者を示す「副配」と書き、子供を生ませる目的で娶ったわけではない妾は、妾を示す「側室」と書いて、両者を区別していた。妻が子供を生んでいない状況下で娶られ、もし子供を生んだならば、その妾は妻に準ずる者と見なす、という考え方があったことが分かる。そうであれば、妾が周囲から妻に準ずる者として扱われることを良いことに、我が物顔で妻のように振る舞い、実生活の中での実権を握るという結果を招くことも多かったであろう。妾は子供を生んだ功績により立場が変動する、という社会通念があったことにより、宗法制度上の妻の権威は、決して完全無比なものとは言えまい。そして、宗法制度上の妾のあり方自体に、継嗣を生んだ功績によって立場を格上げするという実績主義的な側面があったことで、実権を握る妾が現れる場合があったと考え得るのである。

また、妾にとって、子供を生むことが、その後の家の中での自分の立場を左右する重要な事柄であれば、子供を生んでいない妻のもとに複数の妾がいた場合、自分より先に他の妾が子供を生むかどうかは大きな問題であったはずである。事実、明清小説の中には、妻に子供（とくに後継ぎとなる男児）がいない状況で妾が子供を生んだ場合、子供を生んでいない他の妾が過度に嫉妬をする、という場面が描かれていることが少なくない。当時の妾たちに、とって妻が継嗣となる子供を生んでいない状況下で、どの妾が子供を生むかは死活問題となっていた。それが、作品の中に取り入れられているのである。妻の子供の有無によって妾の地位が変わる、という社会通念を踏まえて作品を読むと、

自分以外の妾が妊娠したことを知った他の妾の異常なまでの嫉妬が、単なる愛情の問題から湧き出た嫉妬心ではなく、利欲的感情から生まれた必然性を帯びた嫉妬であることが分かる。

例えば、清代河南宝豊県の人、李海観（一七〇七～一七九〇年）によって書かれた長編白話小説『岐路燈』には、妻が男児を生んでいないという状況で妾が妊娠し、女児しか生んでいないもう一人の妾が、異常な嫉妬をする様子が描かれている。この小説は、明の嘉靖年間に時代を設定する。河南開封府祥符県の読書人、譚紹聞は、父である譚孝移の教えに背き学問を怠り、悪い仲間と交流をして賭博にも身を染め、破産にまで陥る。しかし、後に改心して学問に励み、やがて県知事の職を得て、譚紹聞の息子たちもまた科挙試験に合格して進士となる、という譚紹聞の家の没落と再興を描いた小説である。

『岐路燈』第六十七回には、張類村が譚紹聞のところへやって来て、譚家の持ち家を一つ借して欲しいと申し出る場面がある。張類村には、もともと妻の梁氏がおり、息子も何人か生まれたものの、みな夭折してしまい、娘の順姑娘がいるだけであった。後継ぎがいないことを案じて杜氏という妾を娶り子供も生まれたが、やはり女の子であった。嫡母である梁氏は、杜氏が生んだ女の子を非常に可愛がり、張類村と梁氏・杜氏の関係はとても円満であった。しかし、張類村と梁氏はすでに六十近い歳となっていたので後継ぎとなる息子が欲しかった。杜氏がその後なかなか妊娠しなかったため、張類村と梁氏は相談をし杜氏には隠して下女の杏花児を妾にしようと決める。その後、杏花児は身籠もるが、事情を知った杜氏は異常な嫉妬をする。張類村には張正心という甥がいた。張正心は杏花児が無事に子供を出産したとしても、杜氏が嫉妬心から子供に良からぬことをする恐れがあるので、杏花児親子をどこか離れたところに住まわせるべきだと提案する。そこで、張類村は譚紹聞に家を借りに来たのであった。

妾の杜氏は、杏花児が妊娠したことを知るまでは、妻の梁氏に従い、妻妾の上下の身分をわきまえていた。それは、妻が後継ぎとなる息子を生んでいないために自分がこの先、男児を出産すれば、それなりに安泰な妾の地位が確保できると高を括っていたからである。ところが、杏花児が張類村の子供を妊娠し、もしも男児が生まれれば、自分は杏花児よりも下の地位に位置付けられてしまうため、杜氏は嫉妬に狂った女性に変わってしまったのである。自分以外の妾が子供を生むことに危機感を抱く杜氏の姿は、妻に子供が生まれていないという状況下で妾が子供を生んだ場合、その妾の立場が変動するという実態があったことにより、非常に現実味を帯びた描写となっていると言えるであろう（一九）。

また、妻に子供が生まれていないという状況下で、子供を生んだ妾に対して過度な嫉妬をする妾といえば、『金瓶梅』に登場する潘金蓮（西門慶の五番目の妾）もそうである。潘金蓮は、李瓶児（西門慶の四番目の妾）に男児が生まれると、自分の飼っていた猫を使ってその子を殺害する（第五十九回）。作品の中に描かれた潘金蓮の人間像を概観すると、大部分が西門慶の愛情を独占することに執念を燃やす淫婦として描かれており、子供を生むことに執着する潘金蓮の姿は、ほとんど描かれていない（二〇）。しかし、李瓶児の妊娠を知った後から、李瓶児の子供が死ぬまでの潘金蓮は、それ以前には見られない妬婦として描かれている。これもまた『岐路燈』に見られる杜氏の場合と同じで、妻の呉月娘に子供が生まれていない状況下で李瓶児が子供を出産したからこそ、潘金蓮は過度に嫉妬をし、最終的に李瓶児の子供を殺害したのだと言える。妻に子供がいない状況で妾が子供を生んだならば、その妾の立場は通常よりも格上に見なされるという実態があったからこそ、杜氏や潘金蓮のような、他の妾の妊娠および出産に異常な嫉妬をする妾の姿が、作品中に取り入れられたのだと言えよう。

第四節　嫡子と庶子に対する社会通念の小説への反映

妻に子供がおらず、妾だけが子供を生んでいる場合、その妾を妻に準ずる者として記録することを認めていた理由は、族譜に掲載されている嫡子と庶子の記載方法に関する文章が解明の端緒となろう。そこで、それら嫡子と庶子に関する族譜を検討していこう。『太原王氏族譜』巻首・凡例には、

一、前妻は元娶と書いた。後妻は継娶と書いた。続けて妾を娶った場合は納と書き、それは側室と称した。前後を明らかにし貴賤を区別するためである。嫡妻は子がなくてもこれを書くことで（『春秋』で妻を尊ぶように）紀を尊んだ。元配・続娶および妾が生んだ子女は、ともに母に附して書いた。嫡子は幼くとも、必ず前に書いた。庶子は歳が上であっても、必ず後に書いた。一つには出自を示し、一つには嫡庶を明らかにした。

一、前妻則書元娶。後妻則書繼娶。續娶妾則書納、其稱則曰側室。所以明先後別貴賤。嫡妻卽無子亦書之以崇紀。其元配・續娶及妾子女、倶附母書。嫡子雖少、必書於前。庶子雖長、必書於後。一示所生、一明嫡庶。

とあり、嫡子と庶子は区別をして、嫡子が庶子よりあとに生まれた場合でも、先に記録をした、と書かれている。

また、『施溪呉氏支譜』巻之一・舊譜凡例には、

……子女は、嫡子は嫡出と書き、庶子は庶出と書いた。対等ではないからである。……

……子女、嫡書嫡出、庶書庶出。無匹敵也。……

とあり、嫡子と庶子には尊卑の違いがあると考えられていた。さらに、『京江開沙王氏族譜』巻一・凡例に、

宗法は嫡長を重んじ、嫡を先にし庶を後にする。これが宗法である。故に先に某氏を娶ると書くのは、嫡母を重んじるからである。嫡子は幼くとも、必ず前に書き、宗子であることを示す。妾は男児があれば書き、男児がな

ければ書かない。母は子によって貴いからである。妾に女児があればまた書き、女児の出自を明らかにした。養育において功がある者も、また書いた。

宗法重嫡長、先嫡後庶。此宗法也。故先書娶某氏、重嫡母也。嫡子雖幼、必列於前、示宗子也。妾有子者書、無子者不書。母以子貴也。妾有女者亦書、明女所自出也。有功於撫育者、亦書。

とあるように、嫡子を重視すること、それが宗法である、と規定されている（二二）。

このように嫡子と庶子を区別して記録するように規定していた宗族はとても多い。前掲の族譜によって明らかなように、嫡子と庶子は同じ父の血を引く者同士ではありながら、嫡子は庶子よりも重視され、出自によって区別される社会通念があったのである。

しかし、嫡子が生まれていない場合は、庶子が嫡子のような扱いを受けることがあった。『施溪呉氏支譜』巻之首・條規には、

一、子女の生まれは嫡か継か庶かを議し、ともにそれぞれ某氏から生まれたと書くこと。妾が子を生んでいて妻が育《う》んでいない場合は、統《す》べて同じとすべきである。必ずしも妾より生まれたと明記する必要はない。

一、議子女所出或嫡或繼或庶、俱各書某氏所出。妾生子而妻不育、自宜統同。不必註明妾出。

とある。妻に子供がなく、妾だけが子供を生んでいる場合は、その子供を庶子と明記しない、と規定されている。これは、継嗣となる者が庶子しかいなければ、その子供を妾から生まれたと明記しなくても、比較対象である嫡子がいないので、嫡庶の序列を乱すことにならなかったためである。

かかる嫡子と庶子に関する記録方法より、妻に子供がおらず、妾にだけいる場合、その妾を妻に準ずる者として記録しても良いとする規定の理由を理解できる。妾の生んだ子供が継嗣となり得る唯一の子供として嫡子同様の扱いで

記録されることで、その母である妾も立場が格上に見なされた。妾が妻に準ずる者として記録されることは、宗族が何よりも重視していた継嗣を生むという功績に対する恩恵であったとも言えよう。ただし、妾の場合は、庶子とは違いあくまでも妻に準ずる者として記録される場合があっただけで、妻と同等の者として記録されることはなかった。その点は、嫡子と庶子のあり方と、妻と妾のあり方は大きく異なる。(二二)

また、こうした嫡子がなければ庶子は妾から生まれたことを明記しなくても良い、とする規定からは、嫡子と庶子を区別して記録する理由が、宗族内の人物の序列化により、秩序の均衡を保とうとする宗法制度の性質に依拠していることが分かる。人物の序列の順序を乱す恐れがなければ、庶子を敢えて妾腹の子供であると記録する必要はないと規定されるのである。ただし、庶子が嫡子扱いされるのは、嫡子不在の場合だけであった。嫡子がすでに存在すれば、嫡子と庶子は区別され、庶子は格下にみられた。

ここから、族譜に規定された妻妾や嫡子庶子に関する記録方法が、宗族が世輩ごとの「尊卑の分」と同輩者間の「長幼の序」の順序によって宗族内の人物を序列化することで、秩序の均衡を保とうとする宗法制度の性質に基づいて定められていたことを理解できよう。「尊卑の分」と「長幼の序」の順序によって優先順位を決めるのが、宗法制度上の基本とされていたが、その優先すべき立場の嫡妻・嫡子が不在であれば、妾と庶子が嫡妻・嫡子でないことを敢えて明記しなくても、「尊卑の分」と「長幼の序」の順序を乱すことには当たらない。そこで、嫡妻と嫡子が不在であれば、妾を妻に準ずる者として、また、庶子を嫡子扱いとして族譜に記録をしても良いと規定されることがあったのである。こうした宗族の嫡子と庶子に対する考え方は、明清小説の物語世界に強い影響を与えている。

『紅樓夢』第二十八回に、(二三)林黛玉が賈宝玉に対して冷たい態度を取ったことから、賈宝玉が林黛玉に理由を問う場面がある。そこには以下のような賈宝玉の発言がみられる。

私には実の兄弟も実の姉妹もいないのですから。二人いるにはいますが、あなただって彼らが私とは腹違いだってことを知らないわけはないでしょう。私もあなたと同じ一人っ子、だからあなたも私と同じ気持ちのはずです。

我又沒個親兄弟親姉妹。雖然有兩個、你難道不知道是和我隔母的。我也和你似的獨出、只怕同我的心一樣。

賈宝玉は、父、賈政とその妻、王氏から生まれた子供であり、王氏は、他に賈珠、賈元春を生んでいるので、宝玉は一人っ子ではない。しかし、賈珠はすでに死亡しており、元春は女官として宮中に行ってしまって屋敷にいないために、実の兄弟姉妹はいないと述べているのである。

腹違いというのは、賈政の妾、趙氏が生んだ賈環と賈探春を指している。ここで宝玉は、庶子を兄弟姉妹の数に入れずに話をしている。この場面は、族譜に見られた嫡子と庶子は区別し、嫡子を優先するという社会通念に基づいて描かれていると言えよう。

『紅樓夢』第五十五回に、流産から体調を崩した王熙鳳に代わり、探春がしばらくの間、栄国邸の家計を管理する仕事を任されるという場面がある。探春は機転の利くしっかり者であったので、任された仕事も上手くこなし、その働きぶりを平児から聞いた王熙鳳は非常に喜ぶ。しかし、口惜しそうに平児に向かって次のように言う。

それはいい。あの三番目のお嬢さんはさすがだね。やはりあの子ならうまくやってくれると思っていたわ。ただ惜しいのは彼女に運がなくて、奥様のお腹から生まれたんじゃないってことね。

好、好、好。好個三姑娘。我說他不錯。只可惜他命薄、沒托生在太太肚里。

この熙鳳の言葉を聞いた平児は、次のように答える。

奥様ともあろうお方が何をおっしゃってるんですか。確かに奥様のお腹からお生まれになったわけではありませんが、だからと言って誰がお嬢様を見下したり、他の方と区別したりするのですか。

奶奶也說糊涂話了。他便不是太太養的、難道誰敢小看他、不與別的一様看了。

すると、さらに熙鳳は次のように言う。

あなたは分かっていないのね。確かにお妾腹だって同じだけど、女は男と同じというわけにはいかないのよ。将来縁組みをする時に、軽薄な質の人間ならば、先ずそのお嬢さんが正妻腹か妾腹かを尋ねてきて、妾腹なら要らないというのがほとんどなのよ。お妾腹の場合はもちろんのこと、うちの召使いだって、その辺の家のお嬢さんよりずっと出来が良いというのに分かっていないのよ。将来どこの間抜けが本妻腹だ妾腹だといって事を見間違えて不幸せになることやら。どこの幸せ者が本妻腹だ妾腹だということに拘らずに果報を手に入れることやら。

你那里知道。雖然庶出一様、女兒卻比不得男人。將來攀親時、如今有一種輕狂人、先要打聽姑娘是正出庶出、多有爲庶出不要的。殊不知別說庶出、便是我們的丫頭、比人家的小姐還強呢。將來不知那個沒造化的挑庶正誤了事呢。也不知那個有造化的不挑庶正的得了去。

王熙鳳は、探春が妾腹で身分が低いので、面子を気にする家との結婚は難しいだろうと述べている。この王熙鳳の発言からも、探春は妾腹の子供で嫡子よりも格下の者である、と周囲から認識されていたことが分かる。

しかし、探春本人は、庶子も嫡子同様、その家の歴とした子供として認知される存在だと認識していた。探春の生母、趙氏は息子の賈環も生んでおり、探春にとっては実弟である。探春は腹違いの兄である宝玉とは非常に親しく接していながら、実弟である賈環のことは見下してまったく相手にしようとしない。また、生母である趙氏も常に見下し、趙氏を呼ぶ際には、妾に対して使う「姨娘」という呼び名を使っている。

第五十五回の中では、趙氏の弟が死亡し、葬儀費用として支給される銀子の額を少し多くして欲しいと言ってきた趙氏と言い争いとなった探春は、趙氏に対して、「召使いを引き立てるなんていうお嬢様たちがどこの家にいるというのです（誰家姑娘們拉扯奴才了）」と、自分は家のお嬢さまという身分だが、生母の趙氏は召使いだと言い放っている。この発言によって探春が、妻妾の間には尊卑の差があるが、嫡子と庶子の間には尊卑の差がないと認識していたことが分かる。しかし、周囲の者たちは、探春のことを妾腹の子供で嫡子よりも身分の低い者だと捉えていた。このような二つの相反する考え方が作品の中に見られるのは、嫡子と庶子は本来、区別される間柄であるとする理念と、嫡子も庶子同様に父の血を受け継ぐ子供であるため、嫡子が不在であれば、庶子を嫡子のように扱うという実態に基づいてそれぞれの描写がなされているからである。前掲の『紅樓夢』の一場面は、実際にあった嫡子と庶子に関する相反する社会通念が小説に利用されている一例だと言えるであろう。

また、類例として『喩世明言』巻十「滕大尹鬼斷家私」正話がある。嫡子の善継は、父が晩年になって娶った妾が生んだ庶子の善述を実弟とは認めず、財産はおろか生活費すら渡さない。そんな兄に腹を立てた善述は、ある日、生母に向かって、「昔から財産には尊卑の別なし、といいます。お母さんはどうしてお上に訴えないのですか。お役所に判断してもらえばこちらの怨みも晴れるというものです（自古道、家私不論尊卑。母親何不告官申理。厚薄凭官府判斷到無怨心）」と言う。嫡子と庶子は平等の財産継承権を有する存在なので、兄が弟に財産を分け与えないのはおかしいと考える庶子の姿と、財産継承の面で平等だとしても、やはり嫡子と庶子は区別される存在であると考える嫡子の姿とが描かれている。さらに注目すべきは、この庶子の発言が、嫡子と庶子の財産継承の権利面における当時の慣習に基づき描かれていることである。

周知のように、前近代中国では、家産分割が行われる際、兄弟均分という分割方法が取られるのが原則であり、財産継承の権利の面で嫡庶の差はなく平等であった。『大清律例』巻八 戸律戸役 卑幼私擅用財には、嫡男庶男がある場合、官廕の世襲を除いては、先ず嫡長子孫を置くことを外せば、家財田産を分割する際には、妻から生まれたか妾から生まれたか婢から生まれたかを問うことなく、子の数によって均分せよ。姦淫によって生まれた子は、一子の分の半額を与えよ。もし（姦淫によって生まれた者）以外に子がいない場合は、同宗内より昭穆相当なる者を立てて嗣子とし、姦淫によって生まれた子と均分させよ。昭穆相当なる者がいない場合は、ようやく姦淫によって生まれた子が家産全部を承継することを許す。

嫡庶子男、除有官廕襲、先儘嫡長子孫、其分析家財田産、不問妻妾婢生、止以子數均分。姦生之子、依子數量與半分。如別無子、立應繼之人爲嗣、與姦生子均分。無應繼之人、方許承繼全分。

と規定され、妻・妾・婢女という生母の身分の違いを問うことなく、兄弟で平等に家産を分割することが常識とされていた[二四]。

『喩世明言』巻十「滕大尹鬼斷家私」正話は、嫡子が庶子よりも重視される存在とされながら、財産継承の権利面では平等であるとされていた嫡子と庶子に関する二つの考え方が描き出されている。財産継承の権利面においては、嫡子と庶子は平等であった。そのような嫡子と庶子のあり方が、『紅樓夢』をはじめとする明清小説の中に利用されているのである。

これに対して、妻と妾には、財産継承の権利面で、大きな差異があった。妻は、継嗣となる子供がいなくても、守節をすれば、継嗣が立てられるまでの間ではあるが、夫の残した財産の所有権を持つことができた。また、生活費としての養老財産を受け取ることもあった。これに対して、明清の律には、主人を亡くした妾の財産権に関する条文はなく、妾は主人の財産を受け取る正規の権利を有していなかった（仙石知子〈二〇〇九〉）。嫡子と庶子との違いと比較した場合、妻と妾との違いは、たいへん大きなものがあったのである。

おわりに

明清の律には、妻妾の嫡庶の差を乱すことを禁じた条文が附され、また、族譜の中にも、妻妾の区別は明確にするように規定した規約が掲載されていた。妾は妻よりも身分の低い者であり、財産継承や祭祀の権利を有することがなく、人としての尊厳性を保障された確かな地位にはない者であった。しかし、族譜の規約が示すように、理念的には妾は妻よりも劣位に置かれる者とされながらも、実生活の中では、夫の寵愛を笠に着て実権を握る妾が存在していた。『醒世姻緣傳』に見られるような実生活の中で実権を握り、あたかも自分が妻であるかのような態度を取る妾の姿は、そのような実態が基盤となって描かれている。

また、族譜の中には、妻が子供を生んでおらず、妾だけが子供を生んでいる場合は、その妾の立場を通常よりも格上に見なし、妻に準ずる者として記録すると規定した規約が見られた。妻が子供を生んでいないという状況下で、妾が子供を生むことは、その後の家の中での立場を左右する、死活問題とも言える重大な事柄であった。かかる社会通念を背景に、『岐路燈』や『金瓶梅』では、他の妾の妊娠や出産に対して過度に嫉妬をする妾の姿が描かれていた。継嗣となる子供を生むことで、妾の立場が変わることがあった、という実態を踏まえて作品を見ると、妾が嫉妬する場面が非常に現実味を帯びた描写となっていることが分かるのである。

さらに、妻妾の子供たちである嫡子と庶子は、財産継承の権利面においては、平等の権利を有していたが、族譜においては、嫡子が優先的に記録されるのが通例であった。庶子は嫡子よりも格下と見なされる社会通念があったのである。しかし、族譜の中には、嫡子が不在である場合は、庶子を嫡子のように扱い記録するように規定していた規約も見られた。庶子が唯一の継嗣となる場合は、敢えて妾腹の子供だと記録せず、その生母についても妻に準ずる者として記録することを認めるものであった。嫡子と庶子との違いと比較した場合、妻と妾との違いは、たいへん大きなものがあった。

しかし、そうした妻と妾の厳格な差異という理念を打ち破る現実が、妾への愛情によりしばしば見られた。明清小説は、かかる理念と現実の乖離を利用することで、小説に現実味を生み出し、その物語に感動性を附与とするという表現技法を用いているのである。

≪注≫

（一）一九三一年に「中華ソビエト共和国婚姻条例」が、一九三四年に「中華ソビエト共和国婚姻法」が宣布されたが、蓄妾制度の廃止や旧来の売買婚の廃止や本人同士の意志による結婚の自由が明文化されたのは、一九五〇年に発布された『新婚姻法』だとされる。新中国が発布した婚姻法による諸問題については、前山加奈子〈二〇〇一〉を参照。

（二）『龐氏家訓』に、「二、立妾、爲嗣子續計、必不可已、而後爲之」（『叢書集成初編』藝文印書館、一九六八年に所収）とある。

（三）このため、『平湖朱氏傳録』収族規條に、「二、族人無力娶妻支錢三十千文、妻故無子續娶再給、有子減半、年滿四十無子納妾亦酌給一半、有子納妾不給。……」とあるように、娶妾の際に経済的援助をしていた宗族さえあった。

（四）『大明律』第六・戸律・婚姻・妻妾失序に、「其民年四十以上無子者、方許娶妾。違者笞四十」（『明會典』中華書局、二〇〇七年附載）とある。

（五）なお、滋賀秀三≪一九六七≫は、妻の負っていた祭祀の義務には、祖先を祭る義務と同時に祭られるという特権も含まれるものの、これに対して妾は、子を生んでいる場合に限り、その子個人によって一代限り祭られるに過ぎなかった、とも論じている。この点もまた妻妾の違いを示す一事例であると言えよう。

（六）妾の出身階級については、陳顧遠《一九三七》、姜跌浜《一九九一》、程徳祺・許冠亭《一九九四》、曹定軍《一九九四》、施永南《一九九八》、程郁《二〇〇六》を参照。

（七）妻の腰元（陪嫁丫頭）や家の下女（婢女）が主人と関係を持ち、子供を生むことで、妾のような扱いを受けることは、律からも明らかである。『唐律疏議』巻十三 戸婚に、「若婢有子及經放爲良者、聽爲妾」とある。その疏議に、「曰、婢爲主所幸、因而有子、卽雖無子、經放爲良者、聽爲妾。問曰、婢經放爲良、聽爲妾。若用爲妻、復有何罪。答曰、妻者、傳家事、承祭祀、既具六禮、取則二儀。婢雖經放爲良、豈堪承嫡之重。律既止聽爲妾、卽是不許爲妻。不可處以婢爲妻之科、須從以妾爲妻之坐」とあり、婢女が子供を生んだ場合、妻にすることは認めないが、妾とすることは許す、と規定されている。また婢女から生まれた子供（男児）の財産継承権については、『通制條格』巻四・戸令・至元三十一年十月中書省禮部呈に、「大都路申、虞提擧妾阿張告爭家財。檢會舊例、諸應爭田產及財物者、妻之子各肆分、妾之子各參分、姦良人及幸婢子各壹分」とあり、幸を受けた婢女の子供（男児）は、それぞれ一分の分与を受ける権利がある、と規定されていた。『大明令』戸令にも、「其分析家財田產、不問妻・妾・婢生、止依子數均分」とあり、妻・妾・婢が生んだ子供（男児）には、すべて財産を均分して与える、と規定されている。

（八）（明）劉宗周『人譜』第三十八「記警蓄婢」に、婢女を買い入れ妾にすることを危惧する記述も見られ、婢女を妾にすることは決して歓迎される事象ではなかった。しかし、族譜の中にも婢女が子供を生んだ場合の族譜記録方法に言及した文章が掲載されており、婢女が主人の子を生むことが実態としてあったことの例証として挙げられる。『剡西章氏宗譜』巻之一・譜例に、「……元配書娶某氏、繼娶書續娶某氏、妾書側室、婢書媵妾、生母名下各書子幾女幾適某處某、其生卒則書年月日時幷享年若干、葬某處」とあり、『潤州朱方鎭尤氏族譜』巻之一・凡例に、「若收婢女生子者書立某氏、無出者不書、若庶出之子成名則生母當書副室、母以子貴故也」とあり、『潤東朱氏族譜』巻之三・凡例に、「……若無子而娶妾者、則曰側室某氏。收奴婢女而有子者、書立某氏。夫死而改醮者、不書。如有子者、但書某氏、明其所出、不可詳載」とあり、『中梅劉氏續修家乘』巻之二・宗規に、「一、娶妾係室女、云副某氏。再醮槩者、云娶妾。侍女及納婢、云納妾。前無稽者、概云側室」とある。

（九）族譜の中には、「媵妾・婢妾・妾婢」などの呼称が見られ、本来的にはその呼称に階級的性格が現れているのであろうが、宗族によって使われ方が異なるため、それぞれの呼称について明確な定義をするのは難しい。例えば、施永南《一九九八》第四章に、清末江蘇の人、丁雄飛の記した家規の中の「婢之有子曰婢妾、即側室亦不得稱矣」という一文が引用されているが、この一文から子のいる婢女を「婢妾」と称呼する場合があったことが分かる。しかし、（明）鄒廸光（撰）『勸戒圖說』（国立公文書館内閣文庫本）巻之二に収録される案の中には、題目が「撻婢促壽之報」と「婢」の字が使われながら、本文では「妾」の字が使われるなど、妾と婢の称呼法は曖昧なところが多い。また、族譜の中には、『剡北陳氏家譜』巻首・凡例に、「一、舊例妾以禮娶書、娶妾某氏。不以禮娶書、納妾某氏。今概以側室二字例之」とあり、『山陰白洋朱氏宗譜』巻一・凡例に、「一、凡舊譜中、已故之側室概書、庶室某氏。在生仍書、側室。出者書、出。惟媵妾無子、本母庸書、然克相夫子矢志靡他者、亦書、更有不以禮爲偶者、僅書娶某。如出有子照媵出之例書」とあり、『懷寧坨埂方氏五修宗譜』巻首・凡例に、「……至於娶妾以其因妻不育、是以娶妾、以禮娶曰娶、重宗祧也。有子而娶、是不以禮娶則曰納、杜綠衣之漸也。且有子則書、無子則否。若無子而亦書者、從養母之例服且應三年」とあり、『銅山江氏宗譜』巻二・凡例に、「……凡妾以禮娶者書娶、妾不以禮娶者書納妾、蓋以正尊卑嫡庶之分也。……」とあるように、「禮を以て娶られる妾」と「禮を以てせず娶られる妾」の記載方法に関する文章が見られる。この「禮を以てせず娶られる妾」こそが、もとは家の使用人であった婢女を指す、と指摘されている。多賀秋五郎《一九八一》八七一頁、および滋賀秀三《一九六七》第六章第一節を参照。なお、婢女については、西村かずよ〈一九八三〉、勝山稔〈二〇〇〇〉、高橋芳郎《二〇〇一》を参照。

（一〇）妾とその主人の家との主従関係について論じた主な論考として、李鑑踪《一九九三》、郭興文《一九九四》、王紹璽《一九九五》、史鳳儀《一九九九》、程郁《二〇〇六》・《二〇〇七》がある。

（一一）『大清律例』は、集古齋主人（撰）『大清律例增修統纂集成』光緒二十年（一八九四年）刊本を使用した。なお、小字による付加は括弧により示した。

（一二）妾を妻とする行為を禁じた文言は善書にも見られる。（明）陳智錫（編）『勸戒全書』「功過格」巻二・倫常第一に、「善御婢妾、不容抗違正室者、一日爲一功」とあり、「私寵婢妾、薄待正室者、爲三十過」とあるように、妻妾の上下関係を混同させないことが善行であるとされている。なお、『勸戒全書』は、国立公文書館内閣文庫本を使用した。

（一三）また、『米氏宗譜』巻之一・凡例に、「一、婢年長者宜配之、以夫不則嫁之、切不可嫁爲人妾使之失所」とあるように、婢女を妻にすることを禁じていた宗族もあった。さらに、この族譜には、主人が婢女と関係を持つこと、それ自体を禁じた規約も掲載されている。

（一四）『蜀西崇陽王氏族譜』巻一・凡例にも、「一、以妾爲妻者、稱名則隨人而易。書譜則永世不遷。所以正名分、而愼重婚禮也」とあり、類例と考えられる。

（一五）『醒世姻縁傳』は、天津人民図書館蔵乾隆三十三年刊本を影印した北京文学古籍刊行社本を使用した。なお、『醒世姻縁傳』を代表とする懼内小説（恐妻家の物語）は、明清時代に多く作られたが、悍婦と恐妻家という組合せが小説の題材として取り上げられるようになったのは、明末の万暦・崇禎年間から清初の順治・康熙年間に限られる、との指摘がある。大塚秀高〈一九八九〉を参照。また、懼内小説が明末清初に多く作られるようになった要因については、池田麻希子〈二〇〇三〉がある。氏は、『大明律』の「妻妾失序」に規定されていた「庶民は年四十以上で息子がいない場合において、妾を娶ることを許す。違反した場合は笞刑四十回」という条項が、清代の乾隆五年（一七四〇年）に改訂された『大清律例』の「妻妾失序」の項では削除されたことが起因となり妾を娶る者が増加した。その結果、妻妾の確執を生み出し、妻にとって緊張に満ちた状況が生まれ、それらが悍婦を生み出す土壌となった。「妻妾失序」の条項から娶妾の条文が削除される乾隆五年より以前に『醒世姻縁傳』が成立していることから、上記の娶妾の条文が削除される前からすでに条文が空文化していたのではないか、としている。このような見解は非常に興味深いものである。なお、族譜に限って言えば、娶妾の年齢制限が、「妻妾失序」の条項から削除された後も、類似の規定を掲載していた宗族も少なくなかった。例えば、『湑寧劉氏族譜』巻三・家訓には、「有子無娶妾　四十無子而娶妾禮也。夫無子而娶妾宜矣。然猶必至四十以是知娶妾非得已也。世人往往有子有孫而竟欲娶妾是亦不可已乎。身存則有妻妾爭寵之嫌、身沒則有嫡庶爭競之搆。甚至身死妾幼中冓貽羞、醜態難堪。願我子孫謹守家規、毋蹈覆轍」と掲げられており、この族譜には、光緒十三年（一八八七年）の序文が付されていることから、娶妾の年齢についての条項が削除されて、すでに一五〇年近く経っていてもなお、条項に定められていた娶妾の年齢条件を掲載していたことが分かる。

（一六）また、（清）李海觀『岐路燈』（本書は、一九八〇年に中州書画より刊行された欒星（校注）『岐路燈』を使用した）の中にも、妻妾の間には嫡庶の差がある、という見解に基づいた発言が見られる。第四十七回には、譚紹聞の最初の妻の孔慧娘が病気になり、回復の見込みがないと悟った孔慧娘が、もと下女で譚紹聞の妾となっていた冰梅に向かって、「我想和你說會話儿、我死後你頭一件照管奶奶茶飯。奶奶漸漸年紀大了、靠不得別人。第二件你大叔是個沒主意的人、被人引誘壞了。我死之後你趁他喜時勸他。只休教他惱了。男人家性情、若是惱了不惟改不成。還說你激着他、他一發要做哩。你的身份微、我也替你想過、就不勸他也罷。……若是他爹再娶上來、你要看他的性情、性情儿好要你讓他。性情儿不好也要你讓他。未必不如咱兩個這樣好」と、遺言を残す場面が見られる。慧娘は、妾の冰梅を「微」なる身分だと言っている。妾は卑賤であり、妻とは異なる身分の者なので、主人に悪いところがあってもそれを諭す必要はない、と述べているのである。また慧娘は、自分の死後に後妻が来た場合は、相手の性格の善し悪しにかかわらず、必ず相手を立てるように、と妾の心得をも説いている。慧娘は譚紹聞の父、譚孝移の友人であった読書人の孔耘軒の娘である。慧娘は子供を生んでおらず、妾の冰梅だけが男児を生んでいたものの、慧娘は嫉妬などしない非常に聡明で貞淑な女性として描かれている。その慧娘が、妻の人柄が良くても悪くても、妾は身分が下であるので、妻を立てることこそが、家の中がうまくいく手段だと言うのである。この一節は、妻妾の争い事の中での発言ではないが、やはり「妻は妾よりも立場が上である」という社会通念に即した会話である。

(一七)「扶正」の場面は小説にも見られる。『紅樓夢』第二回に、「誰想他命運兩濟、不承望自到雨村身邊、只一年便生了一子、又半載、雨村嫡妻忽染疾下世、雨村便將他扶側作正室夫人了」とあり、下女の嬌杏が賈雨村の妾となってから男児を生み、妻の死亡後に妻にしてもらう場面がある。また、『醒世姻緣傳』の中では、女芝居の娘役をやっていた珍哥を妾にしようと目論んだ晁源が、芝居一座を仕切っていた男に珍哥をもらい承けたい、と人を介して申し出るという場面がある（第一回）。その際、晁源は、妻は病気で近々死ぬはずなので、その後は珍哥を妻にするつもりだ、と言っている。しかし、実際には、妻計氏が自殺をした後、珍哥は妻にしてもらえなかった。それは、一つに珍哥が芝居の娘役とはいっても、娼婦まがいのことをやっていた女で、身分が低いということ。さらに、珍哥は女児を身籠もったが流産をし、その後子供が生まれていないことが理由であろう。なお、族譜の中にも、『如皐西鄉李氏族譜』巻之一・家訓に、「……如有不分良賤與奴隸、娼優等爲姻定行重責」とあるように、奴隷や娼妓などとの婚姻を禁じた規約が見られる。

(一八) 対して妻の場合は、『太原王氏族譜』巻首・凡例に、「一、前妻則書元娶。後妻則書繼娶。續娶妾則書納、其稱則曰側室、所以明先後別貴賤。嫡妻卽無子亦書之以崇紀。其元配、續娶、及妾子女、俱附母書。嫡子雖少必書於前。庶子雖長必書於後。一示所生、一明嫡庶」とあるように、子供を生んでいなくても族譜に記録されるのが通例であった。

(一九)『喩世明言』巻一「蔣興哥重會珍珠衫」の正話に、周旋屋の薛婆が、「自分の娘は徽州の商人の妾になっているが、妾とはいっても本妻はずっと本宅におり、娘が夫の商売を手伝い、下男や下女を使っているので、本妻と全く変わらず、自分が訪ねて行っても嫌な顔をされることもない。とくに娘が子供を生んでからその状況はさらに良くなった」と話す様子が描かれている。この薛婆の発言は、子供を生むことで妾の立場が変動することがあったという風潮を描き出していると言える。

(二〇) 日下翠《一九九六》は、『金瓶梅』に登場する妾たちが、西門慶に執着していたのは、自分たちの身の確保のためであった、と指摘している。

(二一) 嫡子の中でも、とりわけ長子が重視されていたことは、『雲陽仁濟匡氏家乘』巻之一・祠規に、「生子見廟　生嫡長子則満月而見品物儀節仿薦新。嫡孫亦如之。生餘子則殺其儀」とあるような、嫡子・嫡孫が生まれた場合の儀式の方法について言及した規約から窺うことができる。

(二二)『陳氏宗譜』(別称『陳氏支譜』)巻一・凡例には、「一、妻妾雖有嫡庶、子女原無親疎。但其所生各書其下、以見某子女爲某氏所生也」と、妻妾には嫡庶の差があるが子女に親疎はない、と記されている。この族譜からも、嫡子と庶子の関係と妻と妾の関係は異なっていたことが理解できる。

(二三)本書では、『脂硯齋重評石頭記』(庚辰本)を使用した。

(二四)滋賀秀三《一九六七》第二章第二節は、嫡庶子均分の思想は、父子同気の思想の論理的帰結である、としている。人が本質的に何者であるかは、父から受ける無形の生命たる「気」によって規定され、母はその個体としての「形」の形成に参与するのみであるとすれば、母の身分によって、同一の気を受けた者たちの間に差別を認めることは理に合わないからだという。

第五章　女性の名

はじめに

『金瓶梅詞話』第九回に、西門慶と共謀して夫の武大を毒殺した後、晴れて西門慶の妾となった潘金蓮が、正妻の呉月娘、妾の李嬌児、孟玉楼、孫雪娥と対面する場面がある。そこには潘金蓮が周囲の者たちから「五娘」と呼ばれていたが、呉月娘に気に入られるようになると「六姐」とも呼ばれるようになったと書かれている。

月娘は女中に腰掛けを持ってこさせ、金蓮を座らせ、さっそく女中や妾たちに向かって、金蓮を「五娘」と呼ぶように言い渡しました。……三日が過ぎると、毎朝早く起きて月娘の部屋へ行き、針仕事をしたり靴を作ったりしました。何事においても出しゃばらず、女中に対して月娘のことを言う時も「大娘」としか呼ばず、何度となくご機嫌取りをして月娘を喜ばせ、うまく取り入っていったので、月娘は彼女のことを「六姐」と呼ぶようになりました。

月娘叫丫頭拿個坐兒教他坐、分付丫頭媳婦赶着他叫五娘。……過三日之後、每日清晨起來、就來房里與月娘做針指、做鞋腳。凡事不拿強拿、不動強動。指着丫頭赶着月娘、一口一聲只叫大娘、快把小意兒貼戀幾次。把月娘喜歡的沒入腳處、稱呼他做六姐。

この場面は、潘金蓮が家の中での自分の立場を少しでも良くするために、表面的に呉月娘に恭謙する姿を描いており、媚びることで得た恩恵の一つとして呼び名の変化が記されている。「五娘」から兄弟姉妹順による呼び名の「六姐」[一]が使われるようになったという描写は、単に呉月娘と金蓮が親疎の分なき関係となったことを表しているだけではない。これは当時の女性の名のあり方と深く関わっている問題なのである。

このような相手との関係の変化に伴い、呼び名も変化するという事例が、明清小説には数多く見られる。[二]物語の細かなニュアンスをも読み取る上では、女性の名に関する当該時代の社会通念の理解が必要となってくる。しかし、女性の名については、事実に即した解明がされていないのが現状である。

さらに、前近代中国では、ほとんどの女性が正式な姓名を持っていなかった、という無姓無名説[三]こそ近年ではあまり説かれなくなったものの、名だけについていえば、「古代の女性は周秦以来、普通は小名或いは乳名があるだけだった。結婚後、ただ実家の姓を名乗り、名は称さない。……僅かに上層社会の者たちが、娘に名を付けるということがあった。妓女に落ちぶれた者には藝名があり、下女にされた者にも区別するのに都合の良いように呼称があった。数千年という封建統治時代から、近現代へと至り、特に解放後になって、女性は独立した姓名権を得るようになり、ようやく個人が正式な名を持つようになったのである」（王慶淑《一九九五》第五章第四節）と、多くの女性が正式名を持っていなかったと指摘される。その理由として、女性は外出の機会に恵まれていなかったために、家の中だけで暮らすことが多く、そのため「〇家の何番目の娘」や「〇家のおかみさん」などと称していれば十分であった、とされているのである。

また、一方では王泉根《一九九五》、永尾龍造《二〇〇二》、劉孝存《一九九八》などの論考で、女児の幼名に使用された文字についての検討がなされ、女性の名が軽んじられていたことが指摘される。しかし、前近代中国における女性の名付けの実態を解明した研究は、管見の限り見当たらない。[四]

そこで、本章では、前近代中国の女性の名の機能と役割に関する社会通念を探り、明清小説がそれをどのように踏まえているのかを明らかにしたい。

第一節 前近代中国の記録に見える女性の名

一 墓誌銘や伝に見える女性の名の記録体裁

中国の女性に関する記録は、正史や地方志に収録された列女伝や、墓石に残された墓誌銘や祭文などの追悼文の中に確認できる。宮地幸子〈一九九二〉は、『後漢書』から『清史稿』に掲載されている列女伝の中の既婚女性の姓名の表示を八通りに分類し、「誰々の妻＋本姓」という記載方法が最も多いことを指摘しており、名や字《あざな》が記されている割合は、『後漢書』六七％、『唐書』一六％、『宋史』〇％、『元史』一四％、『明史』六％、『清史稿』九％であるという。

ところが、地方志に収録された列女伝を調査すると、明代女性の名の記録の割合は決して低いとは言えない。例えば、『徽州府志』（明・弘治十五年刊刻）巻十、列女の国朝（明代）に掲載されている女性たちの伝を見ると、名が記録されている割合は四三％に至る。[五]

また、裁判記録など公文書の類では、女性は、「×氏」と姓で記されていることが通例であるが、中には、原姓に夫の姓を冠した「冠姓」という呼称も確認できる。「冠姓」は周代の支配層で使用され、清代になり再び公文書などの上で使われるようになったという。[六]

確かに文学作品でも、（清）曹雪芹『紅樓夢』、（清）呉敬梓『儒林外史』、（清）劉顎『老殘遊記』など清代の作品の中には「冠姓」を確認できるものの、それ以前の作品には見当たらない。周代以降、「冠姓」が再び使用されるようになった時期については明らかではないが、阿鳳〈二〇〇〇〉は、宋から民国までの徽州文書の中では清代中期以降に「冠姓」が主流な呼称となっていること、また長い時間を経て変化したのではなく、恐らく乾隆年間に変化したのではないか、と指摘する。また、末次玲子は、民国になって「冠姓」が普及した主な理由として、一九三一年に国民政府が施行した民法による「冠姓」の原則化を挙げている（注（六）所掲末次報告）。

女性の名を記録するか否かの判断は、女性の身分との関連性は少ない。女性の名を記す資料は、異なる身分に及ぶ。明代の詩文作家、楊士奇（名寓、号東里）編の『東里集』は、約三〇〇篇の追悼文（墓誌銘、墓碣銘、墓文）を収録しており、女性に対するものは五五篇を占める。その中には「姓」以外に「字《あざな》」、「諱」が記されている者が二十三件ある。[七]『東里集』に記録された女性たちは、夫や息子が官職に就いており、上層社会に生きた女性たちの記録の一例として提示できる。『東里集』では、身分が比較的高い女性は「諱」が記録されたり、中には字《あざな》がある者も珍しくなかったと言えよう。[八]

また、明清時代における伝や墓誌銘には、女性の姓と出自に関する情報が記される。子供に関しては、息子には名の記載があるのに対し、娘は名が省略されることも多い。しかし、中には、（清）錢儀吉（纂）『碑傳集』巻一百五十五・列女七烈義下之下、（清）邵齊壽「章烈婦墓碣」の「最後に一女が生まれ、名を催鳳といった（最後生一女、名催鳳）」や、（明）葉盛（撰）『水東日記』（元明史料筆記叢刊、中華書局、一九八〇年）巻三十一「圭齊許氏贈公碑」の「娘二人、長女は巽貞、江西行省都事趙彝に嫁ぐ。次女は安貞、嫁ぐ前に卒する。孫男四人、寶山、燕山、白嵩、黒嵩。孫女五人、小茶、三茶、増茶、順茶、相茶（女二、長巽貞、適江西行省都事趙彝。次安貞、未嫁而卒。孫男四、寶山、燕山、白肴、黑肴。孫女五、小茶、三茶、增茶、順茶、相茶)」のように、娘と孫娘の名までもが記録されているものもある。あるいは、(清)李顒『二曲集』(中華書局、一九九六年)巻二十一「宿儒泊如白君暨元配王孺人合葬墓誌銘」に、「孫乃武、孫女某、ともに馬氏より生まれる(孫乃武、孫女某、倶馬氏出)」とあるように、孫女の名に「某」という字が充てられるものもある。孫女の名が不明なので「某」の字が充てられたのか、或いは女子であるため故意に「某」を充てたのかは不明であるが、この事例によっても女性は、無名だったのではなく、記録されない傾向が高かったということが分かる。

次に、(清)錢謙益『列朝詩集小傳』閏集に記録された女流詩人たちの伝をみると、姓以外の呼称(名、字《あざな》、号)が記されている割合は七六%と高く、その多くは妓女である。妓女は藝名を持っていたため、記録される割合が高かったと理解できる。(九)

これらは、身分の高い女性と妓女であり、特殊な事例とも思われる。ところが、(清)錢儀吉(纂)『碑傳集』に収録されている三百篇以上の女性の伝を見ると、姓以外の呼称の記録がある女性は、夫や息子が官職に就いている身分の比較的高い女性や妓女には限らない。もちろん、妓女の記録も多く、妓女とその他の女性とは、名の持ち方に違いもある。妓女は小字(幼名)と名の区別が明確にされた。妓女は幼い時から客前に出る機会があるため、幼名以外の名が新たに付けられたのであろう。他方、妓女ではない女性は、名と幼名の区別が曖昧である。『碑傳集』の中に、妓女ではない女性で、名と幼名が区別され記録されている事例は僅少である。なお、『列朝詩集小傳』には名と「小字」(幼名)が区別されている女性は六名いるが、そのうちの四名は妓女だからである。

また、『碑傳集』巻一百五十九・列女十一・合傳上の鄭梁「開常四烈婦合傳」では、妾が無姓有名で記録され、同書同巻所収の張貞「書兩節女事」では、下女でありながら有姓有名で記録され、『碑傳集』巻一百五十七・列女九・

貞潔上の王大經「張氏女貞節傳」では、未婚の娘が有姓無名で、さらに号が記録されている。[一〇]

以上のように、中国近世において、女性の名は、女性の身分とは無関係に記録することもあれば、記録しないこともあった。これが中国近世の女性に関する名の記録体裁上の習慣であったと言えよう。

二 小説に見られる女性の名

明清小説の中でも、伝や墓誌銘と同様、女性に名が付けられている割合は男性と比較して少なく、「×氏」と姓だけを記すことが多い。とりわけ裁判の場面はそうである。[一一] これは裁判などの公的な場や書面上で、女性は姓のみで称されるのが一般的であったという社会の実態に即して書かれているためであろう。また、仮に裁判を扱っていない作品であっても、既婚女性には「姓」が、未婚の女性には「名」が記されることが少なくない。[一二] しかし、中には既婚女性、未婚女性がともに「姓名」で書かれている場合もあり、[一三] また、妓女や下女が「×氏」と姓で書かれているケースもある。[一四] 既婚や未婚、妓女や下女などの身分によって呼称が一定しないという点は、先に挙げた『碑傳集』に見える名の記録体裁と共通している。

それに加えて、小説の場合には、物語の構成上で必要なために付けられている女性の名も見られる。それには以下の二つの場合がある。

第一は、混乱を回避するために付けられている名である。例えば、『醒世恆言』巻八「喬太守乱点鴛鴦譜」の正話は、男女六人の婚約が入れ替わる話で、複数の兄弟姉妹が登場するため、姓だけの記述では誰を指すのか分からない。そのため作者は、兄と妹それぞれに、「劉璞・劉慧娘」と付け、姉と弟それぞれに「孫珠姨・孫潤」という名を付けている。

第二は、知性豊かな女性を形容するため付けられるものである。例えば、『紅樓夢』に登場する王熙鳳は、賈家という大家族の中で起こる様々な出来事に対応し得る処理能力の高い女性として描かれている。『紅樓夢』第三回には、

黛玉が（王熙鳳を）何と呼んでいいのか分からずにいるので、周りの女性たちは急いで黛玉に、「賈璉様の奥様ですよ」と伝えた。黛玉は面識はなかったものの、以前母が、「賈赦の息子の璉さんが、おもらいになったのはおじさまの姪ごさんで、幼いころから男並みの教養を身につけ、学名を王熙鳳と言うのよ」と言っているのを聞いたことがあった。

黛玉正不知以何稱呼、只見衆姉妹都忙告訴他道、這是璉嫂子。黛玉雖不識、也曾聽見母親説過、大舅賈赦之子賈璉、娶的就是二舅母王氏之內侄女、自幼假充男兒教養的、學名王熙鳳。

とあり、そのような才ある人物像を作り上げるためには、「幼いときから男並みに教育され、学名も持っていた」という学名についての補筆が不可欠なために名が書かれているのであろう。同じく『紅樓夢』に登場する賈珠の妻である李紈も「宮裁」という字《あざな》が付けられている[一五]。これも王熙鳳と同様に、教養のある女性という人物像を構築する上で、字《あざな》の加筆が必要であったと考えてよい[一六]。

以上のように、中国近世の墓誌銘や伝において、女性の名の記録は少なかった。しかし、身分に拘らず記録されることはあり、小説においても、混乱を避けたり、豊かな知性の象徴として、女性の名は表現された。それでは、名が記録されていない女性には実際に名がなかったのか。族譜を資料として中国近世における女性の名をさらに解明していこう。

三 族譜における女性の名に関する規定

そもそも、すべての女性は名を持っていたのか。族譜に掲載されている凡例の中に次のような一文がある。『宛平王氏族譜』凡例に、

一、内伝の中に、娘に名があれば名を書いた。名がなければ一字を書いた(一七)。生まれた順次は書かなかった。

一、内傳中、女有名書名。無名書一字。不書長次。

とあり、これは、族譜を保持していたような大きな宗族に生まれた女子の中にも、「名のある者」と「名のない者」がいたことを表すものである。また同凡例には、

一、もし正妻副室とも一人ずつ娘がいて、共に嫁ぐ前に死亡した場合は、某女が某氏より生まれたということを区別できないので、娘の名或いは排行をともに註記した。もし一人に名があり、一人に名がない場合には、名がある者を註記した(一八)。そうすることで名がない者は註記せずとも自ずから誰であるのか分かるようにした。

一、如正副室各有一女、倶未字卒、無以分別某女是某氏出、倶註女名或註排行。如一有名、一無名、則註有名。而無名者不註自悉。

とも記されており、宗族内に生まれた女子の中に、「名のある者」と「名のない者」(一九)が存在していたことが分かる。同時に、女性は姓で記録されることが通例であったものの(二〇)、名があるのであれば、族譜に名を記載をする宗族もあったことが分かるのである。

また、族譜の中には、例えば『錫山呉氏世譜』(別称『呉氏宗譜』)巻首・表傳第十二・貞節に、

呉国祥の妻、劉如玉は、若くして寡婦となり、息子の璠も若くして死亡し、璠の妻である朱と共に、孫を育てた。……

呉國祥妻、劉如玉、盛年寡、子璠亦夭、與璠婦朱撫孫。……

とあるように、(一一)旌表を受けた女性の伝の中に、姓名が記録されていることもある。中国近世の族譜において、女性の名の記録は決して多いとは言えないが、女性の名を掲載すること自体を禁止してはいなかった。

また、族譜には、名が記録されている女性と、されていない女性が混在するが、名が記録されないことは、その女性に名がない、と必ずしも判断できるわけではない。それは、『蜀西崇陽王氏族譜』巻一・凡例に、

一、婦女はすべて名を書かなくてはならない。『禮記』に、男女行媒有るに非ざれば、名を相知らずとあるように、婦女に名がある歴史はずっと古くからあるのに、後世では婦女で名がある者は、いつもこれを隠して、ただ「某氏」とのみ称したために、非常に紛れ易くなってしまった。安徽の各名族の族譜、例えば、宋沈休文の太平陳氏の族譜を勘考すると、婦を娶れば、みな名を書くようにしている。今これに倣うようにした。

一、婦女皆應書名。(一二)禮曰、男女非有行媒、不相知名、婦女有名由來已古、後世婦女之有名者、恆祕之、但稱某氏、最易混淆。攷安徽各名族之譜、如宋沈休文太平陳氏之譜、娶婦皆書名。今仿之。

とあるように、自分たちの宗族へ嫁いできた女性に本来名があっても、族譜編纂の際に、名が省略される傾向があったことが指摘されているためである。

以上のように、中国近世において、女性の名は、女性の身分とは無関係に記録することもあれば、記録しないこともあった。小説においても、混乱を避けたり、豊かな知性の象徴として、女性の名は表現された。女性の名が記録されることは少なかったが、名が記録されていない女性は、すべて名がなかったと判断することはできないのである。

そもそも名はなぜ必要とされるのか。名の機能と役割から検討を続けよう。

第二節　名の本質的機能と役割について

一　「順次を示す字」と「親族称謂語」による女性の名

女性に対して使われていた「順次を示す字」に「親族称謂語」を付加した名について取り上げ、名前の本質的機能と役割を検討していきたい。冒頭で述べたように、家の中だけで暮らしていて外出の機会が少なかった女性には、どの家の誰であるかが識別できる名があれば十分であったため、「順次を示す字」に「親族称謂語」を付加した名しかなかった、と指摘されることがある。「順次を示す字」に「親族称謂語」を付加した名とは、兄弟姉妹順を示す字を付加した「三妹」「六姐」などの名や、嫁ぎ先における順次を示す字に親族称謂語を付加した[二三]「二娘」「五嫂」などの名である。

例えば、女性に関する記録の中には、（清）趙節「建水範貞女傳」（『碑傳集』巻一百五十七・列女九貞潔上）の「貞女姓は範、名は二妹、建水人である（貞女姓範氏、名二妹、建水人）」のように、「二妹」が名であると書かれているものや、（清）王崧「許貞女事略」（『碑傳集』巻一百五十八・列女十貞潔下）の「許貞女なる者は、行第の順序により、その家で二姑と呼ばれていた（許貞女者、以長次行第、其家呼爲二姑）」や、（清）毛先舒「郭烈婦傳」（『碑傳集』巻一百五十三・列女五烈義上之上）の「仁和の里仁坊の郭氏は、わが家と代々婚戚関係にあり、いとこの姉が郭氏に嫁ぎ、その甥の嫁は行第により三娘と言った（仁和里仁坊郭氏、余家世姻也、家從姉嫁郭氏、其姪婦李行曰三娘）」のように、それらの名が排行により付けられた名であることが明記されているものなどが見られる。

それでは、従来の見解のように、「順次を示す字」に「親族称謂語」を付加した名は、名を持っていない女性に対して、単なる名の代用として使われていただけだったのだろうか。この答えを導き出す有効な手がかりとなると思われるものに、男性の排行による名がある。そこで、次に男性の排行による名が持つ機能と役割を明らかにし、「順次を示す字」に「親族称謂語」を付加した名が女性に使われていた意義について考えてみたい。

二 男性の排行による名の機能と役割から見た女性の名

族譜の中で、とくに多くの紙数が費やされている部分に系図がある。系図に記録された男性の名は、同一世輩間[二四]では同一の字や同じ偏旁の字が一字用いられることによって、その人物が第何世輩に属しているかを一見して分かるようにしている。中には兄弟の順次を示す字を付加した「萬一」「萬二」のような名もみられる。これらは前近代中国において重視されていた「排行」による命名である[二五]。

「排行」という語には、二つの違った意味が含まれている。一つは、同世輩者である兄弟をその出生の順次に従って最年長者を大とし、順に二、三、四、五、六などと行次を排列して名を付ける慣習であり、排行順ともいう。実名の代わりに子供を呼ぶ時に用いたり、親族称謂語の上に付けて「二哥」「三舅」などのように使ったり、友人を呼ぶ際に、その人の姓の下に付けて「劉五」「李十二」などのようにも用いられた[二六]。出生順に従い付けられることにより、宗族社会の同輩者間の「長幼の序」を規制する機能を帯びるものである。

もう一つは、宗族の同世輩者の名に同じ偏旁の字、或いは二字名の一字だけ同じ字を付けることで世輩を表す慣習である。共通に用いられる字は輩行字と呼ばれる[二七]。輩行字によるその名をみれば、どの世輩に属しているのかが容易に分かるため、宗族社会の「尊卑の分」を規制する機能を帯びるものである。例えば、族譜に収録されている族員の伝の中には、『宛平王氏族譜』「内傳・七代[二八]」に、

克宏公子四　　（克宏公の四子）

　惺初名翼曾字凌漢號息園　（惺、初名は翼曾、字《あざな》凌漢、号息園）

のような記録が見られる。克宏の子、惺が属す世輩の輩行字は「曾」である。よって、最初に記されている「惺」という名は輩行字による名ではない。しかし、その後に「初名」として輩行字による「翼曾」という名が記録されている。族譜に輩行字の名以外の名が記録されている場合は、「初名」や「原名」として輩行字による名も付記されていることが多い。[一九] そのため、族譜を保持していたような大きな宗族に生まれた男性であれば、大抵の者が輩行字による名を持っていたと考えて良い。

「排行」による呼称の性質については、郭明昆〈一九三九〉が歴史的に検討を加えており、輩行字に排行順を附した呼称「行第」は、宋代頃に使用されるようになり、それは主に族譜の記載上にのみ使用された、という。[三〇] 氏はそのような「行第」を「叙譜行」や「廟行」と称するとし、排行順も輩行字も他に類例のない漢族社会独自のものだと指摘している。さらに、氏は、排行制が発達したのは実名敬避の風習が厳格であったことが第一の理由であり、[三一] 実名を敬避するために副名として字《あざな》が成人後に付けられたが、成人までは実名と幼名しかなく、幼名もまた称呼する際には避けるべきものであったので、[三二] 排行による名が使われた、と論じている。排行順は、同輩者の「長幼の序」を明確にし、他方、輩行字は世輩ごとの「尊卑の分」を明らかにする。よって、同宗の族人が仮に別居分散するようなことがあっても、名を聞けば自己と同族であると容易に認識できた。宗族によっては、先祖の諱名を犯すことを回避するために、命名の字を予め選定し、子孫が暗記しやすいように吉祥の意味を示す韻文形式にした「輩行詩」を作り、族譜に掲載していた。輩行字は宗族の和睦団結の上で、たいへん有効な手段として機能していたのである。

中国独自の称謂方法ともいえる排行による呼称は、その発達により幼名や実名を敬避しながら、本人の特定と排行による呼称の本来の目的である「長幼の序」と「尊卑の分」という礼的秩序を明確にすることを可能とした。排行による呼称の発達とは、郭氏の指摘する「親族称謂の通類性の固有名詞化」である。一般的な親族称謂語は、普通名詞的で漠然としていて固有名詞的な特定機能がない。例えば、「叔」という称謂語だけでは、どの叔父なのか人物の特定ができない。けれども、排行順の「五」を加え「五叔」とすれば固有名詞と同じ唯一性が得られる。実名を敬避しながら、実名と同様の働きを持つことになる。排行順による呼称の重要な機能とは、単なる親族称謂語が持つ漠然性を払拭し、礼的な秩序を帯びた固有名詞化するところにある。とくに累世同居の大家族にとっては、礼的秩序を維持するためにも、たいへん便利な称呼法だったのである。

以上のような男性の排行順と親族称謂語の機能を踏まえ、なぜ女性に対して「順次を示す字」に「親族称謂語」を付加した名が使われていたのかを考えてみたい。例えば「二妹」という名を持っていた女性が、「五叔」と呼ばれている男性に嫁いだ場合、この女性は、夫の排行順と親族称謂語に準じた「五嫂」という名を持つようになる。この「五嫂」という名には、「人物の特定」、「実名の敬避」、「宗法社会において重視されていた長幼の序を明確にする」という礼的秩序を維持する機能がある。しかし、「二妹」という名には、実名の敬避をはじめ、嫁ぎ先における「長幼の序」を明確にする礼的な機能はない。すなわち、宗法制度下における礼的秩序を維持する必要性のために、それらの役割を果たす機能を備えていた「順次を示す字」に「親族称謂語」を付加した名を使わなければならなかったのである。

三　小説に見られる礼的秩序を明示する機能と役割を持った女性の名

前述のように、前近代中国においては、名によって礼的な秩序を明確に表現する必要があり、そのために礼的秩序を明示する機能を備えていた「順次を示す字」に「親族称謂語」を付加した実用性を重視した名が必要とされた。そのため明清小説の中に登場する女性の名も家族内における地位に応じた名の付け替えがなされている。それは、名が礼的秩序を明示するものという社会通念があったために、登場人物の家族内における地位に基づく礼的秩序が変化すれば、それに応じて名も変える必要性があったからである。

ここでは、『醒世恆言』巻一「兩縣令競義婚孤女」の正話(三)を例に挙げ、女性の名が家族内における地位の変化に応じてどのように書き換えられているのかを検討しよう。あらすじは以下の通りである。

五代の南唐のころ、江州徳化県の県令、石壁は妻を亡くし、男手で一人娘の月香を育てていた。月香が十歳の時、役所の倉庫が落雷によって火事となり、石壁はその責任を問われて心労の末に病死した。月香は下女と共に官に売られることになった。それを知った商人の賈昌は石壁に恩があったので、月香と下女を買い取り、月香を使用人としてではなく、客のように手厚くもてなした。下女に対しても台所仕事などさせず、部屋で月香の身の回りの世話だけをするようにさせた。ところが、賈昌の妻は夫の月香に対する態度に不満を持ち嫉妬していたために、夫の不在中に月香と下女を売り飛ばしてしまった。次に月香を買ったのは、石壁の二代後の県令、鍾離義であった。鍾離義には息子がなく、瑞枝という一人娘がいるだけであった。瑞枝の結婚を間近に控えていたので、鍾離義は瑞枝の婚礼の際の腰元とするために月香を買ったのだった。ところが、月香がもと県令の娘であることを知り、自分の娘よりも先に月香を嫁がせることに決める。瑞枝の婚約者の父も事情を知り、次男に月香を娶らせ、瑞枝はもともとの婚約者である長男と結婚するように取り決めたため、めでたく二組の婚礼が同日に行われることとなった。

月香の亡夫、石壁に恩があった商人の賈昌は、月香を引き取るとすぐに家の中の者たちに向かって、月香のことを

「石のお嬢さま（石小姐）」と呼ぶように言う。そして月香は、賈昌夫婦を「賈さん（賈公）」、「賈おばさん（賈婆）」と呼ぶ。しかし、月香に嫉妬した賈昌の妻は、「たとえお嬢様でも、大金を払って買ったんじゃないか。私がこの家の主婦なんだからね。おまえは私のことを「賈おばさん」なんて呼べる立場じゃないんだよ（就是小姐、也説不得費了大錢討的。少不得老娘是個主母。賈婆也不是你叫的）」と怒鳴りつける。さらに「妻は台所にいる者たちが「石のお嬢さん」と呼ぶことを禁じ、これからは「月香」と名前で呼ばせるようにしました（那婆娘分付廚中、不許叫石小姐、只叫月香名字）」と、「石小姐」から「月香」という呼び名に変わったことが書かれている。下女は名で呼ばれるという社会通念を利用して、月香の家の中での地位が貶められたことをリアルに表現するため、呼称の書き換えが行われているのである。[三四] 月香を次に買い取ったのは県令の鍾離義であった。鍾離義の家でも最初、月香は名だけで呼ばれていた。しかし、月香がもと県令の娘であることを知った鍾離義は、妻に向かって次のように話している。「やはり先に石家のお嬢さんを嫁に出してから、後日改めて花嫁道具を準備して、うちの娘を嫁に出すというのが筋だと思うのだ（還是従容待我嫁了石家小姐、然後別備粧奩、以完吾女之事）」と、県令の娘だと分かる前は「月香」と呼んでいたのが、今度は「石家小姐」という呼び名に変化している。さらに、鍾離義の善意により無事に嫁いだあとの月香に対して[三五]、「月香小姐」という呼称も使われている。小説は、女性の名に関する社会通念を利用した表現方法により、月香の家族の中における地位の変化を際立たせているのである。

また、『醒世恆言』第三巻「賣油郎獨占花魁」の正話にも、同様の表現方法を見ることができる。雑穀店の娘であった瑶琴は両親とはぐれ、人に騙されて売られてしまう。彼女を買い取ったのは妓楼のおかみ王九媽だった。九媽は瑶琴を「王美」と改名させ、妓楼では「美娘」と呼ばれるようになる。後になって油売りの秦重と結婚し、行方不明であった両親との再会も果たすのだが、作品の後半で、秦重の妻となった瑶琴に対して「莘氏」という呼称が使われている。これは既婚女性が姓でのみ称される傾向が高かった、という社会の風習を取り入れ、「莘氏」という呼称を用いることで、晴れて瑤琴が正妻としての地位を得たことを表現していると言える。前掲の月香と同じように、瑤琴の家の中の地位の変化に伴い、呼称を変化させることで、以前との境遇の違いを一層鮮明に描き出しているの。

このように、官僚や商人の娘が妓女や下女という身分へ転落するという話では、地位の変化に伴って呼称も変化しているのが通例である。(三六)しかし、これは単に妓女や下女らしさを出すためにそれらしい呼称に付け替えているというだけではなく、名が人間の礼的な秩序を顕著に表すという社会通念があったために、作品中の女性が下層の者へと転じたならば、呼称もまたその身分に相当する呼称へと変化しなければ、その女性の身分が完全に変化したことにならないためである。よって、作品中における呼称の変化は、作者にとって必須の加筆作業なのであった。

「順次を示す字」に「親族称謂語」を付加した名は、名のない女性に対して、単なる名の代用として使われていただけではない。「順次を示す字」に「親族称謂語」を付加した名は、家族や宗族の中での地位を表現する礼的秩序を維持する機能を備えていたのである。したがって、小説では、女性の地位の変化に応じて、その呼称を変えることにより、家族や宗族の中での地位を礼的秩序に基づき表現することができているのである。

第三節　前近代中国の女性の名のあり方

一　女性の名に見える輩行字

前節では、男性の排行による名と、女性の「順次を示す字」に「親族称謂語」を付加した名が、家族や宗族の中での地位を表現する礼的秩序を維持する機能を備えていたことを述べた。ここでは、さらに男性に用いられていた輩行字による命名の慣習が、女性の命名の際にも擬似的に使用されるが、その実態は男性とは異なっていたことを分析し、前近代中国における女性の名のあり方の一面を明らかにしたい。

『明史』に収録された列女伝の中には、「蒨文」と「蒨紅」という姉妹の名の記録があり、(三七) (明)何喬新(撰)『椒邱文集』(三八) 巻三十・墓誌銘「従兄本盛墓誌銘」には、「子三人は顒、頎、顠といい、女四人は錫、鎰、鈺、錠という(子男三曰顒、曰頎、曰顠。女四曰錫、曰鎰、曰鈺、曰錠)」と、「金」扁の字が共通に使われている四人姉妹の名が書かれている。

また、同じく『椒邱文集』巻三十・墓誌銘の「灌縣令黄君兪明墓誌銘」には、「兪明は最初に張氏を娶り、次に掲氏を娶り、みな子を生まなかった。また張氏の妹を娶り三男二女が生まれた。男は璿、璣、瑾といい、女は玉温、玉潤という(兪明初娶張氏、再娶掲氏、皆無子。又娶張之女弟生三男二女。男曰璿、曰璣、曰瑾、女曰玉溫、曰玉潤)」とあり、二字名で、一字が同じ字で、もう一字が同じ扁房の字で構成された姉妹の名が確認できる。

さらに、明代の文人、葉紹袁(一五八九〜一六四八年)と、その妻であり詩人であった沈宜修、字《あざな》宛君(一五九〇〜一六三五年)の五人の娘たちも「紈紈、蕙綢、小鸞、(四女は不明)、小繁」という、それぞれに「糸」篇の字が使われた。(三九) このように、同一世輩である姉妹に共通の字や同じ偏旁の字を用いた名が付けられることがあった。(四〇)

しかし、これらは単に姉妹であるために、共通の字または同じ偏旁の字が用いられた名が付けられていただけで、男性の輩行字による命名法を模倣しているに過ぎなかった。男性の場合には「世輩の尊卑の分を表す」という目的によって同世輩で共通の字、または同じ偏旁の字を用いた名が付けられる。しかし、女性には、必ずしもそのような目的で付けられていたわけではなかったことが、以下に挙げる族譜の系図によって分かるからである。

族譜の系図の中には、宗族内に生まれた娘たちの名が記録されていることがあり、その中には、「同世輩同士の女子の名が全く異なっている場合」と、反して「異世輩同士の女子でありながら共通の字を使った名である場合」が確認できる。

第一に、同世輩同士の女子に同じ字を使用していない例を挙げたい。例えば、『宛平王氏族譜』「外傳・八代」には、以下のような記録が見られる。

長子「惺」の七女「昭、壽椿、壽霞、畹蘭、握秀（字《あざな》錦春、号慕蘭）、曉、紐」

次子「歩曾」の一女「瑞平」

三子「象曾」の五女「玉、芝、煥、珍、潤」

四子「冀曾」の二女「梅、招」

この女子たちは、みな従姉妹の関係で世輩が同じ者同士であるが、全く異なる範疇の字を用いた名であることが分かる。

さらに、もう一つ例を挙げたい。以下に挙げる【図一】は、『隴西李氏四修族譜』巻八「錄龍公派綸秀位下五代圖表」に、収録されている系図[四一]の一部を表にしたものである（なお波線は女子を示す。[四二]以下同）。

第二十世の綸秀の次子である承慶には、妻の傅氏との間に三男一女があり、娘の名は「鳳儀」であることが系図に残されている。また、承慶の弟である承度には妻劉氏との間に五男四女があり、娘たちは「桂香、檀香、茅香、蓮香」であることが記録されている。彼女たちは従姉妹同士で同世輩であるにもかかわらず、名に共通の字が使われていないことが分かる。

【図一】

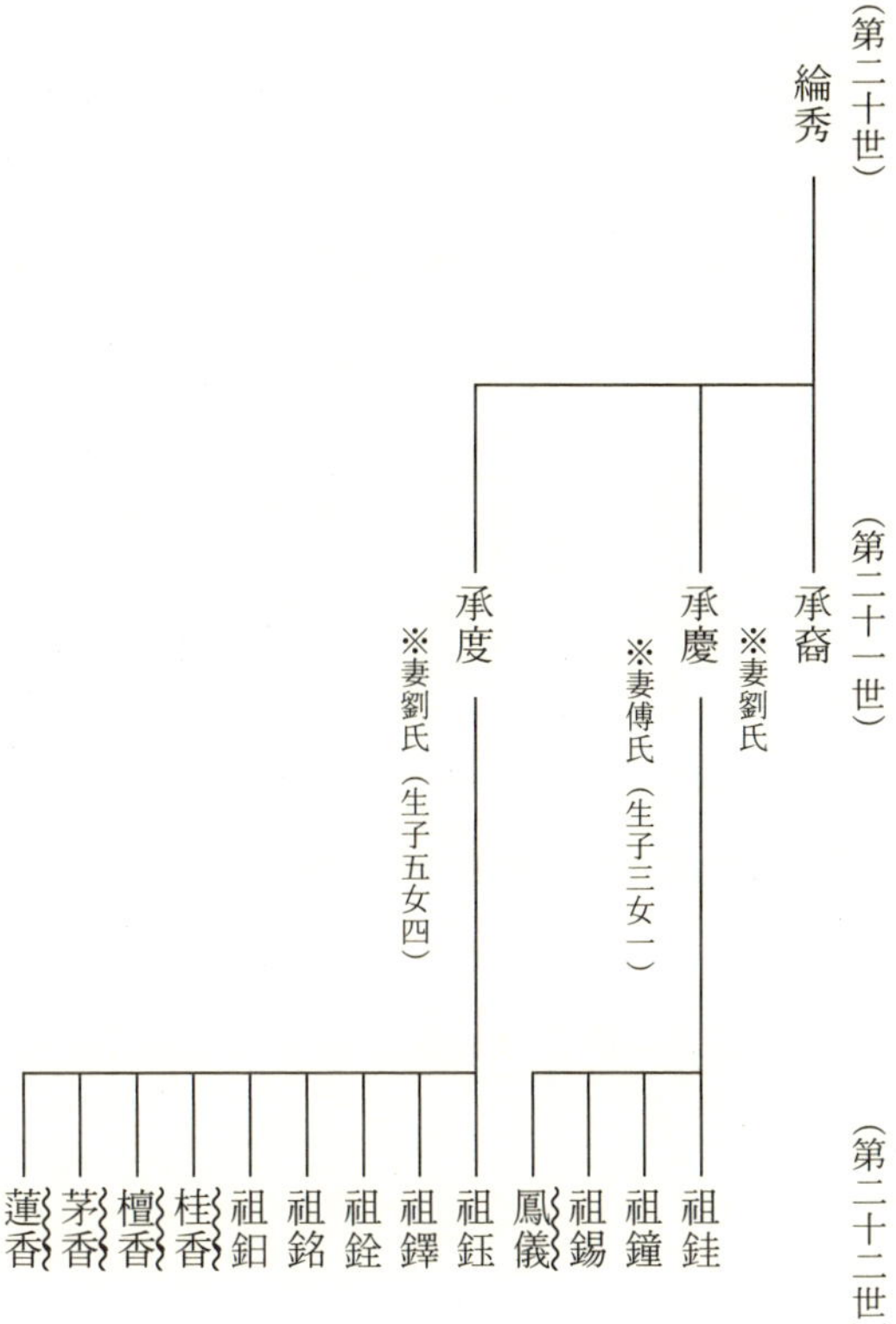

第二に、異世輩の女子たちの名に共通の字を用いることがあったことを示す例を挙げたい。次頁に挙げた【図二】は、『太原王楊氏支譜』巻一に掲載されている系図の一部である。

ここでは、第十一世の萬昇の娘である「嚴貞」を中心に見ることにする。まず、「嚴貞」の従姉妹が「曲貞」である。そして、「嚴貞」の甥に当たる第十三世の正瓊には、一番目に娶った妻と二番目の妻が生んだ計六人の娘がお

【図二】

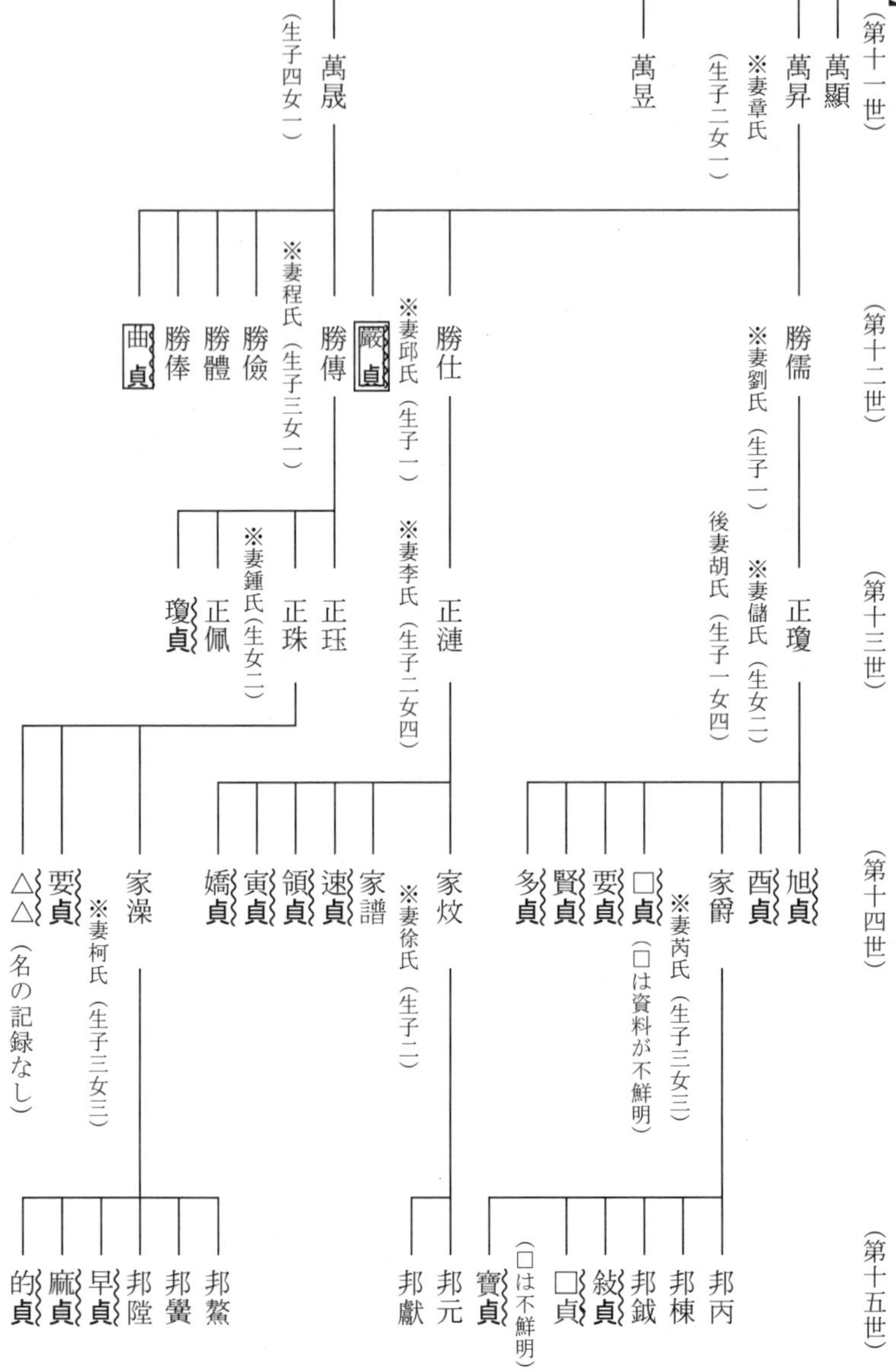
（第十一世）
萬顯
萬昇
※妻章氏（生子二女一）
萬昱
萬晟
※妻謝氏（生子四女一）
（第十二世）
勝儒
※妻劉氏（生子一）
勝仕
※妻邱氏（生子一）
嚴貞
勝傳
※妻程氏（生子三女一）
勝儉
勝體
勝俸
曲貞
（第十三世）
正瓊
※妻儲氏（生女二）
後妻胡氏（生子一女四）
正漣
※妻李氏（生子二女四）
正珏
正珠
※妻鍾氏（生女二）
正佩
瓊貞
（第十四世）
旭貞
酉貞
家爵
※妻芮氏（生子三女三）
□貞
（□は資料が不鮮明）
要貞
賢貞
多貞
家炆
※妻徐氏（生子二）
家譜
速貞
領貞
寅貞
嬌貞
家澡
※妻柯氏（生子三女三）
要貞
△△（名の記録なし）
（第十五世）
邦丙
邦棟
邦鉞
紱貞
□貞
寶貞
（□は不鮮明）
邦元
邦獻
邦鰲
邦鬢
邦隉
早貞
庣貞
的貞

り、それぞれの名が、「旭貞、酉貞、（資料が不鮮明なため不明）貞、要貞、賢貞、多貞」と記録され、「嚴貞」のもう一人の甥である正漣の四人の娘たちも「速貞、（不明）貞、寅貞、嬌貞」と記されている。

さらに、「嚴貞」の甥、正瓊の息子である家爵（第十四世）には三女があり、娘たちの名がそれぞれ「敍貞、（不明）貞、寶貞」となっていて、彼女たちはみな「嚴貞」とは世輩が異なるのにもかかわらず、「貞」の字が用いられた名が付けられている。また、先に挙げた「嚴貞」の叔父の萬晟の娘である「曲貞」（「嚴貞」の従姉妹）からみた場合も同様である。「曲貞」の姪が「瓊貞」という名であり、「曲貞」の甥、正珠の娘が「要貞、（名の記録なし）」で、その「要貞」の兄である家澡の娘たちが「早貞、麻貞、的貞」であることが確認できる。

【図三】

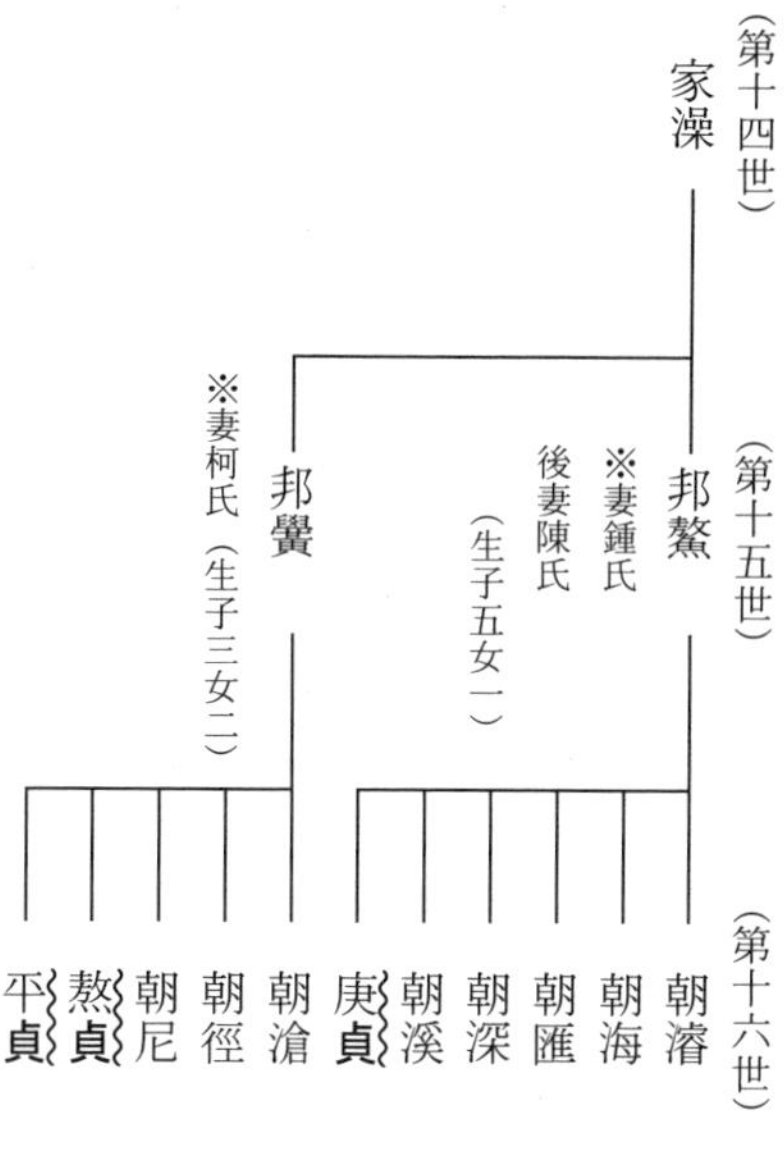

さらに前頁の【図三】は、前掲の系図【図二】に続く一部であるが、その下の世輩にもなお「庚貞」と「熬貞、平貞」という名の娘たちがいたことが分かる。五世輩の間に生まれた娘たちに対して「貞」という共通の字を使った名が付けられている。

このように、女性の場合は世輩の異なる女子に対しても共通の字を用いた名が付けられることがあったことが分かる。(四三)よって、女性の命名の際に男性の輩行字による命名の慣習に類似した方法が取り入れられることがあったけれども、序列化の必要性から共通の字が名に使われるというのではなく、恐らく女子同士が同じ宗族の人間であるという理由で共通の字が名に使われることがあったと考えられよう。男性の場合は、世輩が異なる者の間で、同一の輩行字を用いた命名はあり得えず、これは女性独自の名のあり方とも言えよう。

このように女性の名は、命名の際に輩行字という慣習に縛られることがなかった。このため、女性の名に用いる字の選択肢は、男性よりも多かった。(四四)

(清)徐珂『清稗類鈔』(四五)貞烈類に、「烈婦王富英は儒家の娘である。母が牡丹の花を呑み込む夢をみてから生まれたために、このような名が付けられた(烈婦王富英、儒家女也。其母夢呑牡丹花而生、故以爲名)」とある、女性の名の由来に関する記事は、(四六)女性の名が輩行字による命名の慣習に左右されることなく、父母の好みで自由に付けられていたことを表すものと言えるであろう。

男性に用いられていた輩行字による命名の慣習は、女性の命名にも擬似的に用いられた。しかし、女性の名は、命名の際に輩行字という慣習に縛られることはなく、女性の名は男性に比べ、むしろ自由に付けることができた。

二 小説に見られる輩行字による名[四七]

こうした男性の輩行字による命名法に類似した女性の名は、明清小説に登場する姉妹や従姉妹の名の中にも確認できる。

例えば、『警世通言』巻三十四「王嬌鸞百年長恨」の正話に、「娘は二人いて、長女は嬌鸞といい、次女は嬌鳳といいました（到有兩個女兒、長曰嬌鸞、次曰嬌鳳）」と、「嬌」という字が共通に付けられている姉妹の名が見られ[四八]、『醒世恆言』巻一「兩縣令競義婚孤女」の入話には、「王春の娘は名を瓊英といい、王奉の娘は瓊真といいました（王春的女兒名喚瓊英、王奉的叫瓊眞）」と、同世輩である従姉妹同士に共通の字を用いた名が見られる。

そして一方では、同世輩であるのに全く異なる扁旁の字による名が付けられている場合がある。例えば、（清）李漁『十二樓』「鶴歸樓」第一回「安恬退反致高科　忌風流偏來絕色」に、「その家には二人のお嬢さんがいて、一人は囲珠といい、一人は繞翠といいました。囲珠は実の娘でしたが、繞翠は姪で、囲珠よりも一つ年下でした（他家有兩位小姐、一個叫做圍珠、一個叫做繞翠。圍珠系尙寶親生、繞翠是他侄女、小圍珠一年）」という[四九]、従姉妹同士の名が見られる。また、（明）闕名『天緣奇遇』には、「姑は早くに亡くなり、後妻の岑氏は、娘を三人生みましたが、みな美しいお嬢さんでした。長女は玉勝、次女は麗貞、三女は毓秀といいました（姑早亡、繼岑氏、生三女、皆殊色。長曰玉勝、次曰麗貞、三曰毓秀）」という三人姉妹の名が見られる。作品に見られる様々な女性の名は、輩行字を使った名を持つ必要性が女性にはなかったため、たとえ同世輩であるのに全く異なる範疇の字を使った命名がなされても、また異世輩の間で共通の字を使った命名がなされても、問題が生じることはなかったという当時の女性の命名法に基づいて付けられている。

三 輩行字による名と人物の価値

女性の命名法は、輩行字による必要性がなかったにも拘らず、擬似的ではなく、男性の輩行字を使った名を持つ女性も実在した。『晉陵夾城王氏五修宗譜』巻五・前巻三派世表二十五世至二十九世に収録される世表を掲げよう。

（第二十六世）

家琦（光緒七年辛巳十二月二十二日卒）

配姚氏　女二　佳寶、蓮寶

繼配劉氏　子一　杭保

女二　菊保、□保（資料不鮮明なため不明）

繼配朱氏　子五　天保、淳保、安保、嘉保、嵊保

女二　祥保、陽保

第二十六世の家琦には、六人の娘がいる。最初の妻である姚氏が生んだ二人の娘の名は、それぞれ「佳寶」「蓮寶」である。この二人の名には、定められた男性の輩行字は使われていない。これに対して、後妻の劉氏と朱氏が、それぞれ生んだ娘たちの名には、第二十七世の男子に用いる輩行字の「保」の字が使われているのである。また、『牛皐嶺下王氏宗譜』行傳の中にも、男兄弟の輩行字を使った女子の名が確認できる。以下に挙げるのは、恒善という人物の記録をまとめたものである。

滄四百十八諱恒善（光緒八年壬午十月初七日戊時生）　配陳氏　生三子　梶青、梓青、時青

一女　梅青

恒善には「梅青」という娘が一人おり、息子たちの輩行字である「青」の字が使われている。また、同族譜の中の念学という人物の娘の名にも男兄弟の輩行字が使われている。

滄四百廿一諱念學（光緒九年癸未五月廿一日□時生）
配朱氏　生一子　祖祜
　一女　△△（名の記録なし）
繼蔣氏　子女なし
繼倪氏　生三子　祖蘭、祖祥、祖椿
　二女　昭娣、祖蘊

後妻の倪氏が生んだ娘のうち、夭死した昭娣の妹の「祖蘊」には、男兄弟の輩行字である「祖」が使われている。以上の事例により、男兄弟の輩行字を用いた名を持つ女性の存在が明らかとなる。

あるいは、清代中期の詩人、袁枚（一七一六～一七九七年）の妹で詩人であった袁杼（字《あざな》静宜、綺文）と袁機（字《あざな》素文、号青琳居士）、さらに、袁枚の従姉妹で詩人であった袁棠（字《あざな》秋卿、雲扶）は、袁枚や袁枚の弟である袁樹と同じ「木」偏の字による名であった。[五〇] この事例もまた、女性の名に男性の輩行字を使うことが皆無ではなかったことを示す。

すでに述べたように、女性には輩行字を名に用いて世輩の別を明確にする必要性はなかった。そのため、男性の輩行字を使った女性の名は、宗法制度上の命名法による必要性からではなく、親の願望により付けられたと考え得る。

また、女性の字《あざな》に男兄弟の字《あざな》と共通した字が使われる場合もあった。明末の文人、葉紹袁（一五八九～一六四八年）と、その妻であり女流詩人であった沈宜修（一五九〇～一六三五年）は、八男五女という子供に恵まれた。子供たちのほとんどは、詩や文章に巧みであり、葉家は明代呉江地方の文学の名門であった。次頁の【図四】は葉紹袁の子供たちの名と字《あざな》を表にしたものである（なお（　）内に字《あざな》を載せた。以下同）。

【図四】

葉紹袁
※妻沈宜修

- 紈紈（昭齋）
- 小紈（蕙綢）
- 世佺（雲期）
- 小鸞（瓊章、瑤期）
- 世偁（聲期）
- 世傛（威期） ※原名世俅
- 世侗（開期）
- △△ ※四女の名は不明
- 世儋（遐期、書期）
- 小繁（千瓔、香期）
- 世倌（星期）
- 世倕（工期、弓期）
- 世儴 ※五歳で夭死したため字《あざな》なし

男兄弟の名には、みな「人」偏の字が使われている。また、詳細が不明な四女を除いた姉妹たちの名には、みな「糸」偏の字が使われている。さらに字《あざな》を見ると、長女の紈紈（字《あざな》昭齋）と次女の小紈（字《あざな》蕙綢）、および夭折した八男を除いた他の兄弟姉妹の字《あざな》には、みな「期」の字が使われていることが分かる。

葉紹袁と沈宜修は、十三人の子供に恵まれながらも、（明）崇禎五年（一六三二年）に三女の小鸞を十七歳という若さで失い、その後十年の間に五人の子供を次々と亡くしている。崇禎八年（一六三五年）に八男の世儴が五歳で夭折した際には、妻の沈宜修までもが四十六歳という若さで死んでいる。葉紹袁は（清）順治五年（一六四八年）に五十九歳で卒したが、十三人の子供の中で、葉紹袁よりも長くこの世に生きたのは、六男の世倌ただ一人であった（冀勤〈一九九八〉）。葉紹袁は子供を失うたびに悼亡の詩や文章を詠み、子供に先立たれた親の心情を吐露している。その中でも、三女の小鸞が夭折した際に書かれた「祭亡女小鸞文」は、才知溢れる佳人の夭折を悼んだ長文である。ここではその一節を引用する。(五一)

ああ、むごいことだ。おまえは丙辰（万暦四十四〈一六一六〉年）の春に生まれたが、家が貧しく育てられなかったため、生まれて六ヵ月になったばかりで、母方の叔父（沈自徴）と叔母（張倩倩）のもとで育てられることになった。月日が流れ、十歳の時にようやく私たちのもとへ戻ってきた。蔡文姫(五二)のような幼い頃からの賢さは、つとに琴を聞き分けるほどの才知に溢れ（『蒙求』「蔡琰辨琴」）、楊容華(五三)のような明時の装いは、月と見間違えるほどであった。かつて青緑の雛の夢に適い、かくて美しく彩った鸞の名に符合する娘に成長したのである。

小鸞が幼少期から聡明な娘で、成長してからは「鸞の名に符合する」女性になったと述べられている。この一節は、その名に相応しい人物に成長して欲しいという希望を託して親が娘に名を付けたことを示す。葉紹袁の娘たちが名だけではなく、兄弟と共通する字《あざな》を持っていたことは、葉紹袁の一家が文学に優れた家庭であったことを示すと共に、(五四)娘への親の期待が大きかったことを意味する。娘たちに付けられている名や字《あざな》が立派であるほど、才媛の娘たちを次々と失った葉紹袁の深い悲しみがより鮮明に伝わってくる。(五五)そもそも女性が字《あざな》を持つことは『禮記』に、「女子は婚約すれば笄を差して字《あざな》をつける（女子許嫁、笄而字）」（『禮記』曲禮上）と規定がある。儒教経典の規定どおり、女性に字《あざな》をつけた葉紹袁の教養が窺えよう。

葉紹袁の妻である沈宜修の実家も、文学の名門であった。沈宜修も江蘇呉江の人であり、曲作家である沈璟の姪女である。沈宜修の兄弟姉妹の字《あざな》は次頁の【図五】の通りである。沈宜修の男兄弟の名には、「自」という輩行字が用

【図五】

いられている。姉妹の名には共通の字が使われていないものの、字《あざな》には男兄弟と同様の「君」の字が使われている。沈宜修の家もまた、娘に男兄弟と同じ字を字《あざな》に用い、娘に期待をかけたのであろう。

このように、男兄弟と同様の字を名や字《あざな》に持つ女性は、そうした立派な名や字《あざな》に相応しい成長を親から期待され、名を付けられたのである。

四　輩行字による女性の名の小説への影響

男性の輩行字を女性の名は、娘へ期待する親の願望により付けられた。かかる前項の結論を裏付ける小説を取り上げよう。

『紅樓夢』第二回には、骨董屋をして生計を立てている冷子興と貧乏書生で林黛玉の家庭教師をしている賈雨村が、賈家の娘たちの名について話す場面がある。冷子興が賈家の四人の娘たちはそれぞれ「元春、迎春、探春、惜春」という名で、[五六]みな立派な娘らしいと話すと、賈雨村は賈家ほどのお屋敷がどうしてそんな俗っぽい名の付け方をしたのかと尋ねる。すると冷子興は次のように答える。

いやいや、そういうわけではないんです。というのは今の一番上のお嬢さまが一月一日生まれで、それに因んで元春と名付けたものですから、それで他の方たちもこれに倣って「春」の字を使われたというわけですよ。一世輩前の方たちは、やはり男のご兄弟と同様の字を使っておいでです。それなら手近な証拠がございますよ。目下あなたのご主人筋に当たられる林公の奥さまは、栄国邸の赦・政お二方の妹君ですので、ご実家では賈敏というお名前でした。信じられないのならば、戻られてからお尋ねになってみれば分かりますよ。

不然。只因現今大小姐是正月初一日所生、故名元春、餘者方從了「春」字。上一輩的、卻也是從弟兄而來的。現有對証。目今你貴東家林公之夫人、卽榮府中赦・政二公之胞妹、在家時名喚賈敏。不信時、你回去細訪可知。

これを聞いて賈雨村は以下のように述べる。

道理であのお嬢さんは言葉遣いから立ち居振る舞いまで別格で、近頃の女の子とは出来が違っているわけだ。これはきっとその母君に当たるお人が非凡なればこそ、そんな娘さんが授かったのだろうと思っていたんだがね。

怪道我這女學生言語舉止別是一樣、不與近日女子相同、度其母必不凡、方得其女。

ここでは、林黛玉の実母の名が男兄弟の名と同じ扁旁の「敏」という字ならば、林黛玉の人柄が優れているのも納得がいくと述べられている。[五七]もともと「敏」という字には「聡い、賢い」という意味があるが（『論語』公冶長「敏而好學」）、ここでは、それよりも母の名が男兄弟の名の偏旁に従う字であることが「別格」の理由とされている。

これは前述のような、詩人という立場にある優れた才能を持つ女性たちの中に、男兄弟と同じ輩行字を使った名を持つ者がいた、という社会の実態を作者が踏まえて、林黛玉の人格的特徴を具体的に表すための事例として作品に取り入れたためと考え得る。男兄弟の輩行字を使った名を持つ女流詩人がいたように、輩行字を用いている女性の名は、知性豊かな人物を想像させる機能があったと考えてよい。そのため、母の名が男兄弟と同じ「攵」偏の名であったという事例は、当時の読者からみれば、非常に具象性に富んだ描写で、こうした女性の名を利用した表現技法により、林黛玉の母が優れた女性であると容易に理解できたのではないか。

物語では林黛玉の母はすでに亡くなっている。それでも母の名を挙げるだけで、母の人格を効果的に示唆することができている。さらに、林黛玉の父の名は林如海である。この名もまた広く学問に通ずるという意味を表す。(五八)このような林黛玉の父母の名は、作者が林黛玉を教養のある優れた女性として描くために必要不可欠の表現技法だったのである。『紅樓夢』に描かれた林黛玉の母の名に関する賈雨村の発言は、前近代中国における女性独自の命名の実態が、作品の登場人物の性格を具体的に表現する上で、効果的な材料として用いられている一例であると言えよう。(五九)

第四節　礼的秩序による必要性から産出された女性の名―妓女や下女の場合

「順次を示す字」と「親族称謂語」による女性の名は、宗法制度との深い関わりで産出された。これに対して、同じく女性であっても、宗法制度以外の諸条件に制約される者には、また別の呼称形態があった。(六〇)女流詩人であれば、男性と同様に詩人に相応しいような名で呼ばれるのである。(六一)それは、妓女や下女にもみられる。

妓女は、女流詩人と並び同時に複数の名を持つ女性の代表である。他人との接触頻度が高く、その職業柄、名は、不可欠な商売道具であった。(六二)

明末清初の名妓、柳如是（一六一八〜一六六四年）は、原名を「楊愛」といったが、銭謙益を訪ねる際に女性であることを隠すために、自らを「柳是」と称して銭謙益と面会し、その別れ際に銭謙益に「字《あざな》」を付けてもらい、「柳如是」と称するようになったという。この事例は、妓女が文人など有識者と接触する機会が多く、名や「字《あざな》」、号などが与えられる機会に恵まれていたことを表している。（六三）

男性が女性に名や「字《あざな》」や号を贈るという行為は、愛情表現の一つであった。楊貴妃が明皇玄宗から「太真」という号を与えられたという話（六四）や、（清）孔尚仁『桃花扇』巻一にみえる名妓、李香君の号（香君）を、仮母の李貞麗が馴染み客であった楊文驄に頼んで付けてもらう場面などには、それが表現されている。（六五）

名が主人や客の好みに応じて付けられるという点では、下女も同様である。下女の場合は、宗法制度における正規の家族の一員となり得ない存在であるため、親族称謂語などはない。（六六）けれども、本人と特定するための呼称が必要であるため、幼名のまま呼ばれたり、主人によって自由に名が付けられたりした。（六七）下女は、主人の所有物ともいうべき存在であったからである。

ここに、前近代中国における女性の名のあり方の一端が窺える。男性の場合には、親や本人にとって望ましい人生を象徴する価値的な文字が、名や「字《あざな》」、号などに用いられる。これに対して、女性の場合には、本人はもとより、親の期待する望ましい人生を象徴する価値的な文字すら用いられることは稀であった。多くの場合、排行という序列性を重視した実用的な文字が用いられた。妓女や下女には、容姿の美しさや可愛らしさを想起させる価値的な文字が名に用いられる場合が普通で、その限りでは男性と同様、本人の人生を尊重するという命名の豊かさがあったかのように見える。しかし、その場合の「価値的な文字」の「価値」とは、所詮妓女の顧客や、下女の所有者にとって価値あるものでしかなかった。美しい名であるほど、その名の持ち主は妓女や下女といった不幸な境遇であることを示すものであったとさえ言える。逆に親族称謂語による実用的な名で呼ばれていた女性こそが、妻や妾といった家族制度下において確固たる地位を持っていた、比較的恵まれた地位の者であったとも言える。

こうした「順次を示す字」に「親族称謂語」を付加した女性の名が、美しい名よりもむしろ家庭内における自身の立場を具体的に表象する実用性に富んだものであったという中国近世の社会の実態を踏まえ文学作品を見ると、冒頭で取り上げた『金瓶梅』における一文の持つ意義が明らかとなる。

潘金蓮が、正妻の呉月娘から「五娘」という名ではなく、「六姐」という名で呼ばれることを喜ぶ姿が描かれている理由は、「六姐」という呼び名が、自分の生家での兄弟姉妹順を示すだけの呼称であるのに対し、「五娘」という呼び名が、西門家の妻と妾たちの中における順位が上から五番目であることを露骨に表すものだからである。

潘金蓮は、主人である西門慶の寵愛を一番に受けることを誰よりも願い、他の妾たちよりも上位に立つことにいつも執着していた。そんな金蓮にとって、「五娘」という西門家での妻妾の順位の低さを露骨に示す呼び名は屈辱的なものでしかなかったのである。また、作者が周囲からどのような呼び名で呼ばれるのかに拘る金蓮の姿を作品の中に取り入れたことにより、勝ち気な金蓮の性格が浮き彫りにされている。

そして、西門家の妻妾の中で、最高位に位置する女性を表す敬称である「大娘」という名で金蓮から呼ばれる呉月娘が、金蓮に好意を抱くという描写は、金蓮が、「六姐」という呼び名に拘る姿と同様に、「順次を示す字」と「親族称謂語」による名が、他者との礼的秩序である「長幼の序」を明確にし、その人物の地位を具現化するものであった、という社会通念が基盤となった表現技法であると言えよう。

また、『紅樓夢』にも、呼び名が相手との上下関係を露骨に示す機能を持っていたことを利用した表現技法が見られる。賈母に王熙鳳を紹介された林黛玉が、熙鳳をどう呼べば良いのか分からずに迷う、という第三回の場面である。[六八]そこでは、黛玉は、煕鳳と自分との親属関係を知った上で、「嫂」を用いた呼び名を煕鳳に対して使って、挨拶をしている。[六九]さらに、同書第六回には、王煕鳳の腰元として煕鳳の実家からやって来た下女の平児が、他の下女よりも身なりが立派なために、平児を初めて見た劉姥姥は、てっきりこの平児が才知豊かな女性と名高いあの王煕鳳なのだと誤解をする、という場面がある。挨拶をしようかと迷っていると、劉婆婆を連れて来た周瑞の妻が、平児のことを「平姑娘」と呼び、平児が周瑞の妻を「周大娘」と呼んだので、平児が下女であることに気付く。これは「大娘」という呼称が、目上の女性に対する呼び名であるからである。実際、王煕鳳は周瑞の妻を「周姐姐」と作品中で呼んでいる。[七〇]

女性の呼称が、家の中の礼的秩序を示すという社会の風習は、小説の中に自分がどのような呼称で呼ばれるかに拘泥する人物像をも描き出す。

（明）西周生『醒世姻縁傳』第十回には、晁源の妾の珍哥が、正妻の計氏の死亡後も周囲の者から「珍姨」や「仮姨」と晁家の妾を表す呼称で呼ばれることに憤慨し、これからは自分に対して晁家の正妻であることを示す「奶奶」という呼称を使うように、と怒鳴りつける場面がある。[七一]妻と妾に対して使われるそれぞれの呼称に、いかに妻と妾の地位の差を歴然とさせる効力があったかを示す事例であろう。

そして、作品の中には呼称に拘る男性の姿も描かれる。それは世輩の別による上下関係を重視したり、[七二]その上下関係の違いを正確に示す呼称を用いることに慎重になる姿である。[七三]名が単なる個人の符号ではなく、人間関係の上下差を表す礼的秩序の表現として重要なものであったことは、男性の名もまた同じであったためである。

『紅樓夢』には、世輩の別に見合った礼を尽くそうとしない賈宝玉の姿が描かれ、伝統に縛られない奔放な性格であることを表すのに効果的な描写として取り入れられている。例えば、秦可卿の弟である秦鐘は、宝玉よりも世輩が一つ下であるため、宝玉を「宝叔」と呼び、宝玉の前では自分のことを「小侄」といっている。ところが、ある時、賈宝玉は親族間の上下関係など全く無視した呼称で互いに呼び合おうという提案を秦鐘にする。それは第九回の賈宝玉たちが通う賈家の義塾での場面である。

宝玉は結局のところ自分の本分に安んじていられるような人物ではなく、またしても思うままに振る舞い、またいつもの癖が出て、秦鐘に向かって密かにこう言うのでした。「僕たち二人は同じ年だし、まして同窓だ。これからは叔父や甥などと呼ばないで、ただ兄弟朋友ということにしようよ」。はじめのうち秦鐘は承知しませんでしたが、宝玉は聞く耳を持たずに秦鐘のことを「弟」や彼の呼び名の「鯨卿」と呼ぶので、やむを得ず秦鐘もこのでたらめな呼び方を使うようになりました。

寶玉終是不安本分之人、竟一味的隨心所欲、因此又發了癖性、又特向秦鐘悄説道、咱們倆個人一樣的年紀、況又是同窗、以後不必論叔侄、只論弟兄朋友就是了。先是秦鐘不肯、當不得寶玉不依、只叫他兄弟、或叫他的表字鯨卿、秦鐘也只得混着亂叫起來。

世輩の別を示すのに適切な呼称を使おうとしない賈宝玉の型破りな姿は、賈宝玉の反宗法的な性格を構築する一つの事例として描かれているのである。

また、『紅樓夢』の中では、下女同士でも上下関係に基づいて呼び方が使い分けられている。同じ下女という身分であっても、自分よりも立場が上の相手には尊称をつけた呼び名を用い、自分よりも立場が下の相手には直接名を呼んでいる。(七四) 女性の名は、人物の特定という役割とともに、人間の上下関係という礼的秩序を示す役割を持つものであった。『紅樓夢』の記述は、かかる社会通念が、下女のような下層の者たちの間にも広く浸透していたことを示すものなのである。

おわりに

従来、前近代中国の女性は正式な名すら持つことができず、それが男尊女卑を裏付ける一事例として取り上げられる傾向が強かった。確かに名が必要とされる機会の量的な視点からみれば、男女差は大きい。また女性は、婚姻先で男性の順次を示す字を付加した名に準じた名で呼ばれるようになるため、男女不平等であるかのようにもみえる。しかしそれは、男性の一元的序列化に女性が組み込まれたことから生じる男女差であり、女性が卑下されていたために名すら与えられていなかったということではない。むしろ、世輩を超えて共通の字を使った名を持つ女性がいたという事例からは、彼女らが出身宗族内にあって序列化から自由であったことさえ窺わせる。

女性の名は、生きていくための社会環境の必然性の所産であった。女流詩人であれば、男性の詩人と同様に詩人に相応しいような、男装の女性には、女と疑われない男っぽい、妓女には客の遊び心を魅了しそうな美的で、且つ知的な、また下女には持ち主の趣向を反映した使い勝手の良さそうな名がそれぞれ生まれることになる。しかし、それらの名よりも、多くの女性にとって重要であった名は、「順次を示す字」と「親族称謂語」による名である。「順次を示す字」と「親族称謂語」による名は、「人物の特定・実名の敬避・長幼の序を明確にする」という機能があった。「順次を示す字」と「親族称謂語」による女性の名は、実名敬避の風習と、宗族社会の礼的秩序を保つために不可欠な人間の序列化という体制において、非常に有効な手段であったために、そこから必然的に生み出されたものなのである。

《注》

（一）金蓮の姉妹順については第一回に、「潘裁的女兒、排行六姐」とある。小野忍・千田九一（訳）『金瓶梅』（平凡社、一九六七年）では、「六ねえさん」と訳され、注記に「この場合の六も前の「六姨」の六と同様、金蓮が実家の潘家の六番目の子供であることをあらわす」とある。なお、「姐」「娘」などの称謂語については、（明）王圻『稗史彙編』（明）万暦三十八年刻本、国防研究院図書館蔵本）巻之四十一・人物門・名姓類「婦人稱姐」、（明）陶宗儀『輟耕錄』巻十四「婦女曰娘」参照。また、妓女に対して用いられていた「娘」については、（明）余懐『板橋雜記』の冒頭に記述がある。

（二）例えば、『金瓶梅』の中で、潘金蓮の身の回りの世話をする下女の春梅は、西門慶の家では名だけで呼ばれていたが、西門慶の死後に周守備の妾となると、潘金蓮から「龐大姐」と呼ばれている。

（三）従来、女性の名は「姓」と共に論じられることが多く、前近代中国の女性は無姓無名で革命により姓名を取り戻した、と述べられることがあった。しかし、清末の革命家、康有爲が『大同書』戊部・去形界保獨立・婦女・第六「不得自立」の項で、「中國雖爲抑女、猶其存其姓名、尙存自立自主之義。歐美則婦女一嫁、卽改姓從夫、本身之姓名、永不得自立於大地之上」と述べるのを見ても適切ではないことが分かる。宮地幸子〈一九九一〉を参照。また、解放後の夫妻の姓について法の観点から論じたものに、加藤美穂子《一九九四》第六章「中国解放後における夫婦・親子の「姓」―その法と現実」、加藤美穂子《二〇〇一》があり、女性の無姓無名についても言及している。

（四）このほか、女性の名については、梁暁鵬〈一九八九〉、陳明俠《一九九一》、李錫厚〈一九九二〉、完顔紹元《一九九三》、内田進〈一九九四〉、王守恩〈一九九五〉、李順然《一九九六》、楊知勇《二〇〇〇》、何暁明《二〇〇一》、張汝宜〈二〇〇三〉にも記載されるが、一般的な理解を超えるものではない。

（五）『徽州府志』（明）弘治十五年刊刻、国立中央図書館蔵本『明代方志選』①、台湾学生書局、一九六五四年）。小林徹行《二〇〇三》でも、『明史』に収録された列女伝を中心に女性の徳を讃える呼称について取り上げられている。

（六）末次玲子「例会報告」中国女性史研究会（『中国女性史研究』二、一九九〇年）。

（七）「字《あざな》」とは、成人後に付けられる名以外の呼び名であり、自称の際は名を名乗り、相手を呼ぶ際には「字《あざな》」を尊称として用いるのが礼儀とされていた。よって、名と「字《あざな》」は、卑称と尊称ともいうべき関係にあり一対をなすものである。「諱」とは、死者の生前の名であり、生前は名といい、死後は諱という。「諱」の起源と歴史的変遷については、諸橋轍次《一九三三》第六章「諱」を参照。また名や「字《あざな》」以外の名に「号」「別号」などがある。これら様々な呼称については、豊田国夫《一九八八》、汪澤樹《一九九三》に詳しい。『東里集』に収録されている伝の中に、一件のみ「諱」ではなく、「名」として記録されているものが見える。『東里續集』巻四十三「饒節婦傳」に、「節婦饒氏、名懿貞」とある。これは伝と墓誌銘の性質の差や墓誌銘に記録のある女性たちの多くが封号を持つ上層階級の者であるという差によるものとも考えられる。女性の封号については、趙鳳喈《一九三七》一一四～一一六頁を参照。なお、『東里集』は、（明）楊士奇（撰）『東里集』四庫明人文集叢刊（上海古籍出版社、一九九一年）を使用した。

（八）女性の「諱」に対して「某」の字が充てられている場合もある。『東里文集』巻二十一「陳孺人墓碣銘」、『東里續集』巻四十「故太安人竇氏墓誌銘」、巻四十「周母朱孺人墓誌銘」、巻四十二「給事中鄭君妻孺人王氏墓誌銘」などは、そうした事例である。

（九）これは妓女に詩を吟じる者が多く、詩人という性質上、「幼名」以外の名や「字《あざな》」などを持つ割合が高いためとも言える。例えば、明代万暦年間の名妓、馬湘蘭は、「馬姫、名守眞、小字玄兒、又字月嬌」と複数の呼称を持っていた。『列朝詩集小傳』閏集（上海古籍出版社、一九五九年）参照。

（一〇）『碑傳集』は、（清）錢儀吉（纂）『碑傳集』（沈雲龍（主編）『近代中国史料叢刊』第九十三輯、文海出版社、一九六六年に所収）を使用した。

（一一）『紅樓夢』第八十六回の「……又叫屍親張王氏並屍叔張二問話」、（清）劉顎『老殘遊記』第十五回の「賈魏氏活該有救星了。好極、好極」などである。これは既婚女性に対して冠姓が用いられている例でもある。また、女性は姓を称するのが一般的であったことについては、滋賀秀三《一九五〇》においても指摘されている。

（一二）（清）澹園『燕子箋』第一回「夫人鮑氏、治內幽貞、止生一女、名喚飛雲」のように、既婚女性は「姓」で、未婚女性は「名」で書かれていることが多い。また、既婚女性に対して「徐門白氏」（『二刻拍案驚奇』巻三「權學士權認遠鄉姑　白孺人白嫁親生女」の正話）、「平家薛氏」（『二刻拍案驚奇』巻十七「同窗友認假作眞　女秀才移花接木」の入話）のような冠姓に類似した呼称が使用されていることもある。また、妓女は「姓」と「名」で称され、一般の既婚女性が「姓」で称されている例として、『金瓶梅』第九十二回に「告狀人吳氏、年三十四歲、系已故千古西門慶妻。……不料伊又娶臨清娼婦馮金寶來家」という裁判の場面がある。

（一三）既婚女性の「有姓有名」の例として以下のものがある。（明）佚名（撰）『龍圖公案』巻之二「黃菜葉」に、「受娶得妻劉都賽、是個美麗佳人」とあり、同書巻之四「三宝殿」に、「娶妻黃蕙娘。……娶妻陳順娥。……又買妾徐妙蘭」とあり、

（明）佚名（撰）『詳情公案』巻三・威逼門「夢黄龍盤柱」に、「娶妻李玉蘭」とある。未婚女性の「有姓有名」の例としては、（明）周楫『西湖二集』第十巻「徐君寶節義雙圓」に、「可憐金淑貞十二歳喪了母親吳氏」とある。また、『醒世恆言』巻四、入話には、「最後到一緋衣小女、乃道、此位姓石、名阿措」とあり、少女に化した花の精に姓と名が付けられている。

（一四）（明）佚名（撰）『詳情公案』巻五・妒殺類「斷妒殺親夫」に、「窺見青樓士女中有楊媚娘者、姿容冠世、美麗堪佳」と、妓女が姓と名で書かれている。のちに楊媚娘が妻となると、「一路舟行、三妻同船、惟與楊氏交歡、趙氏、唐氏未同衾枕」と姓で書かれている。また、『詳情公案』首巻「判獲逃婦」には、「買一婢盧氏。在店中治饌、酔則屢將踢打」とあり、下女が姓で書かれている例である。

（一五）『紅樓夢』第四回に、「這李氏亦系金陵名宦之女、父名李守中、曾爲國子監祭酒、族中男女無有不誦詩讀書者。至李守中承繼以來、便說、女子無才便有德、故生了李氏時、便不十分令其讀書、只不過將些女四書・列女傳・賢媛集等三四種書、使他認得幾個字、記得前朝這幾個賢女便罷了、只以紡績井臼為要、因取名爲李紈、字宮裁」とある。

（一六）逆に『紅樓夢』には、世事に長けていない人物であることを表現するために、字《あざな》がないという設定になっている場面も見られる。『紅樓夢』第三回に「寶玉又道、妹妹尊名是那兩個字。黛玉便說了名。寶玉又問表字。黛玉道、無字」とあり、幼少の頃より学問を習いながらも、王熙鳳ほどの教養もなく世事にも長けていないという林黛玉の人物像を想像させる一つの材料となっている。なお『紅樓夢』に登場する人物には、その運命を予想させる命名がされていることについては、小川陽一〈一九九三〉参照。

（一七）ここでの「一字」が具体的に何を指すのかは不明である。

（一八）族譜の中に、子女に関する記録は、例えば同族譜、内傳、七代の「介福」という人物の段には、「繼子一振淙係長發公。長子承嗣。女二、一適楊世澤、一適連文勳」とあり、息子は名が記録されるが、娘は嫁ぎ先が記録されるのが通例であり、続いて、「配李氏宛平縣人。……生女適楊世澤」、「副俞氏宛平縣人。生女適連文勳」とも記録され、生母を区別するために生母の記録の中に娘の嫁ぎ先（夫名）を付記し、どの娘を指すのかが分かるような記載方法が取られていた。もし娘が嫁ぐ前に死亡したならば嫁ぎ先（夫名）を記録することができない。そこでそのような場合は、娘の名や排行順を記録するという措置が取られていたのだと推測される。

（一九）例えば（明）徐渭（一五二一～一五九三年）が、亡き妻のために残した「君姓潘氏、生無名字、死而渭追有之、以其介似渭也、名似、字介君」という墓誌銘の一文も、名や字のない女性の存在が決して珍しいことではなかったことを示している。（明）徐渭『徐渭集』第一冊『徐文長三集』巻二十六（中国古典文学基本叢書、中華書局、一九八三年）。

(二〇) 例えば『陳氏宗譜』巻一・凡例には、「一、女之生年月日不書。書適某姓某人。娶氏亦書某姓。所以重婚姻也」とあり、『武進羊氏宗譜』巻二・世表凡例には、「一、嫁娶凡娶婦而妻之祖父有名位者、必書某公孫、某公子。……」とあり、『江氏宗譜』巻一・凡例には、「一、娶妻宜明其所自某邑某郷某人第幾女。如祖父兄弟有官職者、表內亦宜註明。出嫁之女亦然」とあるように、大部分の族譜が宗族内に生まれた女子については、名や生年月日は記録せず、嫁に出ればその出嫁先を明記するよう規定しており、娶った女性についても名は記載せずに姓と出自を記録するように規定していた。この点は墓誌銘などの追悼文の記載方法と共通している。対して男子については、『如皐呉氏家乘』巻三十・雑記に、「第二十八條　族中凡有成丁早逝、而未取名者、則書缺名。本有名、而其家自忘之者、則書失名。僅存乳名者、則書乳名」とあるように、夭死して幼名しかない場合、幼名を記録するよう規定していた宗族があった。また、『譚墅呉氏宗譜』巻一・凡例に、「……或隨改適之母、雖乳名亦書、備日後歸宗、使知某支某公。……」とあるように、母の再婚で宗族を出る男子に幼名しかない場合も、将来の帰宗に備えて記録するよう規定していた宗族があった。男子の幼名を記録するように規定したこれらの規約は、幼名避忌の風習よりも父系の血統による宗族の永続を重視していたことを示すものである。

(二一) また『毘陵薛墅呉氏族譜』巻五・列女にも、「呉軾妻莊氏、名盤珠、字蓮佩」とある。

(二二) 名族之譜とは、ある地域の望族を配列した譜である。多賀秋五郎《一九八一》一〇頁、および臼井佐知子《二〇〇五》第三部第六章第一節、参照。「宋沈休文太平陳氏之譜」は、南北朝時代の宋斉梁にわたり活躍した詩人、沈約が編纂した太平陳氏の譜を指すのか、「太平陳氏譜」なるものが実際にあったのかなどは不明である。なお、同族譜の巻五には、「女子名字年齡職業暨適人籍貫姓名官職表　其他各房今須闕如後當增補」との項がある。

(二三) 中国における親族称謂語は、非常に複雑である。「姑」は父の姉妹、「娘」は母親を指す。ただし、『金瓶梅』の中で、呉月娘が妾や家の使用人から「大娘」と呼ばれていることからも分かるように、親子関係になくとも「娘」を用いて称した。元来、「娘」は「孃」とは区別されていた。称謂語の「娘」および、その他の称謂語の歴史的変遷については、郭明昆《一九三八》参照。また、「妹」は実際の「妹妹」（いもうと）に対してだけでなく、自分と同世輩か年下に対して使い、親しみを込めた呼称としても使われた。「妹」に順次を示す字を付加し「二妹」とすることで人物の特定が可能となり、その女性の正式名として機能する。様々な親族関係名称については、（清）梁章鉅『稱謂録』（中華書局、一九九六年）、および中生勝美〈一九九六〉参照。

（二四）「同一世輩間」とは、共通の始祖から数えた世代が同じ間柄を指す。同世代というと血縁関係がない間柄にも使うことがあるため、小論では「世輩」という言葉を用いた。

（二五）排行制については、郭明昆〈一九三九〉、仁井田陞〈一九五七〉、上田信《一九九五》、中生勝美〈一九九九〉参照。

（二六）郭明昆〈一九三九〉参照。

（二七）明清時代から民国において、字輩による命名法は民間にも広く流行していたという。王泉根《一九九五》参照。族譜にも、『呉趨汪氏支譜』巻首に、「一、命名字行所以別世次也。吾家遵字行以下尚未編定、茲卽克字行起衍成十六字曰克。遵先志迺肇孫謀福佑、同宗緒承有穀嗣後、命名將十六字週、而復始雖子姓繁多、而有字行、可稽則序次、可以毋紊焉」とあり、『會稽日鑄宋氏宗譜』巻首・凡例に、「一、凡幼子童孫命名授字、皆加愼擇。其有祖宗名號所在不宜侵干者、謹爲避去重忌諱也」とあるように、命名の際に異世輩者間で字が重複したり、先祖の諱名と重複するのを避けるよう注意を促す規約を掲載した宗族があった。

（二八）克宏の四子の名は「惺（翼曾）、歩曾、象曾、冀曾」である。

（二九）ただし、『宛平王氏族譜』内傳・七代に、「文曾初名墀字級庭」、「原曾初名襲仁」、「書曾初名執書」、「坦曾初名襲勇初字鋭聞」、「培曾初名襲智」とあり、初名として輩行字を使っていない名が付記されているものもある。例えば、次頁の図は『竹溪沈氏家乘』巻一・東支世系の第六世と第七世に記録されている名の一部を示したものである（—線は親子関係を、＝線は兄弟関係を表す）。

　第六世の輩行字は「鴻」であり、第七世の輩行字は「兆」である。鴻基、鴻業の息子たちは、輩行字の「兆」と二つ目の字もまた兄弟同士で同じ扁房の字（「玉」扁と「鳥」扁）を共用している。しかし、第七世の「芝瑞」の名には輩行字が使われていない。このように族譜の系図の中には輩行字を使っていない名も確認できる。しかし、そのような名の特徴は、異世輩の輩行字をも使用していないことである。輩行字を使っていない名は割合的に決して多くはないながらも族譜の中に確認できる。しかし、異世輩の輩行字を使用した名は皆無であるといって良い。それは、同族譜、巻二・凡例、丁亥歳重添凡例六則に、「一、重名宜改分之所在。姪避叔、弟避兄。子姓既蕃、命名易複查出、通知動經旬月。或又改付而再重、今遇重出者、卽依序取改。……」とあり、『陳氏宗譜』巻一・凡例に、「一、譜序以派之尊卑、年之長幼爲次第。所以尊先輩、崇

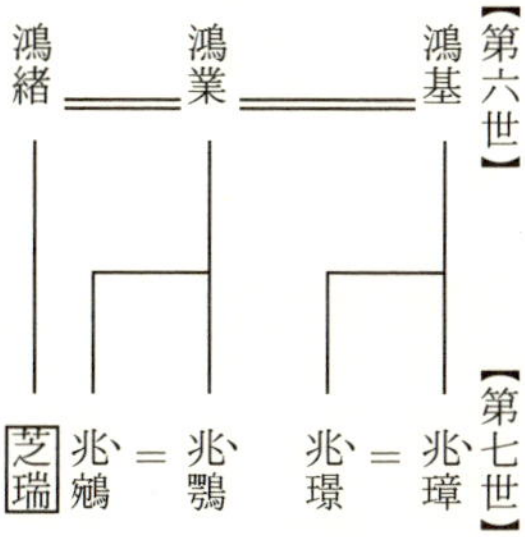

齒讓也」とあるように、異世輩同士で名が重複すると宗族が重視していた人物の序列化の妨げとなるため強く禁じられていたからである。なお、『江氏宗譜』巻一・凡例に、「一、人名最易重複、今先定西漢源流、遠南邦德澤長承先惟孝友華國煥文章、二十字爲字行著於譜名之下、卽爲將來取名之例、一字爲一世、可免重複之弊、且無尊卑之混」とあるように、世輩ごとの輩行字を用いて命名することを明記している族譜の場合、その規約を比較的遵守している傾向がある。また、輩行字による名ではない男性の名は、墓誌銘の中にも確認できる。(清) 錢謙益『初學集』(『錢牧齋全集』上海古籍出版社、二〇〇三年、第二冊) 巻五十一、墓誌銘二「南京大理寺南評事張君墓誌銘」には、「君娶雷氏、王氏、生三子、曰寧生、恭生、保哥」と三子の名が記録され (「保哥」は幼名だと思われる)、また、同書巻五十九、墓誌銘十「翰林院編修趙君室黃孺人墓誌銘」には、「孺人生二男一女、男曰延先、萬林、女嫁某。庶出子曰瑞南、女字某」と、嫡子の二人と庶子のそれぞれが異なる字による名である。ただし、これらの名は字《あざな》であるとも考えられる。中には、(明) 李夢陽『空同集』(四庫明人文集叢刊、上海古籍出版社、一九九一年) 巻四十六・志銘「明故蔡思賢墓誌銘」に、「名鑑、字思賢、號淨居道人。…… 配鄭氏、生子二、長曰卽思賢、次曰銘」とあるように、名と字《あざな》が区別され記されているものもあるが、名か字《あざな》か明記されておらず、名であるのか不明なものが多い。

(三〇) なお、上田信《一九九五》は、明代浙江省では「行第」が呼称としても日常使用されていたことを実証的に明らかにしている。

（三一）実名を敬避する風習については、中山久四郎〈一九〇一〉、および豊田国夫《一九八八》参照。

（三二）幼名を敬避する風習は特に宋元以降に激しさを増したとされる。完顔紹元《一九九四》参照。明清小説の中にも幼名を敬避する様子が描かれている。『紅樓夢』第三十一回に、「如今你們大了、別提小名兒了」と幼名を口にすることを宝玉たちに向かって注意する賈母の姿が描かれている。また、既婚女性の幼名が嫁ぎ先では知られないものであったことを示唆している例として、『紅樓夢』第五回に、「因納悶道、我的小名這里從沒人知道的、他如何知道、在夢里叫出來」という描写が見られ、同じく『紅樓夢』第六回の冒頭部分に、「卻說秦氏因听見寶玉從夢中喚他的乳名、心中自是納悶、又不好細問」という秦可卿の発言が見られる。なお、秦可卿の幼名については、『紅樓夢』第八回に、「因當年無兒女、便向養生堂抱了一個兒子並一個女兒。誰知兒子又死了、只剩女兒、小名喚可兒」とある。

さらに、明清小説の中には、人物像を形容するために幼名の風習を利用した作品がある。登場人物たちの親密な関係を表現するために幼名が利用されている例として、『紅樓夢』第六回がある。周瑞の妻が、劉姥姥と王熙鳳の話をしている際に、王熙鳳の幼名（鳳哥）を言うことで、周瑞の妻が王熙鳳を古くから知る人物であることが表現されている。また、『醒世姻緣傳』第二回には、「珍哥將窗紙挖了一孔、往外張着、看着楊古月走到跟前、不重不輕的提着楊古月的小名、説道、小楞登子、我叫你多嘴」とあり、これは晁源の妾である珍哥が、街のもうろう医者である楊古月（楊大医）の幼名を叫び、楊古月を中傷するという場面である。珍哥と楊古月は過去に肉体関係があり、二人の親密さと礼に反して人の幼名を叫ぶというような珍哥の不埒な性格を表現するために、幼名を呼ぶ様子が描かれている。また、幼名は冗談を言う場面や、怒る場面にも使われている。『紅樓夢』第十九回には、賈宝玉にくすぐられた林黛玉が、宝玉を諭す際に、「寶玉、你再鬧、我就惱了」と、幼名の「宝玉」を本人に向かって使う場面が見られる。なお、「宝玉」が幼名であることは、第三回に、「這位哥哥比我大一歲、小名就喚寶玉」と、林黛玉が言う場面によって分かる。

（三三）作品の本事については、小川陽一《一九八一》一六三〜一六四頁、参照。

（三四）明清小説の中で、下女は名で呼ばれるのが通例である。（清）李漁『連城璧』未集「妻妾敗恆常　梅香完節操」では、妻が「羅氏」、妾が「莫氏」と姓で書かれ、下女（通房丫鬟）が「碧蓮」と名で書かれている。また、下女が娘扱いとなることで「小姐」（お嬢さん）と呼ばれるという場面が、『紅樓夢』第十三回にある。秦可卿の死後、子供のいなかった秦可卿のために、下女の宝珠が葬儀の際、自分が義女を務めることを申し出る。秦可卿の娘（の代役）として葬儀に参列するのであれば、それ相応の呼称で呼ばなければ娘（の代役）であるとは言えないため「小姐」と呼ばれるようになる、という場面である。また、宝珠は未婚の娘の格式で喪に服す。服喪期間は、斬衰・斉衰・大功・小功・緦麻で構成された五服制によって定められていたが、例えば、『陳氏宗譜』巻一「家禮圖」の「喪禮之圖」を見ると、「妻、妾、出嫁女」などの服喪期間が親属称謂語によって示されており、親族称謂語の基礎を成していたのは五服制であったことが分かる。五服制と親族称謂語に関連性があったことは、例えば、『紅樓夢』第九十二回の馮紫英が、賈政に対して「是有服的還是無服的」と、賈雨村との関係を問う場面などからも窺われる。なお服喪制については、滋賀秀三《一九六七》第一章第一節、参照。

(三五) 下女（婢女）を嫁がせるという行為は、称賛に値するものであり、善書にも掲載されていた。（明）鄒廸光（撰）『勧戒図説』（国立公文書館内閣文庫本）巻之二「嫁婢延年之報」、および（明）顔光衷（編）『廸吉錄』（国立公文書館内閣文庫本）兆集・公鑑助嫁門「資助嫁女之報」には、もとは良家の娘であった蘭孫を下女として買い、のちに嫁がせたことが美談として書かれている。

(三六)『初刻拍案驚奇』巻十二「陶家翁大雨留賓　蔣震卿片言得婦」入話、『喩世明言』巻十七「單符郎全州佳偶」正話などがそうである。また、女児の男装が題材となっている小説や随筆においても呼称の変化が描かれている。『二刻拍案驚奇』巻十七「同窗友認假作眞　女秀才移花接木」正話、『初刻拍案驚奇』巻十九「李公佐巧解夢中言　謝小娥智擒船上盜」正話、『醒世恒言』巻十巻「劉小官雄雌兄弟」正話、（清）王士禎『池北偶談』「女化男」、（清）藕香室主人（撰）『不可說』乙編・奇事「女化男身之不可說」などがそうである。

(三七)『明史』巻三百三・列傳一百九十一・列女三「曹復彬妻楊氏。復彬、江都諸生、城破、復彬創僕地、楊匿破屋中。長女蒨文、年十四、趣母決計。次女蒨紅、年十二、請更衣死、楊止之、復彬執不可、乃爲三繯、次第而縊」。

(三八) 四庫明人文集叢刊『椒邱文集・石田詩選・東園文集』（上海古籍出版社、一九九一年）。

(三九)（明）葉紹袁『午夢堂集』上（中華書局、一九九八年）。

(四〇) また、（清）錢謙益『列朝詩集小傳』（上海古籍出版社、一九五九年）閏集「王氏鳳嫺」には、「華亭張孺人王氏、名鳳嫺。王解元獻吉之姉、張進士本嘉之妻也。本嘉爲宜春令、卒于官。艱辛自誓、撫其子汝開、擧于鄉、爲懷慶丞。年七十餘乃卒。女引元、字文妹。引慶、字媚妹。皆工翰藻」とあり、名と字《あざな》の双方に共通の字を使った姉妹もいた。

(四一) 族譜の系図の部分には、名だけが記録されているものと、名以外に役職や妻や子に関する情報なども記録されているものがあり、前者が「世系」、後者は「世表」と区別されて族譜に掲載されていることも少なくない。しかし、ここでは、世系と世表の両者を指し「系図」という用語を用いた。

(四二) また小論に示した表は便宜上、男性が属している世輩の箇所に並列して女性の名を載せたが、実際には世表の中の父の名が書かれている段（正確には生母の姓の横）に娘の人数、名、出嫁先などが記録されていることが通例で、ここに示したように世系の中に女子が組み込まれて記録されていることはない。

(四三) また、中には世輩が異なる女子同士でまったく同じ名が付けられていた例もある。以下の図は、『毘陵是氏宗譜』巻四・省岸焦溪統宗世表に掲載されている世表を図にしたものである。

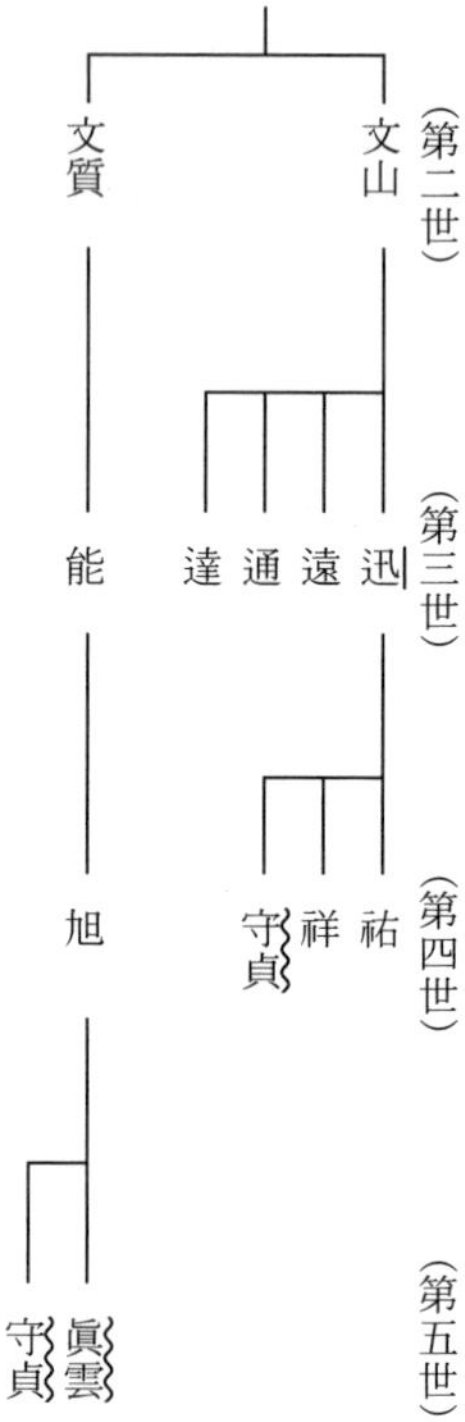

第三世の「迅」に「守貞」という娘がおり、「迅」の従兄弟にあたる「能」の孫にも「守貞」という名の娘がいたことが分かる。

(四四) 例えば、清代の康有為は六人兄弟姉妹で、「有溥」という弟の他に、二番目の姉の「逸紅」、妹の「瓊琚」・「順」がおり（一番目の姉の名は夭死のため不明）、兄弟は輩行字による名であるのに、姉妹はまったく異なる範疇の名が付けられ、女子は輩行字による命名の制限がなかったことを示す一例と言えるであろう。坂出祥伸《一九七六》も参照。

(四五)（清）徐珂『清稗類鈔』（中華書局、一九八四年）。

(四六) 女性の名の由来について書かれたものとして、以下のような例がある。（清）楊淮（撰）『古豔樂府』（歴代學人（撰）『筆記小説大觀』五編第六冊、新興書局、一九八一年、所収）「司畫奴」に、「睞娘者、姓易氏。世居松陵之舜水鎭、父好蓄古畫、令睞掌之、呼爲畫奴、復因其星眸流盼、更名爲睞娘」とあり、小説では（清）天花藏主人『玉嬌梨』第一回「小才女代父題詩」に、「夫人吳氏各處求神拜佛、燒香許願、直到四十四上、方生得一個女兒。臨生這日、白公夢一神人賜他美玉一塊、顔色紅赤如日、因取乳名叫做紅玉」とあり、（明）天花藏主人『玉支璣小傳』第一回には、「父親愛之如寶、因與他起個名字、叫做彤秀、別字青眉」と、父が娘を宝のように愛し、そのために名と字《あざな》を付けた、という描写が見られる。

（四七）男性の輩行字による名は、明清小説の中に非常に多く見られる。例えば、『警世通言』巻五「呂大郎還金完骨肉」の正話に、「大的叫做呂玉、第二的叫做呂寶、第三的叫做呂珍」とあり、『初刻拍案驚奇』巻三十八「占家財狠婿妒侄　延親脈孝女藏兒」の正話に、「姓劉、名從善、年六十歲、人皆以員外呼之。……一來他有個兄弟劉從道」とあるように、兄弟の名に輩行字が使われていることが多い。また、『喻世明言』巻十八「楊八老越國奇逢」の正話に、「因是本縣小兒取名世道、那檗氏所生就取名檗世德、要見兩姓兄弟是意」とあり、同一世輩であることを示すために異腹の息子たちに共通の字を用いた名を付けたとの発言が見える。中には、『喻世明言』巻三十九「汪信之一死救全家」の正話に、「姓汪名孚、字師中。……他有個嫡親兄弟汪革、字信之」のような、輩行字を使用していない兄弟の名も見られる。ただ、これもまた異世輩の輩行字と重複しない字を使った名であれば、輩行字を使わない名も付けられることがあったという実態を反映しているものである。さらに小説の場合は、作者にそれ相応の他意が別にあり、敢えて輩行字を使わない名が付けられていることも少なくない。例えば、『醒世恆言』巻三十六「蔡瑞虹忍辱報仇」の正話に、「那兒蔡韜、次子蔡略、年紀尚小」という兄弟の名がある。この兄弟は、輩行字による名ではないものの、姜太公（撰）『六韜』と黃石公（撰）『三略』を指し、転じて兵書、兵法を指す用語として用いられる「六韜三略」という連語から韜と略という名が付けられており、作者が意図的に輩行字による名を付けていない一例である。また『紅樓夢』の主人公、賈宝玉の名は、口に玉を含んで生まれたことに因んで付けられたとされるが（第二回）、金陵十二釵の中の林黛玉、薛宝釵、妙玉の名と合わせることで、彼女たちと深い結びつきを持つという運命を暗示した命名である、との指摘がある。金啓孮〈一九八〇〉を参照。宝玉の同世輩者はみな「玉」扁の字の名であるため、宝玉の名は輩行字による命名の習慣に準拠しながら運命をも投影させている例である。

（四八）共通の字を使った姉妹の名は以下の作品にも見られる。『醒世恆言』巻二十七「李玉英獄中訟冤」の正話「兒子名曰承祖、長女名玉英、次女名桃英、三女名月英」、『醒世恆言』巻二十「張廷秀逃生救父」の正話「長的喚做瑞姐、二年前已招贅了個女婿趙昂在家。次女玉姐、年方一十四歲」、『初刻拍案驚奇』巻二十三「大姊魂遊完宿願　小姨病起續前緣」の正話「住居春風樓側、生有二女、一個叫名興娘、一個叫名慶娘」、『喻世明言』巻二十八「吳衙內鄰舟赴約」の正話「家中止一妻二女、長女名道聰、幼女名善聰」なども類例である。

（四九）これは、「翠繞珠圍」という良家の娘が着飾った姿を形容する語句から付けられている名だと思われる。

（五〇）袁枚（字子才、号簡齋、存齋）、方濬師（編輯）『隨園先生年譜』（王英志（主編）『袁枚全集』江蘇古籍出版社、一九九三年、第八冊）参照。なお妹たちの詩や文は、袁枚（編）『袁家三妹合稿』として収録されている。（『袁枚全集』前掲同書、第七冊）参照。袁棠には袁傑（字淑英）という妹もいたとされる。施淑儀（撰）『清代閨閣詩人微略』巻四「袁傑」（『清代傳記叢刊』學林類、明文文書）、および合山究〈一九八四〉を参照。

（五一）嗚呼痛哉。汝生丙辰季春、家貧乏乳、甫孩六月、育於舅妗。因循時日、十歳始歸。蔡文姬之夙慧、早辨聞琴、楊容華之曉妝、即疑向月。曾協翠雞之夢、遂符綵鸞之名。

（五二）蔡文姫は、蔡琰。後漢の人。蔡邕の女。匈奴にさらわれ、曹操に買い戻された。『後漢書』列傳七十四　列女　董祀妻傳には、蔡琰の作とされる「悲憤詩」二首が収録される。

（五三）楊容華は、初唐四傑であった楊炯の姪女。『全唐詩』七百九十九巻「新妝詩」に、「啼鳥驚眠罷、房櫳乘曉開。鳳釵金作縷、鸞鏡玉爲臺。妝似臨池出、人疑向月來。自憐終不見、欲去復裴回」とある。

（五四）葉紹袁の家族が文学の名門としていかに特殊であったかは族譜を見ても明らかである。『呉中葉氏族譜』巻五十五、傳記、列女、汾湖には、妻である沈宜修の伝（「葉紹袁元配沈氏傳」）や長女の紈紈と三女の小鸞の伝（「明工部公葉紹袁長女紈紈」、「明工部公葉紹袁三女小鸞」）が掲載されている。女性の伝が族譜に掲載される場合は、舅姑に仕えた孝を讃えたり、節烈行為を称賛した内容であることが多い。しかし、彼女たちの伝は文学の才能を褒め讃えた内容である。また、紈紈と小鸞の伝名の下には、「二十五世」と記されており（葉紹袁は第二十四世）、娘に対して第何世輩かを示す記録がされているのも異例である。

（五五）娘の名に男兄弟の輩行字を使っているわけではないが、（明）陳子龍（撰）『安雅堂稿』巻十六・誌銘「瘞二女銘」には、幼くして死んだ二人の娘への父の思いが綴られている。その中に「陳氏長女名頎生、崇禎庚午之二月殤於乙亥之七月凡六歳、次女名頴生辛未之八月至十月歿、二女皆陳子室張出也」という娘の名が記されている。息子同様に娘を可愛がり実用的な呼称以外にも名を付け、死を悲しみ追悼文を記す父親が存在していたことを示すものである。

（五六）彼女たちの名にはそれぞれ「原＝元、應＝迎、嘆＝探、息＝惜」（甲戌本脂注）の意味があるとされる。兪平伯≪一九七五≫を参照。

（五七）賈敏には「賈敷、賈敬」という従兄弟もおり、みな「攵」扁の字が付けられている。

（五八）兪平伯≪一九七五≫に、「（甲戌脂硯埯重評本）蓋云學海文林也、總是暗寫黛玉」とあり、王夢阮・沈瓶庵『紅樓夢索

隠』「紅樓夢索隱提要」には、「且黛玉之父名海、母名敏、海去水旁、敏去文旁、加以林之單木均爲梅字」と父母の名が「梅」の字に通ずるとある。

(五九) また『紅樓夢』の登場人物に性格や運命を暗示した名が付けられていることについては、小川陽一〈一九九三〉を参照。なお、他の参考文献については小川陽一〈一九九三〉注(五)・(七)を参照。

(六〇) (唐) 柳宗元 (撰)『柳河東集』巻十三・墓誌「下殤女子墓傳記」に病を治すために名を付けてもらう女性の記事があり、女性の順次を示す字と親族称謂語による名以外の名が生まれる状況の一つの例である。楊家駱(編)『中国文学名著』第三集(世界書局、一九六三年)を参照。

(六一) 例えば、明代万暦年間の戯曲家であった李漁に原名「仙侶」、字《あざな》「謫凡、笠鴻」、号「笠翁、天徒、笠道人、湖上笠翁、随庵主人、新亭客樵」と複数の呼称があったように、士大夫層の男性が複数の呼称を持つのは一般的であり、女流詩人もまた同様に名や字《あざな》など複数の呼称を持つことも少なくなかったと予想される。その際には詩人に相応しい呼称を付けていたであろう。そのような事例が小説にもみられる。(清) 曹雪芹『紅樓夢』(庚辰本『脂硯齊重評石頭記』) 第三十七回では、李紈、林黛玉、薛宝釵、探春らが遊びで詩会を開くのに詩人らしい号が必要だとしてそれぞれ号を付けている。

(六二) 例えば、清末の妓女、賽金花は土地を変えるたびに何度も改名をして妓女を続けていた。朱翔《二〇〇二》、柯興《一九九一》を参照。

(六三) 斉藤茂《二〇〇〇》を参照。また妓女と文人との関わりについては、陶慕寧《一九九三》、大木康《二〇〇一》に詳しい。

(六四) (明) 呉世美 (撰)『驚鴻記』萬暦間金陵世徳堂刻本 (影印本『古本戯曲叢刊』二集、所収)。

(六五) 妓女の名は、男性が妓女に贈る詩を作る際にも利用された。(清) 黄協塤『鋤經書舍零墨』「花間楹帖」に「凡贈妓之聯、多以名字屬對」とある。歴代学人撰『筆記小説大觀』二十一編、第八冊 (新興書局、一九八一年)。

(六六) 例えば、(明)『英宗實錄』巻八十一には「(正統六年秋七月己酉) 代王桂寵其侍女榮花、菊花、妃徐氏妒之、糞其鼻口、漆其身成癩」と侍女は名のみで記録され、妃は姓のみで記録されている (台湾中央研究院歴史語言研究所 (編)『明英宗實錄』)。また、康熙年間處理孔氏族人訟案 (一) (三六〇一) 之十五「孔尚穪啓爲牛貫鬪姊弟打死樂女懼罪逃避乞拘押嚴究事」の「被啓人、牛貫鬪並父、牛氏。干證人、杜長民、王乘所、王滕宇、戚民、小腊梅、小迎春、小書童」という記事は、妾が姓で記録され、下女下男が名で記録されている例である。(『曲阜孔府檔案史料選編』第三編・清代檔案史料・第十八

冊・刑訟、斉魯書社出版、一九八五年）参照。

(六七) 例えば、（清）閑齊氏（撰）『夜譚隨錄』「梨花」には、十歳の女子を買い命名するという話がある。歴代學人（撰）『筆記小說大觀』二編第十冊（新興書局、一九八一年）所収。また主人が下女に対して愛情や思い入れがある場合は凝った名や字をも付けることもあった。宋代の詩人、蘇軾の侍妾の王朝雲は子霞という字《あざな》を持っていたことが、（宋）蘇軾『蘇東坡集』第十四冊、第十二巻、墓誌銘四首「朝雲墓誌銘」（国学基本叢書四百種・王雲五（主編）『蘇東坡集』台湾商務印書館、一九六八年、所収）に見える。この侍妾が正式な妾であったのかは不明であるが、蘇軾の子を生んでいることは確かである。また、下女に思い入れがあって名を付ける場面が『紅樓夢』第三回にある。もともとは賈母の下女であった「花珍珠」が宝玉の身の回りの世話をする下女となると、宝玉によって「襲人」という名を付けてもらっている。同書第二十三回に、宝玉の父、賈政の「丫頭不管叫個什麼罷了、是誰這樣刁鑽、起這樣的名字」という発言があり、宝玉が彼女に思い入れがあるために「襲人」という下女らしくない名を敢えて付けたことが分かる。さらに主人の意向で改名されるのは下男も同様である。『脂硯齋重評石頭記』では、下男の「茗烟」の名が、第二十四回以降「焙茗」となっており、第三十九回で再び「茗烟」に戻っている。一方、「程甲本」と称される『新鐫全部繡像紅樓夢』（乾隆五十六年、木活本）では、「烟」の字が良くないからと賈玉玉によって改名させられたのだ、という改名の理由を述べる場面が書かれ、第三十九回以降も「焙茗」という名で統一している。詳しくは、伊藤漱平（訳）『紅樓夢』上、第二十四回注（三）および第三十九回注（五）（平凡社、一九七三年）参照。また、同書第二十四回注（三）に、「程甲本」に「焙茗」と改名した理由を書くことで、名が異なっていることの辻褄を合わせたとの指摘がある。この辻褄合わせも下男は主人の意向で、容易に改名させられる事があったという社会通念を作者が利用した補筆であると考えられる。

(六八)『紅樓夢』第三回「黛玉正不知以何稱呼、只見衆姊妹都忙告訴他道、這是璉嫂子」。また、同書第六回には「周姐姐、快挽起來、別拜罷、請坐。我年輕、不大認得、可也不知是什麼輩數、不敢稱呼」と、劉婆婆との親属関係が分からないため称呼することを控えている、という王熙鳳の発言が見える。

(六九) 王熙鳳と林黛玉の親族関係は、熙鳳からみれば黛玉は「夫（よりも年下）の従姉妹」であり、黛玉からみれば熙鳳は「母方の（自分よりも年上の）従兄弟の嫁」である。

(七〇) 一方、周瑞の妻は王熙鳳を「奶奶」または「璉二奶奶」と呼んでいるが、第六回では熙鳳がいない場所で劉婆婆に熙鳳の話をする際に「鳳姑娘」を使っている。なお、熙鳳は賈璉の妻であり、賈璉の排行順を示す字が「二」であるため、親族関係にある者からは「璉二」に称謂語を付加した呼称「璉二嫂子」や「璉二嬸子」などとも呼ばれている。ただ宝玉は熙鳳を「姐姐」と呼ぶことも多く、第三者に熙鳳の話をする際は「姐姐」だけでは人物の特定ができないために「鳳姐姐」を使っていることがある。また熙鳳は下女たちから「奶奶」と呼ばれ、熙鳳の部屋付きの下女は熙鳳と対面している場合は「奶奶」を使い、第三者に熙鳳の話をする時は「我們奶奶」または「二奶奶」と排行字を付加した呼称を使っている。状況に応じて人物の特定をするために排行字を付加した呼称を用いたり、本人の前では自分との身分差を表すのに適切な呼称を用いるという姿が描き出されている。また、『喩世明言』巻十「滕大尹鬼斷家私」正話では、父が晩年に娶ったことで財産が減ることに腹を立てた長子が妻に向かって「在咱爹身邊、只該半妾半婢、叫聲姨姐、後日還有個退步、可笑咱爹不明、就叫衆人喚他做、小奶奶、難道要咱們叫他娘不成」と、父親が娶った女は妾といっても下女のようなものだから妾に使う呼称を使う必要がないと言っている。この場面も呼称が人物の価値を表すという実態に基づいて描かれていると言える。

(七一)『醒世姻縁傳』第十一回に、「放你家那臭私窠子、淫婦歪拉骨、接萬人的大開門、驢子狗臭屁。甚麼珍姨、假姨。你待叫、就叫聲奶奶。……」とある。

(七二)『紅樓夢』第十一回には、秦可卿の見舞いに行こうとする賈宝玉に対し、母親の王氏が世輩の上の者が下の者を見舞う際には注意が必要であり、それを厳守するよう諭すという場面がある。

(七三)『紅樓夢』第二十四回には、宝玉より四、五歳年上の賈藝が宝玉を「宝叔」と称呼している。実年齢による上下関係よりも世輩による上下関係を重視している例である。

(七四)『紅樓夢』の中で「襲人」(姓は「花」)や「平児」などの下女の間でも上位に位置する者は、下の下女から「花大姐姐」や「平姐姐」などと呼ばれている。

第六章　不再娶

はじめに

元末明初の人、瞿佑（一三四一〜一四二七年）が著した『剪燈新話』巻四「綠衣人傳」は、甘粛省天水に住む趙源という青年が、西湖の葛嶺に仮住まいしていた時、緑の服を着た年十五、六の美しい女と出会い、女と共に幸せに暮らすが、女は幽霊であったことから、三年後、あの世へ戻ってしまい、趙源は女の情に感じて再び妻をもらおうとはしなかった、という話である。[一] 中国近世では、男性の再婚を再娶といい、再婚しないことを「不再娶《ふさいしゅ》」と呼ぶ。「綠衣人傳」の結末では、女性への愛情の深さを強調するために不再娶が描かれている。男性の愛情表現として、不再娶は読者に強い印象を与えよう。

しかし、明清小説には、再婚をしない節婦や貞女を描いた作品は多いが、不再娶を描く作品は限られる。しかも不再娶を描く作品では、「綠衣人傳」のように、相手の女性は幽霊であることが多い。かかる不再娶を描いた作品数の少なさや、女性が幽霊であるという特徴は、明清時代における不再娶に対する社会通念と関わりがあるのではなかろうか。[二] 本章は、不再娶という問題を通じて、女性だけではなく、男性もまた、家族制度を支えた、後継ぎを残して血統を存続すべきだとする「孝」という規範に縛られていたことを明らかにするものである。

第一節　継嗣問題と不再娶

明清時代において、不再娶を貫くことは、人に誇り得る行為であった。(清) 魏禧『魏叔子文集』(三) 外篇 巻十八 墓表「黃樂玄翁墓表」には、六十歳になった黄楽玄が、人生の六つの喜びを語る中で、妻を亡くしてから再婚をしなかったことを挙げている。

(黄楽玄) 翁が六十歳になった日、三人の孫が堂で拝礼すると、翁は (孫たちに) 向かって、「わしには六つの喜びがあった。……壮年になって妻を亡くしたが、再婚しないと誓い、それを破らなかったことは、四つ目の喜びである。……」と語った。

翁六十之日、三孫拜堂下、翁顧而語曰、吾有可樂者六。……壯年失偶、誓不再娶、不食吾言、四樂也。……

黄楽玄にとって、壮年に妻を亡くしながら、再婚しないことを誓い、それを成し遂げたことは、人生の喜びの一つであり、孫に語り得る誇りなのである。不再娶は、不再嫁と同様、人に誇れる行為であった。

また、(明) 徐渭の『徐渭集』(四) 巻十五 壽文 樂山「贈王翁七十序」には、

大夫は四十歳の時に妻を亡くし独り身になられたが、今に至るまで三十年間、部屋には一人の侍女も置いていない。そうしようと努めたわけではなく (自然と) 置かなかったのである。

然大夫當四十而鰥、至今三十年、帷中無一侍者。力可以爲而不爲也。

とあり、楽山は、王大夫が四十歳の時に妻を亡くし、部屋に妾や侍女を置かず、不再娶を貫いたことを称賛してい

る。[五]不再娶を貫く男性は「義夫」と称され、[六]節婦と同様、旌表の対象であった。[七]義夫となる難しさについて、魏禧は、「いま節婦となることの難しさは、忠臣となるよりも難しく、義夫となることは節婦となるよりも難しい」と記している。[八]

　それでも、不再娶を成し遂げた男性はいた。『明史』巻二百八十三 儒林二 趙維新傳に、

（趙維新は）本来とても孝行な性格で、服喪中は、味の付いた食べ物を口にせず、柴のように痩せ細り、杖をついてようやく立ち上がれるほどであった。郷里の者がその孝行ぶりを役所に報告しようとしたが、かたく辞退した。妻を亡くすと、五十年再婚することはなかった。

（趙維新）性純孝、居喪、五味不入口、柴毀骨立、杖而後起。郷人欲擧其孝行、力辭之。喪偶、五十年不再娶。

とある。しかし、不再娶に関する記録は、『明史』では、このほかに三例あるだけで、『清史稿』では、二例しか見られない。[九]不再娶を貫くことが、いかに難しいことであったかを理解できよう。そうした中で、不再娶を成し遂げた趙維新が、「本来とても孝行な性格（性純孝）」と記され、孝との関わりの中で不再娶が語られることには注目しておきたい。後述の如く、孝は不再娶の前提とされるためである。達成できれば、人から称賛される不再娶が、なぜ成し遂げ難いものと思われていたのであろうか。

　不再娶の記録が少ない理由の一つは、明清において義夫は、節婦ほどには奨励されていなかったことに求められる。節婦については、明の洪武元年（一三六八年）に発布された『大明會典』に、

およそ民間の寡婦で、三十歳前に夫を亡くし、五十歳を過ぎるまで再婚しなかった者は、門閭に旌表し、本家の差役を免除する

凡民間寡婦、三十以前夫亡、五十以後不改節者、旌表門閭、除免本家差役。

と規定される。清はこれを踏襲して、康熙六年（一六六七年）に発布した条文の中で、節婦の規定を明記している。明清ではともに節婦が奨励されていたのである。一方、明の条例のなかに、不再娶を貫く義夫に関する規定は存在しない。清の道光二十一年（一八四一年）になってようやく、『禮部則例』巻四十八 儀制清吏司の中に、

義夫として旌表すべきは、三十歳以内で、すでに継嗣がおり、妻を亡くしても妾を娶らず、親に孝を尽くし、品行方正な者で、六十歳を過ぎて、亡くなった場合には、旌表の申請を許す。

義夫應旌表者、須年在三十歳以内、已有子嗣、原配身故並不續娶納妾、且孝友克敦、素性敦朴、至六十歳以上、身故後、准請旌表。

という、義夫に関する規定が設けられるに至る。しかも、この規定には、明清において積極的に不再娶が奨励されなかった理由も明記されている。不再娶を行うためには、継嗣の確保が必要条件だったのである。継嗣確保の必要性こそ、不再娶の記録が少ない第二の、そして最も重要な理由であった。

継嗣問題は、不再娶を選択する際の最大の障碍であった。後継ぎがなければ、後妻を娶るべきだとされていたからである。それは、族譜の規定からも窺われる。『江都卞氏族譜』例言には、

妻が死亡し子供がいなければ、義として再娶すべきである。しかし再婚となる婦人を娶ってはならない。初婚の女を娶り、必ず継某氏某邑某人の女と明記せよ。

妻亡無子、義當再娶。切勿娶再醮婦。繼娶處女、必特書繼某氏係某邑某人女。

とあり、妻を亡くした際、子供がいなければ、再娶することが義であると述べられている。それは、『禮記』昏義に、

婚礼は、二姓のよしみを合わせて、上は宗廟に事え、下は後世に継ぐものである。

昏禮者、將合二姓之好、上以事宗廟、而下以繼後世也。

と規定されるように、婚姻が宗廟の祭祀を継承すると共に、後継ぎを残すことを目的としていたためである。後継ぎの重要性を述べる規範を掲載している族譜は多い。例えば、『甬上雷公橋呉氏家譜』巻一 宗約には、

不孝には三つあるが、後継ぎがないことはもっとも大きな不孝である。……妻を娶らない者は、宗族の祭祀を継承することができない。

不孝有三、無後爲大。……至不娶者、不繼禮也。

とある。傍線を引いた『孟子』離婁上を典拠に、「孝」のため後継ぎの重要性を説き、妻を娶らない者は、宗族の祭祀を継承できないと規定するのである。そのため、たとえ妻がいたとしても、継嗣がなければ、妾を納れることが必要とされた。『石池王氏譜』祖訓には、

不孝には三つあるが、後継ぎがないことはもっとも大きな不孝である。四十歳になっても子供がいない場合に、妾を納れることで後継ぎを得ようとするのは、理の当然である。もし正妻が妾を納れることを嫌がり、聞き入れなければ、これは我が血統を絶やすことになる。妻を離縁したとしてもやりすぎではない。

不孝有三、無後爲大。年至四十尚無子、息納妾圖後、理所當然應爾。倘正妻以是爲嫌、而不相容者、是欲絕我系也。雖出之亦不爲過。

とある。後継ぎを得るための重要な手段として、納妾の正当性を述べ、それを正妻が妨げた場合には離婚してもよいとする。かかる規範は、男性に後継ぎを得るという責務が課せられていたこと示すものである。(一〇) 後継ぎがないまま妻を亡くした場合に、不再娶を貫くことがいかに困難であったかを理解できよう。

逆の見方をすれば、後継ぎをすでに確保していれば、不再娶を選択することが可能となる。地方志や随筆に残る不

再娶の事例では、その前提として継嗣の存在を挙げているものが多い。（一一）例えば、『杭州府志』（一二）巻之八十九 人物二十三義行には、

妻が亡くなると（陳）昊は二十五歳から生涯、鰥暮らしを貫いた。父母は昊がまだ若いことから妾を娶ることを期待した。しかし昊は声をあげて泣き、後妻を娶ることを勧める人に向かって、「自分にはすでに息子がおり、祭祀を承ける者がいるのだから、再び妻を得ようとするのは、私の妻に背くことになる」と言った。

妻亡（陳）昊年二十五、遂鰥居終身。父母因其壯蓄姫以俟。昊飲涕、麾之人勸其繼娶、昊曰、吾實有子以承祀事、忍復求偶、以負吾妻耶。

とある。すでに息子がおり、（一三）宗族の祭祀を継承できるという前提条件のもと、はじめて男性は、亡き妻のために不再娶を貫くという選択が可能となったのである。

明清時代における男性は、妻が亡くなったあと再婚しないという不再娶を行えば、義夫として称えられたが、それはすでに後継ぎを確保している場合に限られていた。亡き妻への愛情よりも、祖先の祭祀を継承する「孝」という社会規範が優先されたためである。しかしながら、すべての不再娶の動機が「孝」という規範の下位に置かれるわけではない。「孝」よりも亡き妻への愛情を優先させる不再娶も見られるのである。次に、明清時代における不再娶の理由を検討してみたい。

第二節　不再娶の動機

明清時代において、男性が不再娶を選択する理由は、結論的に言えば、①親への「孝」の実践のため、②血統の存

続という「孝」の実践のため、③妻の実践した「孝」に報いるため、④妻の実践した「節」に報いるため、の四つを主たる動機としていた。[一四]①から③は、「孝」という社会規範に従属するものであるが、④は「孝」ではなく、「節」を貫いてくれた妻への愛情に基づく不再娶である。①から③と、④との違いに留意しながら、四種類の不再娶の動機を検討していきたい。

① 親への「孝」の実践のため

不再娶を選択する第一の動機は、親への「孝」を実践するためである。『清史稿』巻四百九十七 湯淵傳には、

湯淵は、江蘇常熟の人である。八歳の時に父を亡くした。母は針仕事の手を休めることはなく、淵はそれを見て涙を流した。淵が成長し、行商をするようになってから、母に少し休むよう勧めたが、母は、「休むのは死ぬのと同じことです」と言った。淵は大声で泣いた。……淵は妻を娶ったが妻は子供を生むと亡くなった。(淵は)再婚を勧める者に、「わたしにはすでに子供がいます。母を養う力が妻を養うことに取られるのは耐え難いことです」と言った。ついに鰥を貫いた。

湯淵、江蘇常熟人。八歳喪父。母茅紡織不稍休、淵見輒涙下。少長、爲負販、勸母暫休、母曰、休不且餒死耶。淵大慟。……娶生子而婦亡。或勸再娶曰、吾已有子。何忍分養母力以養婦。竟以鰥終。

とある。湯淵は、苦労を重ねて自分を育ててくれた母親の恩に孝で報いるため、経済的な余裕を求めて不再娶を選択した。ただし、留意すべきことは、一度も結婚せずに母を養ったのではなく、[一五]すでに子供がいたために、不再娶を選択できたことである。子供がなければ母を養い得ても祭祀が絶えてしまい、この上ない不孝を犯すことになるからである。

②　血統の存続という「孝」の実践のため

不再娶を選択する第二の動機は、血統の存続という「孝」を実践するためである。『嘉興府志』巻五十九　平湖孝義には、

沈壎は字を辛公といい、貢生であった。服喪中は痩せ細るほど嘆き悲しみ、生活に困窮しながら四世の葬儀を執り行い、残された甥たちが成人になるまで面倒をみた。妻は早くに亡くなったが、再婚することはなかった。

沈壎字辛公、貢生。居喪哀毀、拮据營葬四世、撫孤姪成立。妻早卒、不再娶。

とある。沈壎は、早くに妻を亡くしたが、血統を存続させる甥たちを育てるために、不再娶を貫いた。①の如き直接的な親への「孝」ではないが、一族の血統を絶やさないことは、重要な「孝」の実践であった。その目的を果たすため、不再娶を選択したのである。

子供がすでにいる状況で妻が亡くなり、後妻を迎えた場合、子供の虐待がしばしばあり、それを防ぐため不再娶を選択することもあった(二六)。『遷崑李氏家譜』巻一　家訓に、

およそ人は妻がいないと家が成り立たないので、妻に死なれたら必ず再び娶るようにせよ。ただ歳が四十前後の場合は必ず息子や娘がいる。再婚した女性がもし若ければ、母としての心得があるのを望むことは難しいし、再婚の女性であれば嫉妬して、子供たちは必ず虐待されるものである。ましてそれを諭せばますます怨みは深まり、死んでやると夫を脅す。いつも子供たちをひどく虐待し、それが後妻の喜びともなれば、それがいかに辛いかは考えるまでもないであろう。必ず純潔無垢な裕福ではない家庭の未婚女性で、よく礼を心得ている者を選ぶこと。

凡人無婦不成家、則斷絃必續。但年既四十上下必有男女。續婦若少年、閨女難母儀、而再醮寡孀機警悍妬、兒女必遭荼毒。況

有今宵人讒搆怨恨愈深、甚至以死脅夫。夫毎痛責兒女、以博續婦之歡、試思平日之受苦如何。是必擇清白貧家之老閨女、頗知禮儀備。

とあるように、族譜は、子供を守るために、後妻選びを慎重に行うよう規定している（一七）。子供が後妻に虐待され、死に至るようなことがあれば、血統を存続させるための重要な継嗣を失い、先祖に対する「孝」の実践が妨げられてしまう。二つ目の事例は、そうした事態を避けるために、不再娶を選択したと考えることができよう。

③ 妻の実践した「孝」に報いるため

不再娶を選択する第三の動機は、妻の実践した「孝」に報いるためである。『明史』巻二百六十三 朱之馮傳に、済南が賊に攻め入られると、（朱之馮の）妻の馮氏は賊に見つからない場所に姑と息子を隠すと、自分は井戸に身を投げて命を絶った。それを知った姑も、また食を断って亡くなった。朱之馮は柩を故郷へ運び、墓の側らに庵を結んで三年のあいだ喪に服した。……朱之馮は妻を亡くしてから再婚をせず、また妾媵を置くこともせず、家の中は粛然としていた。

濟南破、妻馮匿姑及子於他所、而自沉於井。姑李聞之、爲絶粒而死。柩還、之馮廬墓側三年。……之馮自妻死不再娶、亦不置妾媵、一室蕭然。

とある。朱之馮は、自分の留守中に賊に襲われた妻が、子供と姑を守って命を絶った「孝」に報いるため、不再娶を貫いたのである。

同様の事例は小説にも見える。明の馮夢龍『情史類略』巻一 情貞類「盛道」のあらすじを掲げよう（一八）。

趙媛姜は盛道の妻である。後漢の建安五年（二〇〇年）のこと、盛道が罪を犯し、夫婦はともに投獄され、五歳になる息子の小翔があとに残された。趙氏は盛道に、「刑を免れることはできそうにありません。もし私が助かったとしても、子供を食べさせていくことはできません。私があなたの身代わりになって死ねば、血統を絶やさずにすみます。だからあなたはここを抜け出して小翔と逃げて下さい」と言った。はじめ盛道は趙氏の申し出を受け入れなかったが、趙氏があまりにも強く勧めるので、妻の意志に従うことにした。のち趙氏は官によって処刑された。皇帝がその経緯を知り、盛道親子は無罪放免となった。盛道は官に就いたが、再婚することはなかった。

ここには、妻が命を捨て、自分の代わりに血統を守る「孝」を実践してくれたため、不再娶を貫くという場面が描かれている。明清時代の小説や随筆の中には、このように、血統を絶やさないという「孝」の実践のために命を捨てた妻に報いることを目的として、不再娶を貫く作品が見られる(一九)。①から③までの事例は、いずれも「孝」という社会規範のもとで不再娶を貫くものである。そのため、すべての事例は、血統を存続させ得る子供がいることを前提としている。ところが、④の事例には、子供の存在が確認できないものも見られるのである。

④ 妻の実践した「節」に報いるため

不再娶を選択する第四の動機は、妻の実践した「節」に報いるためである。「節」は、女性に課せられていた重要な徳目であり、「孝」に次いで重いものとされていた(本書第一章)。次の事例は、「節」を実践した妻に報いるため、不再娶を貫く夫の姿を記録したものである。『明史』巻三百三 列女傳三 谷氏には、

谷氏は、餘姚の史茂の妻である。……隣に住む宋思は金の返済を求めてやって来たが、谷氏が美しいのを見る

と、以前貸していた金は結納金として出したものだと、役所に訴え出た。知県の馬従龍は宋思が誣告していると気づいたので、宋思を処罰してから追い払った。谷氏が役所の石段を下りる際、史茂は彼女を支えようとしたが、谷氏はそれまで一度も外へ出たことがなく、また役人がびっしりと並んでいるのを見て、夫の体が自分に近づいたことを恥ずかしく思い、顔を赤らめて、夫を向こうへ追いやった。従龍はこれを見て、谷氏は夫を好きではないと誤解し、判断を改め宋思に嫁ぐよう命じた。宋思はすぐに人を呼ぶと谷氏をかごに押し込み連れ去った。谷氏の母も宋思の家へついて行った。谷氏は死ぬと大声で泣き叫び、死んだらその首を史茂のもとに届けて欲しいと母に頼んだ。宋思の家には十数人の女性がおり、谷氏を取り囲んでなだめたが、気持ちを変えさせられず、谷氏は機を見て首を吊って命を絶った。従龍はそれを聞いて驚き、すぐに宋思を逮捕しようとしたが、逃げられてしまった。茂は妻の義に大いに感動し、生涯妻を娶ることはなかった。

谷氏、餘姚史茂妻。……鄰人宋思徵責於父、見氏美、遂指逋錢爲聘物、訟之官。知縣馬從龍察其誣、杖遣之。及谷下階、茂將扶以行、谷故未嘗出閨閣、見隸人林立、而夫以身近己、慚發頳、推茂遠之。從龍望見、以谷意不屬茂也、立改判歸思。思卽率衆擁輿中而去。谷母隨之至思舍。谷呼號求速死、斷髮屬母遺茂。思族婦十餘人、環相勸慰、不可解、乘間縊死。從龍聞之大驚、捕思、思亡去。茂感妻義、終身不娶。

とある。史茂は、「節」を守った妻の義に感動して不再娶を貫いたが、ここでは史茂に子供がいたか否かは明記されない。すなわち、ここでの不再娶は「孝」という社会規範を満たさずに、行われている可能性がある。その場合、この不再娶は、血統を絶やしてはならないという「孝」よりも、亡き妻への愛情を優先して行われたことになろう。

社会規範に悖る④の事例は、史実の記録に多く見られることはない。わずかに『嘉興府志』巻五十五 嘉善孝義に、銭湝は、本来至孝な性質で、父が盗賊に遭って殺害されそうになると、湝は身代わりになろうとして許された。妻の曹氏が兵に遭って河に身を投げて死ぬと、妻を弔うために生涯再婚しなかった。

　銭湝、性至孝、父遇盗將殺之、湝哀求代死得釋。妻曹氏遭兵投河死、悼之終身不娶。

と見える。銭湝は、賊から節を守るため自害した妻を弔うために、不再娶を貫いた。この場合も、子供がいたのか否かについて、府志は明記しない。本来、あってはならない事例だからである。

子供がいないにもかかわらず、不再娶を貫くことは、家族制度の維持のために最も重要な「孝」という社会規範から逸脱する行為となる。そのため史書は、子供がいないことを明記できなかった。しかし、小説という虚構の世界においては、社会規範を逸脱した不再娶が、男性の愛情表現として描き出されるのである。それは、子供のいない不再娶や妻以外の女性のための不再娶であり、現実社会では決して容認され得ないものであった。続いて、物語世界の不再娶を考察していきたい。

第三節　小説における不再娶

明清小説の中では、二で掲げた不再娶を行う四種類の動機の中で、④の妻が実践した「節」に報いるための不再娶を描いたものが多い[一〇]。馮夢龍『情史類略』巻一 情貞類「天臺郭氏」のあらすじは、以下の通りである[一一]。

天台の人、郭氏は、監獄に入っている夫から自分が処刑されたら再婚するように言われる。郭氏は、二人の子供を他人に売ると、それにより手に入れた金を夫に渡し、残りの金で自分の棺を用意して、命を絶ってしまう。のちに事件の真相が明らかとなり、夫は釈放され、子供たちも夫のもとへと戻ってくる。夫は妻の行いに感謝し、生涯再婚しなかった。

ここには、妻の自害が、再婚による失節を避けるためであったことを知った夫が、不再娶を貫く様子が描かれている。(三二)郭氏が残した二人の子供は夫のもとに戻っており、ここでは「孝」という社会規範を逸脱しない形で不再娶が貫かれる。そのため、冒頭で取り上げた『剪燈新話』巻四「緑衣人傳」のように、女性が幽霊に設定されることはない。

これに対して、子供がおらず、不再娶を貫く物語は、相手の女性が幽霊であることが多い。その一例である「緑衣人傳」の主な内容は、以下の通りである。(三三)

甘粛省天水の青年、趙源は、西湖の葛嶺に仮住まいしていた時、緑の服を着た年十五、六の美しい女と出会った。趙源が女の気を引いてみると、女はそれに応え、その日から女は夜になると趙源の家へ来るようになった。二人の間には深い愛情が生まれた。ある時、女は自分たちは昔からの馴染みの仲で、前世での情が深かったために、こうしてこの世でまた会っているのだと言った。女によると、女は宋の時代に賈秋壑の屋敷で奉公していた時に、同じ屋敷で召使いをしていた趙源と出会ったが、二人の仲が賈秋壑に知られてしまい、西湖の断橋で互いに死を賜り、趙源は再生したが、女はまだ鬼籍にある、ということであった。二人はその後、幸せに暮らしたが、三年後、女は病気になり、あの世へ戻ってしまった。趙源は、女の情に感じて再婚しなかった。西湖のほとりの霊隠寺に入ると、出家して僧侶となり、その生涯を閉じた。

この作品の最後には、「趙源は女の情に感じて、再婚しなかった（源感其情、不復再娶）」とあり、趙源が不再娶を貫いた理由は、女性への愛情のためであることが明記されている。ここには、二の①から③で検討した「孝」のための不再娶という動機はまったく含まれない。それどころか、子供がいない趙源の不再娶は、「孝」という社会規範に違背すると言えるであろう。そのため、二人は社会に存在することを許容されず、よって、女性は幽霊に設定され、男性は出家して僧侶となり、共に社会から離脱していくのである。(二四)

このような描かれ方は、男性も女性も、共にその家の血統を存続しなければならない、という社会規範に従属させられていたことを顕著に示している。社会の規範の外に離脱していくという設定によって、はじめて女性への深い愛情表現として、不再娶は描くことが許されたのである。

また、『情史類略』巻二十　情鬼類「花麗春」にも、女性への愛情のために不再娶を貫く様子が描かれている。以下、あらすじを掲げよう。(二五)

元の天順年間、慶元県に鄒師孟という書生がいた。杭州の山水めぐりに出かけたが道に迷い、ある村で花麗春という美女に出会った。花麗春は臨安の人で、ここに住み始めてすでに二百年になるという。さらに、昔の夫の名は趙禥、字は咸淳といい、結婚して十年で亡くなったとも言った。二人はそこで一年あまり共に暮らした。ある時、花麗春はもうあの世へ帰らなくてはならないと言った。二人は涙ながらに別れた。のち鄒師孟が花麗春と暮らした場所を訪ねると、そこには古い墓があるだけだった。村人によれば、その墓は宋の度宗皇帝の妃のものであるという。はじめて出会った夜、花麗春は夫の名前を趙禥、字を咸淳と言っていた。咸淳は度宗の元号なので、花麗春はやはり度宗の妃であったに違いない。そう思った鄒師孟は花麗春の情に感じ、再び妻を娶ろうとはしなかった。天台山に修行へ赴くと、二度と故郷へは戻ってこなかった。

この作品の最後にも、「鄒師孟は（花麗春の）情に感じ、再び妻を娶ろうとはしなかった（生感其情、不復再娶）」と記されており、鄒師孟は花麗春への愛情のために、不再娶を貫いたことが明記されている。先に挙げた「緑衣人傳」

の趙源は、家族制度の外となる霊隠寺に出家したが、まだ実社会に存在している。これに対して、鄒師孟は、天台山に修行へ赴き、さらには、行方知れずとなる。[二六]「孝」という規範に反して、女性への愛情のため不再娶を貫く男性は、家族制度のみならず社会からも追放されてしまうのである。

明の李昌祺『剪燈餘話』「秋夕訪琵琶亭記」にも、不再娶の場面が描かれている。しかし、相手は幽霊ではなく、旅先で出会った美女である。しかも、男は妻がありながら、この美女のために不再娶を選択する。あらすじは、以下の通りである。[二七]

> 明の洪武年間のはじめ、呉江（江蘇省蘇州）に住む沈韶は、二十歳で容姿が美しく、詩を作るのが巧みであった。家に妻はいたが、訪れた琵琶亭（江西省九江県）で出会った美女と恋仲になった。故郷に残した妻を忘れ、美女と四年間暮らしたが、美女との因縁も尽きて別れた。故郷へ戻ってみると、妻はすでに亡くなっていた。沈韶は美女からもらった腕輪を宝石商に売り、その金で祭壇を設け、道士に頼んで、妻と美女の冥福を祈った。道士の夢に沈韶の死んだ妻の張氏と美女（および美女の侍女二人）が現れ、弔いの礼を述べる。死んだ妻以外の女性が出てきたことを道士に問い詰められるが、沈韶は本当のことを言わず、その後、美女への思いを詩に綴る。沈韶は、そののち再婚せず、道士を師と仰いで、浙江の各地を往来するが、その後行方が分からなくなった。

この作品では、不再娶の原因は妻ではない。妻でなければ、家族を維持するための規範である「孝」に縛られることはなかったようにも思われる。しかし、子供を残さなかった沈韶に対する社会規範の縛りは厳しく、結局、道士となって社会から追放されたのち、行方知らずとされて実世界からも放逐される。

このように、血統を存続させなければならないとする「孝」の規範性は強く、男性が女性への愛情を貫くため不再娶を選択するには、継嗣の存在が必要不可欠なのであった。中国近世では、男性は忠臣、女性は貞女・節婦であることが求められた。それは男女差別ではなく、社会的分業の必要性から現れる性差である。同様に再婚に関しても、女性にだけ不再嫁を押しつけているかのようにも見えるが、男性もまた愛情のための不再娶を貫けなかった。継嗣を残すべしとする社会規範に由来する不自由さに、男性も女性も喘いでいたのである。

それは、（清）守朴翁『醒夢駢言』第十一回「聯新句山盟海誓　詠舊詞璧合珠還」の一場面にも描かれる。あらすじを掲げよう。

明の崇禎年間のこと。河南開封府儀封県に住む宋大中は、同県に住む秀才の娘、史辛娘を妻にした。夫婦仲はとてもよく、「男兒志節惟思義。女子功名只守貞（男児の節操は義を貫くのみ。女子の功名は貞節を守るのみ）」と、互いに立てた誓いの言葉を紙に書くほどであった。ある時、大中は賊の李十三に襲われ、両親と共に水の中へ突き落とされた。辛娘は、李十三に従ったふりをしながらも操を奪わせず、機会を見つけて李十三を殺害すると、秦淮湖に身を投げた。一方、一命をとりとめた大中は、辛娘が死んだことを知り、嘆き悲しむ。そして、妻となることを望んだ女性に対して、「わたしの妻はわたしの代わりに仇を討ってくれ、さらに節を守って湖に身を投げたのだから、これは貞烈です。妻に背き、再び妻を娶ることなど耐えられるでしょうか」と言い（二八）、自分は出家するので、他の男性に嫁いで欲しいと告げた。この頃、大中は陳仲文という老人の世話になっていた。二人の話を聞いた陳は、「宋さんよ、夫人は節烈で死んだのだから、あんたが再婚するのは忍びないと考えるのも無理はない。ただ昔から『不孝には三つあり、後継ぎのないことが最大の不孝』と言うだろう。わしは読書人ではないが、そんなわしでさえ知っていることだ」と言って説得した（二九）。しかし、大中は、陳の話を聞き入れようとはしなかった。

宋大中は、妻の辛娘が行ってくれた両親の仇討ちという「孝」と、操を守り続け、湖に身を投げた「節」とに報いるため不再娶を貫きたかった。しかし、後継ぎがいないので、そのためには出家をするしかなかったのである。しかし、これに対して、「子供がいないのだから、不再娶を貫くことは不孝になる」と言われて、苦しむ。男性は、継嗣の問題を解決しない以上、愛情による不再娶を貫けない、という不再娶に対する社会通念が、ここに描き出されていると言えよう。

また、清の蒲松齢『聊齋志異』巻五「花姑子」には、不思議な話が掲げられる[三〇]。あらすじを掲げよう。陝西省の安幼輿は、無欲な人物で、狩人が獲物を仕留めると、金を出してその獲物を放してやっていた。のち安幼輿は、西岳華山で道に迷った際、老人に助けられ、老人の家に泊めてもらう。老人の家には、妻と花姑子という美しい娘がいた。安幼輿は、家に戻ってからも花姑子のことが忘れられず、恋いこがれて病気になってしまうが、花姑子の届けてきた蒸し餅を食べて助かる。安幼輿が大蛇の化身に殺されてしまうと、今度は花姑子の父が、安幼輿を助けるために我が身を犠牲にする。花姑子親子が二度も安幼輿を助けた理由は、花姑子親子が獐の化身で、昔、花姑子の父が狩人に捕らえられていたところを安幼輿に助けられたためであった。花姑子の父のおかげで、生き返った安幼輿であったが、体は麻痺したままであった。麻痺を治すためには、大蛇を退治し、その血を飲む必要があった。花姑子は、安幼輿のために大蛇を退治することを決意する。花姑子は大蛇のところへ向かう前に、安幼輿に向かって、大蛇を退治するためには、周りにいる無数の命をも犠牲にしなければならない。その罪で自分は百年経っても登仙することはできなくなるので、安幼輿とはもう会えなくなると言い、さらに、お腹の中に、安幼輿の子供を宿しているとも言った。花姑子は涙を流しながら、安幼輿のもとを立ち去った。のちに安幼輿は、大蛇の血を飲み、半年してようやく回復する。ある日、一人で谷間の道を歩いていると、老婆に、「娘が、あなたさまによろしくと申しておりました」と言われて、嬰児を手渡された。おくるみを開いてみると、男の赤ん坊であった。安幼輿は、抱いて帰ると、ついに妻を娶らなかった。花姑子は、自分の愛した安幼輿が不再娶を貫いてくれるために、嬰児を用意したのである。[三二]おかげで安幼輿は、出家することも、行方知れずになることもなく、不再娶を貫くことができた。

女性への愛情を貫くための不再娶が成就できるように、獐の化身が子供を与えてくれるという話の異常性には、男性の不再娶の不自由さが象徴的に示されている。中国近世の家族制度に束縛されていたのは、不再嫁による「守節」を強要された女性だけではない。血統を絶やしてはならないとする規範のために、子供がなければ亡き妻への愛情による不再娶さえ貫けなかった男性も、女性と同じように、「孝」を最重要徳目とする家族規範に縛られていたのである。

なお、以上のような理解から、『紅樓夢』に描かれた賈宝玉の失踪の場面に対する新しい解釈が可能となるのではないか。周知のように、『紅樓夢』は、第八十回までが、清の曹雪芹の作とされ、以降は続作として他の作者の手によって書かれたものである。続作にあたる第九十六回には、賈宝玉の父、賈政の地方赴任が決まったことによって、賈宝玉のために急いで妻を娶る相談が進められ、林黛玉が病弱であったことから、妻には薛宝釵が選ばれる、という場面が見られる。婚約は、宝玉と黛玉の知らないところで進められたが、黛玉の耳に入ってしまい、黛玉は病に伏せてしまう。第九十八回には、黛玉が、宝玉と宝釵の婚礼の日に息を引き取った経緯が語られる。一方、宝玉は、花嫁が黛玉ではないことを知って、嘆き悲しむものの、黛玉に対する愛情をだんだんと宝釵に向けるようになる。のち宝玉は、家名を挙げるため学問に励み、科挙の試験場へと向かう。家ではちょうどその頃、宝釵の妊娠が判明するが、第百十九回で、宝玉は、試験場を出ると姿をくらましてしまうのである。

黛玉の死を知った宝玉の悲しみは深かった。しかし、宝玉が、妻の宝釵を拒絶することはなかった。やがて宝釵に対しても愛情を抱き始めるという描写を見れば、宝玉が黛玉への愛情を一心に貫こうとしていたとは言い難い。しかし、科挙受験後の宝玉の失踪場面は、愛情表現としての不再娶の事例を踏まえると、黛玉への深い愛情を表現しているものと言えないだろうか。試験場を出る時に、宝釵の妊娠が判明していたからこそ、宝玉は行方不明になることができた。宝玉が、継嗣問題を解決してから失踪をするという場面は、続作の作者が、宝玉の黛玉に対する深い愛情を表現する目的をもって描いたもの、と解釈することも可能であろう。

おわりに

男女の愛情をめぐる物語において、相手の女性が幽霊であるという怪談形式が取られることは、明清小説では珍しくない。小川陽一〈一九六七〉は、男女の愛情物語が、多く怪談形式を取っている理由は、自己の愛を貫く現実の女性を肯定的に描こうとした作者が、社会の倫理に反することを避けるため、ヒロインを人間社会の規範が適応されない幽霊に設定したものであるとしている。

明清時代において、不再娶は、継嗣がすでにいる場合にのみ選択し得るものとされ、継嗣がすでにいることを前提として、①親への「孝」の実践、②血統の存続という「孝」の実践、③妻の実践した「孝」に報いる、④妻の実践した「節」に報いる、ことを動機として行われた。ゆえに、男女の情を貫くための不再娶は、男性に課せられていた後継ぎ問題の処理が必要となるため、人間社会の規範の適応されない鬼（幽霊や狐狸など）に置き換えられ、物語世界の虚構性を強調する必要があった。それによって、現実では非難されたはずの不再娶の場面を、愛する女性を失った男性の絶望感と、愛情の深さを表現する感動的な場面として描くことに成功したのである。

中国近世においては、家族制度を支えた、後継ぎを残して血統を存続すべきだとする「孝」という規範に、男性も女性も縛られていた。ゆえに、後継ぎもないままに、愛情のため不再娶を貫くという選択肢は、小説という虚構の世界のみに許された夢物語であった。それらの小説は、宗法制度上、男女の自由な愛情による結びつきが許容されない時代に生きた人々の憧憬を描き出そうとしたのではないか。女性への愛情を貫くために選択された不再娶の場面は、愛情による自由な結びつき、および当人同士の自由意志に基づく婚姻が認められていなかった社会であったからこそ、好んで読まれたのであろう。明清時代の男性は、現実社会では実現し得なかった自己の愛情における鬱屈した思いの解消を小説世界に求めたのである。

《注》

（一）竹田晃・小塚由博・仙石知子《二〇〇八》に訳注を附した全訳がある。就きて参照されたい。
（二）明代の不再娶の実態については、正史・地方志などを用いた網羅的な研究として衣若蘭〈二〇〇五〉がある。
（三）（清）魏禧『魏叔子文集』は、中華書局、二〇〇三年を使用した。
（四）（明）徐渭『徐渭集』は、中華書局、一九八三年を使用した。
（五）家に妾も侍女も置かず、女性との関係を持たずに不再娶を貫いたことは、『嘉興府志』巻五十九 平湖孝義（清・許瑤光〈等修〉、呉仰賢〈等纂〉、光緒五年刊本、『中國方志叢書』華中地方、第五十三号、成文出版社有限公司）、『慈谿李氏宗譜』浙江慈谿、巻名不明などにも記録がある。
（六）義夫は本来、善行を為した男性全般を指し、不再娶だけに限定されていなかった。衣若蘭〈二〇〇五〉によれば、不再娶の男性を義夫と呼ぶのは元代からで、不再娶の男性の一般的な呼称となったのは明代のことであるという。

（七）『大明會典』巻七十九 旌表の正德十三年の条に、「令軍民有孝子・順孫・義夫・節婦、事行卓異者、有司具實奏聞」とあり、『大清會典』巻四百三 禮部旌表節孝の順治五年の條に、「孝子・順孫・義夫・節婦、自元年以後、曾經具奏者、仍行巡按、再爲覈實、造册報部、具題旌表」と規定される。また、（浙江省）『嘉興府志』巻五十五 嘉善孝義や、『永嘉縣志』巻十八 人物志六 義行（清・張寶琳〈修〉、王棻〈等纂〉、光緒八年刊本、『中國方志叢書』華中地方、第四七五号、成文出版社有限公司）といった地方志にも、不再娶により旌表を受けた記録が残されている。

（八）今夫節婦之難、難於忠臣、義夫難於節婦（魏禧『魏叔子文集』巻十五 説「義夫説 爲臨川王偉士作」）。

（九）不再娶に関する記録は、『明史』巻二百六十三 朱之馮傳、巻三百三 谷氏傳、巻一百十七 朱多煌傳、『清史稿』巻五百一 李孔昭傳、四百九十七 湯淵傳に見える。

（一〇）男性には後継ぎを残すという役目が課せられていたため、宗族が男性に対して、不再娶を強要しなかったことは、宗族の中の善行者の記録方法について述べている規範の中に、不再娶を選択する男性を挙げていないことから窺うことができる。例えば、『江都卞氏族譜』例言には、「一、本宗有孝子・順孫・貞女・節婦、例應□《ママ》旌表者、族人宜公呈請□《ママ》旌表揚。……貞女・節婦載傳狀、於清芬錄。孝子・順孫載傳狀、於世德錄」とある。

（一一）『忠義鄉志』巻十二 人物傳三の王仁壽の事例（清・吳文江〈修〉、光緒二十七年刊本、『中國方志叢書』華中地方、第六百号、成文出版社有限公司）、『嘉興府志』巻五十三 秀水孝義の曹大田の事例がそれである。なお、本章では、地方志を利用する際、考察の対象である小説が多く江南で書かれているため、地方志資料も江南地域に限定した。随筆では例えば、（清）徐珂『清稗類鈔』婚姻類「曾伯爵不再娶」に、「曾伯爵は中年になる前に妻を亡くし、不再娶を誓ったが、親族から再婚を勧められた。しかし、『妻を娶るのは後継ぎのためである。わたしにはすでに後継ぎがいるのだから、なぜ娶る必要があるのだ』と、毅然としてその勧めを拒絶し、六十歳で亡くなると旌表された」とある。

（一二）（明）陳善（等修）『杭州府志』は、『中國方志叢書』（華中地方、第五二四号、成文出版社有限公司）に収められる万暦七年刊本を使用した。

（一三）実子でなくとも継嗣たり得れば、兄弟の子供でもよい。『嘉興府志』巻五十一 嘉興孝義の殷原善の事例、同じく『嘉興府志』巻五十五 嘉善孝義の閔旅の事例は、不再娶を選択した理由に兄弟の子供が継嗣たり得ることを挙げている。

（一四）衣若蘭〈二〇〇五〉は、不再娶の要因を①後妻を娶ることから発生する揉め事を避けるため、②家族の諸事情のため、③夫婦の義を貫くため、④聘財が用意できないなど経済的理由のため、⑤父の不再娶にならい息子が不再娶を選択したため、の五つに分類している。本章は「孝」という社会規範に着目するが故に、本論中に掲げた四種類に分類した。

(一五) 不再娶ではないが、親の介護のためまったく妻を娶らなかった事例もある。清の羅義進は、八十七歳になる父の面倒をみるために、妻を娶らなかった。二人の兄には子供がおり、大宗にすでに後継ぎがあるのだから、わたしが妻を娶らなくても親不孝とは言われまい、と述べ、結婚しなかったのである（『清稗類鈔』孝友類「羅義進養父」）。ここでも、継嗣の存在が妻を娶らない前提条件とされている。

(一六)『清史稿』巻四百九十八　李應麒傳には、父が娶った後妻に虐待される息子が描かれる。同じく、『清史稿』巻五百十一　張樹功傳には、義弟の後妻が悍婦であったために、再婚を迫られた義姉が自殺したと記録される。

(一七) 後妻選びの難しさは、小説の題材にもされている。（清）草亭老人『娯目醒心編』巻二「馬元美爲兒求淑女　唐長姑聘妹配衰翁」には、後妻選びを慎重にと考え、舅と親子ほど歳の離れた自分の妹を後妻として迎える、という場面が描かれている。また、同様の話が、（清）省三子『躋春臺』巻一　元集「節壽坊」に見えるが、ここでは妹ではなく、自分より歳下の叔母を舅の後妻に迎えている。

(一八)『古本小説集成』（上海古籍出版社、一九九三年）所収の『情史』による。なお、この小説は『後漢書』列傳七十四　列女盛道妻傳をもとにしている。

(一九) 随筆としては、『清稗類鈔』孝友類「殷懷鄉孝友」に、餓死を防ぐため、妻をよその男に嫁がせて、自らの母と弟を養ったのち、妻が身を犠牲にして「孝」を実践してくれたことに報いるため、不再娶を貫いた話が記録されている。

(二〇) ただし、不再娶を描く小説それ自体の絶対数は、女性の不再嫁のそれよりも圧倒的に少ない。家族制度における男女の役割の違いが、不再娶を貫く物語の少なさと、不再嫁を描く小説の多さの原因である。

(二一)『古本小説集成』（上海古籍出版社、一九九三年）所収の『情史』による。

(二二) 同じく『情史類略』巻一　情貞類「祝琼」にも、妻が節を守るために自害し、夫が不再娶を貫く様子が描かれている。

(二三) 周夷（校注）『剪燈新話二種』（上海古典文学出版社、一九五七年）による。なお、「綠衣人傳」を借用した戯曲に、明の周朝俊『紅梅記』があるが、そこでは主人公は不再娶を貫くことはない。

(二四) 幽霊は、言うまでもなく社会規範が適用されない。出家は、宗族の重視する血統の存続という重大な義務を放棄する行為であるため、社会規範から逸脱する。『江都卞氏族譜』例言に、「……族中有爲僧爲道者、削之。不書爲其傷敗彝倫滅絶宗親也。……」とあるように、出家した者は、族譜から名を削られるのである。なお、（清）紀昀『閱微草堂筆記』巻十五姑妾聴之には、盗賊に襲われて妾にされた妻を救出できず、不再娶を貫く李生という男の話が収録されるが、李生もやがて出家している。
(二五)『古本小説集成』(上海古籍出版社、一九九三年)所収の『情史』による。
(二六)『剪燈新話』巻二「滕穆酔遊聚景園記」にも、女性への愛情を貫くための不再娶の場面が描かれている。この場合も、主人公の滕穆は、宋代の女官で幽霊であった芳華を失った後、薬草を採りに雁蕩山へ向かったきり行方不明となったとされている。
(二七)瞿佑(著)『剪燈新話』(上海古籍出版社、一九八一年)所収の『剪燈餘話』による。
(二八)今我妻子替我報了大仇、又守節投湖、這般貞烈。我何忍負他、卻再娶妻(『醒夢駢言』第十一回、『古本小説集成』〈上海古籍出版社、一九九〇年 所収〉を使用した)。なお、この話は(清)蒲松齢『聊斎志異』巻三「庚娘」に基づくが、そこでは主人公の金大用は再婚を執拗に拒むことはなく、不再娶が愛情表現技巧として用いられてはいない。
(二九)宋大哥、我想史氏夫人節烈死了、原難怪你不忍再娶。但是古人說的不孝有三、無後爲大。老夫雖不是讀書人、卻也曉得這兩句。同右『醒夢駢言』第十一回による。
(三〇)蒲松齢(著)・任篤行(輯校)『聊斎志異　全校會註集』(斉魯書社、二〇〇〇年)による。
(三一)また、「花姑子」の話とは逆に、前夫のために、後夫との間に生まれた子供を殺害して、前夫の仇を討ち、それを知った前夫が、妻のために不再娶を貫くという話が、(明)無名氏(撰)『輪廻醒世』巻六「重義身鰥」に見られる。

終章　明清小説における女性像と社会通念

はじめに

明清時代における女性について、従来は、女性は男性よりも劣位に置かれた、と述べられることが多かった。宗法制度が男尊女卑的な儒教システムを基盤としているためである。ところが、本書で論じてきたように、女性は、単に男性よりも軽視されて劣位に置かれていたわけではない。たとえば、男性に対して要求されていた継嗣となって血統を存続させたり、官職に就き名声を得るなどの事象は、女性に対しては要求されていなかった。これに対して、男系同一血統で構成された宗族の中に、他姓の血を紛れ込ませる恐れのある女性の不貞は許されず、貞節は女性だけに要求される事象であった。しかし、これは男女差別ではなく、宗法制度上の男女の役割からそれぞれの義務が発生したことである。そこには男女差が現れるため、あたかも男尊女卑的な観念から女性が劣位に置かれているかのようにみえているだけである。

明清小説の中には、従来言われてきたような消極的な女性像ばかりが描かれているわけではない。これは、物語が虚構の世界を描いているために見られる現象ではなく、当時の宗法制度が、ある程度の自主性を持って生きる女性を許容する社会通念を持っていたためである。以下、本書で明らかにした明清小説の女性像と社会通念との関係を

「孝」と「礼」という二つの理念により整理してみたい。

第一節 孝――宗族の維持

明清時代において族譜を持ち得るような階層の宗族の成員にとって、第一に要求されたことは、家、延いては宗族を維持していくことであった。それは、親に対する直接的な行為としては、なじみのある「孝」という儒教理念によって正統化される。ただし、孝は、単に親に対する扶養行為を指すだけではない。祖先祭祀を媒介として、家の祖先、延いては宗族の祖先に対する祭祀を絶やさないことが何よりの孝とされた。それは、将来における宗族の祭祀を絶やさないための継嗣の必要性へとつながる。親に対する扶養行為は当為である。継嗣をつくり、祖先からの祭祀を絶やさないことこそ、孝を尽くすための最重要行為であった。すなわち、孝は、家族を、延いては宗族を世代を超えて存続させていくための理念なのである。

したがって、明清小説に描かれる女性像、およびその背景となっている社会通念において、孝は、女性に対する貞節の要求、男性に対する不再娶への妨害となって顕在化する。第一章・第六章で扱った主題である。また、孝は、継嗣となり得る実子がない場合、養子、それも同姓同宗の昭穆相当者を必要不可欠なものとし、女（むすめ）の役割を大きなものとした。第二章・第三章で扱った主題である。

一 貞節と不再娶

中国近世の族譜の中には、『孝經』の「孝は、あらゆる行いのもとであり、人の永久に変わらない徳である」という経義に基づいた規約が見られ、男女を問わず、「孝」の実践こそが、第一に優先すべき徳目であると規定されていた。それでは、これまで、女性が必ず守らなければならないとされてきた「貞節」と「孝」では、どちらが優先されるのであろうか。

中国近世の族譜には、女性は夫の死後に再婚せず節を守り抜くことが理想であると記されていた。しかし、その一方で、女性の再婚に備えた記録方法に関する規定も掲載されていた。これは、族譜を保有していたような大きな宗族においても、女性の再婚が決して珍しい事象ではなかったことを示す。

女性は再婚することで、族譜から姓が削除されたり、再婚の事実が書かれたりという記録方法による処罰を受けたり、子孫への訓戒とされたりすることがあった。また、亡夫側から米の支給が受けられず、生活上の実質的恩典を失うこともあった。しかし、逆に言えば、再婚に関しては、この程度の罰則が設けられていただけで、宗族が再婚する女性を必要以上に非難することはなかった。再婚は、宗族が何よりも重視していた祖先の祭祀に欠かせない血統の維持を阻害することがないためである。これに対して、不貞行為は、強く非難される行為であった。それは、女性の不貞が、他姓の血を入れることに繋がり、宗族の血統の存続を危機的状況に陥らせる可能性があったためである。かかる事態を回避するために、女性の貞節の教えが強調されていたのである。

女性の貞節の重視は、宗族の血統を維持するために求められたのであり、男性に対しても、同様の理由で僧侶や道士になることが厳しく批判されていた。したがって、貞節の重視を儒教理念と結びつけ、女性差別であると主張することは偏頗な理解となろう。中国近世においては、宗族という拡大した家族制度を維持するために、男女ともその行動に制約が課されていたのである（以上、第一章・第一節）。

小説「蔡瑞虹忍辱報仇」の主人公である蔡瑞虹は、女性の身でありながら、幾多の困難を乗り越えて、二つの孝を実践するばかりでなく、自殺により女性に固有の貞節という徳目も実現した。「蔡瑞虹忍辱報仇」は、幾多の困難の設定により物語性を高めるばかりではなく、種本にはなかった自殺の場面を加筆することにより、孝と貞節を二つながらに全うした瑞虹への感動を表現しようとしている。明清社会において、貞節という徳目は、孝という徳目の下に位置づけられていた。貞節を犠牲にして孝を尽くす女性を賛美する小説の背景には、明清社会における女性の貞節を超えた孝への義務が存在したのである。「蔡瑞虹忍辱報仇」に見られる瑞虹への称賛は、女性に課せられていた第一の徳目であった孝と、孝よりは下位に置かれながらも、やはり非常に重要な徳目であり、かつ実践が難しいと捉えられていた貞節を、我が身を犠牲にして実践したことに対して与えられたものなのである。

小説は単なる虚構の世界ではない。その時代の社会通念を背景とすることにより、物語に深い文学性と思想性をもたらしている。族譜に見られる明清社会の実態では、女性の再婚をまったく許容しないほど、貞節に対して厳格であったわけではなかった。しかし、「蔡瑞虹忍辱報仇」では、孝を実践した後、あえて貞節のために死ぬ蔡瑞虹の姿が描き足されている。それは、作者が、そのような虚構の世界を構築することにより、物語世界における感動性を創り出そうとしたものなのである。

従来、女性に求められる徳目と言えば、第一に貞節と捉えられてきた。しかし、明清社会において貞節という徳目は、孝の下に位置づけられていた。貞節を犠牲にして孝を尽くす女性を賛美する小説の背景には、明清社会における女性の貞節を超えた孝への義務が存在した。そこには、孝こそが家族制度を守る根本的な理念であるため、男性と同様、女性にも孝を求める中国近世の家族制度があったのである（以上、第一章・第二節）。

男女の愛情をめぐる物語において、相手の女性が幽霊であるという怪談形式が取られることは、明清小説では珍しくない。男性が女性に対する愛のために、女性の死後、再婚をしない「不再娶」を描いた小説の中にも、相手が幽霊であるものが見られる。それは、継嗣のいない男性が不再娶を貫くことが、社会通念に反するためであった。

明清時代において、不再娶は、継嗣がすでにいる場合にのみ選択し得るものとされ、継嗣がすでにいることを前提として、①親への「孝」の実践、②血統の存続という「孝」の実践、③妻の実践した「孝」に報いる、④妻の実践した「節」に報いることを動機として行われた。ゆえに、男女の情を貫くための不再娶は、男性に課せられていた後継ぎ問題の処理が必要となるため、人間社会の規範の適応されない鬼（幽霊や狐狸など）に置き換えられ、物語世界の虚構性を強調する必要があったのである。それによって、現実では非難されたはずの不再娶の場面を、愛する女性を失った男性の絶望感と、愛情の深さを表現する感動的な場面として描くことに成功したのである。

中国近世においては、家族制度を支えた、後継ぎを残して血統を存続すべきだとする「孝」という規範に、男性も女性も縛られていた。ゆえに、後継ぎもないままに、愛情のため不再娶を貫くという選択肢は、小説という虚構の世界のみに許された夢物語であった。それらの小説は、宗法制度上、男女の自由な愛情による結びつきが許容されない時代に生きた人々の憧憬を描き出そうとしたのではないか。女性への愛情を貫くために選択された不再娶の場面は、愛情による自由な結びつき、および当人同士の自由意志に基づく婚姻が認められていなかった社会であったからこそ、好んで読まれたのであろう。明清時代の男性は、現実社会では実現し得なかった自己の愛情における鬱屈した思いの解消を小説世界に求めたのである（以上、第六章）。

二　同姓・異姓養子と子・女

明清時代において族譜を持ち得るような階層の宗族の成員にとって、祖先祭祀を絶やす絶嗣は、何としても避けなければならない事態であった。そのため、継嗣と成り得る実子がいない場合には、第一に同姓同宗の昭穆相当者を養子に迎えることが行われた。問題は、実子のみならず養子として適切な同姓同宗の昭穆相当者すら存在しない場合である。その場合、たとえ異宗であっても同姓の養子を迎えることが優先された。

『初刻拍案驚奇』巻二十一「袁尚寶相術動名卿　鄭舍人陰功叨世爵」の正話には、「同姓の養子縁組」が見られ、これは作者の凌濛初が「還金童子」を下敷きとして、作品を著す際に書き改めたものであった。財布を拾った鄭興児が、落とし主と同姓という設定がされたのは、作品内で違和感のない養子縁組を成立させるためである。

それは、たとえ血縁関係がなくても、異宗同姓である男子は、補足的にせよ養子の適任者足り得るという社会通念が、異姓の場合に比べて強く存在していたためである。このため、鄭興児が遺失物返還という陰徳によって得た幸運は、持ち主と同姓であったことを起点とする。

また、族譜を持つような宗族は、異姓の者を継嗣とすることを忌諱しながらも、実際には、同宗内にも昭穆相当なる者が不在ならば、異姓の男子を継嗣に立てて絶嗣を回避し、祭祀の存続を計ることがあった。しかし、宗族にとって異姓の者を継嗣とするのは、あくまで血統を存続させるための最終手段であり、すでに母とともに宗族から出た男子を帰宗させてでも、実子や血縁のある者を継嗣に立てようと努めていた。

『醒世恆言』巻十七「張孝基陳留認舅」の正話には、娘婿の張孝基が、舅から譲り受けた家産をすべて長子に返還する姿が描かれている。家産を返還した張孝基の行為は、美談として多くの「善書」にも掲載されており、これは民衆への教戒を目的に著された作品に見える。しかし、娘婿が長子に家産を返上することは、当時の社会通念から見れば当然であることが族譜の規約により分かる。さらに、実子の存在にもかかわらず、家産をすべて他人である娘婿に渡した舅の行為も、一見すると常識に反しているようであるが、これも「応継」「愛継」という継嗣選立の方法の存在から、やはり社会通念に則した行為であったことが分かる。すなわち、娘婿の張孝基の行為も、舅の過善の行為も、ともに当時の社会通念の枠組みの中で表現されているのである。

養子が同姓であることの重要性を示す前者も、娘婿と舅の美談を描いた後者も、ともに中国近世における継嗣に対する社会通念を踏まえることにより、読者にその主張を説得的に伝え得る表現技法を用いている。虚構に満ちた物語世界は、現実の社会通念を背景とすることで、その虚妄性を免れ、読者に取って有り得る世界として受容されているのである（以上、第二章）。

これまで前近代中国においては、重男軽女の風潮が強く、女児は男児と比較した場合、如何なる場面・社会階層においても軽んじられる存在であったとされ、それを象徴する事象として「溺女」の風習が挙げられてきた。ところが、明清時代の小説や戯曲の中には、男児と女児が同等に扱われている場面がある。それは、当時、実際にあった女児のあり方を作品の中に取り入れることで、多くの共感や感動を得ようとする表現技法なのである。

明清時代の族譜の規約の中には、子《むすこ》と女《むすめ》が並記されることも少なくない。妾は子供の有無によって記載方法を区別する傾向が強かったが、子《むすこ》を生んでおらず、女《むすめ》だけを生んでいる場合でも子供を生んだ事実は評価され、生母として族譜に記録される場合もあった。また、族譜の中には『春秋公羊傳』に基づく「母以子貴」が記され、子を生んでいる妾や再婚で宗族を出た女性も生母として記録されることがあった。この場合の「子」は必ずしも「子《むすこ》」と限定されていたわけではない。男児と女児の双方を含んだ「子供」という意味で使われていることもあり、妾や再婚で宗族を出た女性が女《むすめ》しか生んでいない場合であっても記録を残すように規定している宗族があった。これは、女《むすめ》が子《むすこ》と同じように宗族内に生まれた子供として認知されていたことを示すものである。さらに、一人の男性成員に後継ぎとなる子《むすこ》が生まれていないという状況下で、「女《むすめ》だけは生まれている場合」と「女《むすめ》すら生まれていない場合」とでは、記載方法を区別するように規定している宗族があった。それは、子女がともにいなければ、断絶を示す

「止」と記録し、女《むすめ》だけでもいるのであれば、後継ぎがいないことを示す「無嗣」と記録するような規定である。それらの規定は、女《むすめ》は正規の後継ぎとはなり得ないけれども、一時的な後継ぎの代役ともいえる役割を担うことがあり、血統の断絶を回避することのできる存在と認識されていたことを示すものである。

また、明清時代の多くの族譜が、婚戚関係を明らかにしておくために、女《むすめ》の嫁ぎ先を明記するように規定していた。これらの規定は、宗族が婚戚関係を重視していたことを示すものであるが、宗族が重視する婚戚関係を生み出す者は、言うまでもなく、将来、他姓に嫁ぐ女《むすめ》であった。女《むすめ》は出身宗族にとって有益な婚戚関係を築くという役割を負わされていたのである。これに対して、子《むすこ》は、正規の後継ぎとなり財産を受け継ぐという宗祧の役割を負わされるという性差が存在していたのである。

前近代中国において、男児の出生が女児よりも望まれる場合が多かったのは、男性は「宗祧」、女性は「婚姻」という宗法制度上の役割が、性差に基づきそれぞれ定められていたために、正規の宗祧を承ける子供を得るためには、男児をもうけるしかなかったためである。逆に言えば、婚戚関係を拡大していくためには、女児をもうけるしかなかった。宗族において、女児もまた男児同様、子供として必要な存在であったのである（以上、第三章）。

第二節　礼――家族内秩序

明清時代において族譜を持ち得るような階層の宗族の成員にとって、家族内の秩序を維持することは、宗族全体の社会的威信を維持するために必要不可欠なことであった。秩序が乱れる大きな要因は、女性にあった。宗族の維持のため、女性が夫のほかに配偶者を持つことはない。これに対して、男性が妻のほかに複数の妾を持つことは、継嗣がいない場合であれば、義務に等しく行われていた。その結果、男性の愛情の偏在によって女性たちがいざこざを起こさないよう、家族内の秩序を礼に基づいて維持することを求める規定を持つ族譜が多かったのである。中でも、妻に継嗣がなく、妾に継嗣が生まれた場合の妻と妾の関係は、財産問題を含んで複雑化し、明清小説の題材に好んで用いられた。第四章で扱った主題である。また、女性は、男性のように官職に就く必要がなったため、家族内の礼的秩序を維持するために、「順次を示す字」と「親族称謂語」による呼び名が使われた。第五章の主題である。

一 妻と妾

明清時代の宗族では、妻と妾の地位を礼に基づき維持することは必要不可欠であった。したがって、明清時代には、礼よりも規制力の強い律において、妻妾の嫡庶の差を乱すことを禁じた条文が見られ、当然、族譜の中にも、妻妾の区別は明確にするよう規定した規約が掲載されていた。妾は妻よりも地位の低い者であり、財産継承や祭祀の権利を有することがなく、人としての尊厳性を保障された確かな地位にはないとすることが礼の規定であった。しかし、族譜の規約が示すように、礼という理念として、妾は妻よりも劣位に置かれる者とされながらも、実生活の中では、夫の寵愛を笠に着て実権を握る妾が存在していた。『醒世姻緣傳』に見られるような実生活の中で実権を握り、あたかも自分が妻であるかのような態度を取る妾の姿は、そのような社会の実態が背景となって描かれている。

また、族譜の中には、妻が子供を生んでおらず、妾だけが子供を生んでいる場合は、その妾の立場を通常よりも格上に見なし、妻に準ずる者として記録する規約が見られた。妻が子供を生んでいないという状況下で、妾が子供を生むことは、その後の家の中での立場を左右する、死活問題とも言える重大な事柄であった。かかる社会通念を背景に、『岐路燈』や『金瓶梅』では、他の妾の妊娠や出産に対して過度に嫉妬をする妾の姿が描かれていた。継嗣となる子供を生むことで、妾の立場が変わることがあった、という実態を踏まえて作品を見ると、妾が嫉妬する場面が非常に現実味を帯びた描写となっていることが分かるのである。

さらに、妻妾の子供たちである嫡子と庶子は、財産継承の権利面においては、平等の権利を有していたが、族譜においては、嫡子が優先的に記録されるのが通例であった。庶子は、嫡子よりも格下と見なされる社会通念があったのである。ただし、族譜の中には、嫡子が不在である場合は、庶子を嫡子のように扱い記録するように規定していた規約も見られた。庶子が唯一の継嗣となる場合は、あえて妾腹の子供だと記録せず、その生母についても妻に準ずる者として記録することを認めていた。こうした嫡子と庶子との違いの小ささと比較した場合、妻と妾との違いは、たいへん大きなものがあった。

しかし、そうした妻と妾の厳格な差異という理念を打ち破る現実が、夫の妾への愛情により、しばしば見られた。明清小説は、かかる理念と現実の乖離を利用することで、小説に現実味を生み出し、その物語に感動性を附与するという表現技法を用いているのである（以上、第四章）。

二　「順次を示す字」と「親族称謂語」による名

従来、前近代中国の女性は正式な名すら持つことができず、それが男尊女卑を裏付ける一事例として取り上げられる傾向が強かった。確かに名が必要とされる機会の量的な視点からみれば、男女差は大きい。また女性は、婚姻先で男性の順次を示す字を付加した名に準じた名で呼ばれるようになるため、男女不平等であるかのようにもみえる。しかしそれは、男性の一元的序列化に女性が組み込まれたことから生じる男女差であり、女性が卑下されていたために名すら与えられていなかったということではない。むしろ、世輩を超えて共通の字を使った名を持つ女性がいたという事例からは、彼女たちが出身宗族内にあって序列化から自由であったことさえ窺わせる。

女性の名は、生きていくための社会環境の必然性の所産であった。女流詩人であれば、男性の詩人と同様に詩人に相応しいような、男装の女性には、女と疑われない男っぽい、妓女には客の遊び心を魅了しそうな美的でかつ知的な、また下女には持ち主の趣向を反映した使い勝手の良さそうな名がそれぞれ生まれることになる。しかし、それらの名よりも、多くの女性にとって重要であった名は、「順次を示す字」と「親族称謂語」による名である。「順次を示す字」と「親族称謂語」による名は、「人物の特定・実名の敬避・長幼の序を明確にする」という機能があった。「順次を示す字」と「親族称謂語」による女性の名は、実名敬避の風習と、宗族社会の礼的秩序を保つために不可欠な人間の序列化という体制において、非常に有効な手段であったために、そこから必然的に生み出されたものなのである（以上、第五章）。

おわりに

序章で述べたように、明清小説は、明清社会の現実をそのまま描いたものではない。明清小説から、明清社会における女性像をそのまま復元することはできない。しかし、明清小説は、まったくの虚構により描かれたものでもない。本書で検討したように、明清小説は、物語に感動性を与え、虚構に説得力をもたせるために、明清時代における社会通念を反映させていた。物語のおもしろさや表現技法の巧みさから受ける感動を小説の文学性と呼び得るのであれば、明清小説は、明清時代における社会通念を背景とすることで、その文学性を高めているのである。

それでは、かかる明清小説の文学性は、「三言二拍」に代表される世情小説だけに見られるものなのであろうか。

明清時代の小説を代表するとされる「四大奇書」は、『金瓶梅』を除き、過去の時代に舞台を置いた小説である。そうした小説である以上、それぞれの時代の社会通念に依拠して物語が描かれるのであろうか。仙石知子〈二〇〇八〉〈二〇〇九〉〈二〇一〇〉、渡邉義浩・仙石知子《二〇一〇》は、『三國志演義』に描かれた女性の姿を中心に、『三國志演義』が、三国時代よりもむしろ、明清時代の社会通念の影響下で物語が表現されていることを明らかにしたものである。かかる結論は、『水滸傳』『西遊記』にも有効なのであろうか。課題として記しておきたい。

また、本書では、宗族が編纂した族譜を、明清時代の社会通念を解明する中心に置きながらも、その焦点を女性に絞ったため、宗族よりも家族がその分析の中心となった。族譜により、家族の集合体である宗族を分析する際には、「義」という理念が重要になる。義田・義荘の分析はその一例である。そして、そうした社会通念を踏まえて、どのように小説が表現されているかの検討を続けねばなるまい。あるいは、宗族全体としては、社会階層的に本来的には下であった商人層の台頭により、宗族の中に商人を取り込んでいくことが行われながらも、明清時代の小説には、商人の悪が多く記されること、これも残された課題である。

このように、本書は、明清時代における小説と社会通念に関して、女性像を中心として一定の成果を挙げることができたが、残された課題も多い。それらの問題は、いずれも今後の課題とすることにして、族譜による分析を中心とした明清時代における女性像を論じた本書の筆を擱くことにしたい。

族譜所蔵目録

本書で使用した族譜は、ユタ系図協会が所蔵する族譜、および『中華族譜集成』所収の族譜である。以下、姓の画数に従って族譜を掲げ、その巻数・編纂者・編纂年・出版形態・所蔵機関を明らかにする。

二画（丁）

『日照丁氏家乘』山東日照、八十二巻、丁聯翊（等修）、光緒二十六年（一九〇〇年）、刊本、Columbia University, East Asian Library 所蔵。

『夫椒丁氏族譜』（別称『丁氏宗譜』）江蘇呉縣、六巻、丁徳容・丁興周（等続修）、乾隆五十七年（一七九二年）、木活字印本、東洋文庫所蔵。

三画（于）

『蕭山于氏宗譜』浙江蕭山、八巻、于廣泰（等五修）、道光十七年（一八三七年）、佑啓堂木活字印本、東洋文庫所蔵。

『瓜州于氏十一修家譜』江蘇江都、二十巻首一巻、于樹滋（等修）、民国十年（一九二一年）、活字印本、Columbia University, East Asian Library 所蔵。

四画（卞・王・孔・仇・方・尤）

『江都卞氏族譜』江蘇江都、二十四巻首七巻、編者不詳、道光十年（一八三〇年）、木活字印本、国立国会図書館所蔵。

『澤富王氏宗譜』安徽歙縣、八巻首一巻、王仁輔（等修）、万暦元年（一五七三年）、刊本、台湾中央図書館所蔵。

『太原王氏族譜』安徽懐遠、八巻首末各二巻、王心潤・王宣（等三修）、光緒三十四年（一九〇八年）、三槐堂木活字印本、国立国会図書館所蔵。

『石池王氏譜』浙江紹興、不分巻、王雍績（続修）、乾隆二十八年（一七六三年）修、写本、東洋文庫所蔵。

『南匯王氏家譜』江蘇南匯、不分巻、王廣圻（等重修）、民国二十一年（一九三二年）、鉛印本、Harvard-Yenching Library 所蔵。

『京江王氏宗譜』江蘇鎮江、二巻首一巻、王廷壽（等続修）、民国二十四年（一九三五年）、木活字印本、国立国会図書館所蔵。

『蜀西崇陽王氏族譜』四川崇慶、十四巻、王濬章・王上秉（等重修）、民国二十五～二十六年（一九三六～三七年）、鉛印本、国立国会図書館所蔵。

『宛平王氏族譜』河北宛平、不分巻、王元鳳・王惺（等重修）、乾隆五十九年（一七九四年）、青箱堂刊本、東洋文庫所蔵。

『京江開沙王氏族譜』江蘇鎮江、十巻、王厚存・王桂冬（等五修）、光緒三十二年（一九〇六年）序、木活字印本、東洋文庫所蔵。

『晉陵夾城王氏五修宗譜』江蘇常州、八巻、王家璞（等修）、民国三十七年（一九四八年）、継序堂木活字印本（『中華族譜集成　王氏族譜巻』巴蜀書社、一九九五年、所収）。

『牛皐嶺下王氏宗譜』浙江諸曁、不分巻、王念學（等修）、民国二十五年（一九三六年）、刊本（『中華族譜集成　王氏族譜巻』巴蜀書社、一九九五年、所収）。

『太原王楊氏支譜』安徽安慶、二十五巻首一巻、王際春（等修）、同治五年（一八六六年）、敦睦堂刊本（『中華族譜集成　王氏族譜巻』巴蜀書社、一九九五年、所収）。

『孔氏家譜』（別称『番禺詵敷孔氏家譜』）廣東番禺、六巻首一巻、孔廣漢（等修）、民国十九年（一九三〇年）、刊本、University of Washington, East Asian Library 所蔵。

『四明慈水孔氏三修宗譜』浙江四明、二十巻首一巻附一巻、孔傳林・孔康鼎（等三修）、民国二十四年（一九三五年）、木活字印本、国立国会図書館所蔵。

『仇氏家乘』山西曲沃、十八巻、仇昌祥（等重修）、康熙二十年（一六八一年）、本衙臧板木活字印本、東洋文庫所蔵。

『南昌方氏支譜』江西南昌、四巻首一巻、方達（増訂）、民国九年（一九二〇年）、木活字印本、東洋文庫所蔵。

『懐寧垞埂方氏宗譜』安徽懐寧、二十八巻首末各三巻、方德源（等五修）、光緒三十三年（一九〇七年）、木活字印本、東洋文庫所蔵。

『重修鑪橋方氏家譜』安徽定遠、四巻首上下各一巻、方汝紹（等三修）、光緒二十九年（一九〇三年）、詒謀堂木活字印本、Columbia University, East Asian Library 所蔵。

『潤州朱方鎮尤氏族譜』江蘇鎮江、六巻、江爲霖（輯）、嘉慶七年（一八〇二年年）、木活字印本、国立国会図書館所蔵。

五画（左・平）

『淝水左氏宗譜』安徽合肥、六巻、左江（等修）、嘉慶七年（一八〇二年）、敦善堂刊本、Columbia University, East Asian Library 所蔵。

『錫山平氏宗譜』江蘇無錫、十巻、平定國・平靜安（等輯）、同治十三年（一八七四年）、修齊堂木活字印本、国立国会図書館所蔵。

六画（朱・匡・江・吉・米・羊・成）

『建陽朱氏崑羅合譜』（別称『朱氏家譜』）江蘇崑山、不分巻、朱紹成・朱壽曾（等増修）、光緒三十二年（一九〇六年）、木活字印本、国立国会図書館所蔵。

『潤東朱氏族譜』江蘇鎮江、十二巻、李淳高（等続修）、道光十九年（一八三九年）、活字印本、Columbia University, East Asian Library 所蔵。

『平湖朱氏傳録』浙江平湖、一二三頁、朱之榛（編）、光緒三年（一八七七年）、刊本、University of Chicago, Far Eastern Library 所蔵。

『餘姚朱氏宗譜』浙江餘姚、十六巻首一巻、朱蘭（等纂修）、同治十二年（一八七三年）、一本堂木活字印本、Harvard-Yenching Library 所蔵。

『山陰陡亹朱氏宗譜』浙江紹興、六巻、朱福青（等続修）、光緒二十年（一八九四年）序、思成堂木活字印本、東洋文庫所蔵。

『山陰白洋朱氏宗譜』浙江紹興、三十二巻首一巻、朱増・朱沛鋆（等重修）、光緒二十一年（一八九五年）、玉泉堂木活字印本、Harvard-Yenching Library 所蔵。

『雲陽仁濟匡氏家乘』江蘇丹陽、十二巻、匡啟仁（等重修）、道光二十七年（一八四七年）、楽安堂木活字印本、Columbia University, East Asian Library 所蔵。

『江氏宗譜』江蘇武進、八巻、江増泉（等修）、民国六年（一九一七年）、思源堂活字印本、Columbia University, East Asian Library 所蔵。

『銅山江氏宗譜』安徽桐城、十六巻首一巻、江南炎（等修）、民国七年（一九一八年）篤親堂活字印本、Columbia University, East Asian Library 所蔵。

『丹陽吉氏宗譜』（別称『丹陽吉氏八修宗譜』）江蘇丹陽、十六巻、吉廷椿（等修）、光緒九年（一八八三年）、有詒堂活字印本、Columbia University, East Asian Library 所蔵。

『米氏宗譜』江蘇鎮江、二巻、米俊明（重修）、光緒二十九年（一九〇三年）、忠孝堂木活字印本、国立国会図書館所蔵。

『武進羊氏宗譜』江蘇武進、八巻、羊福南（等三修）、宣統三年（一九一一年）、峴山堂活字印本、Columbia University, East Asian Library 所蔵。

『寶應成氏族譜』（別称『寶應成氏族譜圖系』）江蘇寶應、不分巻、成心存（等重修）、宣統三年（一九一一年）、刊本、Columbia University, East Asian Library 所蔵。

七画（呉・余・何・李・宋・汪・沈・呂）

『江陰後底涇呉氏宗譜』江蘇江陰、十九巻首末各一巻、呉翔九（等九修）、光緒十三年（一八八七年）、活字印本、Columbia University, East Asian Library 所蔵。

『山陰縣州山呉氏族譜』（別称『山陰州山呉氏族譜』）浙江紹興、不分巻、呉國樑（等続修）、道光十九年（一八三九年）、活字印本、Columbia University, East Asian Library 所蔵。

『譚墅呉氏宗譜』江蘇武進、十六巻、呉祥鴻（等修）、民国十四年（一九二五年）、思讓堂木活字印本、Harvard-Yenching Library 所蔵。

『甬上雷公橋呉氏家譜』浙江鄞縣、十六卷、汪崇幹・石之英（等続修）、民国十六年（一九二七年）、木活字印本、国立国会図書館所蔵。
『呉氏世譜』（別称『呉氏統譜』）江蘇、六巻首二卷末三卷、呉鏡淵（等修）、民国六年（一九一七年）、至徳堂木活字印本、東洋文庫所蔵。
『毘陵薛墅呉氏族譜』江蘇武進、合二十三、呉晉（等重修）、民国二十二年（一九三三年）、履成堂活字印本、Columbia University, East Asian Library 所蔵。
『毘陵西郊呉氏宗譜』江蘇武進、呉志尙（等修）、八卷、光緒三十四年（一九〇八年）、振宜堂刊本、Columbia University, East Asian Library 所蔵。
『毘陵庵頭呉氏宗譜』江蘇武進、九卷、呉慶朝（等修）、光緒元年（一八七五年）、至徳堂木活字印本、Columbia University, East Asian Library 所蔵。
『溪川呉氏統宗族譜』安徽涇縣、五卷、呉範道（等修）、萬曆七年（一五七九年）、刊本、Library of Congress 所蔵。
『如皐呉氏家乘』江蘇如皐、三十卷首一卷、呉江・呉杓（等重修）、民国十四年（一九二五年）、三讓堂木活字印本、国立国会図書館所蔵。
『洞庭明月灣呉氏世譜』江蘇呉縣、六卷、呉文藻（等修）、嘉慶二十四年（一八一九年）、刊本、Columbia University, East Asian Library 所蔵。
『皐廡呉氏家乘』江蘇呉縣、十卷、呉大根・呉大渥（等増修）、光緒七年（一八八一年）、刊本、国立国会図書館所蔵。
『溪川呉氏統宗族譜』安徽涇縣、五卷、呉範道（等修）、萬曆七年（一五七九年）、刊本、Library of Congress 所蔵。
『施溪呉氏支譜』安徽婺源、五卷首一卷、呉鴻晟・呉運嘻（等修）、光緒三十二年（一九〇六年）、敦睦堂木活字印本、国立国会図書館所蔵。
『錫山呉氏世譜』江蘇無錫、六卷首末各一卷、呉慕蓮（等続修）、光緒十二年（一八八六年）、木活字印本、国立国会図書館所蔵。
『山陰州山呉氏支譜』浙江紹興、五十五面、呉善慶（等修）、民国八年（一九一九年）、活字印本、Columbia University, East Asian

Library 所藏。

『余氏宗譜』安徽桐城、十四卷、余光璽・余紹融（等重修）、同治六年（一八六七年）、忠裔堂重鐫木活字印本、東洋文庫所藏。

『毘陵余氏族譜』江蘇武進、八卷、余斯浩（等修）、宣統元年（一九〇九年）、端本堂刊本、Columbia University, East Asian Library 所藏。

『何氏族譜』河北青縣、七十三頁、何宗海（等修）、民国十五年（一九二六年）、石印本、Columbia University, East Asian Library 所藏。

『蕭山芹沂何氏宗譜』浙江蕭山、二十卷首一卷、何連陞（等六修）、光緒十九年（一八九三年）、世恩堂刊本木活字印本、Columbia University, East Asian Library 所藏。

『李氏家譜』（別称『李氏宗譜』）江蘇吳縣、八卷、李沅（等修）、道光十九年（一八三九年）、刊本、Library of Congress 所藏。

『京口李氏宗譜』江蘇鎮江、二十二卷首末各一卷、李培堯（等修）、民国四年（一九一五年）、木活字印本、Columbia University, East Asian Library 所藏。

『雲步李氏宗譜』廣東新會、不分卷、李揚芳（纂修）、民国十七年（一九二八年）、鉛印本、牧野文庫所藏。

『懷寧李氏宗譜』安徽懷寧、七卷首末各一卷、李子新（等修）、宣統三年（一九一一年）、允福堂刊本、Columbia University, East Asian Library 所藏。

『壽昌李氏宗譜』湖北武昌、十一卷、李和卿（等修）、光緒十九年（一八九三年）、篤親堂刊本木活字印本、Columbia University, East Asian Library 所藏。

『錫山李氏世譜』江蘇無錫、五卷首一卷、李翼宸（等修）、光緒十三年（一八八七年）、雍穆堂刊本木活字印本、Columbia University, East Asian Library 所藏。

『歸德方山葛橋南李氏宗譜』（別称『橋南李氏宗譜』）江蘇南京、八卷、王薇堂（等修）、同治元年（一八六二年）、載德堂木活字印本、Columbia University, East Asian Library 所藏。

『鎮江李氏支譜』江蘇鎮江、四卷、李寶鎔（等修）、光緒二十八年（一九〇二年）、敦本堂刊本活字印本、Columbia University, East Asian Library 所藏。

『盧州李氏宗譜』安徽盧江、二十八巻、李悟僊（等修）、民国五年（一九一六年）、敦睦堂刊本木活字印本、Columbia University, East Asian Library 所蔵。

『隴西李氏四修族譜』江西吉安、二十五巻首四巻、李承慶・李樹修、民国二年（一九一三年）、刊本（『中華族譜集成　李氏族巻』巴蜀書社、一九九五年、所収）。

『如皐西鄉李氏族譜』江蘇如皐、十二巻、李呈祥・李松樓（等重修）、光緒三十年（一九〇四年）、隴西堂刊本木活字印本、Harvard-Yenching Library 所蔵。

『澂溪法華李氏族譜』江蘇上海、六巻、李鴻翥（等修）、民国七年（一九一八年）、秩倫堂刊本、Columbia University, East Asian Library 所蔵。

『綸恩堂廷芳公下應明公派支譜』（別称『李氏宗譜』）江蘇呉縣、不分巻、編者不詳、同治十二年（一八七三年）、写本、国立国会図書館所蔵。

『會稽日鑄宋氏宗譜』浙江紹興、六巻首一巻、宋楚玉（等修）、同治八年（一八六九年）、忠孝堂刊本木活字印本、Columbia University, East Asian Library 所蔵。

『呉趨汪氏支譜』江蘇呉縣、十二巻首一巻、汪體椿（等重修）、光緒二十三年（一八九七年）、木活字印本、国立国会図書館所蔵。

『潁川越蔭堂汪氏家譜』浙江建徳、六巻、汪承詵（等修）、道光九年（一八二九年）、刊本、Columbia University, East Asian Library 所蔵。

『錢塘沈氏家乘』浙江杭縣、十巻、沈紹勳（等輯）、沈祖緜（增輯）、民国八年（一九一九年）、西冷印社印本鉛印本、Columbia University, East Asian Library 所蔵。

『竹溪沈氏家乘』浙江呉興、二巻首一巻、沈汝泰・沈汝和（等修）、光緒十三年（一八八七年）、活字本、国立国会図書館所蔵。

『毘陵呂氏族譜』江蘇武進、二十二巻首末各一巻附一巻、呂金誠・呂嗣彬（等重修）、光緒四年（一八七八年）、木活字印本、国立国会図書館所蔵。

八画（金・承）

『新安休寧甌山金氏族譜』安徽休寧、四巻附五巻、金嘉賓（修）、康熙十四年（一六七五年）、刊本、京都大学人文科学研究所図書館所蔵。

『毘陵承氏宗譜』江蘇武進、五十八巻首末各一巻、承乃韶（等修）、光緒二十九年（一九〇三年）、聴経堂木活字印本、Columbia University, East Asian Library 所蔵。

九画（是）

『毘陵是氏宗譜』江蘇武進、三十六巻、是輔卿（等修）、民国四年（一九一五年）、承緒堂刊本木活字印本、Columbia University, East Asian Library 所蔵。

十画（孫）

『孫氏族譜』廣東順徳、四巻、孫幹寧（等修）、民国二十七年（一九三八年）、刊本、University of Washington, East Asian Library 所蔵。

十一画（張・許・陳・曹・章・彭）

『五華大田張氏族譜』廣東五華、八十六面、張恩麟（抄）、一九七一年、写本、University of Hong Kong, Fung Ping Shan Library 所蔵。

『雲陽張氏宗譜』江蘇丹陽、十巻、張飛渚（等修）、光緒十三年（一八八七年）、亦政堂刊本木活字印本、Columbia University, East Asian Library 所蔵。

『張氏族譜』廣東中山、三巻、張建孚（等編）、咸豊八年（一八五八年）、鐵城袁思刊本、University of Chicago, Far Eastern Library 所蔵。

『許氏家乘』（別称『蒲里許氏家乘』）江蘇句容、八巻、許起鳴（等修）、道光十七年（一八三七年）、敦遠堂刊本活字印本、

Columbia University, East Asian Library 所蔵。

『晶川許氏族譜』安徽績溪、九巻首末各一巻、許熾昌（等序）、光緒十七年（一八九一年）、愛敬堂刊本活字印本、Columbia University, East Asian Library 所蔵。

『陳氏宗譜』（別称『陳氏支譜』）安徽桐城、六巻、陳廷讃（等修）、嘉慶二十二年（一八一七年）、慶遠堂刊本、牧野文庫所蔵。

『京口陳氏五修家譜』江蘇鎮江、二巻、陳夢原（等序）、嘉慶九年（一八〇四年）、刊本、Columbia University, East Asian Library 所蔵。

『剡北陳氏家譜』浙江嵊縣、二十二巻首末各一巻、陳錫金（等修）、民国五年（一九一六年）、三徳堂刊本鉛印本（『中華族譜集成　陳氏族譜巻』巴蜀書社、一九九五年、所収）。

『毘陵雙桂里陳氏宗譜』江蘇武進、三十巻、陳懋和（修）、光緒六年（一八八〇年）、忠節堂刊本鉛印本（『中華族譜集成　陳氏族譜巻』巴蜀書社、一九九五年、所収）。

『績北旺川曹氏族譜』安徽績縣、不分巻、曹有光（等序）、康熙五年（一六六六年）、刊本、Columbia University, East Asian Library 所蔵。

『剡西章氏宗譜』浙江嵊縣、三巻、章正桂（等修）、道光十一年（一八三一年）、忠愛堂刊本活字印本、京都大学人文科学研究所図書館所蔵。

『彭氏宗譜』江蘇呉縣、十二巻首一巻、彭文傑（等八修）、民国十一年（一九二二年）序、衣言荘刊本、University of Chicago, Far Eastern Library 所蔵。

十三画（葉）

『呉中葉氏族譜』江蘇呉縣、六十六巻末一巻、葉徳輝（等修）、宣統三年（一九一一年）、活字印本、Columbia University, East Asian Library 所蔵。

十五画（劉・滕）

『湘潭橋頭劉氏三修族譜』湖南湘潭、十二巻首一巻、劉民彝（等修）、光緒二十九年（一九〇三年）、親親堂刊本（『中華族譜集成　劉氏族譜巻』巴蜀書社、一九九五年、所収）。

『白石劉氏四修族譜』湖南湘郷、十四巻、劉春池（等修）、民国十四年（一九二五年）、藜閣堂刊本（『中華族譜集成　劉氏族譜巻』巴蜀書社、一九九五年、所収）。

『渭寧劉氏族譜』湖南長沙、二十一巻、劉潤化（等主修）、光緒十三年（一八八七年）、序倫堂刊本（『中華族譜集成　劉氏族譜巻』巴蜀書社、一九九五年、所収）。

『三舎劉氏六續族譜』湖南湘郷、三十四巻首一巻、劉氏合族修、光緒三十一年（一九〇五年）、刊本（『中華族譜集成　劉氏族譜巻』巴蜀書社、一九九五年、所収）。

『湘潭劉氏四修族譜』湖南湘潭、十五巻、劉懿德・劉紹基（等修）、民国三十六年（一九四七年）、怡怡堂刊本（『中華族譜集成　劉氏族譜巻』巴蜀書社、一九九五年、所収）。

『中梅劉氏續修家乘』江蘇溧陽、十六巻、劉興開・劉昌明（修）、民国二十九年（一九四〇年）、道勝堂刊本（『中華族譜集成　劉氏族譜巻』巴蜀書社、一九九五年、所収）。

『中湘陞廷山劉氏三修族譜』江西吉水、十六巻、劉訓濂・劉訓芝（等修）、光緒二十一年（一八九五年）、天禄堂刊本（『中華族譜集成　劉氏族譜巻』巴蜀書社、一九九五年、所収）。

『蓉湖柳蕩劉氏宗譜』江蘇常州、二十二巻首一巻、劉國生（等修）、光緒三十一年（一九〇五年）、守三堂鉛印本（『中華族譜集成　劉氏巻』巴蜀書社、一九九五年、所収）。

『起霞劉氏宗譜』浙江太平、十巻首末各一巻、劉秉楨（等修）、光緒三十年（一九〇四年）叙倫堂刊本鉛印本（『中華族譜集成　劉氏族譜巻』巴蜀書社、一九九五年、所収）。

『餘姚開原劉氏宗譜五編』浙江餘姚、十四巻首末各一巻、劉黻廷（等修）、宣統二年（一九一〇年）、敦睦堂鉛印本（『中華族譜集成　劉氏巻』巴蜀書社、一九九五年、所収）。

『東陽滕氏宗譜』浙江東陽、二十巻、滕廷鍾（等修）、光緒六年（一八八〇年）、活字印本、Columbia University, East Asian Library 所蔵。

十七画（戴・韓）

『東莞派吉厦戴氏族譜』廣東東莞、不分巻、戴名世（序）、民国二十年（一九四〇年）、抄本、University of Chicago , Far Eastern Library 所蔵

『汾陽韓氏支譜』山西汾陽、四巻、韓錫咸（序）、光緒十年（一八八四年）、恭寿堂刊本木活字印本、東洋文庫所蔵。

十八画（羅）

『桂陽羅氏族譜』（別称『羅氏族譜』）湖南桂陽、不分巻、羅孝龍（続修）、同治八年（一八六九年）、木活字印本、University of California, Berkeley, East Asian Library 所蔵。

二十画（嚴）

『慈谿赭山嚴氏宗譜』浙江慈谿、四巻首末各一巻、周毓邠（等修）、民国十一年（一九二二年）、奉思堂刊本木活字印本、Colunbia University, East Asian Library 所蔵。

文献表

この文献表は、本書中に言及し、また略記した文献を採録したものである。本文中における表記は、単行本を《 》、論文を〈 〉により分け、出版時の西暦年を附して弁別の基準とした。その際、単行本などに再録された論文も初出の西暦年を附し、同一年に複数の単行本・論文のある場合には、後にａｂなどを附し、弁別できるように心がけた。邦文文献は編著者名の五十音順とし、旧字体は原則として常用漢字に統一した。中文文献は、ピンイン配列とし、繁体字・簡体字も原則として常用漢字に統一した。

〔邦　文〕

池田麻希子　「『醒世姻縁伝』研究序説――作者と成書年代を中心に――」（『藝文研究』七四、一九九八年）
伊原　弘　「明末清初の潮州における列女と旌表地名になった女性たち」（『柳田節子古稀記念 中国の伝統社会と家族』汲古書院、一九九三年）
井上　徹　『中国の宗族と国家の礼制――宗法主義の観点からの分析――』（研文出版、二〇〇〇年）
井上　徹　「中国の近世譜」（歴史学研究会（編）『系図が語る世界史』青木書店、二〇〇二年）
井上　徹　『族譜――家系と伝説――』序言（アジア遊学六七号『族譜――家系と伝説――』二〇〇四年）
植田渥雄　「明末擬話本の文体――「三言」における女性描写を中心に――」（石川忠久（編）『中国文学の女性像』汲古書院、一九八二年）
上田　信　『伝統中国〈盆地〉〈宗族〉にみる明清時代』（講談社、一九九五年）

臼井佐知子『徽州商人の研究』（汲古書院、二〇〇五年）
臼井佐知子「明代徽州における族譜の編纂――宗族の拡大組織化の様相――」（井上徹・遠藤隆俊（編）『宋―明宗族の研究』汲古書院、二〇〇五年）
内田　進「中国――現代中国の姓名」（松本脩作・大岩川嫩『第三世界の姓名』明石書店、一九九四年）
梅原郁（訳注）『名公書判清明集』（同朋舎、一九八六年）
王泉根、林雅子（訳）『中国姓氏考――そのルーツをさぐる――』（第一書房、一九九五年）
大木　康「馮夢龍『三言』の編纂意図について――特に勧善懲悪の意義をめぐって――」（『東方学』六九、一九八五年）a
大木　康『『古今小説』巻一「蒋興哥重会珍珠衫」について』（『和田博徳教授古稀記念　明清時代の法と社会』汲古書院、一九八五年）b
大木　康「馮夢龍『三言』の編纂意図について（続）真情からみた一側面　」（『伊藤漱平教授退官記念　中国学論集』汲古書院、一九八六年）
大木　康『中国遊里空間――明清秦淮妓女の世界――』（青土社、二〇〇一年）
大木　康『明末江南の出版文化』（研文出版、二〇〇四年）
大沢　正昭「南宋の裁判と女性財産権」（『歴史学研究』七一七、一九九八年）
大島　立子「元朝の「女壻」について」（『史論』四三、一九九〇年）
大塚　秀高「欋内文学の流れ――小青伝を論じて李漁に及ぶ――」（『埼玉大学紀要』二五、一九八九年）
小川　快之『清明集』と宋代史研究」（『中国―社会と文化』一八、二〇〇三年）
小川　陽一「亡者の愛――京本通俗小説の怪異談について」（『説林』一五、一九六七年）
小川　陽一「姦通はなぜ罪悪か――三言二拍のばあい――」（内田道夫教授退官記念中国文学特集号『集刊東洋学』二九、一九七三年）
小川　陽一「西湖二集と善書」（『東方宗教』五一、一九七八年）

小川　陽一　「三言二拍と善書」（『日本中国学会報』三二、一九八〇年）
小川　陽一　『三言二拍本事論考集成』（新典社、一九八一年）
小川　陽一　「八犬伝拾零――とくに紅楼夢から――」（和漢比較叢書17『江戸小説と漢文学』汲古書院、一九九三年）
小川　陽一　『日用類書による明清小説の研究』（研文出版、一九九五年）
小川　陽一　「『十二笑』小考」（『日本中国学会創立五十年記念論文集』汲古書院、一九九八年）
越智　重明　「贅壻」（『久留米大学比較文化研究所紀要』九、一九九一年、『戦国秦漢史研究』2、中国書店、一九九三年に所収）
小野　和子　「五・四運動期の婦人解放思想――家族制度イデオロギーとの対決――」（『思想』五九〇、一九七三年）
尾上　兼英　「明代白話ノート――短編小説・「三言」（一）」（『東洋文化研究所紀要』四四、一九六七年）
O・ラング、小川修（訳）『中国の家族と社会』岩波現代叢書（岩波書店、一九五三年）
郭　明　昆　「父母称謂考」（『東洋思想研究』第二、岩波書店、一九三八年）
郭　明　昆　「称呼と命名の排行制について」（『東洋思想研究』第三、岩波書店、一九三九年）
筧　久美子　「中国の女訓と日本の女訓」（『日本女性史』三　近世、東京大学出版会、一九八二年）
筧　久美子　『『列女伝』の中の女性像』（『歴史評論』四七九、一九九〇年）
勝山　　稔　「宋元明代の文芸作品に見える女家主導の離婚事例について」（『中央大学大学院研究年報』文学研究科二四、一九九四年）
勝山　　稔　「中国白話小説研究における一展望（Ⅰ）――明代短編白話小説集『三言』の研究とその分析を手掛かりとして――」（『東北大学大学院国際文化研究科論集』六、一九九八年）
勝山　　稔　「宋元代の聘財に関する一考察――高額聘財の推移から見る婚姻をめぐる社会――」（『中央大学アジア史研究』二二、一九九九年）

勝山　稔　「宋～明代の白話小説に見える「養娘」について――婚姻との関わりを中心として――」（『中央大学アジア史研究』二四、二〇〇〇年）
勝山　稔　『中国宋―明代における婚姻の学際的研究』（東北大学出版会、二〇〇七年）
加藤美穂子　『中国家族法の諸問題』（敬文堂、一九九四年）
加藤美穂子　『詳解 中国婚姻・離婚法』（日本加除出版、二〇〇一年）
加納　喜光　「神話伝説の中の女性像」（岸辺成雄（編）『儒教社会の女性たち』評論社、一九七七年）
川村　康　「宋代贅壻小考」（『柳田節子先生古稀記念 中国伝統社会と家族』汲古書院、一九九三年）
関西中国女性史研究会（編）『ジェンダーからみた中国の家と女』（東方書店、二〇〇四年）
関西中国女性史研究会（編）『中国女性史入門――女たちの今と昔』（人文書院、二〇〇五年）
岸辺　成雄（編）『儒教社会の女性たち』（評論社、一九七七年）
岸本　美緒　『明清交替と江南社会――17世紀中国の秩序問題』（東京大学出版会、一九九九年）
喜多　三佳　「清代の寡婦の地位についての一考察」（『四国大学経営情報研究所年報』八、二〇〇二年）
喜多　三佳　「清代の「嬰児殺し」をめぐって」（『創文』四六三、二〇〇四年）
日下　翠　『金瓶梅 天下第一の奇書』（中央公論社、一九九六年）
倉橋　圭子　「近代宗譜考――清末民初期の江蘇省の事例を対象に――」（『歴史学研究』七四三、二〇〇〇年）
栗原　圭介　『古代中国婚姻制の礼理念と形態』（東方書店、一九八二年）
合山　究　「袁枚と女弟子たち」（『九州大学文学論輯』三一、一九八四年）
合山　究　「節婦烈女論――明清時代の女性の生き方について――」（『中国―社会と文化』一三、一九九八年）
合山　究　『明清時代の女性と文学』（汲古書院、二〇〇六年）
小島　毅　「婚礼廟見考――毛奇齢による家礼批判――」（『柳田節子古稀記念 中国の伝統社会と家族』汲古書院、一九九三年）

小林　徹行　『明代女性の殉死と文学――薄少君の哭夫詩百首――』（汲古書院、二〇〇三年）
小林　義寛　「欧陽脩における族譜編纂の意義」（『名古屋大学東洋史研究報告』六、一九八〇年、『欧陽脩　その生涯と宗族』、創文社、二〇〇〇年に所収）
五味　知子　「明清中国女性史研究の動向――二〇〇五年から二〇〇九年を中心に」（『近きに在りて』五八、二〇一〇年）
斉藤　茂　『妓女と中国文人』（東方書店、二〇〇〇年）
酒井　忠夫　『中国善書の研究』（弘文堂、一九六〇年、増補版は酒井忠夫著作集1・2に所収〈国書刊行会、二〇〇〇年〉）
坂出　祥伸　『大同書』（明徳出版社、一九七六年）
佐々木　愛　「程頤・朱熹の再嫁批判の言説をめぐって」（『上智史学』四五、二〇〇〇年）
佐藤　邦憲　「明律・明令と大誥および問刑条例」（滋賀秀三（編）『中国法制史　基本資料の研究』東京大学出版会、一九九三年）
滋賀　秀三　『中国家族法論』（弘文堂、一九五〇年）
滋賀　秀三　『中国家族法の原理』（創文社、一九六七年）
滋賀　秀三　「中国家族法補考（一）～（四）――仁井田博士『宋代の家産法における女子の地位』を読みて――」（『国家学会雑誌』六七巻五、九、十一、六八巻七、一九五三年～一九五五年）
清水　盛光　『支那家族の構造』（岩波書店、一九四二年）
下見　隆雄　『劉向「列女伝」の研究』（東海大学出版会、一九八九年）
下見　隆雄　『儒教社会と母性――母性の威力の観点でみる漢魏晋中国女性史――』（研文出版、一九九四年）
下見　隆雄　『孝と母性のメカニズム――中国女性史の視点――』（研文出版、一九九七年）
白水　紀子　『中国女性の二〇世紀――近現代家父長制研究――』（明石書院、二〇〇一年）
末次　玲子　「中国農村における婦人の状態」（野沢豊・田中正俊（編）『講座中国近現代史』四　五四運動、東京大学出版会、一九七八年）

末次　玲子　『二〇世紀中国女性史』（青木書店、二〇〇九年）
末次玲子・榎本明子「女性史」（野沢豊（編）『日本の中華民国史研究』汲古書院、一九九五年）
瀬川　昌久　『中国人の村落と宗族』（弘文堂、一九九一年）
瀬川　昌久　『客家——華南漢族のエスニシティーとその境界』（一九九三年、風響社）
瀬川　昌久　『族譜』（風響社、一九九六年）
瀬川　昌久　『中国社会の人類学——親族・家族からの展望——』（世界思想社、二〇〇四年）
仙石　知子　「毛宗崗本『三国志演義』に描かれた女性の義——貂蟬の事例を中心として」（『狩野直禎先生傘寿記念　三国志論集』三国志学会、二〇〇八年）
仙石　知子　「毛宗崗本『三国志演義』に描かれた曹操臨終の場面について——明清における妾への遺贈のあり方を手がかりに」（『三国志研究』四、二〇〇九年）
仙石　知子　「毛宗崗本『三国志演義』における母と子の表現技法」（『駿河台大学紀要』三九、二〇一〇年）
曾我部静雄　「溺女考」（『支那政治習俗論攷』筑摩書房、一九四三年）
臧　　　健　「宋元から明清時代の家法が規定する男女の役割」（関西女性史研究会（編）『ジェンダーからみた中国の家と女』東方書店、二〇〇四年）
多賀秋五郎　『宗譜の研究』資料篇（東洋文庫、一九六〇年）
多賀秋五郎　『中国宗譜の研究』上巻（日本学術興振会、一九八一年）
多賀秋五郎　『中国宗譜の研究』下巻（日本学術興振会、一九八二年）
高橋　梵仙　『堕胎間引の研究』（中央社會事業協會社會事業研究所、一九三六年、のち第一書房より一九八一年に再版）
高橋　芳郎　『宋—清身分法の研究』（北海道大学図書刊行会、二〇〇一年）
高橋　芳郎　『宋代中国の法制と社会』（汲古書院、二〇〇二年）
竹田　　晃　『中国小説入門』（岩波書店、二〇〇二年）

竹田晃・小塚由博・仙石知子（訳）『剪灯新話』（明治書院、二〇〇八年）
田仲　一成　『中国祭祀演劇研究』（東京大学出版会、一九八一年）
田仲　一成　『中国の宗族と演劇』（東京大学東洋文化研究所、一九八五年）
谷川　道雄　「六朝時代の宗族――近世宗族との比較において――」（『名古屋大学東洋史研究報告』二五、二〇〇一年）
中華全国婦女連合会（編著）、中国女性史研究会（編訳）『中国女性運動史』（論創社、一九九五年、原書は『中国婦女運動史（新民主主義時期）』春秋出版社、一九八九年）
張　軼　欧　『明代白話小説『三言』に見る女性観』（中国書店、二〇〇七年）
陳　青　鳳　「清朝の婦女旌表制度について――節婦・烈女を中心に――」（『九州大学東洋史論集』一六、一九八八年）
陳　青　鳳　「清代の刑法における婦女差別――特に傷害殺人、姦淫罪における――」（『九州大学東洋史論集』一八、一九九〇年）
陳　明　俠　『中国の家族法』（敬文堂、一九九一年）
杜　芳　琴　「中国における女性史研究――その70年（一九一九～一九八九）の歩み」（『中国女性史研究』三、一九九一年）
杜芳琴、欧孝明（訳）「元代における理学の女性に対する影響」（アジア女性史国際シンポジウム『報告論文集』一九九六年）
陶希聖、天野元之助（訳）『支那に於ける婚姻及び家族史』（生活社、一九三九年）
豊田　国夫　『名前の禁忌習俗』講談社学術文庫（講談社、一九八八年）
中生　勝美　「村落共同体と世代擬制――華北平原の世代ランク――」（岩本由輝・大藤修（編）『家族と地域社会』早稲田大学出版部、一九九六年）
中生　勝美　「中国命名法と輩行制」（上野和男・森謙二（編）『名前と社会――名づけの家族史』早稲田大学出版部、一九九九年）
永尾　龍造　『支那民俗誌　第六巻』（国書刊行会、一九四二年、のち大空社より二〇〇二年に再版）
中山久四郎　「支那歴代避諱通考」（『史学雑誌』一二―五、六、七、一九〇一年）

中山　義弘　「民国初めにおける婦人解放論」（『大下学園女子短期大学研究集報』八、一九七一年）
仁井田　陞　『支那身分法史』（のち『中国身分法史』）（座右寶刊行社、一九四二年）
仁井田　陞　『中国法制史』（岩波書店、一九五二年）
仁井田　陞　「宋代の家産法における女子の地位」（『家族法の諸問題』有斐閣、一九五二年）
仁井田　陞　『中国法制史研究　家族村落法』（東京大学出版会、一九六二年）
仁井田　陞　「旧中国社会の『仲間』主義と家族――団体的所有の問題をも含めて――」（日本法社会学会（編）『家族制度の研究』下、有斐閣、一九五七年）
西村かずよ　「明末清初の奴僕について」（小野和子（編）『明清社会の政治と社会』京都大学人文科学研究所、一九八三年）
西山　栄久　『支那の姓氏と家族制度』（六興出版、一九四四年）
秦　玲子　「中国前近代女性史研究のための覚え書」（『中国女性史研究』二、一九九〇年）
林　雪光　「中国文学に現われた女性について」（『神戸外大論叢』七―一、一九五六年）
潘允康、園田茂人（監訳）『変貌する中国の家族』（岩波書店、一九九四年）
藤井省三・大木康『新しい中国文学史――近世から現代まで』（ミネルヴァ書房、一九九七年）
夫馬　進　「中国明清時代における寡婦の地位と強制再婚の風習」（前川和也（編）『家族・世帯・家門――工業化以前の世界から――』ミネルヴァ書房、一九九三年）
夫馬　進　『中国善会善堂史研究』（同朋舎出版、一九九七年）
前山加奈子　「法と中国女性――「婚姻法」改正と社会変動をみる――」（『季刊中国』六四、二〇〇一年）
前山加奈子　「近10年間の中国女性史研究――主として日本における動向と展望」（『近きに在りて』四八、二〇〇五年）
牧野　巽　「明清族譜研究序説」（『東方学報』六、一九三六年、『近世中国宗族研究』お茶の水書房、一九八〇年に所収）
町井　陽子　「清代の女性生活――小説を中心にして――」（『歴史教育』六―一〇、一九五八年）
松林　陽子　「中国における紡績工業労働者の状態」（『史学研究』一二三、一九七四年）

溝口雄三・伊東貴之・村田雄二郎『中国という視座』（平凡社、一九九五年）
溝口雄三・丸山松幸・池田知久（編）『中国思想文化事典』（東京大学出版会、二〇〇一年）
宮地　幸子「中国の既婚女性の姓名」（『中国女性史研究』四、一九九一年）
村田　孜郎『支那女性生活史』（大東出版、一九四一年）
村松　暎「中国文学に現われた女性像について」（『藝文研究』一九、一九六四年）
森田　憲司「宋元時代における修譜」（『東洋史研究』三七―四、一九七八年）
森友　幸照『賢妻・良妻・美女・悪女――中国古典に見る女模様――』（清流出版社、二〇〇二年）
守屋美都雄『六朝門閥の一研究』（日本出版協同、一九五一年）
諸橋　轍次『経史八論』（関書院、一九三三年）
諸橋　轍次『支那の家族制』（大修館、一九四三年）
柳田　節子「宋代における義絶と離婚・再嫁」（『慶祝鄧広銘九十華誕論文集』河北教育出版社、一九九七年）
柳田　節子『宋代庶民の女たち』（汲古書院、二〇〇三年）
柳田　節子「宋代女子の財産権――南宋期家産分割における女承分について――」（『劉子健博士頌寿記念　宋史研究論集』同朋舎、一九八九年、柳田節子『宋代庶民の女たち』汲古書院、二〇〇三年に所収）
山川　麗『中国女性史』（笠間書院、一九七七年）
山崎　純一「近世における列女伝の変遷――汪憲「烈女伝」と安積信「烈婦伝」を中心に――」（『中国古典研究』一二、一九六四年）
山崎　純一「清朝における節烈旌表について」（『中国古典研究』一五、一九六七年）
山崎　純一『教育からみた中国女性史資料の研究――「女四書」と「新婦譜」三部書――』（明治書院、一九八六年）
山崎　純一「曹大家『女誡』と撰者班昭について――後漢における戒女書の成立と発展――」（『中国文学論叢』一一、一九九六年）

湯浅　幸孫『中国倫理思想の研究』（同朋舎出版、一九八一年）
ユタ系図協会（編）『中国族譜目録』（近藤出版社、一九八八年）
吉原和男・鈴木正崇・末成道男（編）『〈血縁〉の再構築――東アジアにおける父系出自と同姓結合――』（風響社、二〇〇〇年）
李　順　然『中国人・文字・暮らし』東方選書27（東方書店、一九九六年）
渡邉　義浩『後漢における「儒教国家」の成立』（汲古書院、二〇〇九年）
渡邉　義浩「中国貴族制と「封建」」（『東洋史研究』六九―一、二〇一〇年、『西晉「儒教国家」と貴族制』汲古書院、二〇一〇年に所収）
渡邉義浩・仙石知子『「三国志」の女性たち』（山川出版社、二〇一〇年）

〔中　文〕

阿　　鳳「明清時期徽州婦女在土地売買中権利与地位」（『歴史研究』二〇〇〇―一（総二六三）、二〇〇〇年）
曹　定　軍『中国婚姻陋俗源流』（新世界出版社、一九九四年）
曹　亦　冰「従「二拍」的女性形象看明代後期女性文化的演変」（張宏生（編）『明清文学与性別研究』江蘇古籍出版社、二〇〇二年）
常　建　華『〈中華文化通志・制度文化典・第四典〉宗族志』（上海人民出版社、一九九八年）
陳　東　原『中国婦女生活史』（台湾商務印書館、一九二七年）
陳　顧　遠『中国婚姻史』（台湾商務印書館、一九三七年）
陳　　鵬『中国婚姻史稿』（中華書局、一九九〇年）
程徳祺・許冠亭『婚姻礼俗与性』（天津教育出版社、一九九四年）
程　　郁『清至民国蓄妾習俗之変遷』（上海古籍出版社、二〇〇六年）
程　　郁『納妾――死而不僵的陋習――』（上海古籍出版社、二〇〇七年）

戴　偉『中国婚姻性愛史稿』（東方出版社、一九九二年）
董家遵「従漢到宋寡婦再嫁習俗考」（『中山大学文史月刊』三、一九三四年、鮑家麟（編）『中国婦女史論集』牧童出版社、一九七九年に所収）
董家遵「歴代節婦烈女的統計」（『現代史学』三―二、一九三七年）
董家遵『中国古代婚姻史研究』（広東人民出版社、一九九五年）
杜学亮『清代民法綜論』（中国法政大学出版社、一九九八年）
方建新「宋代婚姻礼俗考述」（『文史』二四号、一九八五年）
費成康『中国的家法族規』（上海社会科学院出版社、一九九八年）
馮爾康「清代的婚姻制度与婦女的社会地位述論」（『清代史研究集』五、一九九〇年）
馮爾康「宗族制度、譜牒學和家譜的學術價値」（『中国家譜綜合目録』中華書局、一九九七年）
高　邁「我国貞節堂制度的演変」（『東方雑誌』三二―五、一九三五年）
高世瑜『唐代婦女』（三秦出版社、一九八八年）
顧秀蓮『二〇世紀中国婦女運動史』上巻（中国婦女出版社、二〇〇八年）
郭興文『中国伝統婚姻風俗』（陝西人民出版社、一九九四年）
何曉明『姓名与中国文化』（人民出版社、二〇〇一年）
胡発貴「清代貞節観念述論」（『清代史研究集』七、一九九〇年）
黄瑞旗『孟姜女故事研究』（中国人民大学出版社、二〇〇三年）
黄瑞珍「従「三言」中的女性看馮夢龍的女性観」（張宏生（編）『明清文学與性別研究』江蘇古籍出版社、二〇〇二年）
黄宗智『清代的法律、社会与文化　民法的表達与実践』（上海書店出版社、二〇〇一年）
冀　勤「葉氏家庭創作羣體的成因及其成員的生平」（葉紹袁『午夢堂集』上、中華書局、一九九八年）
姜跌浜『中国妻妾』（湖北人民出版社、一九九一年）

金啓孮「《紅楼夢》人名研究」(『紅楼夢学刊』一九八〇―一、一九八〇年)
李鑑踪『婚縁・良縁・孽縁――中国民間婚恋習俗』(四川人民出版社、一九九三年)
李樹桐「唐代婦女的婚姻」(『師大学報』一八、一九七三年)
李錫厚「漢族」(張聯芳(編)『中国人的姓名』中国社会科学出版社、一九九二年)
梁景時・梁景和(編)『中国陋俗批判』(団結出版社、一九九九年)
梁曉鵬「姓名略論」(『蘭州大学学報』社会科学版、一九八九年(総四七)、一九八九年)
劉紀華「中国貞節観念的歴史演変」(『社会学界』八、一九三四年)
劉静貞「殺子与溺女――宋人生育問題的性別差異――」(鮑家麟(編)『中国婦女史論集』五、稲郷出版社、二〇〇一年)
劉黎明『祠堂・霊牌・家譜――中国伝統血縁親族習俗――』(四川人民出版社、二〇〇三年)
劉立言「浅談宋代婦女的守節与再嫁」(『新史学』二―四、一九九一年)
劉士聖『中国古代婦女史』(青島出版社、一九九一年)
劉孝存『姓名・属相・人生』中国神秘文化系列(中国文聯出版社、一九九八年)
羅香林『中国族譜研究』(香港中国学社、一九七一年)
彭利芸『中国婚姻史稿』(中華書局、一九九〇年)
瞿同祖『中国法律与中国社会』(龍門書店、一九六七年)
沙其敏・銭正民(編)『中国族譜地方志研究』(上海科学技術文献出版社、二〇〇三年)
施永南『納妾縦横談』(中国世界語出版社、一九九八年)
史鳳儀『中国古代的家庭与身分』(社会科学文献出版社、一九九九年)
蘇冰・魏林『中国婚姻史』(文津出版社、一九九四年)
陶慕寧『青楼文学与中国文化』(東方出版社、一九九三年)

童光政「民事法律」（張晋藩（総主編）『中国法制通史』第七巻・第三章、法律出版社、一九九九年）
完顔紹元『趙銭孫李』中国古代生活文化叢書（上海古籍出版社、一九九三年）
汪玢玲『中国婚姻史』（上海人民出版社、二〇〇一年）
汪沢樹『姓氏・名号・別称――中国人物命名習俗――』（四川人民出版社、一九九三年）
王貴民『中国礼俗史』（文津出版、一九四七年）
王鶴鳴（主編）『解凍家譜文化――家譜文化・名人家譜・新聞薈要――』（上海古籍出版社、二〇〇二年）
王鶴鳴『中国家譜総目』（上海古籍出版社、二〇〇八年）
王鶴鳴『中国家譜通論』（上海古籍出版社、二〇一〇年）
王慶淑『中国伝統習俗中的性別岐視』（北京大学、一九九五年）
王明霞「従明律看封建家庭的夫妻関係」（『吉林師範大学学報』社会科学版一九九二―四、一九九二年）
王紹璽『小妾史』（上海文芸出版社、一九八五年）
王守恩「命名習俗与近代社会」（『山西大学学報』哲学社会科学版一九九五―四、一九九五年）
王鉄『中国東南的宗族与宗譜』（漢語大詞典出版社、二〇〇二年）
王学奇（主編）『元曲選校注』（河北教育出版社、一九九四年）
王躍生『十八世紀中国婚姻家庭研究：建立在一七八一～一七九一年個案基礎上的分析』（法律出版社、二〇〇〇年）
呉宗蕙『小説中的女性形象』（湖南人民出版社、一九八五年）
蕭国亮『中国娼妓史』（文津出版、一九九六年）
蕭江『中国四川農村の家族と婚姻――長江上流域の文化人類学的研究――』（慶友社、二〇〇〇年）
徐秉愉「遼金元婦女節烈事蹟与貞節観念之発展」（『食貨月刊』一〇―六、一九八〇年）
徐建華『中国的家譜』（百花文芸出版社、二〇〇二年）

徐揚傑『宋明家族制度史論』(中華書局、一九九五年)
許華安『清代宗族組織研究』(中国人民公安大学出版社、一九九九年)
楊知勇『家族主義与中国文化』(雲南大学出版社、二〇〇〇年)
衣若蘭「近十年両岸明代婦女史研究評述(一九八六～一九九六)」(『国立台湾師範大学歴史学報』二五、一九九七年)
衣若蘭「誓不更娶――明代男子守貞初探――」(『中国史学』一五、二〇〇五年)
虞卓婭「『儒林外史』写女性」(『明清小説研究』一九九八―一、一九九八年)
袁逸「関於新修宗譜」(上海図書館(編)『中国譜牒研究』上海科学技術文献出版社、二〇〇〇年)
曾慶雨・許建平『商風俗韵――『金瓶梅』中的女人們――』(雲南大学出版社、二〇〇〇年)
張邦煒『婚姻与社会』(四川人民出版社、一九八九年)
張邦煒『宋代婚姻家族史論』(人民出版社、二〇〇三年)
張敏傑『貞操観』(北方婦女児童出版社、一九八八年)
張汝宜「神秘種族生命密碼之文化探微――中国人姓名的演変及其文化動因――」(沙其敏・銭正民(編)『中国族譜地方志研究』上海科学技術文献出版社、二〇〇三年)
趙鳳喈『中国婦女在法律上的地位 附補篇』(食貨出版社、一九七三年)
趙華富『徽州宗族研究』(安徽大学出版社、二〇〇四年)
趙世瑜「冰山解凍的第一滴水――明清時期家庭与社会中的男女両性――」(『清史研究』一九九五―四(総二〇)、一九九五年)
鄭志明『中国善書与宗教』(学生書局、一九八八年)
周婉窈「清代桐城学者与婦女的極端道徳行為」(鮑家麟(主編)『中国婦女史論集』牧童出版社、一九七九年)

あとがき

本書は、二〇〇六年、大東文化大学に提出した学位請求論文である。提出の前後において、単行論文として学術雑誌などに発表した章もあるが、一書に纏めるにあたり、論題を一部変更し、考え方の統一と補訂を行った。発表した雑誌・論文集と論文題目は、つぎのとおりである。なお、第六章に対しては、第二十九回東方学会賞をいただいた。身に余る光栄である。

第一章　「中国女性史における孝と貞節――近世譜にあらわれた女性観を中心に」(『東アジアにおける「家」――伝統文化と現代社会――』大東文化大学、二〇〇八年)

第二章　「族譜からみた明代短編白話小説の考察――「継嗣」に関する族規を手がかりに――」(『中国学論集』(大東文化大学)一八、二〇〇一年)

第三章　「族譜からみた明清戯曲小説の女児像」(『日本中国学会報』五九、二〇〇七年)

第四章　「族譜による明清文学に描かれた妻妾」(『中国学論集』(大東文化大学)二四、二〇〇六年)

第五章　「旧中国の女性の名――排行による呼称と親族称謂語から――」(『中国―社会と文化』二〇、二〇〇五年)

第六章　「明清小説に描かれた不再娶」(『東方学』一一八、二〇〇九年)

本書は、従来、女性の地位が低いとされることの多かった、明清時代の小説における女性像を、族譜に現れる社会通念を分析の手段として用いることにより解明したものである。もとより、至らぬところの多い所論ではあるが、現時点における明清時代の女性像を示すことができたと考えている。中でも、「孝」の理念の重要性は、学位論文を執筆している当時は、気がついていなかった。本書を纏めるにあたって改善し得た点の一つである。今後は、『三国志演義』など、分析する作品の幅を広げながら、研究を続けていきたい。

わたしが中国の家族制度に興味を持ったのは、高校を卒業して、南開大学の中文系に進学し、そこを卒業するまでの四年間の大学生活がもとになっている。高校生のときに、アメリカではなく中国への留学を選んだのは、同じ漢字を使い、長い文化の交流を持つ中国が身近に思えたからである。ところが、実際には日本と中国とはまったく違う。その当たり前の事実に気がつくとともに、それを生み出した中国社会の根底、すなわち家族制度の在り方に興味を持ったこと、これが留学生活を通じて最も印象に残った中国の姿であった。中国人でないからこそ、それを異質に感じられる自分が、それを解明していきたい。しかし、それを学問的な方法論として昇華させるには四年間は短すぎた。日本に戻ったあとも勉強を続けたい。

日本に帰国した後、中国の家族制度に関心を持った経緯に興味を持ってくださったのは、溝口雄三先生だった。わたしは溝口雄三先生に学ぶため、大東文化大学大学院に進学し、修士課程の時に族譜による中国小説の分析という本書の方法論を示唆された。溝口雄三先生のご退職後は、小川陽一先生に師事し、学位論文を纏めることができた。通常の在学期間では足らず、さらに数年という時間を費やしたが、形にすることができたのは、小川陽一先生が寛大なお心で気長にご指導くださったからである。心より感謝申しあげたい。また、刊行が遅れたために、溝口雄三先生には、本書を捧げることが叶わなくなってしまった。最後まで不出来な弟子であったことをお詫びしたい。

わたしが留学した一九八九年は、六月に天安門事件が起きた年である。その九月にまだ十八歳だったわたしを快く中国に出してくれ、留学初日から留学中ずっとホームシックだったわたしを支え続けてくれた両親には、本当に感謝している。母は十二年前、五十一歳で他界した。不肖の娘は孫の顔を見せることもできなかった。母は病床で、博士論文だけは必ず書きなさい、と言っていた。本書の刊行を一番喜んでくれていると思う。

刊行に際しては、駿河台大学の前山加奈子先生・大東文化大学の渡邉義浩先生にご指導をいただいた。汲古書院の石坂叡志社長には出版に、小林詔子さんには校正にご尽力いただいた。記して謝する次第である。

二〇一一年二月一〇日

仙石　知子

著者紹介

仙石　知子（せんごく　ともこ）

1971年　東京都に生まれる

1994年　中華人民共和国南開大学中文系卒業

2006年　大東文化大学大学院文学研究科中国学専攻修了、博士（中国学）

現在　二松学舎大学・駿河台大学非常勤講師

著書　『剪灯新話』（明治書院、2008年、共訳）

『「三国志」の女性たち』（山川出版社、2010年、共著）

明清小説における女性像の研究
――族譜による分析を中心に――

平成二十三年七月二十二日　発行

著者　仙石知子
発行者　石坂叡志
印刷　モリモト印刷

発行所　汲古書院
〒102-0072東京都千代田区飯田橋二-五-四
電話　〇三（三二六五）九七六四
FAX　〇三（三二二二）一八四五

ISBN978-4-7629-2961-8　C3022

KYUKO-SHOIN, Co., Ltd. Tokyo